AF669317

स्विट्ज़रलैण्ड
आधुनिक कहानी

स्विट्ज़रलैण्ड

आधुनिक कहानी

सम्पादन एवं अनुवाद

अमृत मेहता

वाणी
प्रकाशन

प्रकाशन के उत्कृष्टतम 63 वर्ष

सजिल्द पहला संस्करण : 2011
सजिल्द दूसरा संस्करण : 2026

vaniprakashan.com

वाणी प्रकाशन
4695, 21-ए, दरियागंज, नयी दिल्ली-110 002
फ़ोन : +91 11 23273167, 23275710
शाखाएँ
अशोक राजपथ, पटना-800 004, बिहार
कॉफ़ी हाउस कैम्पस, महात्मा गांधी मार्ग, प्रयागराज-211 001, उत्तर प्रदेश
महात्मा गांधी अन्तरराष्ट्रीय हिन्दी विश्वविद्यालय, वर्धा-442 001, महाराष्ट्र
sales@vaniprakashan.in
vaniprakashan@gmail.com

Aadhunik Kahani : Switzerland
Edited & Translated by Amrit Mehta

ISBN : 978-93-5000-833-1
Collection of Short Stories

© अमृत मेहता

मूल्य : ₹ 595

इस पुस्तक के किसी भी अंश का किसी भी माध्यम में उपयोग
करने के लिए प्रकाशक से लिखित अनुमति लेना अनिवार्य है।

जी.एस. ऑफ़सेट, दिल्ली-110 095 में मुद्रित

वाणी प्रकाशन का लोगो मक़बूल फ़िदा हुसैन की कूची से

अनुक्रम

छतरी/**युर्ग फ़ेडरश्पील** 11

सफ़ेद घोड़ा/**फ्रांत्स होलर** 16

बिज़नेस क्लास/**मिलेना मोज़र** 32

ज़्यूरिख में अजनबी/**रफ़्फ़ाएल गंत्स** 38

जोरू/**माईनराइ इंगलिन** 46

शिटाचार/**कार्ल अल्बर्ट लोज़ली** 52

लिखूँ या नहीं?/**मार्सल कोनराट** 57

फ़ाँसी/**वेर्नर श्मिडली** 63

उड़ान/**उर्ज़ विडमर** 69

कारोला/**हन्ना योहान्सन** 81

ग़लत आदमी/**वाल्टर मत्तिआस डिग्गलमन्न** 86

अतिथि/**अडोल्फ़ मुश्ग** 98

कर्नल/**हूगो लोएटशार** 115

मेरे माता-पिता/**उर्ज़ूला एग्गली** 120

नकसीर/**निकोल म्युल्लर** 124

लुगानो/**जोवान्नी ऑरेल्ली** 127

परीकथा/**रुडोल्फ़ पाइयर** 135

बँधुआ/**यां त्सीगलर** 141

योडोक का सलाम/**पीटर बिक्सल** 145

इनसान और आदमी/**दांते आन्द्रेया फ्रांत्सेत्ती** 149

मैं नहीं अपंग/**क्रिस्टीने फ़िशर** 152

निराशा/**आडलहाईड डूफ़ानेल** 163

विदेशी हाथ/**ऑट्टो एफ! वाल्टर** 169

निरस्त्रीकरण/**हर्मन बुर्गर** 174

अन्तिम कथा/**वाल्टर फ़ोग्ट** 188

Deutschsprachige Schweizer Literatur, Vorwort zu einer Anthologie auf Hindi

(Hrsg. Amrit Mehta), Juli 2011

Die Schweiz, mitten im Herzen Westeuropas, liegt im Schnittpunkt von drei der grossen europäischen Sprachen und Kulturen: des Deutschen, des Französischen und des Italienischen. Schweizerinnen und Schweizer verbinden ihre schweizerische kulturelle Identität stets auch mit der Zugehörigkeit zu einer der europäischen Grosssprachen. Deutschschweizer finden ihren Lesestoff weit über die Schweiz hinaus in einem Kulturraum, der mit Deutschland und Oesterreich fast zwanzig mal so gross ist. Gleichermassen steht den französischsprachigen Schweizern mit Frankreich und Belgien ein weiterer Kulturraum gegenüber, der fast fünfzig mal so gross ist, von aussereuropäischen französischsprachigen Völkern ganz zu schweigen. Die italienischsprachigen Schweizer, schliesslich, finden in Italien eine Ausdehnung ihres Sprachraumes, der über hundert mal so gross ist.

Die geschichtliche und politische Erfahrung des Schweizer Volkes hat über vergangene Jahrhunderte eine markante eigene schweizerische Identität hervorgebracht, die allen Globalisierungskräften widersteht. Und gleichzeitig ist schweizerisches Kulturbewusstsein und Kulturschaffen, ähnlich wie die erfolgreiche Exportwirtschaft, stets im Austausch mit den drei grossen Sprach- und Kulturräumen gestanden. Dabei ist besonders für die literarische Schweiz der ungehinderte Zugang zu diesen Räumen immer eine Lebensnotwendigkeit gewesen. Zugang zur literarischen Nachbarschaft und schweizerische Offenheit für literarische Produktion aus diesen Räumen waren nie exklusive Einbahnstrassen, sondern bieten das komplexe Bild von ständiger gegenseitiger Befruchtung. Besondere geschichtliche Umstände haben ausserdem immer wieder schweizerischen Autoren ermöglicht, weit über das demographische Gewicht ihres Heimatlandes hinaus eine Wirkung im entsprechenden sprachlichen Grossraum zu entfalten, die die europäische Literaturgeschichte mitgestaltet hat.

Das wirtschaftliche, kulturelle und letztlich auch moralische Vakuum im Deutschland der Nachkriegszeit bot z.B. den schweizerischen Autoren Max Frisch und Friedrich Dürrenmatt eine historisch fast einmalige Gelegenheit, im deutschsprachigen Raum den Beginn der zweiten Hälfte des zwanzigsten Jahrhunderts literarisch zu dominieren. Beide haben es über ihre Rolle in Deutschland hinaus zu Weltgeltung gebracht. Das war gewiss eine Sternstunde schweizerischer Literatur. Dies hat auf schweizerische Zeitgenossen und nachfolgende Autorengenerationen nachgewirkt. Bei vielen Autoren ist der thematische oder sprachliche Einfluss des dominanten Doppelgestirns Frisch und Dürrenmatt auszumachen. Bei anderen Autoren hinwiederum steckt im Thematischen wie im Sprachlichen viel von Verweigerung gegenüber der von Frisch und Dürrenmatt demonstrierten Weltläufigkeit. Daneben gibt es auch eine provinzielle Schweiz oder eine politische Schweiz, die literarisch Partei ergreift. So wird die der Schweiz innewohnende Vielfalt zum schweizerischen Beitrag zur literarischen Vielfalt Europas, sei es im italienischen oder im französischen oder eben, wie in der hier vorliegenden schönen Textsammlung, im deutschen Sprachraum.

Amrit Mehta kommt das Verdienst zu, ein lebendiges Interesse für diesen schweizerischen Beitrag zu Europas Literatur umgewandelt zu haben in eine Hindi-Veröffentlichung mit Lesestoff aus einer sechstausend Kilometer entfernten literarischen Welt. Damit öffnet der Herausgeber einer indischen Leserschaft die Augen für eine, sowohl im Grossen, wie im Kleinen, durch und durch europäische Literatur. Dafür danke ich ihm als Botschafter meines Landes in Indien sehr herzlich.

–Philippe Welti

Schweizerischer Botschafter in Indien

New Delhi, Juli 2011

जर्मन भाषा का स्विस साहित्य

स्विट्ज रलैण्ड : आधुनिक कहानी

प्राक्कथन

पश्चिम यूरोप के हृदयस्थल में स्थित देश स्विट्जरलैंड तीन बड़ी संस्कृतियों और साहित्यों के तिराहे पर खड़ा हैः ये संस्कृतियाँ तथा साहित्य जर्मन, फ्रेंच तथा इतालवी हैं। स्विस जन हमेशा अपनी स्विस सांस्कृतिक पहचान को यूरोप की बड़ी भाषाओं में से एक के साथ जोड़ कर देखते रहे हैं। स्विस-जर्मनों को अपनी पाठन-सामग्री स्विट्ज़रलैंड से बाहर एक ऐसे क्षेत्र से मिलती है, जो जर्मनी और आस्ट्रिया को मिला कर लगभग बीस गुना बनता है। इसी तरह स्विस-फ्रेंच जनता फ्रांस और बेल्जियम के भीतर एक और सांस्कृतिक क्षेत्र के प्रति अपनत्व की भावना रखती है, जो मिल कर इसके अपने क्षेत्र से लगभग पचास गुना बड़ा है, और इसमें गैर-यूरोपीय फ्रेंचभाषी कौमों का शुमार नहीं है। और फिर स्विस-इतालवियों को इटली में अपने भाषाई-क्षेत्र का विस्तार नजर आता है, जो उनके अपने क्षेत्र से सौ गुना ज्यादा बड़ा है।

गुज़री सदी में स्विस जनता के ऐतिहासिक तथा राजनैतिक अनुभवों के फलस्वरूप उनकी एक ऐसी सुस्पष्ट स्विस पहचान बनी है, जिसे भूमंडलीकरण की हवा अपने वश में नहीं कर पाई। लेकिन साथ ही अपनी सफल निर्यात-नीति की तरह स्विस जनता की सांस्कृतिक चेतना तथा सांस्कृतिक सृजन का इन तीनों भाषाई तथा सांस्कृतिक क्षेत्रों के साथ निरन्तर आदान-प्रदान होता रहा है। विशेषकर साहित्यिक स्विट्ज़रलैंड के लिए इस दौरान इन क्षेत्रों में बेरोकटोक पैठ एक अहम जरूरत बनी रही है। पड़ोसी देशों में स्विस साहित्य की पैठ और इन क्षेत्रों के साहित्यिक उत्पाद का स्विट्ज़रलैंड में खुल कर स्वागत कोई एकतरफा राह नहीं रही, बल्कि इससे दोनों तरफ के साहित्यों को निरन्तर एक दूसरे से प्रेरणा लेने का अवसर मिला है, जो परस्पर उद्बोधन का

एक दुर्बोध्य प्रतीक है। इसके अलावा विशेष ऐतिहासिक परिस्थितियों ने बार-बार स्विस लेखकों को अपने देश की जनसंख्या के वजन से बहुत ज्यादा बड़े एक क्षेत्र पर अपना प्रभाव डालने का मौका दिया है, जिससे यूरोपीय साहित्य के इतिहास को भी सुगठित रूप देने का एक अवसर स्विस साहित्य को मिला है।

युद्धोत्तर जर्मनी में आर्थिक, सांस्कृतिक और साथ ही नैतिक रिक्तता के फलस्वरूप मसलन माक्स फ्रिश तथा फ्रीडरिष ड्युर्रनमाट्ट जैसे लेखकों को बीसवीं शताब्दी के दूसरे अर्ध में पूरे जर्मनभाषी क्षेत्र में छा जाने का एक ऐतिहासिक एवं अद्वितीय अवसर मिला। उनकी भूमिका ने उन्हें जर्मनभाषी क्षेत्रों से बाहर अन्तर्राष्ट्रीय प्रतिष्ठा दिलवाई। निस्सन्देह यह स्विस-साहित्य का एक स्वर्ण-काल था। इसका असर समकालीन लेखकों पर भी पड़ा, और बाद की पीढ़ियों पर भी इसका उत्तरप्रभाव पड़ा। बहुत सारे लेखकों पर इन दोनों सितारों की विषय-वस्तु तथा भाषा का प्रभाव पाया जा सकता है। इसके विपरीत कुछ अन्य लेखकों के लेखन में विषयवस्तु तथा भाषा के स्तर पर फ्रिष तथा ड्युर्रनमाट्ट द्व ारा प्रतिपादित वैश्विक सोच को नकारा गया है। फिर एक अनुदार तथा राजनीतिक स्विट्जरलैंड भी है, जो साहित्यिक स्तर पर या यह या वो पक्ष लेता है। इस तरह यूरोप के साहित्यिक वैविध्य में स्विट्जरलैंड में निहित वैविध्य स्विट्जरलैंड का योगदान है, भले ही साहित्य इतालवी में या फ्रेंच में लिखा गया हो, या इस पुस्तक में प्रस्तुत जर्मन-भाषी क्षेत्र से संकलित सुन्दर रचनाएँ हों।

अमृत मेहता को श्रेय जाता है यूरोपीय साहित्य में स्विट्ज़रलैंड के इस योगदान के प्रति अपनी कर्मण्य रुचि को एक ऐसे हिन्दी-संग्रह में परिवर्तित करने का, जिसमें छः हजार किलोमीटर दूर स्थित एक साहित्यिक जगत को पाठकों के समुख प्रस्तुत किया जा रहा है। इसके माध्यम से संपादक ने भारतीय पाठक-वर्ग को, महत्त्वपूर्ण और कुछ कम महत्त्वपूण र्, परन्तु फिर भी पूर्णरूपेण यूरोपीय, साहित्य से परिचित करवाया है। इसके लिए मैं अपने देश के राजदूत की हैसियत से उनके प्रति अपना हार्दिक आभार प्रकट करता हूँ।

—फिलिप्प वेल्टी
भारत में स्विट्ज़रलैंड के राजदूत
नयी दिल्ली, जुलाई 2011

छतरी

●

युर्ग फ़ेडरश्पील

मैं थियेटर के साथ वाले किओस्क के छज्जे के नीचे खड़ा अपनी पत्नी का इन्तज़ार कर रहा हूँ। पन्द्रह मिनट से अधिक समय हो चुका है मुझे इन्तज़ार करते हुए। वैसे मैं किसी औरत का इतना ज्यादा इन्तज़ार नहीं करता, पर यह तो मेरी अपनी औरत है, मेरी बीवी। मुझे कहकर गयी थी कि मैं ग्रीडर रेशम भण्डार जा रही हूँ। यह शहर की कपड़ों की सबसे मशहूर फैशनेबुल दुकानों में से एक है, करीबन उतनी ही उमदा जितनी बर्गडोर्फ एण्ड गुडमैन, वह कहा करती है, पर उससे जरा महँगी। ऐसी दुकानों में वह सामान्य से अधिक समय लगाती है। "मेरी आँखों की वजह से", वह कहा करती है। उसकी आँखें सचमुच नीलाभ हरी हैं, परन्तु वह उन्हें बैंगनी हरी कहती है, आँखों का एक ऐसा रंग, जो उसके कहे अनुसार, सिर्फ बंगाल के बाघों की आँखों में ही पाया जा सकता है। इसलिए उसे हरे या नीले रंग के कपड़े खरीदते समय बहुत एहतियात बरतनी पड़ती है। उसके पैर कुछ हद तक विकृत से हैं; मेरा मतलब है ठसके-से हैं, क्योंकि वह हमेशा एक नम्बर कम का जूता खरीदती है। उसका कहना है कि उसके पिता चीन में ईसाई धर्म-प्रचारक थे, 40 साल पहले, इसीलिए उसकी रगों में चीनी लहू के कतरे हैं। इसी कारण उसके पैर इतने छोटे हैं...। बसन्त की हल्की फुहार पड़ रही है। मैं अभी भी इन्तज़ार कर रहा हूँ, लेकिन इस बार बिना अधीर हुए। परली ओर, ट्राम-स्टैण्ड पर एक आदमी खड़ा है, छड़ी से सुरुचि-सम्पन्न लगाता है, भूरे रंग का कोट पहना है उसने, अधेड़ व्यापारी या ऐसा ही कुछ लगता है, 70 से कुछ कम उम्र का। वह अपने होठ हिला रहा है, बल्कि पूरा जबड़ा हिला रहा है, जैसे दाँतों की दरारों में फँसे हुए गोश्त के टुकड़े जीभ की नोक से निकाल रहा हो। उसकी दायीं कोहनी से एक छतरी लटक रही है। मैं करीब तीन मिनट से वहाँ नजरें

गड़ाये हुए हूँ और अब एक और आदमी वहाँ आकर खड़ा हो गया है। उसने भी एक छतरी पकड़ी हुई है। मैंने बताया ही है कि बारिश शुरू हो चुकी है। उस भद्र अधेड़ छड़ी वाले व्यक्ति ने अब अपनी छतरी खोल ली है और वह खुद से तीन मीटर दूर खड़े आदमी का प्रत्यक्ष रूप से मुआइना शुरू कर देता है। विदेशी है; वह तो देखा ही जा सकता है। ज्यूरिख़ में लोग बस ऐसे ही देख लेते हैं। रंग गोरा है। पोशाक ठीक-ठाक है। जूते गन्दे नहीं हैं। बस चेहरा-मोहरा ही बेगाना-सा है, नज़र भी। लगता ऐसे ही है। अपनी विदेशी खाल ओढ़े उसे तकलीफ़-सी हो रही है। लगता तो ऐसे ही है।

रिमझिम हो रही है। अप्रैल का महीना है, बसन्त की शुरुआत। अब कुत्ते और बिल्लियाँ बरस रहे हैं, जैसे अंग्रेज कहते हैं, यानी मूसलाधार बारिश शुरू हो चुकी है। अब आनी चाहिए हमारी वाली ट्राम। आठ नम्बर या कोई और। परदेसी खोखे के ऊपर लगी घड़ी को देखता है, एक और सबूत। हर असली स्विस के पास अपनी घड़ी होती है। परदेसी छतरी लिए हुए है। वह उसे खोलता क्यों नहीं? हेल्गा, मेरी पत्नी, का अभी तक कुछ पता नहीं। मैं दो कदम आगे आ जाता हूँ, ताकि मैं अधेड़, भद्र छड़ी-पहलवान को ठीक से समझ सकूँ, जिसकी जरूरत नहीं पड़नी चाहिए थी, क्योंकि उसी पल वह ऊँची आवाज़ में परदेसी से बात करना शुरू कर देता है।

''ओऐ! बारिश हो रही है। छतरी क्यों नहीं खोल लेता? टपकते हुए घर में घुसोगे तो तुम्हारी घरवाली तुम्हें देखकर खुश नहीं होगी। नहीं, मैं तो बस यूँ ही कह रहा था। शायद अभी तुम्हारी शादी भी नहीं हुई। मेरी सेहत पर क्या फर्क पड़ता है इससे। यकीन मानो मेरी सेहत पर कोई फर्क नहीं पड़ता। मैं क्या विदेशियों के लिए पुलिस के दफ्तर में काम करता हूँ? कोई कुँवारा किसी भी कुँवारी के साथ कहीं भी रह सकता है, जब तक वह मेरे घर में न रहता हो! फ्रेंच लगते हो? मिस्यू, इल प्लो! ला प्लूई! ओऐ! वहाँ ऊपर! बहुत बारिश! गीला? समझता? शायद अमरीकी हो! यू! गीला! वेट! वेट! अंडरस्टैण्ड? इटालियन तो तुम हो नहीं। वे तो बहुत सालों से स्विट्ज़रलैण्ड में रहते हैं; अब वे बारिश को पहचानते हैं; इटालियन! ठीक है, हो जाओ गीले, मुझे क्या? कभी दवाइयों की कीमत सुनी है? कैसे? वक्त बदल रहा है, महँगाई का जमाना आ रहा है, तगड़ी महँगाई का। जान निकल जाती है; तुम्हारे जैसे भैयों की भी! कुछ अक्ल से काम लो। है न फजूलखर्ची! छतरी की कीमत कम नहीं होती, पूरे 20 फ्रैंक लगते हैं। छतरी की तो कीमत वसूल करनी चाहिए। नहीं क्या? नहीं तो बारिश का कोई फायदा नहीं। अच्छा, विदेशी हो? समझ गया..., अपनी छतरी को खराब नहीं करना चाहते। ग्रीस

में कम बारिश! पर यहाँ स्विट्ज़रलैण्ड। यहाँ बारिश! टूरिस्ट-गाइड ठीक से पढ़ो। बचाव में बचाव है। मैं तगड़ा पठ्ठा। सेना में जवान, चढ़ती जवानी में जवान, सन् 1939 में। सेना में दूसरी जंग में। तुम दक्षिणदेशी तगड़े नहीं! स्विट्ज़रलैण्ड, ठण्डा, ठण्डा, ठण्डा! ओऐ, तुम्हें पता लगेगा, जब हस्पताल में पड़े होगे। पर पैसा कौन देता? कौन? हम स्विट्ज़रलैण्ड वाले! टैक्स वगैरा-वगैरा। हर स्विस! सारे टैक्स चुकाते हैं। पर मुझे क्या लेना? रहम करना भी गुनाह है। तुम्हारी मौज है। कुँवारे ग्रीसी! मेरी दो बेटियाँ। एक शादीशुदा, मियाँ बड़ा बाबू, दो बच्चे! दूसरी, बेचारी अभी कुँवारी है। उन्नतीस साल की। तुम्हारी लार टपकेगी उसे देखकर ओऐ! गैर-शादीशुदा औरत! तुम लोगों का क्या है! घाघरे में हाथ डाला और चूतड़ों पर हाथ फेर लिया! छतरी खोल लो अब! तेम्पो! जल्दी! ला पिओज्जा! बारिश। तुम नहीं समझता? समझता, तूँ? छतरी खोलो। तुरन्त! हूंह, तुम समझता, हम तेरी छतरी के नीचे आता? तब तूँ आर्नोल्ड को जानता नहीं। बचपन से तूफानों से खेलता आया हूँ; बिजली, गरज, ओले और बर्फ। बस बीमा करवा रखा है। शुरू से। बीमारी, अस्पताल, आग, पानी, चोरी-डाका। बीवी, कुर्सी, मेज, सब का बीमा करवा रखा है। तेरी छतरी के आसरे पर नहीं लटका हुआ। कपीतो? समझ में आया? देख जरा, ओऐ। सब लोगों ने छतरियाँ खोल रखी हैं। सारे स्विस हैं। छतरी, हमेशा बहुत जरूरी है। समझ ही नहीं रहा! मैं जर्मन बोलता ही जाऊँ? नहीं? जानते हो, मेरी मौसी ने मुझे पक्का ईसाई बनने के मौके पर क्या तोहफा दिया था? सौ बार बूझो तो भी नहीं बता पाओगे। हाँ...छतरी! उस पर मेरे नाम के पहले अक्षर गढ़े हैं। चोरी भी नहीं होगी। उस छतरी को मैंने हर मौसम में इस्तेमाल किया है। धूप में भी, जब मैं उससे मिलने जाता था। थी तो वो मेरी धर्म मौसी, पर यहाँ इस बात का कोई मतलब नहीं है। कोई देखो तो इसे! बारिश इसके बदन से चू रही है। मुक्ति पाने के लिए निमोनिया का इन्तज़ार कर रहे हो? शायद घर की याद आ रही है? बारिश, बारिश, बारिश! हमारे यहाँ कहावत है, बारिश में बरकत है। जर्मन में बारिश को कहते हैं रेगन, R-e-g-e-n। इसको ज़रा उल्टा करो तो! बनता है, नेगर यानी नीग्रो! हब्शी! सही है न? और जहाँ हब्शी रहते हैं; वहाँ बारिश नहीं होती। इससे वहाँ पिछड़ापन और भी बढ़ता है। बारिश नहीं तो हब्शी भी नहीं। पर तुम तो हब्शी नहीं हो। वो तो नजर आ रहा है। अब मैं ज़रा राजनीति की बात कर रहा हूँ। हमारे यहाँ राजनीति का मतलब विदेश-नीति भी है। अर्थात् हम विदेशियों, शरणार्थियों और यहाँ आये सारे भगोड़ों की भी फिक्र करते हैं। इसलिए मैं इनसानी तौर पर सलाह दे रहा हूँ। छतरी खोल लो! मेरा सब्र अब खत्म होने को आ

रहा है। कई बार परदेसियों की अपनी भलाई के लिए भी उनकी मदद करनी पड़ती है। नहीं क्या?''

सैकिंडों की सुई से बढ़कर परेशान करने वाली चीज़ आज तक नहीं बनी। सैकिंडों की सुई समय निश्चित करती है। मैंने हाल ही में कहीं पढ़ा है कि जिस एक सैकिंड में नाभिनाल बच्चे से अलग हो जाती है, उस सैकिंड में उसकी अपनी ज़िन्दगी शुरू हो जाती है। और जब इनसान मरता है तो सिर्फ मरना अनन्त है, मौत तो एक सैकिंड में आती है। जब कोई इन्तज़ार कर रहा होता है तो गुस्सा किसी एक अनपेक्षित सैकिंड में सिर पर चढ़ जाता है। मैं 25 मिनट और 34 सैकिंड से हेल्गा का इन्तज़ार कर रहा हूँ। हमें शादी किये हुए 24 साल, 4 महीने, 8 घंटे, 11 मिनट और 34 सैकिंड हो चुके हैं। मैंने पिछले दो साल से यह गिनती करनी शुरू की है और मन बहलाव के लिए मैं अब पूरा हिसाब रखता हूँ। एक छोटी-सी डायरी में, बस यूँ ही। अभी कुछ दिन पहले मैंने उसे यह बताया था। मुझे बस कच्चा खा जाने वाली नजरों से घूरती रही थी वह...

भद्र, अधेड़ छड़ी-पहलवान अब परेदसी के एक मीटर और नजदीक आ गया है। उसकी आवाज़ और भी कर्कश हो गयी है, लेकिन उसके शिकार के कान पर जूँ भी नहीं रेंगी। एक बेजान बुत की तरह खड़ा है वह। वह खुद से भी अजनबी है। यही भाग्य होता है शरणार्थियों का! शून्य में देखे जा रहा है। अमरीकनों की जबान में, आऊट इन द मिड्डल ऑव नोवेयर! छड़ी-पहलवान उससे फिर से ऐसी जबान से मुखातिब है, जैसे वह कोई अनपढ़ हो। अब ज़्यूरिख़ के आते-जाते लोग भी वहाँ जमा होना शुरू हो चुके हैं। छड़ी-पहलवान अब चिंघाड़-सा रहा है:

''कौन-सी पार्टी के साथ आता? मैं फोन कर सकता हूँ। नो प्राब्लम! कौन-सा होटल? होटल का नाम? हूँ। बच्चा लोग होता? हाँ या न! अब तो छतरी खोल! कपड़े सारे चू रहे हैं। कोई चिन्ता है? अच्छा, तुम सोचते हो कि मैं सोच रहा हूँ कि तुम रो रहे हो? उल्लू समझते हो मुझे? ये तो बारिश की बूँदें हैं; आँसू नहीं हैं। मुझे बेवकूफ मत बनाओ, साले घटिया आदमी। फिर एक बार पूछ रहा हूँ। कोई चिन्ता? बीवी भाग गयी? बच्चे बीमार? बच्चे नहीं हैं? बेबी? जूते के डिब्बे जितने छोटे बेबी? आर्थिक शरणार्थी हो शायद! आर्थिक जोंक! हमें चूसो, फिर अस्पताल में दाखिल हो जाओ, अपनी सेवा करवाओ! साफ़ बिस्तर, साफ़ क़मरा, अस्पताल का साफ-सुथरा खाना! अबे ओऐ! जवाब दे या छतरी खोल ले! इनसान को इनसान की तरह कह रहा हूँ। इसे हम यहाँ रहम करना चाहते है; पड़ोसी पर, दूसरे इंसानों पर रहम करना!''

इस 5 नवम्बर में भी हेल्गा नहीं आयी। शायद 9 नवम्बर में आयेगी। अफसोस है कि ड्रामा खत्म हो चुका है। दो पुसिलवाले तेजी से आये, अलबेले छड़ी-पहलवान को पकड़ कर ले गये; वह चिल्लाता रहा, चिंघाड़ता रहा, हाथ-पैर फेंकता रहा। वे उसे पकड़कर खोखे के पीछे वाले छोटे से कमरे में ले गये, जहाँ सार्वजनिक सुविधाएँ हैं। अब एकाएक उसका चीखना चिल्लाना बन्द हो चुका था।

परदेसी डोर से बँधी एक कठपुतली की तरह हिलना शुरू कर देता है, छतरी खोलता है और थियेटर के पास से निकलता हुआ चल देता है। दो-तीन दर्जन लोगों का जो जमघट इकट्ठा हो गया था, वे सब तालियाँ बजाकर शाबाशी देते हैं।

हेल्गा सचमुच 9 नवम्बर से आ जाती है, दोनों हाथों में थैले उठाये, बगल में पैकेट दबाये। हमेशा की तरह उसे खचाखच भरी बेल-व्यू केमिस्ट की दुकान में इन्तज़ार करना पड़ा था। किस लिए? इतना जरूरी क्या था? ऐस्प्रिन? नहीं; ओरोपाक्स नींद की गोलियाँ। ओरोपाक्स? काफी समय से हम अलग-अलग कमरों में सो रहे हैं। गली के शोर से मुक्त, रातों में भी। सन्नाटा छाया रहता है। हम जहाँ रहते हैं, वहाँ से जंगल शुरू होता है। फिर ओरोपाक्स क्यों? मेरे खर्राटे तो वह सुन नहीं पाती होगी। वह कन्धे उचकाती है। कहती है, पूरी रात खामोशी की आवाज़ सुनना बड़ा मुश्किल है। मैं व्यंग्यपूर्वक सुझाव पेश करता हूँ, क्यों न हम बोलीविया से एक बच्चा ले आयें, "गोद लेने के लिए?" वह जवाब देती है। "इससे बेहतर तो मैं किसी विदेशी से लगवाकर अपना बच्चा खुद पैदा कर लूँगी, कुछ मज़ा तो आयेगा! ये सारे लोग आखिर चाहते क्या हैं यहाँ?"

मैंने बताया, एक पागल वहाँ खड़ा पूरा आधा घण्टा एक बिल्कुल अजनबी इनसान को परेशान कर रहा था, जो बेचारा आराम से वहाँ खड़ा था और मूसलाधार बारिश के बावजूद अपनी छतरी नहीं खोलना चाहता था। हेल्गा की शान्त प्रतिक्रिया थी, "वह वहाँ खड़ा था और इन्तज़ार कर रहा था तो जरूर वह मेरा इन्तज़ार कर रहा होगा। तब आज रात तुम्हें ओरोपाक्स की जरूरत पड़ती। तुम्हें तो पता है, मैं कैसे जोर से कराहती हूँ। मेरा मतलब है, सम्भोग करते समय मैं पहले कितनी ऊँची आवाज़ में चीखा करती थी! अब कहाँ है वह रहस्यमय अजनबी?"

मैं उसके हाथ से थैले और पैकेट ले लेता हूँ और हम कला मन्दिर के सामने स्थित टैक्सी-स्टैण्ड की ओर चल पड़ते हैं।

सफ़ेद घोड़ा

●

फ्रांत्स होलर

औरतों की डॉक्टर ने, जिसे मैं सबीना क्रिस्टन का नाम दूँगा, एक थकाने वाले सोमवार का काम खत्म करने के बाद अपने क्लीनिक से निकलकर नीचे तहखाने में बने अपने गैराज में प्रवेश किया, जहाँ उसकी कार होती थी, एक पल के लिए ठिठक गयी। उसे लगा कि उबसी हुई हवा में, जिसमें रबड़ के टायरों, तेल के धब्बों और पेट्रोल की गन्ध थी, एक और गन्ध भी मँडरा रही थी, किसी घोड़े की। कहाँ से आ रही थी, राम जाने, गैराज के स्थाई किरायेदारों की कारें अपनी रोजाना की जगहों पर खड़ी थीं और मकान मालिक के कारिन्दे वाले कोने में हमेशा की तरह बर्फ साफ करने का बेलचा और पत्ते चूसने वाला यन्त्र पड़ा था।

शायद उसने सोचा, उसके कार में चढ़ने से पहले कोई घुड़सवारी करने गया है और अपने घुड़सवारी के कपड़े अपनी गाड़ी में रख गया है। कार चलाते हुए उसने गैराज को इस्तेमाल करने वाले अन्य लोगों के घोड़े पर बैठे होने की छवि दिमाग में लाने की कोशिश की, और एकमात्र व्यक्ति जो उसे उस छवि के अनुरूप लगा वो था दूसरी मंजिल वाला दाँतों का डॉक्टर, लेकिन जिसके बारे में उसे याद आ रहा था कि वह तो शायद शिकारी था। उसने इरादा बनाया कि जब वह उसे अगली बार मिलेगी तो उससे पूछेगी।

यह शायद एक सप्ताह बाद की बात है कि गन्ध उसे एक बार फिर आयी। इस बार यह इतनी तेज थी कि लगता था कि एक पसीने से भरा घोड़ा क्या, सैर से लौटा था और उसने जरा-सी लीद कर दी थी। लेकिन लीद की तो बात ही क्या, घोड़ा तक नज़र नहीं आ रहा था और दो-चार कारें उनके लिए बनाये गये आयताकार स्थानों में हमेशा की तरह बड़े व्यवस्थित और उकताने वाले ढंग से खड़ी थीं।

डॉक्टर हैरान थी। दाँतों के डॉक्टर से बात करने पर उसने बताया था कि वह घुड़सवारी नहीं करता था, और न ही उसे कोई गन्ध आयी थी। जब वह ज़रा जल्दी में घर जा रही थी, क्योंकि अनपेक्षित रूप से उसे मरीज़ों के साथ ज्यादा वक्त लग गया था और उसकी दो अल्पविकसित बेटियाँ रात्रि के भोजन पर उसकी प्रतीक्षा कर रही थीं, जो उन्होंने उसे एस.एम.एस. के जरिये बताया था तो अचानक उसके दिल में घोड़ों के लिए एक गहरी चाहत जाग उठी।

जब वह माध्यमिक स्कूल में थी तो घुड़सवारी की ट्रेनिंग के लिए पैसे कमाने के चक्कर में अक्सर वह घोड़ों के एक अस्तबल में सहायिका का काम किया करती थी, जो उसके माँ-बाप नहीं चाहते थे, बहुत खतरनाक है यह तो और बहुत महँगा और वह अपनी सहेली के साथ बैलेट-स्कूल में क्यों नहीं जाती थी, वह तो दिलकश भी है और लड़कियों के लिए सही बहुत है। लेकिन वह खरहरे से घोड़ों की मालिश किया करती थी, उनकी लगाम उतारा करती थी, चढ़ाया करती थी, उनकी टाँगें फुहारती थी, उनके खुर साफ करती थी, उनकी लीद को छकड़े पर लादकर उन्हें चबाते हुए देखती थी और खुद को बहुत मस्त महसूस करती थी, और यह मस्ती इस गन्ध के साथ उसमें बस गयी थी, एक ऐसे मेहमान की तरह, जो एक ऐसी दुनिया से आ गया था, जिसके बारे में सोचा गया हो कि वह खो चुकी है। उसे वह ट्रेनिंग के घण्टे भी याद आने लगे, जिनमें वह घोड़ों पर बैठी थी, जो उसे जंगल के रास्तों पर से लेकर जाते थे, या अनाज के एक फार्म से दूसरे पर, जहाँ कुत्ते आक्रामक होते थे और जब वह अपनी गाड़ी एक बत्ती से अगली की ओर ले जा रही थी तो उसे पूरा यातायात घोड़ों से एक तरह का द्रोह लगा। सैकड़ों सालों तक यही तो इनसानों को तेजी से आगे बढ़ने में मदद करते थे, और पेट्रोल की मोटर का आविष्कार क्या हुआ कि घोड़ा एक शौक बनकर रह गया, और फिर 'हॉर्स पावर' शब्द भी संक्षिप्त हो कर 'एच.पी. बनकर रह गया, जिसके पीछे दगड़-दगड़ भागते पशु की ताक़त का अन्दाज़ा किसी इनसान को नहीं रहा। गाड़ी के शीशे नीचे किये एक लाल बत्ती के सामने खड़े उसने एक क्षण कल्पना करने की कोशिश की कि कारों में अकेले घर लौटते ये सभी मनुष्य घोड़े पर बैठे हुए थे, और उसकी हल्की-सी हँसी फूट पड़ी, जिस कारण पड़ोस वाली कार में बैठे व्यक्ति ने उस पर एक शक भरी नज़र डाली।

उच्च शिक्षा समाप्त होते-होते उसने घुड़सवारी बन्द कर दी थी, आने वाले सालों में वह सहायक डॉक्टर बनी, शादी हुई, बेटियाँ हुईं, क्लीनिक, तलाक़ और जब सप्ताह में उसके पास आधा दिन बचता था तो न उसके पास फुरसत

होती थी, न ही ताकत और न ही उसका मन करता था। फिर वह अचानक इतनी चाहत से घोड़ों के साथ बिताये गये समय को क्यों याद कर रही थी?

मैं बूढ़ी हो गयी हूँ, एकदम उसके दिमाग में आया और इस ख़याल से वह इतनी डर गयी कि वह तकरीबन उस साइकिल वाले को देख ही नहीं पायी, जो उसकी गाड़ी की बगल में सीधा चौरस्ते की ओर जा रहा था, जहाँ से वह दायीं ओर मुड़ने ही वाली थी।

मगर जब बड़ी बेटी ने उससे पूछा कि वह इतनी सुन्दर कैसे लग रही थी तो उसने जल्दी से जल्दी कोई घुड़साल खोजने का इरादा बनाया।

वैसे अगले दिन जब उसने गैराज में मिलने पर मकान-मालिक के कारिन्दे से उस गन्ध की बात की तो वह हैरान होकर उसे देखने लगा, और सचमुच में पेट्रोल और टायरों की गन्ध में अब घोड़े की सुगन्ध का नामो-निशान भी नहीं था।

अगले सप्ताहों में वह असाधारण रूप से व्यस्त रही, सबीना क्रिस्टन उच्च शिक्षा हेतु एक कॉन्फ्रेंस में गयी, जिसकी वजह से उसे क्लीनिक में ज्यादा समय लगाना पड़ता था और इस कारण वह एक ठीक-ठाक घुड़साल की तलाश करने के बारे में सोच ही नहीं पायी, और गैराज में घोड़े की गन्ध के बारे में भी वह लगभग भूल ही चुकी थी।

इसी वजह से वह चकित रह गयी जब एक शाम तहखाने में बने गैराज का दरवाजा खोलते हुए उसे हिनहिनाने की आवाज़ आयी। एक क्षण को वह सोच कर ठिठक गयी कि उसे भ्रम तो नहीं हुआ, लेकिन तभी हिनहिनाने की आवाज़ दूसरी बार आयी। सावधानीपूर्वक उसने हैण्डल दबाया, एक झिरी खोली और वहाँ उसे एक सफ़ेद घोड़ा नज़र आया। वह वहाँ खड़ा था, जहाँ उसके हिसाब से उसने सुबह अपनी कार खड़ी की थी, और वह दीवार की ओर मुँह किये खड़ा था, लेकिन अब जब उसने दरवाजा पूरा खोला तो उसने तेजी से सिर उसकी ओर घुमाया, जिससे उसकी लम्बी अयाल फड़फड़ाने लगी, और फिर से उसकी हिनहिनाहट की आवाज़ सुनायी दी, एक हिनहिनाहट, जो उग्र भी थी।

डॉक्टर ने अपना पर्स दरवाज़े की बगल में रखा, सतर्कतापूर्वक घोड़े के पास आयी, अपना हाथ उसके पुठ्ठे पर रखा और उससे पूछा, "यहाँ कैसे आया तू?"

औरत के नज़दीक आने से घोड़ा कुछ शान्त हो गया लगता था, अयाल को स्नेहपूर्वक खुजलाने से वह धीरे-धीरे गर्दन हिलाता हुआ बस में आ गया, जिसे सबीना अब तैयार करने लगी। यह एक बड़ा ही खूबसूरत सफ़ेद घोड़ा

था, एक बधिया घोड़ा, और उस पर लगाम लगी हुई थी और एक जीन कसी थी, जिसका आसन ख़ास ही ऊँचा था।

अब उसे यों लगा कि मकान-मालिक का कारिन्दा बाहर गैराज के सामने कुछ कर रहा है, और उसने हाथ में लिए हुए चाबियों के गुच्छे में लगे रिमोट कण्ट्रोल का बटन दबा दिया। भड़म-भड़म की आवाज करते हुए ऊपर उठने वाला दरवाज़ा खुल गया, वह निकलने के रास्ते के सामने खड़ी थी, लेकिन वहाँ कोई नहीं थी।

"मिस्टर योर्डी", उसने आवाज़ लगायी और चारों तरफ देखने लगी, "मिस्टर योर्डी! यह गैराज में घोड़े का क्या चक्कर है?" तभी घोड़े ने पीछे से अपने थूथने से उसके एक तरफ धक्का मारा, जिससे वह गिरते-गिरते बची। "अच्छा तो क्या चाहता है तू?" उसने उसकी लगाम पकड़ ली।

जब घोड़ा अपना सिर हल्के-हल्के उसके कूल्हों में रगड़ने लगा तो उसके दिमाग में एक ख़याल आया, जिससे उसके चेहरे पर मुस्कान आ गयी। उसने नीचे अपने टखनों तक जाने वाले जूतों पर नजर मारी। वे काफी मजबूत थे, तले में गद्दी भी लगी थी, क्योंकि उसकी पीठ में कभी-कभी दर्द उठता था। उसने पतलून पहन रखी थी, ब्लाउज के ऊपर एक हल्की जैकेट भी थी, यह ग्रीष्म के आरम्भ की एक गरम शाम थी और वह ज़रा जल्दी अपना काम ख़त्म कर आयी थी, जिससे वह थोड़ी दूर तक तो घुड़सवारी करके जा सकती थी। उसका क्लीनिक नगर के सिरे पर था और दो सड़कें आगे निकल जाओ तो एक विशाखित मार्ग वन के सिरे को जा रहा था।

जैसे सफ़ेद घोड़े ने उसकी मंशा पढ़ ली हो, वह धीरे-धीरे दुलकी चाल में ऊपर चल पड़ा, डॉक्टर ने उसकी लगाम की डोर थाम रखी थी, वह उसके पीछे-पीछे मुख्य सड़क की पटरी पर गया और फिर उसके साथ बुर्गर-वन-मार्ग पर मुड़ गया। पहले उसके खुरों की टाप दो-तीन मंज़िली इमारतों से टकराकर गूँजती रही, फिर घास काटने की मशीनों के शोर में दब गयी, जो एक परिवार वाले मकानों के बीच वाहनों के पहियों और मेंढकों के साथ मिलकर प्रचण्ड ध्वनि कर रही थीं। किसी एक बगीचे से हाथों में घास के सिरे काटनेवाली कैंची पकड़े एक औरत ने उसे हाथ हिलाया, "हेलो, डॉक्टरनी जी, मुझे बिल्कुल पता नहीं था कि आप घुड़सवारी भी करती हैं।"

सबीना क्रिस्टन चौंक गयी। श्रीमती ब्रुन्नर, उसकी एक मरीज़। "बस कभी-कभी", बिना रुके वह बोली।

"शानदार घोड़ा है", औरत ने पीछे से पुकारा, "क्या नाम है इसका?"

"बेओवुल्फ़!" डॉक्टर ने जवाब दिया, घोड़े को लेकर दूर निकलते हुए, बिना जाने कि यह नाम कहाँ से आया था।

“सुना तूने?” उसने घोड़े से कहा, “बेओवुल्फ़!” वह हँसी और अब जब घोड़े ने हाँफते हुए अपना सिर ऊपर उठाया तो वह ऐसे खुश थी मानो उसके प्रेमी ने उसे कहीं छुपकर मिलने का न्यौता दिया हो।

आखिरी इमारत वह पीछे छोड़ चुकी थी, एक पुलिया के बाद, जिस पर बेंत का पौधा लगा हुआ था, पक्की सड़क एक खेत के रास्ते से जा रही थी, जो बुर्गर-वन तक जाता था। डॉक्टर रुक गयी, घोड़ा भी। उसने अपने पेट पर ज़ीन की बेल्ट को हाथ लगाकर देखा और निश्चय किया कि उसे ज़रा कस लिया जाये, जो घोड़े ने उसे करने दिया। पेटी का बकसुआ चाँदी का लग रहा था। उत्साहपूर्वक उसने ज़मीन पर पड़ी हुई बेंत की एक टूटी हुई छड़ी को उठाकर बेल्ट में खोंस लिया, इससे वह किसी जॉकी-सा महसूस करने लगी।

“अच्छा फिर, बेओवुल्फ़”, फिर वह बोली, “तो फिर एक साथ ज़रा आज़मा कर देखते हैं।”

उसने अपना बायाँ पाँव रक़ाब में रखा, युवती की तरह उछलकर वह काठी पर बैठ गयी, तुरन्त उसने दायाँ पाँव दूसरी रक़ाब में भी रख लिया, और सफ़ेद घोड़ा हल्की, सुखद दुलकी चाल में चलने लगा; घोड़े की पीठ की ढेंकी पर ठीक से फिट होने में सबीना को कोई मुश्किल पेश नहीं आयी, और उसका वाहन भी आराम से धीरे-धीरे चल रहा था, तब सामने से दो मोटर-साइकिल वाले भी निकले।

अब वह वन के सिरे पर पहुँच चुकी थी और उसने वन में जाने वाले विशाखित मार्ग पर निकलने का फ़ैसला लिया, क्योंकि वहाँ पैदल चलने वाले कम होते हैं। घोड़े से उसका तालमेल इतना आसान था मानो आख़िरी बार कल ही उसने उसकी सवारी की हो, और वह इतना आज्ञाकारी और सयाना था मानो वह अपनी पुरानी मालकिन को पीठ पर बैठाये ले जा रहा हो। वह बिना किसी मुश्किल के लड़के-लड़कियों के उस एक ग्रुप से आगे निकल गयी, जो वन के निर्वृक्ष स्थल में बनी एक कॉटेज की ओर जा रहा था, वहाँ पिकनिक मना रहे लोगों द्वारा जलायी गयी आग से धुआँ उठ रहा था, और अब जब एक बिल्कुल सीधा रास्ता उसके सामने आया तो, जहाँ शाम का सूरज वृक्ष-शिखाओं और पत्तों से छनकर नीचे सुहानी रोशनी डाल रहा था, उसे लगा कि वह एक ज़रा-सी सरपट चौकड़ी के आनन्द का खतरा भी उठा सकती है। एक हल्की-सी ‘हू’ की आवाज़ के साथ उसने घोड़े की बगलों को पैरों से दबाया और अब वह एक लचीली दुलकी चाल चलने लगा, जो सबीना को इतनी आसान महसूस हुई कि वह पुलकित हो गयी और उसने सोचा कि अब से वह पुनः नियमित रूप से घोड़े की सवारी किया करेगी। सामने एक रास्ता बायें, वन के सिरे को कट रहा था,

और उसने सोचा कि अभी तो यहीं जाना ठीक रहेगा, और उसने लगाम बायीं ओर खींची और मुड़ने की अपेक्षा में उसने अपना भार एक ओर डाल दिया और गिरते-गिरते बची, क्योंकि घोड़ा सीधा ही दौड़ता रहा। उसने तुरन्त लगाम खींच ली और सख़्ती से कहा, ''हो-हो!'', लेकिन जिस घोड़े से उसकी अच्छी दोस्ती हो गयी थी, वह दुलकी में आगे ही चलता गया। उसने पुनः अपने पाँव अपनी पूरी ताकत के साथ रक़ाब में गड़ाये, लगाम को पूरा पीछे खींचा और जितना ऊँचा बोल सकती थी बोली, ''हो...बेओवुल्फ़!'' और तब भी उस पर कोई असर नहीं पड़ा। सबीना भयभीत हो गयी और तीसरी बार उसने सफ़ेद घोड़े पर अपना ज़ोर फिर से जताने की कोशिश की, लेकिन वह उसकी अवहेलना करते हुए आगे ही चलता रहा, उसकी मांसपेशियाँ उसकी टाँगों के नीचे एक ऐसी बड़ी स्वतः स्पष्ट ताक़त की तरह हरक़त करती रहीं, जिस पर उसका ज़रा भी बस नहीं था।

जब वह समझ गयी कि घोड़ा अब उसके नियन्त्रण में नहीं है तो उसने न घबराने की कोशिश की। उसे महसूस हुआ कि घोड़े के खिलाफ वह बेबस है, लेकिन घोड़े के साथ फिर भी कुछ ठीक किया जा सकता है। उसे अपनी पूरी ताक़त ऊपर बैठे रहने में लगानी चाहिए। उसकी यह उम्मीद कि घोड़ा अपने घर की राह पर जा रहा था, अनुचित नहीं थी, वह जंगल से अच्छी तरह परिचित लगता था, एक बार बायें मुड़ा था, फिर दायें, उसके .खुर एक-सी टाप करते हुए किसी मशीन की तरह ज़मीन पर पड़ रहे थे, एक तो उसे आश्चर्य हुआ कि वह एक पगडण्डी पर ऊपर चढ़ गया, पर पूरा झुकने के बावजूद टहनियाँ उसके चेहरे पर वार कर रही थीं। अब महसूस हुआ घोड़े पर हेल्मेट के बिना बैठकर उसने कितनी लापरवाही की थी। एक अंजान घोड़े पर, जो उसे एक ऐसे इलाक़े में लिए जा रहा था, जो उसके लिए ज़्यादा से ज़्यादा अजनबी बनता जा रहा था। सबीना अभी सोच भी नहीं सकती थी कि नगर के इतने निकट जो यह वन है, वह इतना घना और अछूता था। जब भी वह उसमें आती थी, जैसे बच्चों के साथ, तो कुछ देर में एक सड़क पर पहुँच जाती थी, जिस पर कारें चल रही होती थीं। जिसे पार करना होता था, या वन के सिरे पर, पिकनिक-रेस्तराँ और खेलने या आराम करने की जगहों पर, या अचानक टेनिस-कोर्टों के सामने खड़ी होती थी, जिसके पीछे बी.एम.डब्ल्यू. या मर्सिडिस कारें होती थीं, और अब वह चौथाई घण्टे में निर्जन राहों पर जा रही थी, जिन पर अँधेरा होता जा रहा था, न ख़त्म होने वाली दुलकी यात्रा से उसकी जाँघों में दर्द होना शुरू हो गया था, और उसे मानना होगा कि वह नहीं जानती थी कि वह कहाँ थी, कहाँ जा रही थी, कहाँ से आ रही थी। उसने तब चैन की साँस ली जब वन में कुछ प्रकाश हुआ और

वह एक घाटी में आ गयी, जहाँ एक बड़ा झरना बह रहा था, जो एक पुराने भवन से, जिसमें दीवारें शहतीरों की चौखटों में ईंटें भरकर बनायी गयी थीं, एक पनचक्की के पहिये की दिशा में बह रहा था। लेकिन घोड़े ने अपनी चाल को धीमी करने का कोई इरादा नहीं दिखाया।

"होशियार!" उसने जोर से पुकारा, जब घोड़ा उसे भवन के भीतर ले गया। "वह रुक नहीं सकती!" और वहाँ दालान में खड़े कुछ लोग तेजी से एक तरफ़ हो गये, उसे लगा उनमें से एक ने सफ़ेद पेटबन्द और मुलायम कपड़े व शंक्वाकार टोपी पहनी हुई थी, और उसने एक बड़ा लम्बा लकड़ी का रेहड़ा भी देखा, जो बोरों से भरा हुआ था और जिसके पास दो टट्टू खड़े थे। जबकि उसके पीछे उत्तेजित स्वर और कुत्तों के भूँकने की गूँज थी, उसे महसूस हुआ कि उसमें ताक़त नहीं रही और वह अकड़ रही थी, इस तरह कि घोड़ा उसे नीचे न फेंक दे। अब उसे वृक्षों से भरी एक पहाड़ी पर पनचक्की वाली घाटी के ऊपर एक क़िला नज़र आया, जिस पर तिकोनी झण्डियाँ और बड़े झण्डे फहरा रहे थे, और जब घोड़ा वृक्षों के बीच भागते हुए तूफ़ानी चाल से ऊपर क़िले को जाने वाली पगडण्डी पर चढ़ने लगा तो उसने उसकी अयाल पकड़ ली, नीचे उतरने की ओर झुक गयी और उसके कान में फुसफुसायी, "बेओवुल्फ़" और वह हैरान हो गयी कि उसने दुलकी चाल धीमी कर दी और हल्की चाल से चलने लगा, जिसमें वह शुरू हुआ था।

वह काठी पर सीधी होकर बैठ गयी, लेकिन घोड़े की चाल से वह सामंजस्य नहीं बिठा पा रही थी और इधर-उधर डोल रही थी। उतरने की वह हिम्मत नहीं कर रही थी, इसलिए वह खुश हो गयी जब ऐतिहासिक सज-धज में एक नवयुवक उसके पास आया, उसका आदरपूर्वक अभिवादन किया युवक ने, जो उसे समझ नहीं आया, फिर उसने घोड़े की लगाम की डोर अपने हाथों में ली और घोड़े और उसकी सवारी को सामान्य चाल में एक बल खाते रास्ते पर ऊपर लेकर चलने लगा। यह रास्ता एक नीचे किये गये बिछानेवाले पुल पर जाकर खत्म हो गया, जिस पर से क़िले की खाई को पार किया जा सकता था।

पुल पर पाँव रखने से पहले ही युवक चिल्लाया "बेओवुल्फ़!" दीवारों के भीतर इस सन्देश को आगे पहुँचाया गया, और जब सबीना क्रिस्टन ने घोड़े पर बैठे हुए क़िले के दालान में प्रवेश किया तो वहाँ हलचल मची हुई थी, लोग अलग-अलग दरवाजों से बाहर निकल रहे थे, ऊपरी मंज़िल की खिड़कियों से लोगों के चेहरे दिख रहे थे। बँधारे की राह पर टोपा पहने एक आदमी ने खुश होकर अपना कलदार धनुष ऊपर उठाया, एक धोबिन ने, जो एक भाप निकालती नाँद से लकड़ी की एक बड़ी संसी से एक चादर निकाल रही थी,

चादर को वापस गिरा दिया, एक बच्चा चीखते हुए उसकी पतलून की तरफ इशारा कर रहा था, जिस पर एक बड़े ने तुरन्त उसे एक थप्पड़ लगाया और वह आदमी, जो अब उसके पास आया, स्पष्टतः क़िले का मालिक था, जिसने एक ऐसे बोली में, जो उसने कभी नहीं सुनी थी, उसे कहा कि वे उसकी प्रतीक्षा कर रहे थे और अब उसे तुरन्त उसकी बेटी के पास भेजा जायेगा।

डॉक्टर बुरी तरह हैरान-परेशान थी। सिर्फ़ यही नहीं कि वह नहीं जानती थी कि वह कहाँ फँस गयी थी और वहाँ क्या हो रहा था, बल्कि उससे कुछ अपेक्षा भी की जा रही थी। चूँकि वह एक फव्वारे के पास खड़ी थी, उसने एक घूँट पानी माँगा, जो परिवार तुरन्त बाल्टी से निकाले राँगे के बर्तन में फव्वारे के सिरे से निकालकर ले आया। पानी पीने के इस छोटे अन्तराल में उसे अर्धवृत्त में घेर कर खड़े लोगों पर नज़र डालने का मौक़ा मिला। कोई भी ऐसा नहीं था, जिसने ऐतिहासिक पोशाक न पहनी हो, न ही कोई ऐसा था, जिसकी नज़रों में उसे मज़ाक या छद्मवेष धारण करने जैसा कुछ नज़र आ रहा हो, इसके विपरीत सब उसे कुछ चिन्ता और आदरपूर्वक दृष्टि से देख रहे थे, जिसे वह बहुत बीमार लोगों के घरों में लोगों के चेहरे पर दिखने वाले भावों से पहचानती थी, और अब उसे स्पष्ट हुआ कि किसी कारण से उसे डॉक्टर की हैसियत से यहाँ बुलाया गया था।

"धन्यवाद", उसने कहा और बर्तन वापस दे दिया और क़िले के मालिक से पूछा कि उसकी बेटी कहाँ है। शिरोवस्त्र और लम्बी स्कर्टों पर पेटबन्द पहने दो स्त्रियों ने उसे बीच में लिया, पहले एक तंग प्रवेश-द्वार से उसे एक तरफ़ प्रकोष्ठ में, और फिर एक घुमावदार सीढ़ी से ऊपर ले गयीं। अब एक बड़ा लोहे का दरवाज़ा खुला, जिसकी बगल में डरी हुई-सी एक दासी ने झुककर प्रणाम किया, और उसे एक कमरे में प्रवेश करने का आग्रह किया। जिसमें दो नौकरानियाँ गरम पानी से भरी लकड़ी की एक बड़ी नाँद की बगल में घुटनों पर बैठी थीं। एक दराज़दार अलमारी के सामने एक खाली पालना पड़ा था, अलमारी के ऊपर एक कैंची और डोरे का एक गुल्ला पड़ा था, कई मोमबत्तियाँ रखनेवाला एक स्टैण्ड एक चंदोबेदार पलँग पर रोशनी फेंक रहा था और इस पलँग पर भारी साँसें लेती लाल से बालों वाली एक बड़ी जवान औरत पड़ी थी, गर्भ की पीड़ा में।

सबीना बिस्तर के पास आयी, उसने स्त्री के गरम माथे पर हाथ रखा, उसके चेहरे में देखा, जो गर्मियों की चित्तियों से भरा था और पूछा, "कैसी हो?"

उसने कोई जवाब नहीं दिया और आँखें फाड़े डॉक्टर को देखती रही। फिर वह रज़ाई के नीचे मुड़ी और कराह उठी।

"पहला बच्चा है?" सबीना ने पूछा, और स्त्री ने हामी भरी।

“मैं सबीना हूँ” वह आगे बोली, “और तुम्हारा क्या नाम है?”

“मेष्टिल्ट”, स्त्री बुदबुदायी और फिर पुनः कराही।

अब सबीना ने उसकी रज़ाई हटा दी, लेकिन जब वह उसका गाउन भी ऊपर करने लगी तो उन दो औरतों ने, जो उसे ऊपर लायी थीं, उसके हाथ कसकर पकड़ लिए और यूँ देखने लगीं, मानो वह कोई बहुत बड़ी बदतमीज़ी कर रही हो।

“सुनो,” इस पर वह बोली, “डॉक्टर मैं हूँ। समझी?” अनिच्छापूर्वक दोनों ने गाउन छोड़ दिया, और सबीना ने उसे ऊपर उसके स्तनों पर लपेटकर उसके पेट पर दृष्टि डाली। स्त्री एक युवा लड़की थी, उसकी वस्ति हद से ज़्यादा तंग थी, और पेट बहुत ही फूला हुआ।

“खिड़कियों से चिकें हटा दो”, उसने पेट का मुआइना करते हुए दासियों से कहा, और जब उन्होंने उस पर अनिश्चित-सी दृष्टि डाली तो उसने ज़ोर से कहा, “जल्दी।”

दोनों ने हुक्म बजाया और सन्ध्या के प्रकाश के साथ ताज़ी हवा भी कमरे में आ गयी, जिसे मेष्टिल्ट ने उत्कण्ठापूर्वक अपने फेफड़ों में भरा।

जब सबीना योनिद्वार पर काम शुरू करना चाहती थी तो अचानक उसे घबराहट ने आ घेरा, क्योंकि उसका आपातूकालीन बैग, जिसमें दस्ताने, स्टेथोस्कोप और वह सबकुछ था, जो उसे अब चाहिए था, गैराज में गाड़ी में पड़ा था और कि उसके पसीने भरे हाथ, जिनसे उसने लगाम और काठी छुए थे और जिन्हें उसने घोड़े की अयाल में फिराया था, वह ठीक से धो नहीं सकी थी। उसने एक उँगली नाँद में डाली और तुरन्त उसे बाहर खींच लिया।

“साबुन?” उसने पूछा, मगर शब्द अन्जाना था। उसने एक क्षण के लिए सोचा।

“ब्राण्डी?” वह भी कोई नहीं जानता था।

“जली शराब? ब्राण्डी?” उसने आगे पूछा और दोनों औरतों ने जोर से सिर हिला, हामी भरी।

“जल्दी।” सबीना ने पुकारा। “जल्दी-जल्दी।” क्योंकि युवा मेष्टिल्ट कराह रही थी और दबाव डालकर पेट के फल को बाहर निकालने की स्थिति में नहीं थी।

सबीना ने दूसरी बार पेट का मुआइना किया कि क्या बच्चे का सिर हिल रहा था, और उसने अपना कान उसकी गर्दन हो सकने वाली जगह पर लगाये रखा, जब तक कि उसे बच्चे के दिल की धड़कनें सुनायी नहीं दीं। यदि इन्हें स्टेथोस्कोप से सुना जाता तो वे कैसी होतीं, और कैसी हैं जब अपने कानों से सुना जा रहा है। लेकिन सबीना इस बारे में निश्चित थी कि

बच्चा जीवित था।

"शान्त, शान्त, मेष्टिल्ट", सबीना ने कहा, और उसके हाथ उसके पेट पर रखे।

अगर कोई गड़बड़ हुई तो क्या करेगी? खिड़की पर जाकर उसने नीचे दालान में देखा—वहाँ हेलिकाप्टर के उतरने के लिए पर्याप्त स्थान था।

"टेलीफ़ोन कहाँ किया जा सकता है?" उसने पूछा।

"क्या कहना चाहती थी वह", सहायिकाओं ने अपनी विलक्षण बोली में पूछा।

"टेलीफ़ोन, टेलीफ़ोन" सबीना ने दोहराया और शब्द को मूकाभिनय द्वारा स्पष्ट किया।

स्त्रियों ने हतूबुद्ध हो सिर हिलाया, और इसी बीच मेष्टिल्ट एक नये झटके से तड़पने लगी।

सबीना जब अपना सेलफ़ोन निकालने लगी तो उसने देखा कि वह उसे साथ नहीं लायी थी। उसका पर्स गैराज में दरवाजे के पास पड़ा रह गया था। उसके पास कुछ नहीं था, अपने चाबियों के गुच्छे को छोड़कर कुछ नहीं, और बिल्कुल ऐसा लग रहा था कि घोड़ा उसे एक ऐसी दुनिया में उठाकर ले आया था, जिसमें उसकी अपनी दुनिया जैसा कुछ नहीं था। यहाँ वह चल रहा था, जो औरतों की हर युग में नियति होती है और किसी गुप्त कारणवश सहायता के लिए वहाँ उसे चुना गया था।

बड़ी वाली औरत अपने हाथ में ब्राण्डी की बोतल लिये तुरत-फुरत अन्दर आयी। सबीना ने नाक रखकर उसे सूँघा। उसमें मद्यसार का प्रतिशत काफी अधिक था और उसने औरत से आग्रह किया कि वह उसे धीरे-धीरे उसके हाथों पर उड़ेले। औरत ने, जैसा उसे बताया गया वह किया और सबीना ने अपनी उँगलियाँ और हथेलियाँ उससे रगड़ीं।

"धन्यवाद," वह बोली, "तुम्हारा नाम क्या है?"

"अन्ना", बड़ी वाली ने कहा।

"और तुम्हारा?" सबीना ने दूसरी से पूछा।

"मारिया" इसने कहा।

और परिचय करने का समय नहीं था, क्योंकि मेष्टिल्ट को पुनः दर्दें उठनी शुरू हो गयी थीं।

सबीना ने बिस्तर के सिरे पर खड़े होकर सावधानीपूर्वक अपनी उँगली योनिद्वार के भीतर डाली, वहाँ उसने एक लगभग खुला गर्भाशय-मुख और वस्तिद्व ार पर सिर महसूस किया, लेकिन कूल्हों की हड्डी की गाँठ, जिसे वह साफ छू सकती थी, सीधी थी, जिसका अर्थ था कि बच्चा ऊँची, सीधी स्थिति में था।

"कब से चल रहा है यह?" उसने पूछा।

"एक दिन हो गया है" अन्ना और मारिया ने लगभग एक साथ जवाब दिया।

तो इस स्त्री को और किसी स्थिति में लिटाने में कोई फायदा नहीं होगा। इस स्थिति में सबीना और वास्तव में सभी सहयोगी-सहयोगिनें, जिन्हें वह जानती थी, ऑपरेशन कर देते। इस तरह का जन्म हाथों से कैसे करवाया जा सकता है, उसने अपनी कोर्स की पुस्तकों में एक बार पढ़ा था, लेकिन उसने कभी सोचा नहीं था कि वह उसे कभी स्वयं भी करना पड़ेगा।

एक पल के लिए उसने निरर्थक उम्मीद में आँखें मूँद लीं कि किसी बुरे सपने में से उठेगी, लेकिन जब यह नहीं हुआ तो वह दोनों सहायिकाओं की मदद माँगने के लिए मुड़ी।

"ठण्डा पानी है?"

दोनों ने न कहा।

"ठण्डा पानी लाओ," उसने कहा, और दोनों ने दरवाज़े से आदेश आगे पहुँचा दिया।

अब सबीना ने दोनों दासियों से अनुरोध किया कि वे बिस्तर पर बैठकर मेष्टिल्ट को आगे खींचने में उसकी मदद करें। दोनों भयभीत होकर पीछे देखने लगीं। युवा मालकिन का चन्दोबेदार पलँग किसी राजसिंहासन जैसा था।

"तुम्हें करना है", सबीना ने कहा, "जल्दी-जल्दी।" और जब दोनों औरतें बिस्तर पर रेंगकर प्रसव-पीड़ा से तड़पती युवती को कंधों से पकड़े हुए थीं तो सबीना ने उसे आगे खींचा, जब तक कि उसकी वस्ति पलँग के सिरे पर नहीं आ गयी।

ठण्डा पानी लिए दासी लौट आयी थी।

"एक कपड़ा गीला करके इसके माथे पर रखो", सबीना ने कहा।

मेष्टिल्ट कराही, दासी ने फौरन आज्ञा का पालन किया।

"तुममें से एक दाई है?" सबीना ने पूछा।

किसी ने कोई प्रतिक्रिया नहीं दिखायी। फिर उसे एक पुराना शब्द याद आया।

"दर्दों वाली माँ? दाई?"

एक बूढ़ी, तजुर्बेदार दाई की जरूरत थी इस वक्त, लेकिन पाँचों औरतों ने असमर्थता व्यक्त कर दी थी और मेष्टिल्ट दर्दों से रो रही थी। बच्चा आख़िर बाहर आना चाहता था।

सबीना को कुछ करना था और हताश होकर वह सभी ज़रूरी चीज़ों को

याद करने की कोशिश करने लगी।

उसने नौकरानियों से मेष्टिल्ट को पुनः लिटाने के लिए कहा, और धीरे-धीरे दायें हाथ की बीच वाली उँगली योनि में डाली, ढूँढने लगी, टटोलने लगी, इधर दबाया, उधर दबाया, उसे ऐसा कुछ नहीं मिला, जिसे वह खोज रही थी, लेकिन उसकी उँगलियाँ आगे खोजती रहीं, जब तक कि वे शिशु की खोपडी के अनस्थिभूत कलाकृत स्थान तक नहीं पहुँच गयीं।

''तो मेष्टिल्ट'', सबीना ने कहा, अब तुम मेरी ज़रा मदद कर सकती हो, मैं बच्चे को ज़रा-सा घुमाना चाहती हूँ। जितना ज़्यादा हो सके दबाव डालो।'' मेष्टिल्ट ने कराहते हुए हाँ में सिर हिलाया।

''हाँ,'' सबीना ने कहा, ''हाँ, तुम कर सकती हो! मैं जानती हूँ कि तुम कर सकती हो!''

और जब मेष्टिल्ट ने गहरी साँस खींचकर दबाव डालना शुरू किया तो सबीना ने फैली हुई उँगलियों से सिर को थामने की कोशिश की और उसे आश्चर्य हुआ कि यह हो गया, और जच्चा के दर्दों को ध्यान में रखते हुए वह उसे जितना घुमा सकती थी उसने घुमाया। चार संकुचनों के बाद सिर वस्ति तक आ गया और उसने स्वयं को पीछे नहीं खींचा।

सबीना ने मुक्ति की साँस ली।

''बहुत अच्छा किया तुमने!'' उसने मेष्टिल्ट से कहा, और कुछ-कुछ ख़ुद से भी।

उसे यकीन नहीं आ रहा था कि वह एक खाली हाथ से यह कर पायी थी।

अगर उसकी किस्मत अच्छी हुई तो जन्म-प्रक्रिया सामान्य रूप से आगे बढ़ेगी, आख़िर सिर सबसे तंग जगह से निकल चुका था। सबीना बार-बार दिल की धड़कनों को सुन रही थी, जिनमें कोई परिवर्तन नहीं आ रहा था, और जल्दी ही उसे महसूस हुआ कि किस्मत अच्छी नहीं थी, क्योंकि आगे कुछ नहीं हो रहा था। उसने एक बार फिर ब्राण्डी से हाथ रगड़कर साफ़ किये, जो बात अन्ना और मारिया के पल्ले नहीं पड़ रही थी, उसने योनि का एक बार फिर मुआइना किया, और तब उसे स्पष्ट हुआ कि सिर सामान्य स्थिति में नहीं था, बल्कि पीछे की तरफ़ आगे-आगे पड़ा था, और मेष्टिल्ट जो बुरी तरह डरी और थकी हुई थी, मशीनी सहायता के बिना बच्चे को जन्म नहीं दे सकेगी।

मदद के लिए सबसे ज़्यादा काम की चीज़ होती है घण्टाकार परिच्छादक, कम-अज-कम एक चिमटी तो होती, लेकिन उसके पास तो दोनों में से एक भी नहीं था। उसकी पीठ में दर्द हो रहा था, उसने खुद को सीधा किया, हाथों को कूल्हों पर टिकाकर उसने धड़ को पीछे की ओर झुकाया, तब उसे वह

साँट चुभी, जो उसने अपनी बेल्ट में खोंस ली थी और एकाएक कहीं दूर से उसके दिमाग में शिशु-जन्म पर एक पुरानी पुस्तक में से एक चित्र कौंध गया।

उसने साँट बेल्ट में से निकाली, उसे गरम पानी में डुबोया और सावधानीपूर्वक उसे तब तक मोड़ती रही, जब तक कि उसका आकार एक फन्दे जैसा नहीं बन गया।

"अन्ना, एक गिलास में जरा-सा गरम पानी लाओ, और उसमें ब्राण डी भी।" वह मुड़ी हुई टहनी दोनों हाथों में लिए पुनः घुटनों पर बैठ गयी।

ब्राण्डी का मिश्रण तैयार था।

"पियो मेष्टिल्ट" सबीना ने कहा, "तुम्हें आराम मिलेगा।"

अन्ना ने उसकी ओर गिलास बढ़ाया और मेष्टिल्ट ने एक घूँट पिया। घबराहट में उसका मुँह पूरा खुला था।

"एक और", सबीना ने कहा, "दवाई!" और मेष्टिल्ट ने एक घूँट और पिया।

"शाबाश," सबीना बोली, "शाबाश! और अब आखिरी।" और जब मेष्टिल्ट जुगुप्सा को दबाते हुए पेय को गले से नीचे उतार रही थी, जो उसे गरमी दे रहा था, और जिससे उसे चक्कर आ रहे थे, सबीना ने दोनों नौकरानियों को बिस्तर की ओर आने को कहा, और कहा कि अपनी मालकिन को वे ठीक से पकड़े रखें, मारिया ने कहा कि वह मेष्टिल्ट की टाँगों को ज़रा-सा और फैला दे।

"डरो नहीं, हम तुम्हारी मदद करेंगे", उसने जच्चा से कहा, लेकिन जच्चा ने तो एक कराह भरकर सिर लटका लिया और बेहोश हो गयी।

"चेहरे पर ठण्डा पानी छिड़को।" सबीना ने पुकारा। "जल्दी!" क्योंकि यही वक्त था, जब मेष्टिल्ट को मदद की जरूरत थी। दासी ने एक साफ कपड़े से उसका माथा और गला पोंछा, लेकिन मेष्टिल्ट के बदन ने इस घोर यन्त्रणा में हिस्सा लेने से इनकार कर दिया, और उसका दबाव डालने का क्रम भंग हो गया।

अब सबीना ने सावधानीपूर्वक साँट योनिद्वार के भीतर डाली, लेकिन वह सिर तक नहीं पहुँची। सबीना हाँफने लगी, जैसे उसे खुद को बच्चा पैदा हो रहा हो।

मेष्टिल्ट घर-घर करते हुए साँस लेने लगी, लेकिन अभी वह होश में नहीं आयी थी। सिर ने पूरे छेद में जगह घेरी हुई थी।

बिस्तर वाली दोनों दासियाँ रोने लगीं, दूसरी नौकरानी की भी अश्रुधार बह निकली, और मारिया, "मम ईश्वर, मम ईश्वर!" कहने लगी, अन्ना की

हिचकियाँ बँध गयीं और सबीना की आँखों के आगे प्रसव-पीड़ा में अचेत स्त्री की योनि में पड़ा सिर घूमने लगा, जो बाहर नहीं निकल रहा था।

"हल्ला मत मचाओ," सबीना ने कहा, "हो जायेगा यह!"

उसने बायें हाथ से बच्चे का सिर एक पल को पीछे की ओर दबाया, और उसे फन्दे को वहाँ तक सरकाने में सफलता मिली, जहाँ बच्चे की ठुड्डी थी। जब उसने सिर छोड़ा तो वह तुरन्त नीचे निकास की दिशा में आ गया और अब उसने फन्दे को खींचना शुरू किया, पहले नर्मी से, तब, जब उसने देखा कि साँट टूटी नहीं तो ज़रा ज़ोर से, उसने अन्ना से कहा कि दर्द के हर झटके के साथ अपनी बाँह के कोहनी तक के भाग से मेष्टिल्ट के पेट को दबाये, और वह खींचती रही और खींचती रही, और अन्ना दबाती रही, और अन्ततः उसने देखा कि सिर वस्ति के नीचे वाले हिस्से पर जाकर ठहर गया था। अब उसने फन्दे को बायें हाथ में ले लिया, ताकि उसे आने वाले बड़े झटके से सुरक्षित किया जा सके और वह आया, झटका, अगली पीड़ा के साथ, सबीना ने अपनी अन्तिम ताकत लगा के दायें हाथ को वहीं बनाये रखा, साँट को छोड़ दिया और बायें हाथ से सिर को वहीं बनाये रखा, साँट को छोड़ दिया और बायें हाथ से सिर को निकलने में मदद करने लगी, जो अन्ततः रक्तभरे गर्भोदक के साथ-साथ दिन के प्रकाश को देख रहा था, और उसके पीछे-पीछे उसका पूरा शरीर भी निकल आया। मारिया ने बच्चे के लिए हाथ में जो कपड़ा तैयार रखा, उसमें लपेटने की बजाय सबीना ने सबसे पहले बच्चे को माँ की छातियों के बीच रख दिया, अभी उसने रोने की पहली आवाज़ निकाली ही थी कि सबीना ने उसकी नाभिनाल को कैंची से काटकर नाभि को डोरे से बाँध दिया, और जब मेष्टिल्ट ने आँखें खोलीं तो सबीना ने उसे बताया, "लड़का हुआ है," और मेष्टिल्ट मुस्करायी। बच्चा स्वस्थ और सामान्य प्रतीत हो रहा था, सिर्फ ठुड्डी बहुत बाहर को निकली हुई थी।

जेर भी बिना किसी समस्या के बाहर आ गयी और मारिया ने उसे एक कपड़े में लपेट दिया, सबीना ने मेष्टिल्ट के गुदा और योनि के बीच वाले भाग पर खिंच आये चीर को ब्राण्डी से भीगे एक कपड़े से पोंछा। चीर ज़्यादा बड़ा नहीं था। फिर उसने एक गीले कपड़े से अपने हाथों पर लगा खून पोंछा, और वह खिड़की पर आ गयी। उसने देखा कि क़िले के सभी निवासी आँगन में खड़े उम्मीद भरी नज़रें उसकी तरफ़ ऊपर लगाये खड़े थे।

"लड़का हुआ है।" उसने नीचे आवाज़ लगायी और घोषणा का स्वागत हर्षनाद के साथ हुआ, किले का मालिक एक .खूबसूरत औरत की बाँहों में गिर पड़ा, चाँदी का हार पहने एक आदमी ने खुशी से सिर हिलाया, औरतों और बच्चों ने नाचना शुरू कर दिया, धोबिन ने अपने कूल्हों पर हाथ टिकाकर

वहीं पर एक चक्कर लगा लिया, एक सहायक पादरी ने प्रभु यीशु का निशान छाती पर बनाया, दो आदमियों ने अपनी तलवारें निकालीं और उन्हें खनखनाते हुए छद्‌म-युद्ध लड़ने लगे, तब सबीना ने अपने माथे पर हाथ मारा, मुड़ी और अन्ना से एक गिलास ब्राण्डी का माँगा।

आधी रात की बुर्गवाल्ड-मार्ग पर घोड़े की टाप की आवाज़ एक ऐसा शोर पैदा कर रही थी कि श्रीमती ब्रुन्नर, जिसे नींद नहीं आ रही थी, खड़ी होकर खिड़की से बाहर झाँकने लगी। बिजली के अन्तिम खम्भे की रोशनी में जो उसे नजर आया उसे देखकर वह डर गयी।

जिस सफ़ेद घोड़े को उसने आज दोपहर बाद देखा था, वह धीरे-धीरे चला आ रहा था, और काठी पर झुककर लेटी हुई-सी, घोड़े की अयाल को खुजलाती-सी, उसकी डॉक्टर पड़ी हुई थी, जो सोती लग रही थी। औरत ने अपनी बरसाती पहनी, अपने सैण्डल चढ़ाये और भागते हुए बाहर निकलकर घोड़े के पास पहुँच गयी, वहाँ पहुँचकर उसने सबीना के हाथ को पकड़ा और मद्धम स्वर में पुकारा, "डॉक्टर साहब!"

सबीना क्रिस्टन ने आँखें खोलीं, जड़वत वह सीधी हुई, और श्रीमती ब्रुन्नर दूसरी बार डर गयी। डॉक्टर की चोली, जैकेट और पतलून पर हर जगह लहू के धब्बे थे।

"हू", सबीना क्रिस्टन ने आवाज़ लगायी और घोड़ा खड़ा हो गया।

"कहाँ से आ रही हैं आप?" श्रीमती ब्रुन्नर ने पूछा और डॉक्टर के हाथ को कसकर पकड़े रखा।

उसने एक गहरी साँस भरी, फिर धीरे-धीरे नीचे उतरी और बोली, "एक प्रसव करवा के आ रही हूँ।"

"युस्सु, जंगल में?"

"हाँ, थोड़ी दूर", सबीना ने उसाँस भरी।

श्रीमती ब्रुन्नर अपनी डॉक्टर को हक्की-बक्की होकर देख रही थी। आज जब वह उसके बाग़ के सामने से गुजरी थी तो जवान थी और अब उसके बाल धूसर हो रहे थे।

सबीना ने घोड़े की काठी की पेटी ढीली की, उसकी लगाम की डोर को पकड़ा, उसे घुमाया और उसके साथ बिजली के अन्तिम खम्भे तक गयी और फिर बोली, "घर जा, बेओवुल्फ़।"

घोड़े ने सिर ऊपर उठाया, तनिक हिनहिनाया और आराम से दुलकी चाल में जंगल की ओर बढ़ने लगा।

दोनों औरतें उसे तब तक देखती रहीं, जब तक वह एक सफेद धब्बा बनकर वन में गायब नहीं हो गया।

अस्पताल में चार सप्ताह लगे। निदान था परिसंचरण निपात, जिसमें अति के आसार थे, मनोदैहिक किस्म के; जो डॉक्टर उसकी चिकित्सा कर रहा था, उसने सलाह दी कि किसी मनोविश्लेषक या महिला मनोवैज्ञानिक की मदद ली जाये।

''मेरा ख़याल है कि मुझे किसी इतिहासकार की ज़रूरत है,'' सबीना ने कहा, जो वैसे सोच चुकी थी कि किसी से भी ज़िक्र नहीं करेगी कि उसके साथ क्या बीती थी। वह भली-भाँति जानती थी कि जो भी ऐसे अनुभव किसी को सुनायेगा, वह अपने पारम्परिक जीवन से हाथ धो बैठेगा। घोड़ों के जाने के लम्बे मार्ग की परिधि और क़िलों के नक्शों की एक-एक किताब का गहरा अध्ययन करने के बाद उसे नज़र आया कि कठिन प्रसव वाला स्थान एक्जेनबुर्ग ही हो सकता था; नीचे खँडहर के सामने बनी गर्त को अभी भी म्यूलेटाल कहते थे।

जब उसने बहुत सोचा कि किससे पूछे तो उसे एक प्राथमिक स्कूल के एक बूढ़े शिक्षक की याद आयी, जो उसे बड़े उत्साह से स्विट्ज़रलैण्ड का इतिहास बताया करता था और जो हाब्सबुर्गों, त्सेरिंगों और काइबुर्गों द्वारा बनाये गये क़िलों की भूल-भुलैयों के खँडहरों में से हर एक के बारे में बता सकता था।

जब उसने उसे फ़ोन किया और सूचना माँगी तो वह बहुत खुश हुआ, और स्वभावतः उसने पूछा कि वह यह सब क्यों जानना चाहती है, जिस प्रश्न के लिए वह तैयार थी, और उसने अर्थगर्भित ढंग से कहा कि भावुक कारण हैं। उसने वापस फ़ोन करने में सिर्फ़ पन्द्रह मिनट लगाये।

''सुनो,'' उसने तब कहा, ''एक्ज़ेनबुर्ग ('एक्ज़ेनबुर्गों का क़िला'-अ.मे.) 14वीं शताब्दी के अन्त में बना था, और ज़ेम्पाख़ के युद्ध के बाद स्विस-संघ की सेना द्वारा नष्ट कर दिया गया था और इसका फिर कभी पुनर्निर्माण नहीं हुआ, यह ऐक्ज़नबुर्ग के जागीरदारों की सम्पत्ति था, जिनकी फ्रोबुर्ग वालों से रिश्तेदारी थी और तत्कालीन जागीरदार अपने वंश में आख़िरी था, ज़ेम्पाख़ में उसकी मौत हुई थी, बदनाम था, बल्कि वह एक बटमार जागीरदार था, इतिहास की एक पुस्तक में तो उसका चित्र भी है, थोड़ा भीषण-सा लगता है, ठुड्डी काफी आगे निकली हुई है।''

''और माँ? उसकी माँ के बारे में भी कोई जानता है?''

शिक्षक ने एक क्षण सोचकर कहा, ''नहीं। माँओं के बारे में हम क्या जानते हैं?''

बिज़नेस क्लास

•

मिलेना मोज़र

एम्मा के 50वें जन्मदिन के कुछ दिन बाद वह पैसे वाली हो गयी। उसके एक पुराने मालिक की मौत हो गयी थी और वह कुछ पैसा उसके नाम कर गया। बहुत ज़्यादा तो नहीं, फिर भी वह अपना निर्वाह अच्छी तरह कर सकती थी। उसे अब आगे की चिन्ता करने की कोई जरूरत नहीं थी।

उसने सोचा था।

सबसे पहले उसने जर्मनी का एक छोटा-सा दौरा करने की सोची रेलगाड़ी से, क्योंकि अभी तक उसने कभी हवाई जहाज से यात्रा नहीं की थी और अब शुरू करने में उसे कोई तुक नज़र नहीं आयी। परन्तु उसने प्रथम श्रेणी का टिकट खरीदा, एक अत्यन्त सुन्दर फाइव-स्टार होटल में एक कमरा बुक किया और ऑपेरा के सबसे महँगी श्रेणी के टिकट भी बुक करवा लिए। जितने अक्षर उस होटल के नाम में थे, उससे कहीं ज्यादा सितारे उसके नाम के साथ जुड़े थे। यह एक प्रकार का जन्मदिन का लेट उपहार था उसके लिए। ज़िन्दगी में पहली बार स्वयं के लिए कुछ कर सकने का सामर्थ्य रखती थी और इसका वह पूरा-पूरा आनन्द लूटना चाहती थी।

परन्तु हुआ कुछ और ही।

फर्स्टक्लास टैक्सियों, आलीशान होटलों, ऑपेरा के वस्त्रागारों और शैम्पेन की लम्बी मेजों की दुनिया पहले से ही ''हाऊस-फुल'' थी। थ्री-पीस सूटों, फैशनेबल टाइयों और भड़कीली बरसातियाँ पहने हुए पुरुषों की मुट्ठी में थी यह दुनिया। उसका कहीं भी ज़रा भी चांस नहीं था।

सफ़र शुरू हुआ ही था कि उसे इस सत्य से जूझना पड़ा। फर्स्ट क्लास बिज़नेसमैन से भरी हुई थी, वे अपने ब्रीफकेसों को हथियारों की तरह इस्तेमाल कर रहे थे, धक्का मारकर रास्ता बनाने के लिए, धक्कम-धक्के के लिए, ठोंकने

के लिए, सीटों पर कब्जा करने के लिए। जब वह भोजन-यान में खाली बची अन्तिम कुर्सी पर बैठने वाली थी, तो सूट पहने हुए एक आदमी पीछे से आकर उससे नीचे जल्दी से ऐसे बैठ गया कि वह उसकी गोदी में गिरते-गिरते बची। इस पर उसकी भूख तो मर गयी और लंच उसने किया ही नहीं। जब वह स्टेशन पर उतरी तो टैक्सी मिलने में उसे 40 मिनट लगे और तब उसे पता चला कि उसका होटल तो निकट ही एक बड़े से पार्क में था। परन्तु उसका कमरा होटल के पिछवाड़े में एक गली की तरफ़ था। जब उसने अपना सूटकेस बिस्तर पर रखा तो बिस्तर धच्च से नीचे बैठ गया।

वह कोई असहाय अधेड़ औरत नहीं थी, नहीं नहीं। वह अपनी बात मनवाना या अपना काम करवाना जानती थी, कम से कम अभी तक तो यही सोचा था उसने अपने बारे में। अपना पूरा जीवन उसने तंगहाली में अपने सिर पर काटा था, महरी या आया के रूप में नौकरी की थी, अमीर माँ-बापों के गुस्ताख़ बच्चों को पतलून पहननी सिखायी थी। पिछले कुछ वर्षों से उसके पास काम नहीं था, रेलवे स्टेशन के एकदम पीछे वह एक सस्ता-सा कमरा लेकर रह रही थी, एक ऐसी गली में, जहाँ धन्धा करने वाली लड़कियाँ अपनी चढ़ती जवानी का सौदा किया करती थीं। एक ख़तरनाक इलाका था यह और उसकी सहेलियाँ यदि उसे मिलने आती भी थीं तो केवल दिन-दिन में। परन्तु उसने खुद को कभी भी इतनी असहाय अवस्था में नहीं पाया था, जितना उस क्षण जब एक गीले बालों वाले मुटियाये हुए बनिये ने उसे नाश्ते की सजी हुई मेज से परे धकेलकर बचे हुए चार डबलरोटी के टुकड़े अपनी प्लेट में भर लिए थे।

खाली हाथ लिए वह अपनी मेज पर वापस हो ली थी। कॉफ़ी का दूसरा प्याला माँगने की उसमें हिम्मत नहीं बची थी, उसे लगा कि उसके लिए भी उसे संघर्ष करना पड़ेगा। उसने कभी सपने में भी नहीं सोचा था कि धनवान लोगों की यह ख़ूबसूरत रंगीन दुनिया इतनी कठोर हो सकती है। अन्त में जाकर उसने नाश्ता एक ढाबे में लिया, पकौड़े और मिल्क-शेक; उसने अपने मन को तसल्ली देने की कोशिश की, जहाँ तक सम्भव हो सका, क्योंकि यह नाश्ता उसके जन्मदिन का पहला उपहार था। ढाबे में सड़े हुए तेल की बदबू आ रही थी, परन्तु यहाँ बारी के नियम का कड़ाई से पालन हो रहा था, और सबसे बड़ी बात कि उसे यहाँ कोई बिज़नेसमैन नज़र नहीं आया।

बैठने से पहले मशीन की तरह उसने कागज़ के नैपकिन से प्लास्टिक की चिपचिपी कुर्सी को पोंछा। यह तो साफ था कि इन ब्रीफ़केस वाले बदमाशों से डरने वाली वह अकेली नहीं थी। उसने देखा कि टैक्सी-ड्राइवर उसे अनदेखा

करके निकल जाते थे, किसी सफ़ेदपोश को टैक्सी में बिठाने के लिए, जो उनसे रसीद माँगेगा और तगड़ी बख़्शीश देगा, चाहे कम्पनी के खर्चे पर ही। और ऑपेरा हाऊस के वस्त्रागार पर काम करने वाली वह दुबली-पतली औरत, जिसने उसे इरादतन नजअन्दाज़ करके उसकी आत्मा को दुख पहुँचाया था। उसकी नज़रें जैसे कह रही थीं कि अगर मुझे यहाँ खड़े रहकर सेवा करने की मजबूरी है भी तो वह तुम जैसे लोगों के लिए नहीं है। तब वह होशियारी से धक्का मारकर आगे बढ़ते हुए एक भद्र पुरुष से दासी की मुद्रा में बात करने लगी थी। उसने अपनी टाई में टेनिस के रैकेट की शक्ल का सोने का पिन लगाया हुआ था, साथ में एक बहुत बड़ी हीरों जड़ी गेंद-सी थी।

एम्मा दुनिया को समझ नहीं पा रही थी। उसने वापसी का टिकट अपनी यात्रा में से एक दिन कम करके बुक कर लिया था; वह अपने आपको कुछ बीमार-सा महसूस कर रही थी। "खुद पर काबू पाओ", उसने स्वयं को झकझोरा, पर वह खुद को थका हुआ महसूस कर रही थी। उसने सन्ध्या-समय की गाड़ी ली थी, ताकि वह भोजन-यान में खाना खा सके और सन्ध्या के धुँधलके में तेज़ी से भागते हुए प्राकृतिक दृश्यों का आनन्द ले सके। उसे यह ख़याल नहीं आया था कि इस समय गाड़ी व्यापारियों से खचाखच भरी होगी। और वह दिन के अन्तिम प्रहर में न केवल बेशर्म, बल्कि नशे में धुत्त भी होंगे।

एम्मा बोलने में किसी से कम नहीं थी। उसने धक्का-मुक्की चुपचाप सहन नहीं की।

"घर में माँ नहीं है क्या, जो तुम्हें कम से कम तमीज़ तो सिखा देती", एक नये युवा नमूने को उसने डाँटा, जो गाड़ी पर चढ़ते हुए धक्का मारकर उससे आगे हो गया था और जिसने उसे गाड़ी से लगभग बाहर ही फेंक दिया था। लेकिन न वह रुका, न उसने कुछ सुना।

और जब उसने बाद में कण्डक्टर से शिकायत की कि भद्र पुरुषों ने अपने सूटकेस, कोट और सान्ध्य समाचार-पत्र रखकर सारी सीटों पर कब्जा जमा लिया था, उस सीट पर भी, जो उसने रिजर्व करवायी थी तो कण्डक्टर ने उसे किसी सन्देह में नहीं रखा कि उस जैसियों की जगह फर्स्ट क्लास में नहीं है। एम्मा को मानना पड़ा कि वह ठीक कह रहा है। उसने एक सैण्डविच, और आधा बोतल शराब की खरीदी और सेकेण्ड क्लास में जाकर शरण ली। डिब्बे खचाखच भरे हुए थे। कहीं जाकर चौथे या पाँचवें डिब्बे में गिरते-पड़ते उसे छः सीटों वाले एक कूपे में जगह मिली, जिसमें नशे में धुत्त, भड़कीले रंगीन बालों वाले, भद्दे से जूते पहने हुए पाँच लड़के-लड़कियाँ बैठे हुए थे। एम्मा ने नम्रतापूर्वक उनका अभिवादन किया और खाली स्थान पर बैठ गयी,

जोकरों जैसे जूते पहने हुए एक जोड़ा नाज़ुक जनाना पैरों के वहाँ से हट जाने के बाद। लड़के-लड़कियाँ अकस्मात ख़ामोश हो गये, नज़रों का आदान-प्रदान हुआ और फिर वे फूहड़ता से खी-खी कर हँसने लगे। एम्मा उन्हें देखकर दोस्ती भरे अन्दाज़ में मुस्करायी। अपना सैण्डविच खाया और शराब पी। वह धुएँ के एक बादल में लिपटी बैठी रही। इस धुएँ में से मतली लगाने वाली कोई मीठी-सी सुगन्ध आ रही थी, जो उसकी समझ के अनुसार सामान्य सिगरेटों में से नहीं आ सकती। पर चूँकि वह स्वयं सिगार पीने वाली थी, इसलिए उसका झींकना शोभा नहीं देता। सिगार के धुएँ से भी तो आखिर कुछ लोगों को मतली महसूस होती है। इसलिए उसने अपना सिगार सुलगाने से पहले नम्रतापूर्वक पूछा, "आपको धुएँ से कष्ट तो नहीं हो रहा?" उसके बाद कूपे में लगभग दस मिनट तक सन्नाटा छाया रहा। सीमा पर उससे पूछा गया कि क्या यह चाण्डाल-चौकड़ी उसके साथ है, और उसने शिक्षिकाओं जैसे बर्फ़ीले अन्दाज में प्रत्युत्तर दिया, "क्यों जनाब, चाण्डाल-चौकड़ी से आपका क्या मतलब है?" और उन सब को परेशान नहीं किया गया।

थोड़ी देर बाद उसे एक गुनगुनी बोतल बीयर की पेश की गयी, जो उसने सधन्यवाद स्वीकार की। फिर उसने आँखें बन्द कर लीं।

स्पष्ट था कि उसे कुछ करना होगा। परन्तु जीवन में पहली बार उसे महसूस हुआ कि वह बिल्कुल असहाय और परबस है। इन धनियों से निपटने का एक ही तरीका था कि उनसे भी ऊँची आवाज में बोला जाये, उनसे भी बड़ा ब्रीफ़केस उठाया जाये और उनसे भी महँगी घड़ी पहनी जाये। कपड़े उनसे भी उच्चतर दर्जे के पहने जायें। संक्षेप में पुरुष बना जाये। हाँ, फिर वे घुटनों के बल रेंग रहे होंगे और हारे हुए पहलवान की तरह धूल चाट रहे होंगे। थोड़ी देर के लिए उसे अपने पुत्र का ध्यान आया, एक शर्मीला, दुनियादारी से बेखबर, दब्बू कलाकार, वह उसकी कोई सहायता नहीं कर पायेगा। वह सिर्फ खुद पर ही भरोसा कर सकती थी। सिर्फ एक राह थी, उसे हथियार का इन्तज़ाम करना पड़ेगा। अगर पिस्तौल हासिल करनी हो तो कैसे की जाये? अनमनी-सी वह बुदबुदाई, बिना किसी पर दृष्टिपात किये। लड़के-लड़कियों ने अनिश्चित दृष्टि से एक-दूसरे की ओर देखा। बाद में जाकर पता लगा कि एम्मा ने उनके बारे में अनुमान ग़लत लगाया था। यह मिडिल स्कूल के छात्रों का एक दल था, जो रॉक-गायकों के किसी संगीत समारोह से लौट रहा था, वह भी अपने माता-पिता की अनुमति से, क्योंकि उस समय स्कूल की छुट्टियाँ चल रही थीं। हथियार कैसे हासिल किया जाये, वे सचमुच नहीं जानते थे।

एम्मा सीट पर पीठ टेककर बैठ गयी और अपने बुझ चुके सिगार को दियासलाई से जलाने लगी। "खैर, मुझे भी नहीं पता था कि ऐसी चीज़ का इस्तेमाल कैसे किया जाता है", उसने युवा-मण्डली को सान्त्वना दी।

परन्तु गाड़ी से उतरने से थोड़ी देर पहले एक ने झुककर उसके कान में गोपनीय ढंग से बताया कि जरूरत पड़े तो वह एक बटन वाले चाकू का इन्तजाम कर सकता है, डिब्बे के कोने में बने हुए टॉयलेट में वे दोनों मिले। तब एम्मा को अपनी युवावस्था की रेल-यात्राओं की याद आयी, जब कई ऐसे बच्चों के पिता, जिनकी वह देखभाल कर रही होती थी, उससे टॉयलेट में मिलने का समय तय करते थे, परन्तु तब मामला हथियारों का नहीं होता था। आजकल किसी को यह बात नहीं सूझती थी। तब शायद यह वजह थी कि उन दिनों शौचालय साफ़-सुथरे होते थे और बड़े भी।

तो बटन वाला चाकू तो उसे मिल गया, अच्छा मॉडल था, पतला और हल्का, उसकी मुट्ठी में पूरा आ जाता था, और जब वह उसका बटन दबाती थी तो झटके से शीशे की तरह चमकता नाई के उस्तरे जैसी तेज धार वाला चाकू बाहर आ जाता था।

उसने चाकू अपनी जैकेट की जेब में डाल लिया और जल्दी ही उसके बारे में भूल भी गयी। जिस तरह का जीवन वह जी रही थी, उसमें बिजनेसमैन के सम्पर्क में आने की सम्भावना न के बराबर थी। जिन दुकानों में वह खरीदारी करती थी, उनमें बटन जैसी आँखों वाली अधेड़ उम्र की महिलाओं का बोलबाला था, जो शायद धक्कम-पेल करने वालों को तुरन्त थप्पड़ मार देंगी। कभी-कभी उसे लगता था कि उसने कोई बुरा सपना देखा था, और वह शर्मिन्दगी में खुद से पूछती थी कि वह कहीं धीरे-धीरे बूढ़ी तो नहीं हो रही, क्योंकि वह इस तरह के कुछ गिने-चुने उजड्ड आदमियों से खुन्नस खा रही थी।

एक दिन उसे न जाने क्या मनहूस विचार आया और वह अपने बचे हुए धन में से कुछ ख़र्च करने के उद्देश्य से अपने नज़दीक ही रहने वाली एक सहेली को खाने पर निमन्त्रण दे बैठी, एक बढ़िया, महँगे स्वादिष्ट भोजन के लिए प्रसिद्ध रेस्तराँ में। उस रेस्तराँ का मुकाबला वे ढाबे जरा भी नहीं कर सकते थे, जहाँ वह आम तौर पर खाना खाया करती थी। जब उसने टेबल बुक कराने के लिए फोन किया तो फोन पर जवाब देने वाली महिला ने कम्पनी का नाम पूछा। उसने सोचा होगा कि कोई सैक्रेटरी होगी। एम्मा ने बहादुरी दिखाते हुए बिना सोचे-समझे कह दिया कि टेबल वह ख़ुद के लिए बुक करा रही है, साढ़े बारह बजे वह वहाँ पहुँच जायेगी।

साढ़े बारह बजे रेस्तराँ भर चुका था। दस मिनट या उससे भी ज़्यादा

समय तक वे प्रवेश द्वार के आसपास खड़े रहे, जब तक कि एक वेटर को उन पर दया नहीं आयी, और वह उन्हें रसोई के दरवाज़े के बगल में रखे एक तख़्ते की ओर ले गया। यह उनकी मेज़ थी। लगभग 20 मिनट तक जब उन्हें मीनू का इन्तज़ार करना पड़ा तो एम्मा अधीर हो गयी। सबसे कठिन समस्या तो यह थी कि वह अपना गुबार निकाल भी नहीं सकती थी, आखिरकार उसी ने तो अपनी सहेली को निमन्त्रण दिया था और वह उसका ख़ाना ख़राब नहीं करना चाहती थी। लेकिन उसकी सहेली में इतने पेंच नहीं थे, वह खड़ी हुई, अपने लहँगे को सीधा किया और ज़ोर से बोली, ''मेरा ख़याल है कि 'ब्लैक एग्ग' रेस्तराँ इससे बेहतर है।''

जाते-जाते एम्मा ने एक बाजू उसके कन्धों पर रखी। मुस्करायी। बाद में जो उसने किया, वह कुछ इतना मुश्किल नहीं था। जब वे वस्त्रागार के नजदीक से निकलने लगे, जहाँ अण्डे के खोल के रंग के ओवरकोट सुव्यवस्थित ढंग से एक के बाद एक टँगे हुए थे तो उसने अपनी जेब में हाथ डाला, चाकू बाहर निकाला, बटन दबाकर उसे खोला और ओवरकोटों की पूरी कतार को कतर दिया। अस्तर से रेशम चमक रहा था, आस्तीनों के टुकड़े जमीन पर गिर गये, पर किसी ने कुछ नहीं देखा, उसकी सहेली ने भी नहीं, सब कुछ इतनी तेजी से हुआ कि एम्मा ने उसके कन्धे से बाजू तक नहीं हटायी।

''ब्लैक एग्ग'' में उन्होंने तले हुए मांस के कतलों के साथ तले हुए आलुओं और एक बोतल शराब का आर्डर दिया। यहाँ भी ऊँची आवाज़ में बोल रहे शराबी पुरुष अपनी मेज़ों पर बैठे हुए थे, पर इस वजह से वेटरों को उनकी सेवा करने में कोई बाधा नहीं पहुँची और फिर उन्होंने सफ़ेद कोट भी नहीं पहने हुए थे।

एम्मा की बाजू पर जिस्म के तुष्टिकरण जैसी एक ख़ास किस्म की सुरसुरी हो रही थी, ख़ास तौर से तब जब उसने भद्र पुरुषों के चेहरों की कल्पना की, कोट पहनते समय। क्या हालत हुई होगी उनकी, जब उन्हें पता चला होगा कि उनकी तो आस्तीन ही ग़ायब है। एम्मा ने क्रेडिट कार्डों के मालिकों की दुनिया में सैर करने का इरादा भविष्य के लिए त्याग दिया। आख़िर पैसे से पिण्ड छुड़ाने के और भी कई तरीके थे। लेकिन अब वह चाकू हमेशा अपने पास रखती थी। भड़कीली बरसातियों वाले तो आखिर कहीं भी टकरा सकते थे, ट्राम में भी। चिकने, महँगे कपड़े को काटने की सुखद अनुभूति की तुलना अन्य किसी सुख से नहीं की जा सकती। ख़ासतौर से, जब उसमें कोई बिजनेसमैन भी घुसा हुआ हो और उसका लहू धीरे-धीरे कपड़े का रंग लाल कर दे...

ज़्यूरिख में अजनबी

•

रफ़्फ़ाएल गंत्स

टेलीफोन-बूथ में से किसी सड़े हुए थर्ड क्लास गाड़ी के डिब्बे में लगी हुई ऐश ट्रे जैसी दुर्गन्ध आ रही थी। गीली बदबू। बाहर सन्ध्या के झुटपुटे में बारिश की हल्की फुहार पड़ रही थी। आकाश पर सामान्य से अधिक अन्धकार छाया हुआ था। रेलवे-स्टेशन के सामने स्थित खुला स्थान किसी काले दर्पण का आभास दे रहा था। चारों ओर बत्तियाँ जगमगा रही थीं। निअन लाइटों की खिचड़ी : कालीनघर, रेस्तराँ, सिगार, घड़ियाँ और यातायात की बत्तियों की रक्तिम शिराएँ। संक्षेप में : एक मनहूस शाम। मेरे कोट का ठण्डा गीला कालर मेरी त्वचा से रगड़ खा रहा था। बारिश का पानी बालों से बहकर गुद्दी में पहुँच रहा था, और हाईडी फ़ोन पर चिल्ला रही थी, "तेरा-मेरा अब कोई रिश्ता नहीं रहा! खत्म! भर पायी मैं! ख़त्म!" ऐसे क्षणों में सभी भावनाएँ एक शून्य में विलीन हो जाती हैं; भीतर सन्नाटा, बाहर शोर, और तब इसके अतिरिक्त कुछ नहीं किया जा सकता कि टेलीफोन-पुस्तक को अनमनेपन से पकड़कर उसके पृष्ठों को उँगलियों से फिसलने दिया जाये और टेलीफोन के नम्बरों को निरर्थक ताका जाये। बूथ की दीवारों पर बालपेन के करिश्मे: एर्नेस्ट नम्बर, लिली-नम्बर, विवोन गेर्डा और एक घटिया, लेकिन भद्दी चित्रकारी, और "बिल्कुल फ़ोन मत करना, कभी नहीं!" हाईडी फ़ोन में चिल्ला रही थी। क्या कहा जाये? ऐसी स्थिति में कोई संवाद लेखक भी कोई सूक्ति नहीं खोज पायेगा; और अभी एक दिन पहले ही मैंने अपनी पोर्शे कार सड़क के किनारे लगे एक पत्थर से भिड़ा दी थी और आगे के बम्पर का हुलिया बिगड़ गया था। सर्विस स्टेशन वाले आदमी ने बताया था, लगभग पन्द्रह सौ का खर्च आयेगा। यह कहकर वह दबी हँसी हँसा था, जैसे मैं कोई नंगी औरत उसके गैराज में ले आया हूँ। संक्षेप में : कोई और होता तो सोचता कि चलो

शोकनगरी और नशे में डूब जाओ। मगर क्या फ़ायदा है, हाईडी के साथ अब सब कुछ खत्म हो चुका है, और मैं शायद यह भी कह देता कि क्यों न हम विवाह कर लें, जब मेरा अपना स्टूडियो हो जाये तो। हाईडी ने चोगा रख दिया था। पटक दिया था। सब कुछ यूँ ही समाप्त हो जाता है। और फिर लालाजी, क्या समाचार है...?

मैंने कुछ देर चोगा हाथ में पकड़े रखा। दूसरे हाथ से मैंने चोगे का आधार नीचे दबाया। और वह स्त्री अभी भी उसी स्थान पर खड़ी थी, जहाँ वह लगातार मेरे और हाईडी के झगड़े के दौरान खड़ी रही थी। बाहर बारिश में वह कपड़ा टाँगने के खूँटीदार लट्ठे की तरह खड़ी हुई थी; सब कुछ उस पर लटका हुआ था। प्रथम दृष्टि से ही स्पष्ट था कि वह विदेशी थी। यदि मैक्स मेरे साथ होता तो हमने शर्त लगायी होती, वह सिसली की है, नहीं कैलेब्रिया से है, नहीं क्रेटा से है! अपने काले कपड़ों में वह भूमध्यसागर पर स्थित किसी देश से लगती थी : सिर पर काला दुपट्टा ठुड्डी के नीचे बाँधा हुआ; ऊनी शाल उसके कन्धों से ढीली लटकी हुई थी। लहँगा घुटनों के नीचे तक था और हाँ, उसने काली जुराबें भी पहनी हुई थीं, और सौ साल पुराने रोगन किये हुए चमड़े के जूते। देखने में चुहिया जैसी, एक सही विज्ञापन उन पोस्टरों के लिए, जिन पर लिखा जाता है, "विश्व के भूखों के लिए दान दें" या "फ़ैशन हटाओ"। हाथों में उसने बाबा आदम के ज़माने का एक ट्रंक उठाया हुआ था और उसके साथ थामी हुई थी एक लोहे की इस्त्री।

अभी तक मैंने उसका चेहरा उड़ती नज़र से और शीशे और बारिश की बूँदों के धुँधलके में देखा था, गोरा मुखड़ा, अत्यन्त गहरे रंग की पोशाक की तुलना में एकदम पीला, जैसे कोई मास्क चढ़ा रखा हो। ऐसे चेहरे यदा-कदा दक्षिण के देशों में आयी दैवी विपत्ति की रिपोर्टों के साथ समाचार-पत्रों में देखने को मिल जाते हैं। ऐसा चेहरा, जिसमें प्रायः हाथ मुँह पर होता है; केवल आँखें और एक कम ऊँचा, चिन्ता की सिलवटों से भरपूर माथा ही उघड़ा हुआ होता है।

आखिर मैं बूथ से बाहर निकला और मैंने अपनी बरसाती के बटन बन्द किये। तभी चुहिया भी छोटे-छोटे कदम रखते हुए मेरी ओर आयी और उसने मेरी तरफ एक पर्ची बढ़ायी, बुदबुदायी, यदि मुझे ठीक से याद आ रहा है तो, "सेन्योर" और स्पेनी भाषा में कुछ अन्य शब्द। पर्ची पर एक नाम और पता था : मिगुएल रोमारिओ सोमोज़ा, 12, श्ट्रेल गली।

तत्काल जान गया मैं : चुहिया इस मिगुएल की तलाश में है और जर्मन का एक शब्द भी नहीं जानती। मैं कुछ टूटी-फूटी स्पेनी बोल लेता हूँ, पर्यटकों जैसी,

''ओले'' से ''चिका'' तक, परन्तु जिस तरह से मैं स्पेनी की टाँग तोड़ता हूँ, वह इतालवी ज्यादा लगती है। फिर भी मैं समझ पाया कि यह मिगुएल इसका पति था और उसे लेने वह स्पेन से आयी थी; परन्तु अपने इशारों से जो वह मुझे समझाना चाहती थी, वह मेरे लिए पहेली बना रहा, वह अपने घुटनों पर अपने हाथ को आरी की तरह चला रही थी और बार-बार कह रही थी ''मिगुएल'' और ''पीएदराज़''।

ज़ाहिर था कि मैं चुहिया को कभी नहीं समझा पाता कि वह श्ट्रेल गली तक कैसे पहुँचे, इसलिए मैंने उसे मित्र होने का आभास दिया और कहा, ''वीएंग।'' यह शब्द स्पेनी का तो नहीं था, पर उसकी समझ में आ गया। विश्वास भरी दृष्टि से एक बूढ़ी नर्स की तरह उसने मुझे निहारा और फिर मैं उसके साथ ट्राम-स्टैण्ड की ओर चल पड़ा, जहाँ हम रेन्न मार्ग जाने वाली नम्बर 7 की प्रतीक्षा करने लगे। ट्राम में मुझे उससे ज्ञात हुआ कि उसका नाम प्रूदेंशा है और वह गुआदिक्स के इलाके से आयी है।

गुआदिक्स के इलाके से मैं परिचित हूँ। एक बार मैंने अपने एक सहयोगी के साथ सिएेरा नवादा के अरण्य के भीतर से यात्रा की थी। इस क्षेत्र में है केवल जंग लगी धरती, काली मिर्च की फलियों के खेत, पथरीले खेत, कड़कती धूप, सूखा। यदि कुत्ते न भौंकें तो वहाँ दिन में भी रात जैसा सन्नाटा छाया रहता है। गिटार का स्वर कहीं नहीं गूँजता, केवल मृत्यु अपना फ़्लामैंको नृत्य नाचती है वहाँ, जैसे किसी एक फिल्म का शीर्षक भी था।

गाँवों में जाओ तो मुश्किल से कोई बच्चा नज़र आता है। स्त्रियाँ काठ के खोखों के भीतर छुपी रहती हैं, घर के अँधेरे में से बाहर गली में ताकती रहती हैं। जोहड़ों पर कभी-कभी स्त्रियाँ दृष्टिगोचर होती हैं। युवा, बूढ़ी, काले कपड़ों से ढकी हुई, विधवाएँ : सभी स्त्रियाँ यहाँ विधवाओं जैसी लगती हैं; प्रदूंशा भी।

जवान आदमी सब गाँव छोड़कर गये हुए हैं, वे नौकरी करते हैं जर्मनी में, फ्रांस में, स्विट्ज़रलैण्ड में। गाँव खाली हैं, मृत। बूढ़े, कंकाल-तुल्य पुरुष घर के दरवाज़े पर या किसी पेड़ की छाया के नीचे बैठे रहते हैं। ऐसे चित्र भी मैंने तब अपने कैमरे से उतारे थे।

मेरे साथ चलती प्रूदेंशा मौनभाव से रेन्न मार्ग पर बढ़ती रही। अन्त में हम श्ट्रेल गली के मकान नम्बर 12 के समक्ष खड़े थे। परन्तु लेटर-बाक्स पर किसी मिगुएल रोज़ारिओ सोमोज़ा का नाम नहीं था। हम सीढ़ियाँ चढ़कर ऊपर गये और मैंने एक घर की घण्टी बजायी। दरवाज़े का दूधिया काँच प्रकाश से धुँधला हो रहा था, हल्का-सा खाँसने का स्वर, एक बूढ़े आदमी ने द्वार खोला और मैत्रीपूर्ण भाव से बोला, ''जय परमेश्वर'', जो आजकल

कभी-कभी सुनने को मिलता है, और उसका दोस्ताना अन्दाज़ देखकर मैं द्रवित हो उठा। परन्तु वह किसी मिगुएल को नहीं जानता था। तीसरी मंज़िल पर मिसेज़ केल्लनबर्गर के यहाँ किसी ने एक कमरा किराये पर लिया था, और वह स्पेनी जैसा लगता था।

मिसेज़ केल्लनबर्गर ने "जय परमेश्वर" कहकर हमारा स्वागत नहीं किया, बल्कि पूछा, "क्यों? क्या चाहते हैं आप?" प्रूदेंशा पर एक कड़ी दृष्टि डालते हुए वह गुर्रायी, "अच्छा, वही, सोमोज़ा!" हाँ, यही उसका नाम था, वही, जो हमेशा अपने कमरे में नयी-नयी छोकरियाँ ले के आता था। कुछ समय वह एक स्विस औरत के साथ भी रहा था। ज़रूर कोई छिपकली रही होगी, कोई भी इज़्ज़तदार स्विस औरत कभी किसी स्पेनी को मुँह नहीं लगायेगी। और सोमोज़ा जैसे लोफ़र को उसने ज्यादा समय तक सहन नहीं किया, छुट्टी कर दी उसकी। पते की बात यही थी कि मिसेज़ केल्लनबर्गर मिगुएल का पता जानती थी। इन दिनों वह आऊसरज़ील में रहता था। 73, सिप्रेसेन मार्ग। ल्यूती के यहाँ।

पहले मेरा इरादा हुआ कि टैक्सी ले लूँ या चुहिया को टैक्सी में बिठाऊँ और ड्राइवर के हाथ में दस का एक नोट थमा दूँ; परन्तु यह कायरता होती। चुहिया प्रूदेंशा ने आखिर मुझे हाईडी के वियोग के ग़म में डूबने से बचाया था।

हम परेड ग्राऊण्ड की ओर गये और 8 नम्बर की प्रतीक्षा करने लगे। ट्रामें लोगों से खचाखच भरी हुई थीं। शनिवार की शाम थी और सिनेमा का शो अभी-अभी खत्म हुआ था। प्रूदेंशा का हाथ पकड़कर मैं पिछले दरवाज़े से ऊपर चढ़ गया और तब भीड़ में रास्ता बनाते हुए हम आगे खिसकने लगे।

श्टाऊफ़ाख़र पर जाकर एक महिला की बगल में एक सीट ख़ाली हुई। इस महिला का मुँह ऐसे था, जैसे घड़ी में 8 बजकर 20 मिनट बजे हों। वह वहाँ भैंस की तरह जमकर बैठी हुई थी और उसकी ठुड्डी हिलते देखकर लगता था कि वह कुछ चबा रही थी। उसकी साथ वाली खाली सीट पर उसका मोटा पर्स पड़ा था, जिस पर उसकी बैंगन जैसी उँगलियाँ टिकी हुई थीं। मैंने प्रूदेंशा को सिर हिलाकर इशारा किया कि वह उस महिला की बगल में बैठ जाये। इस महिला ने गहरी अनिच्छा से अपना पर्स हटाया और प्रूदेंशा पर एक घृणायुक्त दृष्टि फेंकी और तब उसके सड़े हुए मुँह की रेखाएँ और भी गहरी हो गयीं। वह फिर से अपनी ठुड्डी को तेजी से हिलाने लगी। ठुड्डी हिलने से उसका हैट भी ऊपर-नीचे हो रहा था।

प्रूदेंशा ने एक बार सिर उठाया और दबी हुई आवाज़ में उसने कुछ शब्दों का उच्चारण किया, जिन्हें मैं समझ नहीं पाया और मैंने कहा, "नो साबे"।

तुरन्त उस महिला ने अपना सिर घुमाया और हमें घूरने लगी।

अगले स्टैण्ड पर बूढ़ी भैंस तेज़ी से उठ खड़ी हुई और उतावली-सी हमें धकेलते हुई निकल गयी, ऐसा करते हुए उसका पर्स भी ज़ोर से प्रूदेंशा के चेहरे पर लगा। लेकिन प्रूदेंशा शान्त, विरक्त और भावहीन मुद्रा में बैठी रही। उसने सिर्फ़ एक छितरे हुए बाल को सहलाकर अपने दुपट्टे के नीचे डाल लिया और अपने चेहरे को दुपट्टे में और भी ढँक लिया। जब कोई उसे घूरता या उसे आभास होता कि मैं उस पर दृष्टि गड़ाये हूँ तो वह तुरन्त अपने मुँह पर हाथ रख लेती थी, मज़बूत हड्डी वाला एक खुरदरा हाथ, एक ऐसा हाथ, जिसे मिट्टी से पत्थर निकालने के लिए धरती में खोदने की, झरने के पत्थर पर कपड़े सुखाने की, काली मिर्च की फलियों को छीलने की आदत थी। एक ऐसा हाथ, जो कभी किसी पुरुष या बच्चे को प्यार से नहीं सहलाता या सिर्फ़ कभी-कभी। प्रूदेंशा का हाथ सख़्त मेहनत के कारण फटा हुआ था, उसके निस्तेज नाख़ूनों पर पतली, काली लकीरें नज़र आ रही थीं, जैसे किसी ने उन पर स्याही से डिजाइन बना दिये हों। मैल को देखकर मुझे कोई परेशानी नहीं हुई; और इस बात से मुझे हैरानी हुई।

मालगाड़ियों वाले स्टेशन पर हम नीचे उतरे। वायलिन की पेटी लिए हुए एक व्यक्ति हमसे आगे चल रहा था, सिप्रेसन मार्ग पर ही, जहाँ वह एक घर के दरवाज़े में घुसकर गायब हो गया। किराये के मकानों की दीवारों से टकराकर हमारी पदचाप गूँज रही थी, इतना सन्नाटा छाया हुआ था वहाँ। परन्तु मुझे भ्रम हुआ था, मकान नम्बर 73 नजदीक ही बादनर मार्ग पर था। हम बुल्लिगर प्लेस से निकले और फिर फुहार पड़नी आरम्भ हो गयी। मन्द पवन ने अखरोट के बचे हुए पत्तों को भी फव्वारे के भीतर धकेल दिया था। मालगाड़ियों के स्टेशन से इंजन ने सीटी मारी। ''बुल्लिगर प्लेस'' रेस्तराँ का दरवाज़ा खुला, अन्दर से शनिवार शाम की भीड़ का शोर उभरा, दो पुरुष ऊँचे स्वर में बात करते हुए सीढ़ियों पर खड़े थे। ''चलें!'' मैंने प्रूदेंशा से कहा। ''क्यों नहीं'' उसने उत्तर दिया, या ऐसा ही कुछ बोली। मैं उसका ट्रंक उठाना चाहता था, पर वह उसे कसकर पकड़े रही। वैसे ही जैसे स्पेन में होता है : मर्द गधे पर चढ़ा आगे-आगे और औरत पीछे पैदल चल रही होती है।

आज, स्मरण करता हूँ तो मुझे प्रूदेंशा को साथ लिए-लिए पूरी खोज-यात्रा विलक्षण और अवास्तविक लगती है। घिस-पिटे अनुभव, जैसे रात, बारिश, परछाइयाँ, पदचाप की आवाज़, शोर और ख़ामोशी तथा चुहिया के गन्दे नाख़ून, ये सब क्यों अभी तक मेरे मस्तिष्क में अंकित हैं? यह मेरे लिए एक पहेली के समान है और फिर क्यों मेरे जैसा आदमी, जो अपनी शामें अपने मित्रों के

साथ "मालातेस्ता" बार में शराब पीते हुए गुज़ारता है या अपनी गर्ल फ्रेण्ड के साथ बिस्तर में बिताता है, एक रात का आधा हिस्सा इस बिल्कुल अजनबी चुहिया के साथ आधे ज़्यूरिख़ में घूमता रहा, मुझे अभी तक यह बात समझ में नहीं आयी। किसी ने मुझे अभी तक अतिशय मानव-प्रेम की शिक्षा नहीं दी है। हो सकता है कि उस दिन हाईडी ने मुझे पटरी से नीचे उतार दिया हो।

आख़िरकार हम मकान नम्बर 73 के सामने खड़े थे। दरवाज़े में चिटकनी लगी हुई थी। 11 से ऊपर टाईम भी तो हो चुका था। मैंने घण्टी दबायी, जो तीसरी मंजिल पर बजी और सीढ़ियों से गूँजती हुई आवाज़ नीचे उतरी, मैं उसे घर के दरवाज़े पर खड़ा भी सुन सकता था। शुक्र है परमात्मा का, कि मिसेज ल्यूती एक मधुर स्वभाव की स्त्री थी। "कोई बात नहीं, मेरे पति वैसे भी अभी टेलीविज़न देख रहे थे।" टेलीविज़न की आवाज़ भी आ रही थी।

"हाँ, बेचारा", सीढ़ियों में मिसेज़ ल्यूती बोली, "हमने अपने बेटे की तरह उसकी देखभाल की है।"

मिसेज़ ल्यूती एक बड़ी सीढ़ी पर खड़ी हो गयी। गन्ध से लगता था कि सीढ़ियों को ताज़ा-ताज़ा मोम की पॉलिश की गयी है। "सोचिए ज़रा, बेचारे को क्या-क्या भुगतना पड़ा है। उसकी दूसरी टाँग भी काटनी पड़ी थी।"

मुझे मतली आते-आते रह गयी। तो यह बात थी। तभी वो आरी चलाने का संकेत, जो मैं समझ नहीं पा रहा था! यही समझाना चाहती थी वह मुझे! मुझे तभी वहाँ से लौट जाना चाहिए था; परन्तु जिज्ञासा मेरी प्रिय कमजोरियों में से एक है और फिर उस सन्ध्या मेरी हालत देवदास जैसी भी तो हो रही थी...

ल्यूती के ड्राईंग-रूम में टेलीविज़न का हल्ला और सिगरेट के टुकड़ों का धुआँ था। एक सौफ़े पर लाल गर्दन वाला एक आदमी बनियान पहने बैठा हुआ था, उसके नंगे-पैर स्टूल पर टिके हुए थे और वह टेलीविज़न देखने में मस्त था। जब हम सौफ़े के पास से गुजरे तो उसने गर्दन मोड़कर भी नहीं देखा।

प्रूदेंशा का पर्स राखदानी को छू गया और वह गिरकर कालीन पर आ पड़ी, सिगरेट के टोंटे इधर-उधर छितर गये। "कोई बात नहीं", मिसेज़ ल्यूती ने कहा, "कोई बात नहीं।" परन्तु प्रूदेंशा तुरन्त घुटनों के बल बैठकर हाथों से राख और टोंटे उठाने लगी। लाल गर्दन ने अब देखा, "क्या है?"

"मिगुएल से मिलने आये हैं", उसकी पत्नी ने कहा।

"अच्छा", वह गुर्राया, एक आँख अभी भी तिरछी करके उसने टेलीविज़न पर टिकायी हुई थी।

मिसेज ल्यूती ने कमरे के द्वार की ओर संकेत किया। "अन्दर चले जाइए!"

मिगुएल खाट पर बैठा हुआ था, पेट तक उसका शरीर कम्बल से ढँका हुआ था। उसने प्रूदेंशा को देखा। ज़रा-सी हँसी आयी उसके चेहरे पर, और

चेहरा खिल उठा। "ओला, बीवी", उसने कहा। "ओला" प्रूदेंशा ने कहा। हिचकिचाती-सी उसकी ओर बढ़ी। बिस्तर के पास जाकर वह खड़ी हो गयी, उसका हाथ हाथों में लिया, कुछ देर ऐसे ही खड़ी रही, दोहराया "ओला।" मिगुएल ने एक कुर्सी की ओर इशारा किया। वह उस पर बैठ गयी, अकड़ी हुई और पीठ सीधी तानकर और उसे निहारने लगी। वह पुनः ज़रा-सा मुस्कराया, बोलना शुरू किया, पहले धीरे-धीरे, फिर वह तेज़ होता गया, तेज़ और तेज़। जितनी तेजी से वह बोलता जाता था, उतना ही उसका स्वर उग्र होता जाता था। मेरी तरफ़ दोनों का ध्यान बिल्कुल नहीं था।

मिगुएल का चेहरा प्रूदेंशा से मिलता-जुलता था। हड्डियों पर त्वचा कसी हुई थी। कम ऊँचा माथा, पतला, सख़्त मुँह। रिक्त दृष्टि। प्रूदेंशा ने अपने पति को बताया होगा कि मैं कमरे में क्यों था। वह मुझे देखकर मुस्कराया और पूछने लगा, "तू स्विस?" पर तभी वह पुनः अपनी पत्नी से बातों में लग गया। बार-बार एक ही शब्द सुनायी दे रहा था, "रेन्ता" ("पेंशन")। फिर, अकस्मात मिगुएल ने कम्बल हटाकर अपनी टाँगें दिखायीं। टाँगों की जगह दो ठूँठ थे, उन पर पट्टी नहीं बँधी हुई थी। घुटनों के जोड़ों पर कटी हुई नाड़ें जुगुप्सा जगाती थीं और उनका रंग नीला और कहीं-कहीं हरा था। एक दर्दनाक दृश्य! मैंने साँस रोक ली और प्रूदेंशा ने एक हाथ अपने मुँह पर रख लिया और कुछ समय तक स्तब्ध-सी ठूँठ रूपी टाँगों को ताकती रही।

मिगुएल को जो कहना था, वह कह चुका था। अब उसने मेरी ओर दृष्टि उठा कर देखा। वह कामचलाऊ जर्मन बोल लेता था। कई अनावश्यक शब्द वह खा जाता था, पर बात पूरी तरह समझा देता था। उसने विस्तार से दुर्घटना के बारे में विवरण दिया। वह बस मरते-मरते ही बचा था, इतना अधिक खून बह चुका था उसका। फिर उसने कई तहों में रखा हुआ समाचार-पत्र का एक पृष्ठ अपने ब्रीफकेस से निकाला और उसे मेरे सामने खोलकर रख दिया। दैनिक-पत्र के स्थानीय समाचारों के पृष्ठ पर "संक्षेप में" शीर्षक के नीचे एक एजेंसी की खबर छपी थी :

"मालगाड़ी स्टेशन पर शण्टिंग करते हुए एक 26 वर्षीय अस्थाई स्पेनी मजदूर एक चलती गाड़ी के पहियों के नीचे आ गया। गम्भीर ज़ख़्मी हालत में उसे जिला अस्पताल ले जाया गया।" कोई नाम नहीं। एक अस्थाई मजदूर। एक स्पेनी।

उसके स्पेन लौटने से पहले रेलवे वाले उसके कृत्रिम अंग लगवाने की व्यवस्था कर देंगे। स्पष्ट है कि रेल प्रशासन, जितनी जल्दी हो सके, उसे वापस स्पेन भेजना चाहता है। कृत्रिम अंगों और प्रति माह 150 फ्रैंक पेंशन के साथ। "स्विस फ्रैंक", मिगुएल ने बार-बार जोर देकर कहा, यह कहते हुए उसके

नेत्रों में सन्तुष्टि की चमक आ जाती थी, कम से कम थोड़ी देर के लिए।

150 स्विस फ्रैंक, ढेर सारा पैसा है एक ऐसे इनसान के लिए, जो स्पेन में रहता हो और पर्यटक न हो। इस पेंशन के सिर पर मिगुएल एक ''जेण्टलमैन'' की तरह, एक ''सेठ'' की तरह जीवन बसर कर सकता है। ये उसके अपने शब्द थे। पूरा दिन वह गाँव के जुआघर में ''दोमीनो'' खेल सकता है। परन्तु कन्याओं के पीछे भागना, यह वह नहीं कर पायेगा। जीवन में यह भी होता है।

प्रूदेंशा पहले की तरह कुर्सी पर सीधी तनकर बैठी रही, एक पल भी अपने पति के चेहरे से दृष्टि हटाये बिना। ''हाँ, मिगुएल, हाँ'', स्वयं को कहे गये हर शब्द का उत्तर इस तरह दे रही थी वह। एकाएक वे दोनों खामोश हो गये। प्रूदेंशा की दृष्टि उसके चेहरे से हट ही नहीं रही थी, जैसे वह उसके बाकी के शरीर को न देखना चाहती हो। मिगुएल को इसका अहसास हो गया, कम्बल उसने ऊपर खींच लिया। उसके बाद, उनके मौन और ड्राईंग-रूम से आते शोरगुल के मध्य, मिगुएल एक बार हू-हू करके चीखा। इतनी ज़ोर से हिचकी निकली उसकी कि उसने उसके पूरे शरीर को झिंझोड़ दिया। किसी अनाड़ी की तरह प्रूदेंशा ने उसे अपनी बाँहों में भर लिया, उसके घने बालों को सहलाने लगी, सिर के पीछे वाले हिस्से में, जैसे हल्के-हल्के मुक्के मार रही हो। साथ ही उसके गले से एक स्वर भी उभरा, बिल्कुल किसी पक्षी की कूक जैसा।

दुपट्टा गिरकर उसके कन्धों पर आ गया; उसके लम्बे चमकीले काले बाल थे, असाधारण रूप से नर्म और अपनी जगह पर टिके हुए, इतनी लम्बी यात्रा कर चुकने के बाद भी। कानों के पीछे उसकी त्वचा का कुछ हिस्सा प्रकट हुआ। और वहाँ पर त्वचा सिलखड़ी थी, ताज़े, चेहरे से अधिक तरुण। वह बाईस-तेईस से अधिक की नहीं होगी।

दोनों एक दूसरे से लिपटे हुए वहाँ बैठे थे। इनसानों का एक गट्ठर। एक द्वीप। मैं सिहर उठा। यदि मैं आस्तिक होता तो तुरन्त किसी चर्च में जा शरण लेता। हे भगवान्! संसार में कितने दुःख हैं। बिना कुछ कहे, पंजों के बल पर मैं कमरे से बाहर हो गया।

''यह कौन है?'' द्वार खोलते हुए मिसेज़ ल्यूती ने मुझसे पूछा।

''उसकी पत्नी। मेरे विचार से।''

''अच्छा'', मिसेज़ ल्यूती ने कहा। अधिक कुछ नहीं कहा उसने। अच्छा! और कहा भी क्या जा सकता था?

जोरू

माईनराइ इंगलिन

कुँवारा नेत्सल चरवाहा था। तीस साल पहले उसके नामकरण संस्कार में उसका नाम इगनात्स रखा गया था। रात में अँधेरे में वह अक्सर भूखे भेड़िये की तरह लोगों की बहन-बेटियों की ताक में घूमता रहता था। वह एक गँवार और बदसूरत इनसान था, इसलिए उसे कोई घास नहीं डालता था। एक बार चरागाह पर जाने से पहले वह गाँव के बाहर एक कमरे वाले एक मकान के पीछे एक सत्रह साल की लड़की की घात लगाकर बैठ गया। उसे उम्मीद थी कि वह घर के पीछे अपने सूखने के लिए डाले हुए कपड़े लेने के लिए बाहर निकलेगी, और फिर वह अगर खुद से राज़ी नहीं भी हुई तो उस पर काबू पाना मुश्किल नहीं होगा। मगर वह बाहर नहीं आयी, उसके कमरे की बत्ती बुझ गयी और अस्तबल में जानवरों की साँस लेने की आवाज़ आने के अलावा और कोई भी आवाज़ आनी बन्द हो गयी। तब वह घर के पीछे गया, लड़की का जाँघिया और अंगिया उसने रस्सी से उतार लिए और अगले दिन पौ फटने से पहले वह उन्हें लेकर चरागाह पर चला गया।

चरागाह ऊँचे ठण्डे चट्टानी पहाड़ों के मध्य स्थित थी और गर्मी के मौसम में उस पर अधिक से अधिक 50 गाय या बैल चर सकते थे। गाय-बैलों की रखवाली करना आसान था, क्योंकि वे तितर-बितर नहीं हो सकते थे, और इसके अलावा एक लौंडा, पन्द्रह वर्षीय कार्ल भी उसकी मदद के लिए उसके साथ रहता था। अतः ऊपर चरागाह में उसे ज़्यादा मेहनत नहीं करनी पड़ती थी। कार्ल, जिसे सब कारी कहकर बुलाते थे, आग जलाता था, बर्तन साफ़ करता था, एक सूअर को चारा डालता था, मक्खन को उठाकर घाटी तक पहुँचाता था, और जंगल से लकड़ी इकट्ठी करके लाता था। नेत्सल के पास जब दूध दुहने या मक्खन निकालने का काम नहीं होता था तो वह धूप में पड़ा सुस्ती मारता था और लुगाइयों के ख़्वाब लेता था।

एक बार उसने चुराये हुए कपड़े बाहर निकाले और उनमें जंगली घास भर दी। जब लौंडा चरागाह से लौटा तो उसने पूछा, "बुब्बों वाली बना रहे हो?" हाँ, वही कर रहा हूँ, उसने हुँकारा भरा, छोरियों के बगैर यहाँ दिल नहीं लगता और इसीलिए अब यही बनाऊँगा। उसने एक पुरानी बोरी से उसकी स्कर्ट बनायी, काई और चिथड़े भरकर सिर बनाया, जिसमें उसने काटकर आँखें, मुँह और नाक बना दी। "वाह, क्या माल है!" लुगाई बन जाने पर कारी बोला। सचमुच में यह एक धूहे की तरह लग रही थी। मगर नेत्सल ने कहा कि वह इसे जोरू कहेगा और वह उसे बाँहों में भरकर नाचने लगा।

शाम को जब वे खाने पर बैठे तो उसने आवाज़ दी, "आजा जोरू जीम ले।" और उसने उसे मेज के पीछे दीवार पर लगी बेंच पर बिठा दिया। वह खुद एक अँधेरे कोने में बैठ गया, जिस पर सिर्फ चूल्हे में से निकलती आग की रोशनी पड़ रही थी। एक लपट ऊपर उठी, जैसे ज़िन्दा आग हो। चिथड़ों से बनी लुगाई धीरे-धीरे आगे को झुकी और उसका आधा हिस्सा झुक कर मेज पर टिक गया। कारी हँसने लगा, लेकिन नेत्सल ने कहा कि छोरी अभी काफ़ी कमज़ोर है। इसे तगड़ा करने के लिए इसे खुराक देनी होगी। "भूख लाग री सै?", उसने पूछा और उसके मुँह पर मक्खन मल दिया। रात हुई तो उसे कहा, "आजा जोरू, सोएँगे!" वह उसे अपने झोंपड़े में ले गया और उसके साथ सो गया।

कुछ दिन ऐसे ही चलता रहा, तब उसे लगा कि चीज़ इतनी बढ़िया नहीं बनी है और फिर वह उसे हर तरह से बेहतर बनाने की कोशिश करने लगा, जगह-जगह मक्खन भी लगाने लगा। अगली रात चीज़ में कुछ गर्मी-सी आती लगी और उसने उसाँस भी भरी। वह चौंक गया और उसके मुँह से चीख़ निकल गयी। इस पर घास के बिस्तर पर पड़ा कारी भी जाग गया और पूछने लगा, "क्या हो गया?" उसे जवाब तो नहीं मिला, मगर नेत्सल को लैम्प जलाकर झोंपड़े में रोशनी करते देखा। फिर वह उसे बुझाकर सो गया।

उसके एक दिन बाद कारी निकाला हुआ मक्खन देने और उससे अगली सुबह डबलरोटी तथा अन्य ज़रूरी चीज़ें लाने के लिए नीचे घाटी में गया। इसी बीच नेत्सल ने शाम को चरागाह का एक चक्कर लगाया, देखा कि कितनी घास है और अन्त में जाकर सोच में पड़ गया कि क्या जोरू ने सचमुच उसाँस भरी थी। उसे यकीन नहीं आ रहा था, हाँ खुद को उसने जरूर खर्राटे लेते सुना था। "कहीं सचमुच जोरू ही न रही हो!" वह खड़ा हो गया, चरागाह की सबसे परे वाली सीमा पर, बंजर रोड़ी के पास, जो चट्टानों की झिरियों से भुर कर नीचे गिरी हुई थी। वह उस उमस भरी शाम में तनहा वहाँ खड़ा था,

पशु झोंपड़े के सामने चर रहे थे, दूर-दूर तक उसको छोड़कर किसी इनसान की परछाई भी नहीं थी और वह इस ख़ौफनाक तनहाई में किसी आधे पागल इनसान की तरह ताने-बाने में उलझा हुआ था। "काश! मैं अपनी मर्जी से एक जिन्दा औरत बना सकता! एक जवान, हसीन जिन्दा औरत! साली यह चीज़ अगर मुमकिन हो जाये तो मज़ा ही आ जाये।" वह जोरू के बारे में सोचने लगा, जिसके साथ उसने पहली बार अपनी तनहा रातें गुज़ारी थीं। एक सचमुच की माशूका की तरह वह उसे अपनी ओर खींच रही थी। वह चरागाह से लौट चला, रात हो रही थी। निश्चल आँखों से वह झोंपड़े में घुसा और जोरू को बाँहों में जकड़ लिया।

उसके साथ वह मेज़ पर बैठ गया और उससे गन्दी-गन्दी बातें करने लगा, कॉफ़ी में कुछ ब्राण्डी डालकर पी। उसे घुटनों पर बिठा लिया, ब्राण्डी में एक उँगली डुबोयी, उसे चिथड़ों वाली माशूक के मुँह में डालकर उसे चूसने को कहा। फिर वह उसे अपने बिस्तर पर लेकर लेट गया। वह गर्म होती-सी लगी और उसे उसकी साँस भरने की आवाज़ आने लगी। मगर यह छत के ऊपर सायँ-सायँ करते तूफ़ान की आवाज़ भी तो हो सकती है। लेकिन नेत्सल को तो और भी ज़्यादा ग़र्मी लगने लगी थी, उसने अपने आस-पास लिपटी दो बाँहों को महसूस किया और फिर एक आवाज़ आयी, "म्हारे कने रईयो, खिसक मत जईयो, मैं तां गरीब सी बीरबाणी सूँ।" उसको काटो तो ख़ून नहीं और एक पल के लिए तो उसमें सोचने की ताक़त ही नहीं रही, मगर उसने ख़ुद को छुड़वाने की कोशिश नहीं की, उसकी हवस उसकी समझ पर हावी हो चुकी थी।

भोर के झुटपुटे में वह झोंपड़े से बाहर निकला और नंगे पैर घास के मैदान पर, तब तक इधर-उधर भागता रहा, जब तक दिन नहीं चढ़ गया, और उसका नशा नहीं उतर गया। फिर वह लौट गया। वह ख़ुद को यकीन दिलाता रहा कि यह एक ख़्वाब था, मगर झोंपड़े के खुले दरवाज़े से धुआँ निकल रहा था, एक औरत दहलीज़ पर आयी और कहने लगी, "आ ले, नास्ता कर ले, नेत्सल, त्यार राख्या सै!" उसने जोरू के चिथड़े पहन रखे थे, लेकिन उसके बदन से शबाब छलक रहा था, वह इतनी जवान, इतनी हसीन और इतनी सेहतमन्द थी कि इससे ज्यादा हसीन औरत का तो वह ख़्वाब भी नहीं ले सकता था। उसने दिखावा किया जैसे उसे कुछ पता ही न हो और पूछा कि वह कौन है और कहाँ से आयी है। उसने हँसते हुए जवाब दिया कि वह अच्छी तरह जानता है कि वह जोरू है और आगे कुछ पूछने की ज़रूरत नहीं है।

एक बार फिर वह भय से सिहर उठा, लेकिन अन्दर गया और उसके साथ भोजन किया। वह हँस रही थी, बातें कर रही थी, उससे आँखें चार कर रही थी और उसके घुटने पर भी वह बैठी। वह ग़र्म होने लगा। उसमें वह इतना मस्त हो गया कि उसे निहारने तक की उसे फुरसत नहीं मिली। अब कोई अस्वाभाविक बात तो रही नहीं थी, इसलिए उसमें प्रतिरोध की शक्ति भी नहीं रही। शाम को जब कारी लौटा तो लुगाई को देखकर हैरत में पड़ गया। नेत्सल ने कहा कि वह उसकी भावी पत्नी है, नीचे घाटी से आयी है और अब यहीं रहेगी; उसने बुब्बो के कपड़े पहन रखे हैं, ताकि उसकी ख़ूबसूरत पोशाक ख़राब न हो जाये। उसका नाम कात्री है, पर वह उसे जोरू कहकर बुलाता है। अगर एक और व्यक्ति वहाँ उनकी मदद के लिए आ गया था तो उसमें कारी को क्या एतराज हो सकता था। लेकिन जल्दी ही नेत्सल उस कमीनी लुगाई का मुरीद बन गया और उन दोनों ने मिलकर अपनी ज़िन्दगी को हवस के समुद्र में डुबा दिया। जब ग़र्मियों का मौसम खत्म हो गया तो नेत्सल ने वहाँ से चलने की बात की। परन्तु जोरू कहने लगी कि तू यहीं रह जा और कारी को डाँगरों के साथ जाने दे। यह नहीं हो सकता, नेत्सल ने कहा। पहले उसे गायें और पाँच बैल लेकर ख़ुद नीचे जाना पड़ेगा, मालिकों से यही इक़रार हुआ है; बाद में वह वापस आयेगा और फिर वे सब पशुओं के झुण्ड के साथ नीचे वाली चरागाह पर जाकर मालिकों को उनके पशु लौटा देंगे। जोरू ने इसका कोई उत्तर नहीं दिया, परन्तु उसने रात को किसी आवारागर्द बिल्ली की तरह आँखें दिखायीं।

कुछ दिनों बाद नेत्सल गाय-बैल लेकर नीचे वाली घाटी में चला गया, जहाँ से उनके मालिक उन्हें बड़े बाज़ार ले गये, कसाइयों को बेचने के लिए। नेत्सल को और भी कई चरवाहे मिले, जो निर्जन चरागाहों से नीचे आये थे और यहाँ गाँव में शराब पीना और मौज मनाना चाहते थे। वे जानते थे कि नेत्सल एक बदनाम लेकिन नाकामयाब लुगाईबाज़ था। अश्लील वार्तालाप के दौरान उन्होंने उससे पूछा कि उसका चरागाह में लुगाईयों के बिना गुज़ारा कैसे चलता था और क्या उसने वहाँ भूखे मरने का अभ्यास किया था। पुराने दिन होते तो वह उनसे खुन्नस खाता और कहता अपनी माँ चुदा लो और गुस्से में चला जाता। मग़र अब कुछ और बात थी, वह व्यंग्यपूर्वक हँसा और जवाब में बोला कि अगर वे उससे कम भूखे नहीं मरते तो आज तपेदिक के मरीज़ लगते। "अच्छा, यह बात है", वे सब चिल्लाये, "तो चल फिर हो जाये! अगर कोई अच्छी बात है तो एक बोतल पिला दे, भई इतना तो बनता ही है!" "जितनी अच्छी बात है, उतनी अगर मैं तुम्हें पिलाने लगा तो

तुम पी भी नहीं पाओगे।" उसने जवाब में कहा, और फिर मेज़ पर मुक्का मारकर चिल्लाया, "हे, मारी दो बोतल ले के आ!" अब जाकर उन सबका कुतूहल सचमुच जागा, सब सरककर उसके पास आ गये, उसकी सेहत का जाम पिया और पूछने लगे कि क्या उसे वहाँ ऊपर कोई बुड्ढी खूसट मिल गयी है या कोई जूओं वाली खाज की मारी औरत उसके पास रहने आ गयी है। उसने कोई सीधा जवाब नहीं दिया, बल्कि उन्हें पहेलियों में उलझाता रहा, और जितना ज़्यादा वे उसके कथन की सच्चाई पर सन्देह जताते थे, उतनी ही ऊँची वह डींग मारता जाता था।

नशे में धुत वे पूरी घाटी में यहाँ-वहाँ डोलते रहे, कभी इस शराबख़ाने में, कभी उस बियर-बार में और आधी रात को हल्ला मचाते और झूमते हुए वे गाँव को लौट चले। यह एक तूफ़ानी पूर्णमासी की रात थी, बादलों के छोटे-छोटे टुकड़े आसमान में मँडरा रहे थे। पहाड़ के जंगलों पर पड़ रहे काले सायों और फीकी रोशनी की वजह से माहौल ख़ौफ़नाक लग रहा था। पेट में बात पचाना अब नेत्सल के लिए मुश्किल हो चुका था और वह चिल्ला-चिल्लाकर सबको बताने लगा कि उस जैसी हसीन और मस्त लुगाई किसी की नहीं होगी, और जो उसकी बात पर यकीन नहीं करता, वह जल्दी अपनी आँखों से देख लेगा। नशे में धुत एक चरवाहे ने निकट स्थित एक खेत की ओर इशारा किया और पूछा, "क्या वह उतनी ही हसीन है, जितनी वो?" खेत में एक छिजी हुई स्कर्ट पहने, चिथड़ों से बने सिर और तिरछी बाँहों वाली एक जीर्ण-शीर्ण धूही लगी हुई थी। उसके उठे हुए दाएँ हाथ से बुने हुए काले बटुए की तरह एक अधसड़ा कौआ लटक रहा था और ऐसे प्रतीत होता था जैसे वह उसे हाथ से संकेत करके बुला रही हो। "देखो देखो, मेरी साली!", नेत्सल ने आवाज़ मारी। वह झाड़ियों से कूद कर खेत के भीतर चला गया, बाँहें फैलाये उसके क़रीब पहुँचा और नशे की हालत में चिथड़ों से बनी अपनी साली को बाँहों में जड़ककर नाचने लगा।

चरवाहे बाड़ के साथ टेक लगाकर खड़े हो गये और चिल्ला-चिल्लाकर उसका उत्साह बढ़ाने लगे। परन्तु शीघ्र ही वे अचम्भे में पड़ गये कि खेत की नंगी ज़मीन पर कोई इस तरह से नाच सकता है। उनकी नज़रों के सामने दो लिपटे हुए शरीर किसी सचमुच की युगल-जोड़ी की तरह खेत की चमकती हुई ज़मीन पर घूमे जा रहे थे, तेज़ और तेज़। उन्हें यह बड़ा अजीब लगा, उन्हें लगा जैसे नेत्सल अब अपनी इच्छा से नहीं नाच रहा, बल्कि उसे नचाया जा रहा है और इतनी तेज़ी से कि अच्छे से अच्छा डांसर भी कदम नहीं मिला पायेगा। उनका नशा उड़नछू हो चुका था, घिग्घी बँध चुकी थी, आँखें फटी

की फटी रह गयी थीं, मुँह खुले रह गये थे, चेहरे पीले पड़ चुके थे और फिर दहलकर वे झाड़ी से परे हट गये।

सायों और चाँदनी के लुका-छिपी के खेल में वह युगल-जोड़ी प्रचण्डता से चक्कर खाये जा रही थी; जहाँ वे नाच रहे थे, वहाँ से एक बवण्डर उठ रहा था, जिसने खेत की आसपास की धरती को धूल से भर दिया था, परली ओर नाले के किनारे लगे भिदुर वृक्षों तथा बेंतों को झकझोरकर रख दिया था। उनसे क्रन्दन जैसे नृत्य-संगीत-सा स्वर उठ रहा था। नृत्य करने वालों को अपनी कोई आवाज़ नहीं आ रही थी। नेत्सल के शरीर के कपड़े गले हुए लत्तों की तरह उड़कर दूर जा गिरे, उसकी चमड़ी के भी चिथड़े हो गये, उसके लहू के फव्वारे से ज़मीन सुर्ख़ हो गयी, उसका लाल गोश्त सिकुड़ने लगा। थोड़े समय बाद चामरहित नेत्सल का कहीं नामोनिशान नहीं था, धूही फिर से निश्चल अपने स्थान पर खड़ी थी, बवण्डर थम चुका था, रात फिर अपने असली रूप में लौट आयी थी और बादल चाँद से आँख-मिचौली खेल रहे थे।

चरवाहे ख़ामोश फ़क्क चेहरे लिए गाँव चले गये और अगली सुबह अपनी-अपनी चरागाहों को लौट गये। बाद में जब कोई उनसे नेत्सल के बारे में पूछता था तो वे सिर्फ यही कहते थे कि पहाड़ के ऊपर चढ़ते-चढ़ते वह किसी हादसे में जान गँवा बैठा होगा, और कहीं ऐसी जगह मरा पड़ा होगा, जहाँ उसे ढूँढ़ना मुश्किल होगा। जो कुछ उन्होंने उस रात अपनी आँखों से देखा था, उसके बारे में वे चुप्पी लगा गये, क्योंकि तब उनकी बात पर कोई विश्वास नहीं करता। बहरहाल, उनमें से एक चरवाहा नीचे जाने से पहले, युवा कारी को मिलने गया और उसके काम में हाथ बँटाया। कारी ने उसे बताया कि नेत्सल गाय और पाँच बैल लेकर घाटी में गया था और उसके एक रात बाद उसकी लुगाई यहाँ से भाग गयी थी। तब से वे दोनों लापता थे।

शिष्टाचार

●

कार्ल अल्बर्ट लोज़ली

नम्रता (तकनीकी ज़बान में पैरानोईया इंकलीनांस) एक अलिखित सामाजिक अनुबन्ध है, परस्पर मिथ्या आचरण का। यह एक ऐसा वाद्य है, जिसे हर सुर में साधा जा सकता है, और जो भी व्यक्ति इस कला में अधिकाधिक प्रवीण ता सिद्ध कर सके, उसे "भद्र" कहा जाता है। क्रीड़ा का वास्तविक आनन्द जीवन की प्रत्येक परिस्थिति में ढोंग कर सकने की क्षमता में है।

नम्रता के विभिन्न स्वर-रूप हैं, जिनमें कड़ाईपूर्वक भेद करना आवश्यक है। भूलपूर्वक भी उनमें अदला-बदली कर देने का परिणाम घोर बेसुरापन हो सकता है, तकनीकी भाषा में जिसे "अभद्रता" कहा जाता है। एक नम्रता ऐसी होती है, जिसे पंचम स्वर में तथा एक अन्य ऐसी होती है, जिसे सप्तम स्वर में निभाया जाता है। सप्तम वाली मुख्यतः गाँवों-कस्बों में उचित दर पर बिकती है, जबकि पंचम वाली के प्रशंसक प्रायः शहरों में मिलते हैं। इनका लक्ष्य है सामाजिक सौहार्द। एक नम्र मनुष्य बनने के लिए कृत्रिम तथा विषय-वस्तु से सम्बन्धित तकनीकी शिक्षा अपेक्षित है। अर्थात् एक पूर्णतयः नम्र पुरुष को कला रूपी लघु-उद्योग का संचालन करने की कला में पारंगत होना चाहिए, न कि कला में, क्योंकि कला तो स्वयं में पर्याप्त है, जबकि कला-रूपी लघु-उद्योग से औद्योगिक स्तर पर लाभ उठाया जा सकता है। नम्रता स्वयं में एक लक्ष्य नहीं है, यह एक लघु-उद्योग है, जिसके उत्पादों, जैसे परोपकारिता, आभार, सहानुभूति, दया इत्यादि को व्यापार के माध्यम से खनखनाते सिक्कों तथा उपयोगी सम्पर्कों में परिवर्तित किया जा सकता है। चूँकि नम्रता कोई कला नहीं, बल्कि उद्योग है, या यूँ कहिये कि एक कलापूर्ण उद्योग है, अतः जो भी व्यक्ति इसे प्रयोग में लाता है, वह प्राकृतिक नहीं रहता। इस प्रकार एक नम्र मनुष्य जीव नहीं रहता, बल्कि कुछ हद तक एक परिष्कृत

"कर्णप्रिय-वाक्य-मशीन" बनकर रह जाता है।

वह कम्पनी, जो इस प्रकार की स्वचालित "शिष्टाचार-मशीनों" का निर्माण करती है, एक विभिन्न शाखाओं वाली लिमिटेड कम्पनी है, जिसे लोग "शिक्षा-दीक्षा" कहते हैं। इन स्वचालित मशीनों के उत्पाद हेतु आवश्यक कच्चे माल की आपूर्ति तथाकथित ऊँचे घरानों के बच्चों के रूप में होती है। अतः स्वचालित "शिष्टाचार-मशीनों" का उत्पादन एक "गृह-उद्योग" है। वास्तव में, बड़े-बड़े केन्द्रों में प्रयोगशालाएँ भी खुली हुई हैं, जिनका संचालन विषय के पारंगत तकनीशियन करते हैं, जो आमतौर पर नृत्य एवम् शिष्टाचार सिखाने वाले शिक्षक होते हैं। ये तकनीशियन स्वचालित मशीनों को पॉलिश से चमकाते हैं और कच्ची तैयार की गयी मशीनों पर कुछ और आश्चर्यजनक टोटकों का इस्तेमाल भी करते हैं, जिन्हें वे "शिष्ट-आचरण" कहते हैं। तकनीशियन कच्चे माल के संसाधन का कार्य वास्तव में अपने निजी लाभ हेतु करते हैं। शिष्टाचार-उद्योग विश्व के अधिकतम प्रचलित उद्योगों में से एक है, क्योंकि यह लगभग पूरे विश्व में झण्डा गाड़े हुए है।

कुछ ऐसे क्षेत्र हैं, जहाँ का शिष्टाचार अपने परिष्कृत रूप के लिए विशेष प्रसिद्ध है। इसी कारण प्रायः कच्चे माल को इन क्षेत्रों में संसाधन हेतु भेजा जाता है। स्विट्ज़रलैण्ड में एक ऐसा क्षेत्र है वेल्शलैण्ड, वह क्षेत्र, जहाँ केवल फ्रेंच बोली जाती है। चूँकि वहाँ शिष्टाचार को विशेष सम्मान दिया जाता है, अतः स्पष्ट है कि स्वचालित "शिष्टाचार-मशीनों" के उत्पादन-व्यय पर यथेष्ट कमीशन ली जाती है। बड़े-बड़े धन्ना सेठ, जो घर में अत्यन्त परिष्कृत स्वचलित मशीनें रखना चाहते हैं, तकनीशियनों को घर पर रख लेते हैं और इस प्रकार अपने कच्चे माल का संसाधन अपने घर में अपनी आँखों के सामने होता देखते हैं। ये तकनीशियन प्रायः मादा जाति से होते हैं तथा वे अपनी उत्कृष्ट निकटदर्शिता के कारण अन्य नश्वर प्राणियों से भिन्न प्रतीत होते हैं। इनकी नाक पर चश्मा अनिवार्य है और होठों के कोने पर एक शुष्क खिंचाव अत्यावश्यक है। इन्हें "गवर्नोस" कहा जाता है और इंग्लैण्ड में इनका भाव काफी ऊँचा है। यह तो ज्ञातव्य है कि अंग्रेज़ी स्वचलित "शिष्टाचार- मशीनें" अपनी विशिष्ट सूक्ष्मता के कारण औरों की तुलना में उत्कृष्ट समझी जाती हैं, जबकि फ्रांसीसी उत्पाद, शताब्दियों तक जिनका संस्कृति के क्षेत्र में आधिपत्य था, जो चाल-ढाल तथा बोलचाल में अत्यधिक लावण्य के लिए, तथाकथित वादविदग्धता तथा नृत्य के लिए प्रसिद्ध थे, पिछले कुछ वर्षों से बाज़ार में मन्दे जा रहे हैं। आज यह विश्वासपूर्ण ढंग से तो नहीं कहा जा सकता कि इस ह्रास का कारण कहीं फ्रांस द्वारा इन स्वचालित मशीनों का "थोक" के भाव उत्पादन तो नहीं है, जिस लक्ष्य को प्राप्त करने हेतु वहाँ सचमुच के कारखाने

लगाये गये हैं, तथाकथित रेज़ीडेंशल स्कूल अर्थात् सावास पाठशालाएँ, जहाँ उत्पादन के दौरान अलग-अलग नगों को पहले की तरह मनोयोग से नहीं घड़ा जा सकता, यद्यपि स्विट्ज़रलैंड में किये गये परीक्षणों के आधार पर इस अनुमान की पुष्टि की जा सकती है।

फिर भी कच्चे माल की गुणवत्ता से बहुत अन्तर पड़ता है, जिसमें देश तथा सामाजिक स्तर के अनुसार तत्त्वतः भिन्नता आ जाती है। ऊँचे सामाजिक वर्ग के काँचघरों में सर्वोत्तम माल उपलब्ध होता है, जहाँ मुलायम तथा लचीले पौधों को उगाया तथा पोसा जाता है। प्राकृतिक रूप से गाँठदार या भुरभुरे पौधे या तो बड़ी कठिनाई से स्वचालित "शिष्टाचार मशीनों" में परिवर्तित होते हैं या कदापि नहीं होते। तथापि आधुनिक तकनीक के कुछ ऐसे युगप्रवर्ती उपाय किये हैं, जिनसे किन्हीं विशेष अम्लों के प्रयोग द्वारा लगभग अनुपयुक्त माल को भी अत्यधिक मुलायम बनाने में भी सफलता मिली है। विशेष रूप से "निषेध अम्ल" अथवा "सामाजिक बदनामी" का प्रयोग किया जाता है, और विशेषज्ञों का कथन है कि किसी अपवाद की दशा में ही इसका प्रभाव पूर्णरूपेण नहीं हुआ।

चूँकि माल का संसाधन एक दीर्घकालीन प्रक्रिया है, अतः बेहतर यही है कि माल के पूर्णरूपेण विकसित होने से पूर्व ही, उसके कोमल अंकुर के रूप में होते हुए ही, यह प्रक्रिया प्रारम्भ कर दी जाये। यह प्रक्रिया अत्यन्त जटिल है तथा यह न केवल इसमें लगे विशेषज्ञों की पूरी एकाग्रता चाहती है, बल्कि माल के उत्पादक की भी निरन्तर निगरानी माँगती है, क्योंकि यह आवश्यक है कि माल के अतिशीघ्र विकास के विषय को कार्यसूची में सबसे अन्त में रखा जाये और वह भी इस प्रकार कि उसकी जीवन-शक्ति संसाधन निमित्त ही पर्याप्त हो। यदि विकास फिर भी शीघ्रतापूर्वक होने लगे तो जंगली कोंपलों को हाथों-हाथ काटते रहना चाहिए। यदि किसी अक्षम व्यक्ति के हाथ यह काम पड़ जाये तो माल का सत्यानाश भी हो सकता है। ऐसी स्थिति में उत्पादन-प्रक्रिया प्राणघातक सिद्ध हो सकती है, और तब बेकार बन चुके माल का अन्तिम क्रिया-कर्म कर दिया जाता है। परन्तु ये तो केवल कुछ अपवाद हैं। कई बार ऐसा होता है कि प्रकृति कला पर भारी बैठती है और तब माल तथा उस पर किया गया परिश्रम व्यर्थ जाता है। इस अवस्था में माल कर्तव्य-पालन नहीं करता, बल्कि स्वतन्त्र रूप से "जीना" आरम्भ कर देता है। यह अवस्था बहुत संकटमय है, क्योंकि फिर उसका राजकीय सेवा के लिए कोई उपयोग नहीं रह जाता।

शिशु रूपी कच्चे माल का संसाधन उसके अस्तित्व में आने के छः

माह के भीतर ही आरम्भ हो जाना चाहिए, यदि परिणाम लाभदायक अपेक्षित हैं तो। चूँकि शिष्टाचार की कला में मुस्कराहट की मुख्य भूमिका होती है, अतः इसे पेट के आस-पास हल्की-सी गुदगुदी के माध्यम से जन्म दिया जाता है। तत्पश्चात्, जब शिशु हाथ मिलाने योग्य हो जाता है तो उसे शिक्षा दी जाती है, कि समाज में परस्पर व्यवहार के लिए दोनों हाथों को समान महत्त्व देना एक स्वाभाविक लक्षण है, अतः यथेच्छा दायाँ या बायाँ हाथ अतिथि की ओर बढ़ाया जाता है। अब चूँकि रीत्यानुसार दायाँ हाथ उठाया जाना चाहिए, अतः बाएँ को हल्की-सी चपत के बाद पीछे खींच लिया जाता है तथा दाएँ को कभी-कभी टाफ़ियों सहित हाथ में दबाया जाता है।

बाद में, यदि कभी बच्चे को ठण्ड लग जाये और वह खाँसे तो उसके मुँह के आगे हाथ रखने की शिक्षा दी जानी चाहिए। इसमें अपेक्षित सफलता प्राप्त करने हेतु इसे कई बार स्वयं करके दिखाना पड़ेगा और बच्चे को उसका अनुकरण करने को कहा जायेगा। पहली बार बच्चा यह नियम भूल जायेगा। इस अन्धेर को पाने के लिए तमाचा दिखाकर बच्चे को डराया जाता है और बार-बार कहा जाता है, "छिः, गन्दी बात।" इससे भी कोई लाभ न हो तो एक और तरीका अपनाया जाता है, जिसे शिक्षा-तकनीक ने समुचित रूप से "पिटाई" का नाम दिया है। स्वचालित मशीनों की प्रत्येक विशेषता का सूक्ष्म विवरण देना एक कठिन काम होगा, अतः यहाँ कुछ गिनी-चुनी विशेषताओं का वर्णन किया जा रहा है।

उदाहरण के तौर पर शिष्टाचार की मुख्य शर्त है कि रीढ़ की हड्डी लचीली होनी चाहिए। परन्तु कभी-कभी इस लक्ष्य तक पहुँचना काफी कठिन हो जाता है। इस तथ्य को प्राप्त करने हेतु सर्वोत्तम ढंग यही है कि रीढ़ की हड्डी के नीचे स्थित मुलायम अंगों को बार-बार तथा बलपूर्वक छड़ी से साधा जाये, जब तक कि वे लाल नहीं हो जाते। परन्तु यह तो केवल प्रारम्भिक व्यवस्था है। प्रारम्भ के 15 वर्ष कच्चे माल को यही शिक्षा देने में निकल जाते हैं कि उँगली उठाकर कभी कोई वस्तु न दिखायी जाये, टोपी सिर नंगा करने हेतु ही इस्तेमाल न की जाये, जब मुँह में पहले से कुछ हो तो पानी न पिया जाये; नाक बिना आवाज़ किये सुड़की जाये; धीमे स्वर में हँसा जाये; जब किसी के पैर की उँगलियों पर बनी गाँठ पर पैर पड़ जाये तो "क्षमा कीजिये" कहा जाये; नैपकिन को गले में न बाँधा जाये, बल्कि उसे घुटनों पर रखा जाये; नाख़ूनों को छुपकर काटा तथा साफ किया जाये; मछली को बिना छुरी के खाया जाये; पूछे बिना बोला न जाये; इत्यादि वगैरा वगैरा। ये सभी बातें

शिष्टाचार का अंग हैं तथा वास्तविक व्यवहार-कुशलता के मूल-तत्त्व हैं, जिसका अर्थ है कि अप्रिय अतिथि का मुस्कराकर तथा स्नेहपूर्ण शब्दों सहित स्वागत किया जाये; ऐसे लोगों की मृत्यु पर रोया जाये तथा शोक प्रकट किया जाये, जिनसे कोई परिचय ही न हो, या जिन्हें नरक में भेजकर प्रसन्नता मिलती हो; असामान्य भाषा का प्रयोग किया जाये; संक्षेप में, ऐसा कोई अवसर न चूका जाये, जब कोई व्यक्ति वह बन सके, जो वह वास्तव में न हो। संक्षेप में, नम्रता (पेरानोईया इंकलीनांस) या ''झुक जा सिम सिम'' हमारी सभ्यता की महानतम देन है तथा इसके बाह्य रूप को दृष्टिगत रखते हुए इसे कुत्तों द्वारा दुम हिलाने तथा दरबारी कत्थक-नृत्य जैसी कला-शैलियों के समूह में शामिल कर लेना अनुचित न होगा।

लिखूँ या नहीं?

मार्सल कोनराट

बस की निचली मंजिल से एक औरत मुझे अपने चश्मे के पीछे से घूरे जा रही है। उसकी आँखें ऐसी हैं जैसे किन्हीं तंग-सी दरारों में दो बटन रख दिये गये हों। मैं उठकर आगे बैठ जाता हूँ और बाहर सड़क पर बने भद्दे मकानों को देखने लगता हूँ। इन मकानों को मैं कब से देख रहा हूँ। मेरा अनुमान है कि दीवारों की दरारों का ऐसा कोई कोना नहीं, जिससे मैं परिचित नहीं हूँ। मुझे गलतफ़हमी हो रही है या बुढ़िया अभी भी मुझ पर नज़र गड़ाये हुए हैं? मेरी पीठ पर जो गला खँखारने की आवाज़ टकरा रही है, वह उसी की है क्या? मेरी गुद्दी सुलगनी शुरू हो जाती है, एक पतली धुएँ की लकीर बलखाती ऊपर उठती है, क्योंकि बुड्ढी बकरी की कड़ी दृष्टि आग की लपट के समान उसके चश्मे के मोटे काँच से निकलकर मेरी गुद्दी को सुलगा रही है। जब बस एक तंग मोड़ पर मुड़ती है तो मैं अपनी दृष्टि बाहर बरसात में खड़े एक मोटे आदमी पर गड़ा देता हूँ और उसी के साथ-साथ अपनी गर्दन घुमाता जाता हूँ, जब तक कि गर्दन का बल नहीं निकल जाता, और तब एक नज़र मैं अपने पीछे बैठी सवारी पर फेंकता हूँ। मारे गये। मुट्टली वहीं सचमुच ऐसे बैठी है, जैसे सुअरिया अपने बच्चों के झुण्ड पर बैठी होती है, और मुझे ऐसे ताड़ रही है कि मुझे शक होने लगता है कि मैं आज सुबह घर से कहीं नंगा तो नहीं निकल आया। तेज़ी से मैंने सिर घुमा लिया, लेकिन तब तक उसके मुख से प्रश्न दनदना चुका था। ''आप वो लेखक तो नहीं हैं?'' उसका प्रश्न है, प्रश्न क्या है आदेश है! अविचल मैं सीधा देखता रहता हूँ, जैसे मैं उसकी बमबारी से नावाकिफ़ हूँ और शायद यह जान लेने पर वह मेरा पिण्ड छोड़ देगी। और लोग भी तो हैं बस में, सिर्फ़ मैं ही वो लेखक क्यों हो सकता हूँ? लेकिन साली गधे की बच्ची मेरा पिण्ड नहीं छोड़ती। अपनी धृष्ट उँगली वह एक नंगी छुरी की तरह मेरी पीठ में गड़ा देती है। ''ऐ मिस्टर आप।'' कौऐ जैसी आवाज़ में चीखती है और

दूसरी बार मुझे चीरकर रख देती है, इस बार जिगर के बीचोंबीच, "क्या आप वो लेखक नहीं हैं?" पहले से अधिक निश्चित स्वर में। मेरे पास और कोई चारा नहीं बचता, सिवा इसके कि मैं "वो लेखक" बन जाऊँ। मैं मुश्किल से पीछे की ओर मुड़ता हूँ। एक हमदर्द नागरिक को, जिसका दिमाग़ उसकी खोपड़ी में विराजमान है, यह स्पष्ट होना चाहिए था कि इस टेढ़ी मुद्रा में मैं ज्यादा देर नहीं बैठ सकूँगा। और सचमुच दो सैकिंड बाद ही मुझे पीठ में पुराना दर्द उठता महसूस होता है। मैं दर्द को अपने मुखारविन्द पर प्रकट होने देता हूँ, और फिर आवाज़ निकालता हूँ, "उई, मेरी रीढ़ की हड्डी! यह साला पीठ का दर्द!" और फिर मैं कहता हूँ, "आप शायद मुझे कुछ कह रही हैं?" स्पष्ट है कि यह पहली भूल है (या फिर शायद दूसरी, यदि बस में प्रवेश को पहली माना जाये तो)। मुझे बरगद के तने- से मुँहफट्ट होकर कह देना चाहिए था, "तुम्हें कोई मतलब! अपनी चोंच बन्द रखो और मेरी जान छोड़ो!" परन्तु अब तो मैं अपनी कमज़ोरी ज़ाहिर कर चुका था। वह एक ज़हरीली हँसी, हँसी, "हाँ, हाँ और किसे! तो आप ही वो लेखक हैं!" ठीक है, तो फिर मैं भी चाहता हूँ, "हाँ। क्यों?" परन्तु तभी जल्दी से एक बार फिर कहता हूँ, "उई, शिट, मेरी कमबख्त रीढ़ की हड्डी, कितनी बुरी तरह दर्द कर रही है।" और एक बार मैं पीड़ा से चेहरा विकृत कर लेता हूँ और मुड़ कर थोड़ा-सा सामान्य ढंग से बैठ जाता हूँ। यह क्या समझती है कि इसकी वजह से मैं अपनी पीठ का कचरा करवा लूँगा, और फिर एक औरत, जो अनपेक्षित रूप से किसी से चूँ-चपड़ शुरू कर देती है, ज़रूर सर्वहारा वर्ग से होगी। तो प्रश्न यह उठता है कि यह मुझे जानती कैसे है! ऐसी औरत सांस्कृतिक चर्चा वाले पृष्ठ या पुस्तकें तो पढ़ने से रही। मेरा तो जहाँ तक अनुमान है, साली अनपढ़ होगी। "मैंने आपका फ़ोटो अख़बार में पढ़ा है।" वह कहती है। उसका मतलब होगा कि किसी ने मेरे फ़ोटो को अख़बार में देखकर उसे पढ़कर बताया है। अविराम वह बोलती जाती है, मैंने आपको फ़ौरन पहचान लिया है, अख़बार की फ़ोटो की वजह से।" "तुम्हारी सेहत के लिए अच्छा है", मैं सोचता हूँ, "थोड़ा बहुत संस्कृति के बारे में जानने में कोई नुकसान नहीं है।" "आप फ़ोटो से ज़्यादा जवान हैं।" उसे शिकायत है। मैं सिर्फ़ इतना कह पाता हूँ, "अच्छा, यह बात है?" और कोशिश करता हूँ कि जहाँ तक हो सके कुछ बूढ़ा नज़र आऊँ। फिर भी मैं उसे रिझा नहीं पाता। "हाँ, हाँ", वह हिनहिनाती है और अपनी जाँघों के बीच निचोड़ रखे नकली चमड़े के पर्स को उठाकर वह अपने पेट के आगे पटक लेती है। अब मुझे अपनी टाँगें कुछ और पीछे की ओर मोड़नी पड़ती हैं, क्योंकि पीठ में चुभन अब और भी दुखदायी हो गयी है। "आपको पता है", मैं कहता हूँ, "आपके कारण मुझे जिस आसन में बैठना पड़ रहा है, वह असाधारण रूप से पीड़ाजनक है और जैसा मैं आपको फ़ोटो

में लगा था, यह आसन मुझे उससे भी एक हजार साल ज़्यादा बुड्ढा बनाकर छोड़ेगा।'' परन्तु फिर से मैं यह कहता नहीं, बल्कि मैं मुस्कराता हूँ, ''ओह, जानती हैं आप, जब अख़बार के लिए यह फोटो लिया गया था, तो मैं बीमार था। बुखार चढ़ा हुआ था मुझे।'' ''वो तो नज़र आ रहा है!'' वह कहती है कपटपूर्वक मुस्कान बिखेरती हुई। ''अच्छा'', मैं फिर से कहता हूँ, ''आँखों से?'' ''आँखों की ओर तो मैंने बिल्कुल नहीं देखा'', उसने नाक सुड़की और फिर से अपने पर्स का बुरा हाल किया। हे भगवान्! शुक्र है कि मैं इस गधी का पर्स नहीं हूँ! ''जरूर देखा होगा'', मैं डटा रहता हूँ, थकी हुई आँखों से आदमी बूढ़ा लगता है। मैं अपनी आँखें सिकोड़ लेता हूँ, ताकि वह भी देख ले कि जिस तरह से मैं उसके अथाह घमण्ड के कारण जकड़ा हुआ बैठा हूँ, इस हालत से मैं थोड़े से बुखार वाली स्थिति से ज्यादा बूढ़ा लगता हूँ। ''नहीं'' एकदम से मेरे भीतर उफ़ान उठता है, ''मैं बूढ़ा नहीं होना चाहता!!'' इसलिए मैं तुरन्त आगे की ओर मुड़ जाता हूँ, जहाँ नज़ारा खुशग़वार है। ''मुझे क्या लेना है इस मुर्गी की औलाद से?'' सब जानते हैं कि मुर्गियाँ कभी-कभी बाह्यरूप से ज़िद्दी हो सकती हैं, मुझे लगता है कि मैंने कहीं से सुन रखा है ख़ास तौर से जब उनकी नसों में किसी इण्डोनेशियन लड़ाकू मुर्गे का खून दौड़ रहा हो। इसीलिए मुझे हैरानी नहीं होती, जब नुक्ताचीनीबाई अपना राक्षसी दाँत फिर से मेरी पसलियों में घुसेड़ देती है और काँय-काँय करती है, जैसे उस क्षण उसके गले में किसी बतख़ की तरह मक्के के दाने ठुँसे पड़े हों, जिन्हें वह निगल नहीं पा रही, ''ऐ मिस्टर! आप क्यों करते हैं यह?'' नहीं, मुझे इससे हैरत नहीं हुई, परन्तु गुस्से के मारे मेरी माँग के बीचोंबीच त्वचा का एक छोटा-सा हिस्सा सुकड़ गया, झाँटें सुलगने लगीं। कुछ हद तक चूतिया-सा लगने लगा, मैं खुद को। यह मेरी स्थिति को प्रकट करने हेतु एकदम सटीक शब्द है। स्वयं को कुछ हद तक चूतिया जैसा महसूस करते हुए मैंने अपनी पीठ को फिर से तकलीफ़ दी—मगर इस बार मैंने कमर को घड़ी की पेंच कसी सुई की तरह सीधा रखा, ताकि मैं मुड़कर भी कुछ आराम से बैठ सकूँ और खुश्की से उससे पूछा, ''क्यों, अब फिर से क्या हो गया है?'' ''फिर से क्या मतलब है?'' अपने पर्स का फिर से मलीदा बनाते हुए वह बोली। सौभाग्यवश यह पर्स नकली चमड़े का था, नहीं तो इस औरत को ऐमनेस्टी इन्टरनेशनल या पशु-रक्षा संघ के हवाले करना पड़ता। ''आप तो देख ही रही हैं कि यहाँ शराफ़त के ढंग से बात करना ही सम्भव नहीं है। इसलिए फिर से।'' मैंने कहा। परन्तु इस महिला की तो मोटे गैंडे जैसी खाल थी, बल्कि उसे पैटन टैंक कहना बेहतर होगा। इसमें कोई हैरत वाली बात नहीं कि कुछ हद तक एक शान्त वातावरण बनाने की मेरी कोशिशें किसी काम नहीं आ रहीं। वह एक सैकिंड में अपने हाथ से मेरी नाक काटने की मुद्रा बनाते हुए मेरी बात काटने की

हरकत करती है। "मेरी माँ, जान छोड़ अब मेरी!" मैं फिर नहीं कहता, हालाँकि मैं कहना चाहता हूँ, लेकिन सिर्फ़ सोच लेता हूँ, और पुनः मुड़कर आरामदेह अवस्था में बैठ जाता हूँ। ख़ैर, इसे "आरामदेह" कहना बिल्कुल ठीक तो नहीं होगा, परन्तु पहले की तरह ढक्कन खोलने वाले औजार की तरह बैठने वाली मुद्रा की तुलना में यह ज़्यादा आरामदेह थी। कुछ लोग ऐसे होते हैं जो पानी की बूँदों की तरह एक-एक करके टपकते रहते हैं और जब इस प्रक्रिया से पत्थर तक खोखला हो जाता है तो चिकनी मिट्टी या यूँ कहिये कि आटे के पेड़े की क्या मज़ाल है? मेरे पीछे बैठी महिला उस पानी की बूँद- प्रक्रिया की तरह है, जो अपनी तेज़ाबी धार को एक राक्षसी दाँत का जामा पहनाकर काटने की शक्ति रखती है। यह दाँत इस समय उसने बेरहमी से मेरी पीठ में गड़ा रखा है। "ऐ मिस्टर, क्यों करते हो तुम ऐसा?" यह अनावश्यक प्रश्न पिघले हुए सीसे की तरह पहले भी मेरे कानों में घुसा था। क्या जवाब दूँ मैं इसका? भाड़ में जाओ! जो कुछ भी मैं करता हूँ, तुम्हें उससे मतलब? प्रश्न यह है कि क्या क्यों करता हूँ! ठीक है, कराहते हुए मैं एक बार फिर मुड़ता हूँ। मैं कसम खाता हूँ कि मैं अन्तिम बार इस कछुए की बच्ची से मुड़कर बात कर रहा हूँ, "क्यों जी, मैं क्या क्यों करता हूँ?" "यही", वह गुर्राती है, "यही घिनौनी बातें, जो आप लिखते हैं। आप ये सब घिनौनी बातें क्यों लिखते हैं? किसलिए?" "अच्छा", मैं पीड़ा से मुस्कराता हूँ, "मैं घिनौनी बातें लिखता हूँ? आपको कैसे पता चला, जबकि आप पढ़ने-लिखने के दुर्भाग्य से वंचित हैं?" सौभाग्यवश, श्रीमती जी ने मेरी पीठ से अपना राक्षसी दाँत हटा लिया था, और अब वहाँ से महसूस करने की बजाय वह मेरे चेहरे से प्रत्युत्तर पढ़ सकती थी। मुझे थोड़ी समझदारी से काम लेना होगा, फूँक-फूँक कर कदम रखना होगा, इसलिए मैं नीति के अनुसार सही शब्दों का उच्चारण करता हूँ, "अच्छा तो आपको प्रतीत होता है कि मैं घिनौनी बातें लिखता हूँ? आपको इनमें इतना घिनौना क्या लगता है?" "क्या बात करते हैं आप?" तनाव की स्थिति में फँसे बस के भीतरी भाग में वह फिर से इतनी ज़ोर से गरजती है कि पुनः सभी यात्री हमारी ओर देखने लगते हैं। "जब कोई अपने पिता की हत्या करता है, तो क्या यह घिनौनी बात नहीं है? जब कोई पादरी का मजाक उड़ाता है तो क्या यह घिनौनापन नहीं है? जब कोई..." "हश... और कृपया इतने ज़ोर से न बोलें!" मैं नहीं कहता, परन्तु मेरे हाथ यह कहते हैं। हे भगवान्, मैं किससे कह रहा हूँ यह? क्योंकि नुक्ताचीनीबाई की बुद्धि में यह बात नहीं आ रही कि यहाँ बैठे सभी लोग मुझे ऐसी नज़रों से देख रह हैं, जैसे मैं अपने पिता का हत्यारा हूँ। इसलिए मुझे भी मजबूर होकर सप्तम स्वर में बोलना पड़ता है, "मगर मैंने तो अपने पिता की हत्या नहीं की! और अपने पूरे जीवन में मैंने कभी पादरी का मज़ाक नहीं उड़ाया, मैं तो पादरी

साहब को जानता तक नहीं!" "हाँ, हाँ, नहीं जानते तुम", अपना लावा मेरे चेहरे पर उगलते हुए कहती है वह, "यह तो मैं भी जानती हूँ! पर आप अपनी कहानियों में यह बकवास लिखते हो!" "वही तो", मैं हँसते हुए कहता हूँ, "ये तो सिर्फ़ कहानियाँ ही हैं, वास्तव में, यह सब कुछ कल्पना है।" वह चिंघाड़ती है, या फिर मैं बस के इंजन की चिंघाड़ सुन रहा हूँ? नहीं, वही, चिंघाड़ रही है, "कहानियाँ! ओए होऐ! सब यही कहते हैं!" बात मेरी समझ से बाहर है, "क्या मतलब है आपका?" मैं कायदे से पूछता हूँ। "वो तो आपकी फ़ोटो से नज़र आता है," अब वह अपने नकली चमड़े के पर्स को विश्राम देती है, "कि आपकी नज़रों में दुनिया सदा काली, गन्दी और सड़ी-गली रही है।" काफी समय बाद अब जाकर मुझे खुल के हँसी आयी, ठहाका लगाकर हँसता हूँ मैं, शायद ज़रूरत से ज़्यादा ऊँची आवाज़ में, क्योंकि बस में बैठे लोग मुझे खा जाने वाली नज़रों से घूर रहे हैं। फिर से सीना ताने मैं अखाड़े में उतर पड़ता हूँ, नुक्ताचीनीबाई की ओर पीठ कर लेता हूँ, ढक्कन खोलने के औजार जैसी अवस्था में बैठने पर भी मुझे दर्द नहीं हो रहा, अपनी उँगली की नोंक से मैं खिड़की से बाहर उस दुनिया की ओर इशारा करता हूँ, जो लगातार बरसात से मटमैली और फिसलन भरी नज़र आ रही है, खिड़की के शीशों से। "तो? क्या यह काली, गन्दी और सड़ी-गली नज़र नहीं आती आपको?" स्पष्ट है कि मैं भैंस के आगे बीन बजा रहा था। यद्यपि जनता हाल ही में सत्ता के मंच पर खेले गये भ्रष्टाचार और व्यभिचार के नाटक से व्यथित थी, तथापि इस झोंटे की सास में इतनी बुद्धि कहाँ! यह जल्लाद की अम्माँ अपनी सूअर जैसी बटननुमा आँखों से अभी भी मेरी पीठ पर वार किये जा रही थी, "यह कोई कारण हुआ किताबों में दुनिया का रंग काला करने का?" "माफ़ कीजियेगा", मैं कहता हूँ, "आपको कोई ग़लतफ़हमी हुई है। मैं अपनी कहानियों में दुनिया का रंग काला नहीं करता, मैं तो वह जिस रंग में रंगी हुई है, उसी का प्रतिबिम्ब प्रस्तुत करता हूँ।" "बकवास", वह फिर से चीखती है, "दुनिया को आपके काढ़े की ज़रूरत नहीं है।" "नहीं", मैं स्वीकार करता हूँ, "परन्तु मुझे उसकी ज़रूरत है।"

"हद है बदतमीज़ी की।" वह पैर पटकते हुए पूरी बस को हिला देती है। हाँफ़ती हुई वह उठती है। "अच्छा है", मैंने सोचा, "अब भैंस नीचे उतर जायेगी।" परन्तु वह तो उसी सीट पर फैलकर बैठ जाती है, क्योंकि उसकी बगल वाली सीट, ज़ाहिर है, ख़ाली हो चुकी थी। दो सीटों पर अकेली बैठकर वह शायद मुझे दिखाना चाहती थी कि आधिकारिक रूप से वह "दुनिया" का प्रतिनिधित्व कर रही है। "हद है बदतमीज़ी की। आपको तो खुद को दिमाग के डॉक्टर को दिखाना चाहिए।" "दिखाया था मैंने एक बार", मैं कहता हूँ, परन्तु दबे स्वर में। "बहुत अच्छे!" उसके स्थान-परिवर्तन के कारण मेरी बैठने

की सामान्य स्थिति का कोण कसे हुए पेंच की तरह जरा छोटा हो गया था, जो मेरे विचार में कुछ आरामदायक होना चाहिए था, परन्तु कुछ लाभ नहीं हुआ इससे। बेचारा, किस्मत का मारा पर्स, नकली चमड़े का, मैं उम्मीद करता हूँ कि आख़िरी बार इसका बुरा हाल किया जायेगा। नफ़रत से भरी श्रीमती नुक्ताचीनी उसे हवा में लहराती है, हमारी सीटों के निकट लगे डण्डे से उसे टकराने देती है और फिर उसे अपने बगल में सीट पर पटक देती है। फिर उसी ग़रीब पर वह अपना पूरा भार टिका देती है, ताकि वह अपना चेहरा मेरे चेहरे के नजदीक लाकर मुझ पर वज्रपात कर सके, "और अब आप अपने पाठकों को अपनी मानसिक विकृति का शिकार बना रहे हैं।"

"सुनिये", मैं तनिक सिमटता हुआ कहता हूँ, क्योंकि यह श्रीमतीजी सिर्फ मेरी आँखों का ही अपमान नहीं कर रही थीं, बल्कि मेरी नाक को भी बेइज़्ज़त कर रही थीं। सिर्फ इसी कारण से मैं सिमट गया हूँ। "सुनिये, मेरे पाठकों की संख्या इतनी अधिक नहीं है कि मैं उनको कोई नुकसान पहुँचा सकूँ। निश्चित रूप से ऐसे लोगों की संख्या अधिक है, जिन्होंने अख़बार में मेरी फ़ोटो पढ़ी है, उन लोगों की तुलना में, जो वास्तव में मेरी पुस्तकें पढ़ते हैं।" अब तो उसकी समझदानी में बात आ जानी चाहिए थी। परन्तु मेरे तर्कसिद्ध उत्तर का प्रत्युत्तर है। तर्कहीन व्यंग्य, "उससे क्या फ़र्क पड़ता है?" वह विषयुक्त हँसी हँसती है। तो ठीक है, मैं इसके जहरीले दाँत तोड़ दूँगा, अभी या फिर कभी! परन्तु इससे पहले मैं जानना चाहूँगा, "क्या वास्तव में आपका भी यही विचार है?"

फ़ाँसी

●

वेर्नर शिमडली

जब से मैंने उसे रस्सी से लटके पाया है, बिल्डिंग में सब लोग मेरा अभिवादन करते हैं। बिल्डिंग में रहने वाले सभी लोग। बच्चे भी। पर साफ़ लगता है कि वे अपने माँ-बाप के कहने पर ऐसा करते हैं। वास्तव में इस अभिवादनबाजी से मुझे खुश होना चाहिए था। लेकिन मैं खुश नहीं हूँ। पहले वे मुझे अभिवादन नहीं किया करते थे। मैं हूँ तो अन्ततः कुछ अनाड़ी-सा मकान की देखभाल करने वाला कारिन्दा, एक प्रभारी, लोगों को मैं प्रभारी जैसा ही लगता हूँ। और फिर मैं अभी तक कुँवारा हूँ। अधिकतर मैं अकेला होता हूँ, जैसे कि मृतक अकेला होता था। थोमस आशावान नाम था उसका; आशा की तरह खनकता नाम, यदि तेज़ी से बोला जाये तो। पहले इस तरफ़ मेरा ध्यान कभी नहीं गया। परन्तु अभिवादन लोग उसे भी नहीं करते थे। और मैं बस कभी-कभी उसे "नमस्ते" कह दिया करता था। अजीब-सा बन्दा था वह। मुझे उसके दिमाग में कुछ गड़बड़ लगती थी। शाम को जब मैं बैडमिण्टन खेलने के लिए घर से निकलने वाला होता था तो कम से कम पाँच बार उसी समय वह आता था और मेरे दरवाज़े की घण्टी बजाता था। वह घण्टी बजाता था मेरे नहाते समय, जब मैं शेव कर रहा होता था, या टाई बाँध रहा होता था, या जैकेट पहन रहा होता था। वह लगातार मुझसे बात करना चाहता था, मुझे अपनी इकट्ठी की हुई सीपियाँ दिखाना चाहता था। मगर मेरे पास समय कम होता था, मेरे मित्र प्रतीक्षा करना पसन्द नहीं करते। मैं उसे खड़ा छोड़कर निकल जाता था, तीसरी मंजिल पर रहने वाली एक लड़की की तरह, जिसे उसने एक बार अपने साथ फ़िल्म देखने की दावत दी थी। हाँ, मैंने उसकी तरह उसकी हँसी नहीं उड़ायी। और अब उसने स्वयं को फन्दा लगाकर आत्महत्या कर ली है।

मैं पूरा दिन घर में नहीं होता; पैकिंग बनाने वाली एक फैक्ट्री में मैं काम करता हूँ। और फिर मैं एक गायन-क्लब का सदस्य भी हूँ। वरना मैं अपने कमरे में अकेला बैठा रहता हूँ। पुस्तकें मैं बहुत पढ़ता हूँ। रेडियो सुनाता हूँ। लेकिन अब अचानक कोई न कोई बहाना लेकर सारी बिल्डिंग के लोग मेरे पास आते हैं। तब मुझे वर्णन करना पड़ता है कि मैंने किन हालात में मृतक को पाया। फिर वे वहाँ खड़े रहते हैं या बैठ जाते हैं अथवा चहलकदमी करते हैं। वे मुझे देखते हैं या कमरे में चारों ओर दृष्टि दौड़ाते हैं, जैसे कुछ ढूँढ़ रहे हों। पर वे वह सबकुछ बड़े ध्यान से सुनते हैं, जो मैं सुनाता हूँ। और अब, जब मैं याद करता हूँ मैं पुनः उनका अवलोकन करता हूँ : जब मैं घटना का वर्णन कर रहा था तो उनकी आँखों में मुझे भय या सदमे का आभास होता था, प्रकट या अप्रकट, सहानुभूति के आवरण में अवरुद्ध। यह नंगा एहसास मुझे भी हुआ है, उसी दिन जब मैंने आशावान को लटके पाया था, अपनी आँखों में, जब मैंने गायन-क्लब में जाने से पहले दर्पण में अपना चेहरा देखा था! उनमें भय था, पकड़े जाने का; या फिर एक तरह की पाप-चेतना। कुछ भयोत्पादक, कुछ विलक्षण, कुछ अनिष्टकारी।

और है यह सब व्यर्थ की बात! थोमस आशावान आत्महत्या कर चुका है। कभी-कभी यह होता ही रहता है कि कोई लटककर आत्महत्या कर लेता है। और दोष किसी का नहीं है; उसे मालूम होगा, ऐसा उसने क्यों किया!

मैंने उसे उस दिन लटके पाया था, अकस्मात ही। सत्रह तारीख को दोपहर बाद की बात है। दो दिनों से मैं देख रहा था, कि उसके कमरे में बत्ती जलती रहती थी, दिन-रात। फिर सत्रह को मैं ऊपर गया, दूसरी मंजिल पर। मैंने खटखटाया, घण्टी बजायी, पुकारा और फिर घण्टी बजायी।

अन्त में मैंने दरवाज़े का हत्था नीचे दबाया। मुझे आश्चर्य हुआ कि दरवाज़े में कुण्डी नहीं लगी थी। मैंने प्रवेश किया, पुकारा, आशावान जी! ऊँची आवाज़ में और बार-बार। फिर मेरा स्वर धीमा हो गया, मैं चुप हो गया, क्योंकि मुझे रसोई और कमरे को पृथक करने वाले फ़र्श से आधा मीटर ऊँचे पर्दे के पीछे एक औंधी पड़ी कुर्सी नजर आयी। सिर्फ़ एक कुर्सी। फिर भी उस पल मुझे अनिष्ट की आशंका नहीं हुई।

तब घण्टी बजी। मैं डर गया। तो भी मैंने दरवाज़े का हैण्डल नीचे किया। फिर मैंने पर्दा एक ओर सरकाया—दो, तीन कदम पीछे हट गया मैं। मुझे याद आता है, मैं चिल्लाया, "नहीं...।" लगभग उसी क्षण, जब दरवाज़े से एक आवाज़ आयी, "हलो, थोमस!" किसी लड़की का ऊँचा स्वर। मैंने पुनः रसोई में प्रवेश किया, मृतक मेरी नज़रों के सामने था, ताजा ठोककर लगायी गयी शहतीर से आड़ा लटका हुआ था वह, शानदार सीपियों से जड़ी

पतली रस्सियों और एक बहुत बड़े पुराने मछली पकड़ने के जाल के मध्य, यह जाल भी सीपियों से भरा हुआ था। फिर मैं एकाएक मुड़ा, मुझमें उस दृश्य को और अधिक देखने की शक्ति नहीं बची थी। मैं लड़की के समक्ष खड़ा था, वह गोरी और लम्बी थी और उसके सुनहरे बाल थे। आश्चर्यचकित वह वहाँ खड़ी थी, नयनों में उपहास, और एक प्रश्न लिए हुए, धृष्ट। और मैं बोला, ''उसने फाँसी लगा ली है।'' मेरा यह वाक्य लड़की को विकराल लगा होगा। मैं मजबूर था : बस मेरे मुँह से यह बात निकल चुकी थी। और इन आँखों में भी, इन नीली आँखों में, जो एकाएक धृष्ट नहीं रही, उपहासपूर्ण भी नहीं, मुझे कुछ विलक्षण दृष्टिगोचर हुआ, वही कुछ, जो मुझे इस बिल्डिंग के सभी किरायेदारों की आँखों में नज़र आया था। मुझमें भी, जब मैंने स्वयं को दर्पण में देखा था...

जब मैं सुनाते-सुनाते सुनहरे बालों वाली लड़की तक पहुँच जाता हूँ, फिर आगे सुनाता हूँ, पूरे तथ्यों समेत, तो मुझे स्वयं को लगता है कि मेरे भीतर अन्तर्द्वन्द्व चल रहा है, रसोई में खड़े लोगों के बारे में भी ऐसा ही लगता है, जब वे मुझे सुन रहे होते हैं और चुपचाप देख रहे होते हैं, अथवा कॉफी के डिब्बे, धुलाई की मेज़, किसी कप, नये रेफ्रीजरेटर या लाऊडस्पीकर पर टिकटिकी लगाये रखते हैं, किसी भी वस्तु पर, जैसे उन्हें निर्विलम्ब किसी सम्बल की आवश्यकता हो। अथवा इन वस्तुओं पर स्तम्भित होकर टकटकी लगाकर वे मेरे समक्ष कुछ प्रमाणित करना चाहते हैं।

और फिर यह ''कुछ'', जो भय है, क्षोभ है, या लज्जा है, शायद अपराध की अनुभूति है, तब और भी स्पष्ट हो जाता है, जब मैं आगे वर्णन करता हूँ; वहाँ हम एक दूसरे से मुखातिब थे, भूरी लड़की और मैं, और पर्दे के पीछे थोमस आशावान, जिसने ख़ुद को फाँसी लगा ली थी। हम चुप थे और एक-दूसरे को निश्चल दृष्टि से देख रहे थे, और उसके युवा, पीले चेहरे में कुछ क्षण पूर्व के दो धृष्ट नेत्र टूटे हुए बिल्लौरी शीशे का आभास दे रहे थे, और उसके मुख से स्पष्ट से बोल निकले, ''नहीं, आज नहीं...!''

''उसने फाँसी लगा ली है!'' मैंने फिर कहा। मैंने यह दो बार कहा। तब जाकर लड़की तन्द्रा से जागी, हिली, अचानक अपनी उम्र से ज्यादा की प्रतीत होने लगी, वयस्क, उदास तथा खोई-खोई।

धीरे-धीरे वह घुटनों के बल बैठ गयी, उसके हाथों से किताबें, रिकॉर्ड तथा ग्रामोफ़ोन फिसलकर फ़र्श पर गिर गये, धीरे-धीरे वह उनके मध्य बैठ गयी। लेकिन कुछ बोली वह, अकस्मात सब कुछ बताने लगी : उसके टेलीफ़ोन करने के बारे में, वादों के बारे में, कहने लगी, वह अत्यधिक व्यस्त थी, समय नहीं था उसके पास, आज तक, केवल आज तक, अभी दो दिन पहले ही

उसने आशावान से मिलने का वादा किया था... नहीं नहीं, वादा नहीं कर पायी थी वह, क्योंकि बीच में कुछ और काम पड़ गया था। और अब तो दोनों की छुट्टियाँ थीं। दो सप्ताह। दोनों एक ही फैक्ट्री में काम करते थे। फिर जिस पर कभी थोमस बैठता होगा, अपनी बड़ी-बड़ी आँखों से उस खाली कुर्सी को निर्लिप्त भाव से देखते हुए वह बोली, "आज मैं अकस्मात् आकर उसे आश्चर्यचकित करना चाहती थी, मैं एक सुखद संध्या की तैयारी करके आयी थी, थोड़ा-सा केक भी लायी थी...हम दोनों की छुट्टियाँ हैं, मैंने सोचा... और अब यह..."

वह अभी भी कुर्सी को टकटकी लगाये देख रही थी; खाली और गन्दी कुर्सी जमहाई लेती वहाँ पड़ी थी। फिर उसने धीरे से सिर हिलाया और खड़ी हो गयी। जब वह चुपचाप, तनिक झुकी हुई-सी, बिना अभिवादन किये दरवाज़े से बाहर निकलने लगी थी तो मैं उसे पीछे से आवाज़ देकर कहना चाहता था कि वह अपनी किताबें, रिकॉर्ड तथा ग्रामोफ़ोन लेती जाये, अब उनकी यहाँ कोई ज़रूरत नहीं। पर मैंने रहने दिया, सब कुछ उठाकर अपने कमरे में ले गया और पुलिस को फ़ोन कर दिया।

कुछ कहानी मुझे समाचार-पत्रों से पता चली है, कुछ थाने से। मकान के किरायेदार भी समाचार-पत्र पढ़ते होंगे, तो भी अभी वे आते हैं और प्रश्न पूछते हैं। और मैं वर्णन करता हूँ, पूरे तथ्यों सहित, कुछ भी नहीं छुपाता। ख़ुद से भी कुछ नहीं छुपाता। ऐसा लगता है कि वे सभी मुझसे पूरी रिपोर्ट सुनकर स्वयं को पीड़ा पहुँचाना चाहते थे। हाँ, वे पीड़ित होना चाहते थे। सुनाते-सुनाते मैं भी ख़ुद को पीड़ा पहुँचाता हूँ। अब मैं भी जानता हूँ—सब जानते हैं कि आशावान 15 तारीख की सन्ध्या को 8 और 9 बजे के बीच फाँसी लगाकर मरा था। उस दिन 7 और 8 बजे के बीच उसने करीबन पाँच बार मेरे दरवाज़े की घण्टी बजायी थी। वह थका हुआ-सा लगता था, शोकाकुल। अब मुझे याद आ रहा है। निरुत्साहित भी। क्या व्यर्थ की बात है! मैंने यह भ्रम अब ऐसे ही पाल लिया है। बिल्डिंग में रहने वाले अन्य व्यक्ति भी निश्चित रूप से इस बात को जानते हैं, इसलिए उनके नेत्रों में एक अजीब-सी भाव-भंगिमा होती है, जैसे वे कुछ छिपाना चाहते हों। हाँ, वे छिपाना चाहते हैं, वो जो उन्होंने नहीं किया। कुछ भी तो नहीं किया उन्होंने! मैंने भी नहीं। क्या बेवकूफ़ी है, मैं क्या बकवास कर रहा हूँ। सब कुछ केवल भ्रम है। पाँच बार घण्टी बजाकर उसने मुझे बाहर बुलाया था। एक बार उसने टाइम पूछा था। क्या बचकाना और मूर्खतापूर्ण बात की थी! यहाँ हर जगह घड़ियाँ मिलती हैं! बिना कमीज़ पहने, शेव करते-करते मैं दरवाज़े पर गया था, मुझे जल्दी थी : मेरा बैडमिण्टन का समय 8 बजे शुरू होता था। दस मिनट

बाद उसे एक पतली रस्सी चाहिए थी। फिर कील और सरेस। अन्त में, जब मैं बाहर निकलने ही वाला था, वह मुझसे हथौड़ी माँगकर ले गया। मैंने उसे हथौड़ी दे दी। चपलता से वह हाथ में लेकर उसके वजन का अनुमान लगाने लगा, किवाड़ से टेक लगाकर खड़ा हो गया और मुझे मूक नेत्रों से निहारने लगा। अचानक वह मुझे अपनी माँ के बारे में बताने लगा, जो एक वर्ष पूर्व अपने जीवन में नीरसता तथा अकेलेपन के कारण काल का ग्रास बन गयी थी। ''मेरी किसी से नहीं पटती'', उसने कहा। ''मैं बहुत संजीदा क़िस्म का व्यक्ति हूँ और सब कुछ गम्भीरता से लेता हूँ। मुझे शोर-शराबा करने वाले लोग पसन्द नहीं हैं। ऊँची आवाज़ में बात करने वाली लड़कियाँ मुझे नापसन्द हैं... मैं गपशप करना चाहता हूँ, वाद-विवाद करना चाहता हूँ, पर बहुत कठिन है यह...'' मैंने उसकी बात अनसुनी कर दी। मुझे जल्दी थी। जो बकवास वह कर रहा था, उसका कुछ सिर-पैर नहीं था। सब कुछ बेतरतीब था। कहने लगा, ''मैं कॉफ़ी बनाकर लाया हूँ। क्या आप पियेंगे?'' फिर कहने लगा, वह मुझे उसी समय अपना सीपियों का भण्डार दिखा सकता है। घण्टों सागर-तट पर घूम-घूमकर कड़कती धूप में, जलती हुई आँखों से वह एकदम ख़ास, शानदार, चित्रित सीपियाँ खोजता रहा है... मैंने क़रीब-क़रीब धक्के देकर उसे दरवाज़े से बाहर निकाल दिया। समय पर अपने दोस्तों के पास पहुँचने के लिए मेरे पास मुश्किल से दस मिनट बचे थे।

''माफ़ करना'', मैंने कहा, ''मैंने टाइम दिया हुआ है। फिर कभी...'' फिर मैं चला गया। जब मैं लिफ़्ट की प्रतीक्षा कर रहा था तो मैंने उसके थके हुए कदमों की आवाज़ सीढ़ियाँ चढ़ते हुए सुनी। तब मैं भी पैदल चल दिया, एक ही मंजिल की तो बात थी। और मैंने आशावान को हथौड़ी थमायी थी। जब मैं घर से चला तो इस बात पर मैंने गौर नहीं किया; सीपियों, कॉफ़ी, कड़कती धूप और हथौड़ी को मैं भूल चुका था। जब मैं देर रात गये घर लौटा तो मैंने उस समय भी उसके कमरे में बत्ती जलती देखी। तब भी मुझे कोई आशंका नहीं हुई। मेरे दरवाज़े के बाहर हथौड़ी आले में टिकी पड़ी थी। मुझे अब भी याद है; सिर हिलाते और मुस्कराते हुए मैं अपने कमरे में घुस गया था। हथौड़ी मैंने लापरवाही से रसोई की मेज़ पर रख दी थी।

मैं बहुत थका हुआ था और मेरी दायीं बाँह में दर्द हो रहा था। रजाई में घुसने के अलावा मुझमें और कुछ सोचने की शक्ति नहीं थी।

अब किसी को यह सुनने का शौक नहीं रहा कि मैंने उसे किस हालत में पाया था। परन्तु लोगों का अभिवादन जारी है। मैं भी अभिवादन बस स्वीकार कर लेता हूँ। मुझे इससे कोई खुशी नहीं होती। वह युवती भी आयी थी और अपना ग्रामोफ़ोन, रिकॉर्ड तथा किताबें ले गयी थी। मैंने उसे कॉफी पीने, केक

खाने के लिए कहा, लड़की ने सिर्फ़ सिर हिलाया। "केक आप रख सकते हैं" उसने कहा। और तुरन्त चली गयी। मैंने आज तक वह केक नहीं खाया।

लेकिन जब पाँचवीं मंजिल से एक मोटू कील माँगने आया तो मुझे फिर से एक बार उसे पूरी कहानी सुनानी पड़ी। अन्त में जाकर वह बोला : "मुझ पर... तुझ पर कोई दोष नहीं मढ़ा जा सकता। और मैं नहीं जानता, मेरा मतलब है, मैं उसे अच्छी तरह जानता भी नहीं हूँ, कितना समय हो गया उसे रहते हुए..." "चार साल", मैंने उसे टोका, "जून में उसके चार साल पूरे होते।" मेरा स्वर ऊँचा, गुस्से तथा शिकायत से भरा हुआ था। मेरे स्वर में कुछ था। और मुझे कोई अधिकार नहीं था, इस लहज़े में उससे बात करने का। मोटू कीलें लेकर जाते-जाते कह गया, "मुझे कोई फ़र्क नहीं पड़ता, मैं दूसरे लोगों के मामले में अपनी चोंच नहीं अड़ाता। क्या फ़र्क पड़ता है..."

मैंने किवाड़ झटके के साथ बन्द कर दिया। मैं एक-एक करके कीलें उसकी खोपड़ी में ठोंक देता, और उसी हथौड़ी से, जो आशावान शहतीर में कड़ी लगाने के लिए मुझसे माँग के ले गया था।

लेकिन यह कहने का मुझे तनिक भी अधिकार नहीं है। बिल्डिंग में किसी को भी नहीं।

और आशावान, पन्द्रह ही को तो मुझे मिलने आया था। कई बार। और हथौड़ी माँगकर ले गया था। उसने कुछ शब्द भी उधार माँगे थे, पर मैंने... रात गयी, बात गयी नहीं, पर सिर्फ़ रात गयी। अब मैं अच्छी तरह जानता हूँ, सबकी आँखों में क्या होता है, जब मैं वर्णन करता हूँ कि वह मुझे किन हालात में मिला...

× × ×

अब दूसरी मंजिल पर एक छात्र रहता है। वह भी यहाँ अकेला है, माँ-बाप किसी दूसरे शहर में रहते हैं। बहुत मिलनसार है वह। मकान में रहने वाले सभी व्यक्ति उससे दोस्ती से पेश आते हैं। कुछ समय पहले मैं उसके कमरे में गया था। इन्हीं दिनों वनस्पति-विज्ञान में मैं गहरी रुचि लेने लगा हूँ। हमने कॉफ़ी पी। मैं उस युवती द्वारा बनाया गया केक साथ लेकर गया था। काफी देर तक हम गपशप करते रहे, छात्र और मैं। फिर उसने भी आशावान के बारे में कुछ जानने की इच्छा प्रकट की। उसकी मृत्यु के सन्दर्भ में नहीं, अथवा मुझे वह किस तरह का व्यक्ति लगता था। नहीं, उसके जीवन के बारे में।

परन्तु मैं उसे केवल इतनी ही जानकारी दे सका कि वह सीपियाँ इकट्ठी करता था, घण्टों समुद्र-तट पर, कड़कती धूप में जलती आँखें लिए, ख़ाली, रंगीन, सुन्दर, चित्रित कवच...।

उड़ान

•

उर्ज़ विडमर

मोटी औरत, पायलट और मैं फ्रैंक़फर्ट हवाई-अड्डे के विशाल हाल के बीच से गुज़र रहे हैं। मोटी औरत बीच में है और पायलट ने तथा मैंने दोनों ओर से उसकी बाँहों में बाँहें डाल रखी हैं। मैं उसके पेट पर बँधी पेटी के उभार को महसूस करता हूँ। मैं ख़ुश हूँ कि हम तीनों आख़िर आज जाकर इकट्ठे हुए हैं। महीनों से मैं इन दोनों के बारे में सोच रहा था, सफ़र के बारे में, जो हम तीनों एक साथ करना चाहते थे। हमने अपना साज़-सामान पीठ पर लाद रखा है, मोटी औरत के पास एक स्पोर्टस-बैग है, जिसमें से तितलियाँ पकड़ने का एक जाल झाँक रहा है, पायलट के पास एक फौजी झोला है और मछली पकड़ने की बंसी है, मेरे पास स्कीइंग के सामान का झोला है, जिसके साथ मैंने एक फलों के रस की और एक रसबदरी की शराब की बोतल बाँध रखी है। मोटी ने अपनी माँ के ज़माने का एक बक्सा उठाया हुआ है, जिस पर चिपके होटलों के लेबल पीले पड़ चुके हैं। क्या ज़माने थे वे भी, मैं सोचता हूँ। हम गाते हैं। मोटी हवाई-अड्डे के हाल में कुछ नृत्य-मुद्राएँ बनाती है, जैसे ब्राडवे थियेटर में खड़ी हो। ऊपर से हम अपनी जाँघों पर हथेलियों से ताल देते हैं। पगड़ी पहने हुए, कैमरे हाथ में लिए हुए मुसाफ़िर रुक जाते हैं और हमें देखने लगते हैं। वह कैन-कैन नृत्य के अन्दाज़ में टाँगें हवा में उछालती है, तेज़ और तेज़ और अन्त में जब वह एक क्षण के लिए अपनी स्कर्ट पीछे से ऊपर उठाती है तो लोग ज़ोर से तालियाँ बजाकर स्वागत करते हैं। मैं मोटी को चूम लेता हूँ। हँसते हुए हम आगे बढ़ते हैं। पायलट भी मोटी को चूमता है। वह किसी कार में लिफ्ट लेकर मैन्चेस्टर से आया है, मोटी बर्लिन से आयी है और हम सब यहाँ रेस्तराँ हैल्लास में इकट्ठे हुए हैं। हम इकट्ठे रहना चाहते हैं, कम से कम एक साल के लिए। हम एक ऐसी यात्रा पर निकलना चाहते हैं, जो अभूतपूर्व हो। चलती सीढ़ी से हम एक मंजिल

ऊपर चढ़ते हैं। मोटी का बक्सा मैं उठा लेता हूँ। हम लम्बे वातानुकूलित गलियारों तथा चल-पटरियों पर से गुज़रते हैं। सूचना-पट्टों पर शब्द तथा अंक रोशनी की तेज़ी से खट-खट कर नीचे उतर रहे हैं और उड़ान भरने वाले विमानों के समय की सूचना उनसे पढ़ी जा सकती है। हरी बत्तियाँ संकेत दे रही हैं। लेकिन हम कुछ और ढूँढ़ रहे हैं। ''यदि मुझे ज़रा भी अनुमान होता कि वह हमारा गुब्बारा कहाँ पर तैयार करके रखेंगे'', मैंने पायलट से कहा, ''तो हम बेवकूफों की तरह इधर-उधर नहीं घूम रहे होते।'' हम ऊपर यात्रियों को छोड़ने आये मेहमानों के लिए बने बारजे पर चढ़ जाते हैं, जहाँ से पूरे विमान-स्थल को देखा जा सकता है। ऊपर गर्मी है। हवा से हमारे बाल उड़ रहे हैं। हम काँपती हवा में हाथ टेककर हवाई अड्डे की इमारत तथा दौड़-पथ के बीच की सड़क को देखते हैं। उड़ते हुए विमानों का शोर हमारे कानों में पड़ता है और मिट्टी के तेल की बदबू आती है। ''भूमि से सीधे आसमान की दिशा में उड़ने वाले विमानों के लिए शायद कोई विशेष हवाई-पट्टी होगी'', पायलट ने कहा। मैं सहमति में सिर हिलाता हूँ। अपनी आँखों को धूप से बचाने के लिए मैं उन पर हाथ रख लेता हूँ।

तब मुझे उड़ान भरने की तैयारी कर रहे एक जम्बो-जेट के पीछे अपना गुब्बारा नज़र आता है। मैं ताली बजाता हूँ और उछलता हूँ। वह विमान-क्षेत्र के दूसरे छोर पर, अमरीकियों के राडार-यन्त्रों के करीब खड़ा है। गुब्बारे में आधी हवा भरी हुई है और वह एक रजत धूसर कुकुरमुत्ते की तरह लगता है। ''वहाँ'', मैं चिल्लाता हूँ। अब मोटी और पायलट भी उसे देख लेते हैं। हम उसकी ओर भाग लेते हैं। मेरा झोला भागते समय ऊपर-नीचे उछलता है और मोटी का भारी बक्सा तो मेरी बाँह कन्धे से लगभग अलग ही कर देता है। पायलट हम दोनों से काफ़ी तेज़ भाग रहा है। वह ऐसे भागता है, जैसे चल-पट्टी पर कोई शिकारी कुत्ता दौड़ रहा हो। हम किसी फौजी के दूर जाते जूतों की आहट सुनते हैं। मोटी सुर्ख हो रही है और हाँफ़ रही है। मुझे देखकर वह मुस्कराती है। उसके स्तन ऊपर-नीचे हो रहे हैं। मुझे मोटी पर प्यार आ जाता है, उसकी नफ़ासत, उसकी हिम्मत पर मुझे प्यार आ जाता है। हम फिर हॉल के बीच से भागते हैं, चलती सीढ़ी से नीचे उतरते हैं, जगमगाते गलियारों से गुज़रते हैं, फिर एक ऐसे दरवाज़े से निकलते हैं, जिस पर ''नो एग्ज़िट'' लिखा है। सतर्कतापूर्वक हम चारों ओर नजर डालते हैं। धीरे-धीरे हम कंकरीट के एक मैदान पर टैंकरों, हवाई- अड्डे की बसों, पीले रंग की फोल्कसवागन गाड़ियों तथा कानों पर खोपे लगाये आदमियों के मध्य से निकलते हैं। दूर से आने वाले विमान यहाँ विश्राम करते हैं। स्विस-एयर का एक डी-सी-9 विमान कर्णभेदी शोर कर रहा है। यात्री छोटी-छोटी गोल खिड़कियों से नीचे झाँक रहे

हैं। मैं खुश हूँ कि आठ सीटों की पंक्ति में फँसा हुआ मैं सिंगापुर नहीं जा रहा, जहाँ कीटाणुरहित डिब्बाबन्द भोजन घुटनों पर रखकर नाक के सामने रखे टी.वी. पर फ़िल्म देखते हुए यात्रा करनी पड़ती है। मोटी मुझे कुछ इशारा करती है, मैं सोचता हूँ कि वह भी वही सोच रही है। फिर हम नीली और लाल बत्तियों के मध्य होते हुए हवाई-अड्डे की इमारत से दूर होते जा रहे हैं, जो अब किसी दूरस्थ फ़िल्म-सेट की तरह लग रही है। अब हम घास पर जा रहे हैं, काफ़ी धीरे चलते हुए। अब गुब्बारा हमारे सामने है, आकार में बहुत बड़ा और लगभग गोल। मोटी तो ख़ुशी से बाग-बाग हो जाती है। हम ख़ुश रहेंगे, मैं सोचता हूँ, उम्मीद करता हूँ। गत कुछ समय से महानगर में जीना मुझे कितना कठिन लग रहा था। कैसे मैंने स्नेह, प्रीति तथा जीवट की चाहत में तिल-तिल दिन काटे हैं। अन्तिम दौड़-पथ पर, जिसे हम पार करना चाहते हैं, एक बोईंग उड़ान भरने की तैयारी कर रहा है। हम घास पर लेट जाते हैं और अपने-अपने कान बन्द कर लेते हैं। ग़र्म हवा का एक झोंका हमें ऊपर से छूकर निकल जाता है।

फिर हम खड़े हो जाते हैं और दौड़-पथ से होते हुए भागते हैं, जिस पर ब्रेकें लगने से पहियों के निशान पड़े हुए हैं। पायलट हमारे सामने गुब्बारे के नज़दीक पहुँचता नजर आता है। वह हाथों के इशारों से समझाकर वहाँ खड़े व्यक्तियों से बातें कर रहा है। उन्होंने गुब्बारे जैसी टोपियाँ तथा चमड़े की वर्दी पहनी हुई है। उनमें से कुछ गुब्बारे के नीचे लगी टोकरी को खींच रहे हैं, जो तिनकों से बुनी गयी प्रतीत होती है। ''क्या शानदार गुब्बारा है'', मैं मोटी को कहता हूँ, जो पसीने से तर मेरी बगल में दुलकी चाल से चल रही है। मैं देख रहा हूँ कि उसने मुँह में बबलगम डाली हुई है, और जब वह उसमें से अपनी साँस निकालती है तो उसके मुँह के सामने बुलबुले बनकर फूट जाते हैं। ''ऊपर से पृथ्वी का दृश्य अद्भुत दिखायी देगा'', उसने कहा, ''हम तीनों एक साथ नीचे के दृश्य का अवलोकन करेंगे। हम कहीं भी उड़कर जा रहे हों, कोई फ़र्क नहीं पड़ता।'' वह अपनी बायीं बगल के नीचे हाथ डालती है, हाथ को देखती है और फिर उसे सूँघती है। ''एक बार हमारी यात्रा शुरू हो जाये, फिर मैं कपड़े बदल लूँगी'', वह कहती है, ''इस फ्रैंकफ़र्ट का मौसम तो सहने लायक नहीं है।'' मैं बक्सा दायें हाथ से बायें हाथ में ले लेता हूँ। ''यदि पायलट हमें बहुत ऊँचा उड़ाकर ले गया'', मैं कहता हूँ, ''तो तुम्हें एक ऊनी टोपी तथा स्वेटर पहनना पड़ेगा। मुझे याद है, एक बार एक व्योमयान-अभियान के सदस्य अफ्रीका के ऊपर ठण्ड में जमकर मर गये थे, क्योंकि गुब्बारे को नीचे लाने के लिए जिस टोंटी से गैस निकाली जाती है, उसमें जंग लग गया था। हफ़्तों

बाद उस अभियान के सदस्य रेगिस्तान की रेत पर मरे पड़े मिले थे, ठण्ड से अकड़े हुए।''

हम अब तक लगभग पूरी तरह भर चुके गुब्बारे के क़रीब पहुँच जाते हैं। वहाँ खड़े आदमियों से हाथ मिलाते हैं। गुब्बारे को जिन रस्सियों ने बाँध रखा था, उनमें से एक को मैं खींचकर अलग कर देता हूँ। फिर मैं उन आदमियों को बाँधने वाले पेचों को मजबूती से कसते हुए देखता हूँ। व्योमयान देखने में नाजुक-सा लगता है, जैसे डाकिया-कबूतरों को भरकर भेजने वाला कोई टोकरा हो। लेकिन अभी तक मैंने किसी गुब्बारे के भूमि पर गिर जाने की ख़बर कभी नहीं सुनी, हाँ बीच हवा में ही टूटकर गिर जाने और किसी पर्वत से टकराकर फट जाने के बारे में ज़रूर सुना है।

हम अपनी परीक्षण-सूची निकालकर जाँच लेते हैं कि रेत के बोरे, कम्पास, बेलचा, आपात् बत्तियाँ और दूरबीन, सभी कुछ हमारे पास हैं। हमारे पास आसपास के सभी देशों के सरकारी नक्शे हैं। ऐसी तालिकाएँ भी हैं, जिनमें से देखा जा सकता है कि हवा किस दिशा की ओर सबसे अधिक बहती है। पायलट एक गैस की बोतल से एक टेस्ट-गुब्बारा भरता है, लाल रंग का, बच्चों के समारोहों में उड़ाये जाने वाला गुब्बारा, और उसे हवा में उड़ने के लिए छोड़ देता है। वह हवा में सीधा ऊपर की ओर उठता है, फिर मन्द हवा उसे दक्षिण की ओर उड़ा ले जाती है। हम तालियाँ बजाते हैं। ''यदि हवा ऐसे ही चले तो आज शाम हम भूमध्यसागर में स्नान कर सकते हैं'', पायलट कहता है। अपना झोला व्योमयान में फेंककर वह ऊपर चढ़ जाता है। मैं उसे वायरलेस को उठाते देखता हूँ। जब वह उसमें बोलता है तो उसमें से फट-फट की आवाज़ आती है। फिर वह हमें इशारा करता है, मैं बक्सा रेलिंग के ऊपर उठाता हूँ, फिर मैं मोटी की ऊपर चढ़ने में मदद करना चाहता हूँ। लेकिन इससे पहले कि मैं उसके कूल्हों पर हाथ रखूँ, वह किसी जिमनास्ट की तरह कूदकर टोकरे में चढ़ जाती है। गुब्बारा-टोपी पहने आदमी हँसते हैं और तालियाँ बजाते हैं। पीछे से मैं भी चढ़ जाता हूँ। वायरलेस में एक आवाज़ आ रही है। पायलट अपनी फुटबाल खिलाड़ियों जैसी अंग्रेज़ी में जवाब दे रहा है, फिर वह सीधा खड़ा होकर दूर से दौड़-पथ की ओर आ रहे एक विमान की ओर संकेत करता है। ''जब यह विमान उतर जायेगा'', वह कहता है, ''तो हमें उड़ान की अनुमति मिलेगी।'' फिर वह बाहर खड़े आदमियों को संकेत देता है। उनमें से हर एक बाँधने वाली एक-एक रस्सी के पास चला जाता है। पायलट अपना हाथ ऊपर उठाता है और वे आदमी एक-एक बार में रस्सियाँ काट देते हैं। हमारा गुब्बारा सरसराते हुए ऊँचा उठता है, तेज़ी से, किसी उन्मत्त लिफ्ट की तरह। मेरी आँखों के आगे अँधेरा छा जाता है। मैं टोकरे का

किनारा कसकर पकड़े रखता हूँ और मोटी के चेहरे पर ध्यान केन्द्रित करता हूँ, जो हरा-हरा-सा लग रहा है। "डरना नहीं", मैं भर्राई हुई आवाज़ में पुकारता हूँ, "मैं ध्यान रख रहा हूँ कि कहीं कोई गड़बड़ न हो।" मैं सावधानीपूर्वक टोकरे के सिरे के ऊपर से नीचे झाँकता हूँ। नीचे वे आदमी खड़े हुए अपनी गुब्बारा-टोपियाँ हिला रहे थे। मैं एक क्षण के लिए टोकरे का किनारा छोड़कर हाथ हिलाता हूँ। फिर उलटकर व्योमयान में गिर पड़ता हूँ।

मैं जागता हूँ, जब मोटी मेरा चेहरा गीले कपड़े से पोंछती है। मैं कराहता हूँ। वह एक मुस्कान मेरी ओर फेंकती है। मेरी बोतल से वह मुझे पीने को पानी देती है। धड़कते हुए दिल से मैं सीधा होकर बैठ जाता हूँ। इस समय हम काफ़ी ऊँचाई पर हैं। सूरज मेरे चेहरे पर सीधा पड़ रहा है और छोटे-छोटे बादलों के टुकड़े आसपास से निकल रहे हैं। वास्तव में यह छटा अनुपम है। हमारे ऊपर गुब्बारे का विशाल खोल है। मन्द बयार चल रही है। मैं सावधानी से व्योमयान के सिर से नीचे झाँकता हूँ। पीले धुएँ से बने बादलों के आवरण में टाऊनुस नदी कुछ छिप-सी गयी है; मेरे बहुत नीचे, जब मैं पहली बार आगे को झुकता हूँ तो मुझे नज़र आता है कि फ्रैंकफ़र्ट कितना बड़ा है। मैं शहर को ठीक से पहचानने की कोशिश करता हूँ। शहर पर लटके धूल के गुब्बारे के कारण घर ठीक से दिखायी नहीं दे रहे। "वहाँ!" मैं आवाज़ देता हूँ, "वहाँ मैं रहता था, बालकनी भी नज़र आ रही है, जहाँ मैंने सफ़ेद फूल उगाये थे।" अचानक मुझे अपने पीछे बैठे पायलट का उत्तेजित स्वर सुनायी देता है। वह वायरलेस सेट में बोल रहा है, "फिर क्या करूँ मैं?" वह चीख़ रहा है, "मैं एक गुब्बारे में हूँ! गुब्बारे में, गुब्बारे में! मैं अपना रास्ता नहीं बदल सकता।" मैं घूरता हूँ, मोटी भी उसे घूर रही है। पायलट के माथे पर पसीना है। "हमें किसी तरह नीचे उतरने की प्रतीक्षा में चक्कर काट रहे विमानों के बीच में से गुजरना पड़ेगा", वह कहता है। हम मुस्कराते हैं। "हमें अपनी-अपनी पीठ पर पैराशूट बाँध लेने चाहिए थे", मैं मोटी के कान में फुसफुसाता हूँ, मगर वह शायद मेरी बात नहीं समझी। मेरी जर्मन भाषा का उच्चारण उसके लिए बेगाना है और उसका मेरे लिए। मैं फिर नीचे नज़र आ रहे शहर का अवलोकन करता हूँ, जो धीरे-धीरे क्षितिज में लुप्त होता जा रहा है। मन्द पवन हमें दक्षिण की ओर उड़ाये जा रही है। मेरे काफ़ी नीचे बहुत दूरी पर मुझे छोटा बच्चों वाला गुब्बारा दिखायी देता है। मैं नीचे थूकता हूँ। मुझे ख़याल आता है, मोटी को पायलट के साथ बाँटकर खाना मुश्किल नहीं पड़ेगा।

फिर मुझे एक घुटी हुई चीख सुनायी देती है। मैं घूमकर देखता हूँ। मोटी हतप्रभ व्योमयान के बीचोंबीच खड़ी है, आँखें फटी हुई हैं और वह हवा

में इशारा करके कुछ बताना चाहती है। मैं उसे अजीब दृष्टि से देखता हूँ और तब मुझे उसकी घबराहट का अभिप्राय समझ में आता है। एक दीर्घकाय विमान दिन में अपनी पूरी बत्तियाँ जलाये बिल्कुल हमारे सिरों पर उड़ रहा है। वायरलेस सेट में एक उत्तेजित स्वर उभरता है, "रेत!", पायलट चिल्लाता है, "जल्दी!" मैं रेत का जो भी पहला बोरा हाथ में आता है, उसकी रस्सी झट से खोल लेता हूँ। अब मुझे स्पष्ट होता है कि पायलट ने रेत के बन्द बोरे व्योमयान में रखकर कितनी अक्लमन्दी का काम किया था। नीचे गिरते हुए शायद वे किसी का कचूमर निकाल दें, पर हम निश्चित रूप से बच गये। अपने पास पड़ा एक और बोरा मैं नीचे फेंकता हूँ और व्योमयान के सिरे से मुझे नज़र आता है कि वह विमान के पृष्ठभाग पर गिरता है, क्योंकि अब वह एकदम हमारे नीचे उड़ रहा था। हमें चालन-संयन्त्र के शोर की आवाज़ सुनायी पड़ती है। हम हाँफते हुए वहाँ खड़े रहते हैं। एक बार तो पायलट का चेहरा भी पीला पड़ जाता है। रिक्त दृष्टि से वह क्षितिज की ओर टकटकी लगाये रखता है और मोटी का हाथ सहलाता है।

कई घण्टे गुज़र जाते हैं। अब एक रमणीय, तेज़ हवा हमें उड़ाये लिए जा रही है। मैं अपनी टाई खोल लेता हूँ, पायलट अपनी टोपी का रिब्बन ढीला करता है और मोटी अब कपड़े बदल सकती है। मैं मुक्त श्वास लेता हूँ। मैं व्योमयान की दीवार पर पीठ टिकाकर मोटी को निहारता हूँ। उसके जाँघिये पर लाल फूलों वाला डिजाइन बना हुआ है और उसके स्तन ऐसे हैं, जैसे वह कभी धाय रह चुकी हो। वह अपने झोले में से एक हरी टी-शर्ट और जींस निकालकर पहनती है। "अब मैं एक नया जीवन आरम्भ कर रही हूँ", वह कहती है। हम तीनों नीचे का नज़ारा लेते हैं। समतल धरती पर एक नदी झिलमिलाती हुई बह रही है। हमारे बायीं ओर अर्थात् जिस दिशा में हम उड़ रहे हैं, घने जंगलों से भरपूर एक पर्वत है, और हमारे दायीं ओर दूरी पर एक दूसरा शिखर है। "यह राईन नदी लगती है, या कोई और है?" मैं पूछता हूँ। लेकिन पायलट मैनचेस्टर का वासी है, रायल एयर फोर्स में भी रह चुका है, सिर्फ़ स्कॉटलैण्ड और गगनचुम्बी पर्वतों के मध्य स्थित नाटो-हवाई-पट्टियों को जानता है। मोटी तो हेलसिंकी और पालेर्मो में या दार्जिलिंग और बम्बई में फ़र्क नहीं बता पायेगी। "राईन ही है", मैं कहता हूँ, "जो भी है, क्या फर्क पड़ता है!" हम तनावमुक्त बैठे हुए लाल मूलियाँ खाते हैं और लाल शराब पीते हैं। मैं कुछ कम पीता हूँ, क्योंकि इस यात्रा के दौरान मैं अपना दिमाग़ ठीक रखना चाहता हूँ। मैं अपने पासपोर्ट में पन्ने पलटता हूँ और अनगिनत मुहरों के चिह्न देखता हूँ, जिनके कारण मुझे पश्चिम जर्मनी में रहने की अनुमति

मिलती रही है। फिर मुझे ख़याल आता है कि हम तीनों को मिलकर सौ से कुछ अधिक मार्क किसी एक के पास जमा करवा देने चाहिए। हवा में रहना तो महँगा नहीं है, मैं सोचता हूँ, परन्तु हम ऐसे-ऐसे देशों से होकर निकलने वाले हैं, जहाँ लोग सण्डास का दरवाज़ा खोलने से पहले ही हाथ फैला देते हैं।

लेकिन फिर मैं प्रसन्न मुद्रा में मोटी को स्टोव पर कॉफ़ी बनाते देखता हूँ। पायलट झुककर उसके कान में कुछ फुसफुसाता है। मुझे वह भी पसन्द है। उम्र में मुझसे बड़ा है, शक्तिशाली है, साहसी है, शान्त है, विनोदप्रिय है। मैं उनसे दृष्टि हटाकर गहराते हुए बादलों पर नज़र गड़ा लेता हूँ। "यदि किसी का गुब्बारा तूफ़ान में फँस जाये तो", मैं पूछता हूँ, "क्या वह धमाके के साथ फट जायेगा" पायलट सिर हिलाता है। "यदि कभी बिजली भी कौंध जाये तो हमें नीचे उतरना पड़ेगा, चाहे फिर हमें श्टुट्टगार्ट (जर्मनी का एक बड़ा नगर) के बाज़ार के बीचोंबीच क्यों न उतरना पड़े।" हम हरे रंग के प्यालों में ख़ामोशीपूर्वक अपनी कॉफ़ी पीते हैं। मोटी मुस्कराती है। वह ख़ुश है, क्योंकि हम जान गये हैं कि वह कैसे हर चीज़ का ध्यान रखती है।

कुछ देर हम सोते हैं। गुब्बारा धीरे-धीरे हिचकोले खा रहा है। पायलट ने सोते हुए अपना एक कान वायरलेस सेट के ऊपर रखा हुआ है, कौन जाने कब क्या हो जाये। जब मैं कई घण्टों बाद जागता हूँ तो व्याकुलतापूर्वक उठकर बैठ जाता हूँ। मोटी और पायलट साथ-साथ लेटे हुए हैं, मुँह पर मुँह रखे गहरी नींद में। मैं हँसता हूँ। उठकर खड़ा हो जाता हूँ। अब गुब्बारा कुछ तेजी से उड़ रहा है। पक्षी हमारे करीब से होकर निकल जाते हैं, चीलें, जंगली बत्तखें, बगुले। वायरलेस सेट में से आ रही आवाज़ बड़ी धीमी है, समझ में नहीं आती। मैं फ्रैंकफर्ट का नक्शा व्योमयान से नीचे फेंक देता हूँ और देखता हूँ कि वह हिचकोले खाता नीचे जाते हुए कैसे छोटा होता जा रहा है।

अब मेरा सिर नहीं चकरा रहा। नीचे का नजारा भी बदल चुका है। नदी अभी भी वहीं है, लेकिन यहाँ वह नब्बे का कोण बना रही है, घुटने की तरह। धुएँदार चिमनियों से भरा एक नगर पार्श्व में उभरता है। मैं दीर्घ श्वास खींचता हूँ और दूर कहीं से आती गन्धक की गन्ध मेरे नथुनों में समा जाती है। इस गन्ध को मैं पहचानता हूँ। यह शहर, मैं सोचता हूँ, यह शहर! इसे भी मैं पहचानता हूँ। यहाँ राईन पर पुल बने हैं, जिनमें से एक हिलता है। वहाँ वह घर है, जहाँ मैं बरसों रहा हूँ, अपने माता-पिता और बहन के संग। वहाँ स्कूल की इमारत है, जिसके भीतर से हम अलमारी सड़क पर खींचकर लाये थे। मेरे दिल की धड़कन बढ़ जाती है। मैं एक पर्ची पर कुछ लिखता हूँ, उसे मसलता हूँ और नीचे फेंक देता हूँ। वह एक तितली की तरह

हवा में मँडराती है। ''यह तुम क्या कर रहे हो?'' मोटी पूछती है, जो अब रेलिंग पर मेरे निकट आ खड़ी हुई थी। ''मैंने एक प्रेम-पत्र लिखा है'', मैं कहता हूँ, ''यह किसी सुन्दरी के सिर पर जाकर गिरेगा, वह इसे पढ़ेगी और फिर पूरा जीवन अज्ञात प्रेषक के स्वप्न लेगी।'' मोटी शहर पर दृष्टि टिकाये हुए है, जिसे हम नदी के साथ-साथ धीरे-धीरे अपने पीछे छोड़ते जा रहे हैं। ''बदसूरत-सा शहर है, नहीं क्या?'' वह कहती है, ''सिर्फ कारखाने, धुआँ और रेल की पटरियाँ।'' मैं विचारमग्न नीचे दृष्टिपात करता हूँ। ''कभी इस शहर में वाटिकाओं में बने बियर-रेस्तराँ, पाँगर के वृक्षों, शान्त गलियों तथा विदेशी माल बेचने वाली दुकानों की भरमार थी। हर रविवार हम पानी के जहाज से राईनफ़ेल्डन जाया करते थे। वहाँ मछुआरे तट पर बैठे होते थे, लोग हँस-गा रहे होते थे, हम डबलरोटी में लँगोचों के पतले टुकड़े रखकर खाया करते थे और पिता लोग बियर पिया करते थे। वह एक ऐसे अजीब से दिखने वाले शराबखाने में बनायी जाती थी कि लोग इस बियर का बुरा नहीं मानते थे।'' मेरे नेत्रों में अश्रु छलक आते हैं। यहाँ ऊपर से अब मुझे सिर्फ हाईवे सड़कें नज़र आती हैं, मैं बुदबुदाता हूँ। मैं मुड़कर सामने नज़र डालता हूँ, शिखर के उस पार, एक दूरस्थ नगर तक, जो एक झिलमिलाती झील के तट पर बसा हुआ है। मोटी ट्रांजिस्टर रेडियो चला देती है। उद्घोषक का स्वर तीर की तरह मेरे सीने में घुस जाता है। वह जाने-पहचाने उजड्ड अन्दाज में बोल रहा है। मोटी और पायलट ठहाका लगाते हैं। ''कभी-कभी तो यह मुझे जर्मन जैसी लगती है'', मोटी कहती है। पायलट अविरल सिर हिलाता जाता है। ''हे भगवान्!'' वह बुदबुदाता है, ''हे भगवान्!'' मैं हँसता हूँ। ''मैं हर लफ़्ज़ समझता हूँ'', मैं कहता हूँ, ''और फिर यह महाशय मंच पर बोली जाने वाली आदर्श जर्मन बोल रहे हैं। कुछ ऐसे इलाके हैं, जिनके बारे में कहा जाता है कि वहाँ एशिया की कोई पहाड़ी बोली बोली जाती है।'' पायलट मुझे कुहनी से ढकेलता है और मैं दूर झील के ऊपर मँडराते काले बादलों का निरीक्षण करता हूँ जिनमें से बिजली गिर रही थी झील में, अश्रव्य। झील के पीछे आल्पस पर्वत नज़र आने चाहिए, मैं सोचता हूँ। कहाँ हैं वे?

हमारे नीचे अभी भी घर, सड़कें, रेल की पटरी, बाग़ हैं। ''यदि यह स्विट्ज़रलैण्ड है तो मैं अपने गुब्बारे को निगल जाऊँगा। स्विट्जरलैण्ड में गायें तथा पर्वत होते हैं, कौन नहीं जानता। जर्मनी में और इसमें कोई फ़र्क नहीं है। हर स्विस का गुप्त नम्बर लगा अपना बैंक खाता है, जिसमें कितना धन है, यह आयकर विभाग वाले भी पता नहीं लगा सकते। ग़रीब स्विस तो होते ही नहीं।'' मैं सिर हिलाता हूँ। ''तुम घरों के समुद्र में ज़रा-सी जगह उतरने के

लिए ढूँढ़ो, नहीं तो हम झील पर जा उतरेंगे। ठोमस मन्न, गॉटलीब डुट्टवाईलर और अल्बर्ट आईंसटीन कभी इसके तट पर सैर किया करते थे।" हम अब काफ़ी नीचे उड़ रहे हैं, कारखानों की कर्मशालाओं के ऊपर। दूर कहीं बादल गरज रहे हैं। पायलट अपनी दृष्टि सामने टिकाये हुए है और पूरा ध्यान केन्द्रित किये हुए है। तूफ़ान अब ज़रा तेज़ हो गया है। हमारा व्योमयान अब आँधी की वजह से टेढ़ा हो रहा है। मैं जानता हूँ कि पायलट कहीं एकदम नियत जगह पर उतरने की कोशिश करेगा, मगर कहाँ? और फिर, मैं सोचता हूँ, यह भी जानना मुश्किल है कि ज़्यूरिख कहाँ शुरू होता है और बाज़ल कहाँ खत्म होता है। पहले तो यह माना जाता था कि दोनों के मध्य चीन की दीवार है। आजकल बाज़लवासी फ़िल्म देखने ज़्यूरिख जाते हैं।

पायलट गैस की टोंटी घुमाता है। गैस बाहर निकलती है। झील के ऊपर अभी भी बार-बार बिजली कड़क रही है। हम और नीचे होकर उड़ते हैं, हाई पावर करण्ट की तारों के ऊपर से, जिनसे लाल गोलियाँ-सी लटक रही हैं। मैं उत्तेजना से भर उठता हूँ। सही शुरुआत की है हमने, मैं सोचता हूँ, किसी ऊँची इमारत से हम टकरायेंगे और फिर बस सब खत्म। फिर मेरी समझ में बात आती है कि पायलट कहाँ उतरना चाहता है : फ़ुटबाल खेलने के लम्बे-चौड़े मैदान में, जो अब हमारे सामने हैं। हम इतना अधिक नीचे उड़ रहे हैं कि हमारा व्योमयान घरों की छतों को क़रीब-क़रीब छूता हुआ- सा निकल रहा है। फ़ुटबाल के मैदान पर खेल की रंगीन पोशाक पहने इधर-उधर भागते आदमी नज़र आ रहे हैं। हजारों दर्शक आस-पास बैठे खेल देख रहे हैं। अब व्योमयान किसी दूसरी तरफ़ मोड़ने के लिए बहुत देर हो चुकी है। व्योमयान में वर्षा की पहली बूँदें गिरनी शुरू हो चुकी हैं। पायलट उड़ाने के लिए लगाये गये अपने चश्मे को पोंछता है। मुझे अब किसी चीज़ से फ़र्क नहीं पड़ता। नीली-सफ़ेद पोशाक वाली टीम दायीं ओर से बॉल लेकर आगे बढ़ रही है। एक नीला-सफ़ेद और एक लाल-सफ़ेद खिलाड़ी नुक्कड़ पर लगे झण्डे के करीब बॉल पर कब्जा करने के लिए संघर्ष कर रहे हैं, फिर नीला-सफ़ेद लाल-सफ़ेद को चकमा देकर बॉल को मध्य में खेलता है। पायलट उतरने की रस्सी खींचकर खोल देता है। गुब्बारा तेज़ी से नीचे उतरना शुरू कर देता है। दर्शक हल्ला मचाते हैं, क्योंकि या तो नीले-सफ़ेद खिलाड़ी ने गोल ठोक दिया है या फिर उन्होंने हमारे उतरते हुए गुब्बारे को देख लिया है। हिचकोले खाते हुए गुब्बारा मध्य रेखा पर उतर जाता है। पायलट एक गर्वित दृष्टि मुझ पर डालता है। मैं उसका कन्धा थपथपाता हूँ और मोटी उसे एक चुम्बन देती है। मैं व्योमयान से बाहर कूद पड़ता हूँ, क्योंकि बारिश खोल के भीतर घुस रही

है और व्योमयान को अपने साथ घसीटे जा रही है। बादलों की गरज भी कुछ ज़्यादा है। रैफ़री एक लाल कार्ड हाथ में लिए सीटी बजाते हुए हमारी ओर दौड़ा आता है। मैदान के सिरे से पुलिसवाले और प्राथमिक चिकित्सा करने वाले भी दौड़े चले आते हैं। मैं रैफ़री के पास जाता हूँ। "यह हमारा दोष नहीं है", मैं अपनी बोली में कहता हूँ, "ऊपर वाले की करतूत है।" रैफ़री हक्का-बक्का हमारे गुब्बारे को ताकता रहता है और फिर धीरे-धीरे लाल कार्ड जेब में डाल लेता है। बारिश का पानी उसके चेहरे से चू रहा है। "मैं जब से रैफ़री बना हूँ, ऐसा मेरे साथ कभी नहीं हुआ। मैं आठ प्रादेशिक मैचों, आठ कप फ़ाइनलों और तीन यूरोपियन-कप मैंचों में रैफ़री बन चुका हूँ।" मैं समर्थन में सिर हिलाता हूँ। अब बरसात और भी ताबड़तोड़ हो गयी है। पुलिसवाले, खिलाड़ी, रैफ़री, प्राथमिक-चिकित्सा वाले और हम सब मिलकर गुब्बारे को घसीटकर एक गोल के पीछे ले जाते हैं। सावधानीपूर्वक हम उसे रस्सों से बाँध देते हैं। स्टेडियम के आसपास के घरों की छतों पर बिजलियाँ गिर रही हैं। गड़गड़ाहट भयानक बन चुकी है। मैं अपना झोला और मोटी का बक्सा सँभालकर खिलाड़ियों के लिए बने कैबिन की ओर भागता हूँ। मैं अपने कन्धे पर से मुड़कर मेरे पीछे भाग रहे पुलिसवालों के मध्य से देखता हूँ कि रैफ़री ने सीटी मारकर खेल दोबारा शुरू करवा दिया है। साथ भागते हुए एक फ़ोटोग्राफ़र से मैं पूछता हूँ, "क्या स्थिति है खेल की?" "ज़्यूरिख के पक्ष में 2 : 0", पीछे से उसकी आवाज़ आती है, "बाज़ल वाले तो घसियारों की तरह खेल रहे हैं।" "मेरा भी यही ख़याल था", मैं ख़ुद से कहता हूँ। "मैंने बाज़ल फ़ुटबाल क्लब को 1966 के बाज़ल-लुगानो मैच के बाद से खेलते नहीं देखा, लेकिन वे अब फ़ुटबाल के खिलाड़ी नहीं, बल्कि किसी विज्ञापन-एजेंसी के कर्मचारी लगते हैं।" प्रशिक्षक की कुर्सी के निकट से होते हुए मैं पुलिसवालों, पायलट और मोटी से पहले विशाल काले रंग के प्रवेश-द्वार के भीतर हो जाता हूँ। जब हम सब एक मेज पर बैठते हैं तो सभी टपक रहे हैं। हाँफ़ भी रहे हैं।

टपकते हुए हम प्रदेश के दो पुलिसवालों के सामने बैठे हैं। वे अपनी कार्य-निर्देश-पुस्तिका के पन्ने पलटते हैं। "अच्छा अच्छा", आखिर उनमें से एक कहता है, "तो आप विदेश से आये हैं। मुझे टेलीफ़ोन पर पूछना पड़ेगा कि क्या विदेशियों को गुब्बारे पर चढ़कर प्रदेश के क्षेत्र के ऊपर से गुजरने की अनुमति है।" मैं विरोध में कुछ कहना चाहता हूँ और अपनी पतलून की जेब में अपना पासपोर्ट टटोलता हूँ। लेकिन पुलिसवाला अपने सहयोगी को इशारा करता है और कमरे से बाहर चला जाता है। फिर उसके टेलीफ़ोन में चिल्लाने की आवाज़

आती है। उसका सहयोगी कमरे में चहलकदमी करता है। वह युवा है, बच्चे जैसा लगता है और छोटे, सुनहरे बालों के बीच में उसने माँग निकाली है। रिवॉल्वर की मूठ पर हाथ रखकर वह हमें घूरता है। फिर उसका सहयोगी वापस आता है। उसका चेहरा गम्भीर है। ''कृपया अपने-अपने पासपोर्ट दिखाइये!'' वह कहता है। मैं उसे अपना धूल भरा, फ़टा-पुराना पासपोर्ट पकड़ा देता हूँ। वह काफ़ी देर उसके पन्ने पलटाने में लगाता है। फिर वह मेरी ओर देखता है, ''क्या आप स्पष्ट कर सकते हैं कि आपने इतनी लम्बी अवधि से अपनी रिहाइश विदेश में क्यों रखी हुई है?'' ''इसमें ऐसी कोई ख़ास बात नहीं है'', मैं मन्द स्वर में कहता हूँ, ''क्या इस पर प्रतिबन्ध है?'' पुलिसवाला अजीब दृष्टि से मुझे देखता है। ''नहीं, प्रतिबन्ध तो नहीं है'', वह कहता है, ''लेकिन यह तो देखना ही पड़ता है न कि किसी को हमारे देश से कोई तकलीफ तो नहीं है, नहीं क्या?'' मैं सिर हिलाता हूँ। मैं उसे समझ रहा हूँ।

फिर वह पायलट और मोटी के पासपोर्टों में पढ़ता है। अन्त में वह उन्हें बन्द कर देता है। ''आपके गुब्बारे को अभी ज़ब्त किया जाता है'', वह कहता है। हमें देखना पड़ेगा कि इसमें तस्करी का माल तो नहीं है, जैसे नशीली दवाइयाँ। अक्सर ऐसा होता है। तस्कर आजकल एक से बढ़कर एक तरीके और भेष इस्तेमाल करते हैं।'' हम अपने-अपने पासपोर्ट जेबों में डाल लेते हैं। हम एक बयान पर दस्तख़त करते हैं कि हमने क़ानून तोड़कर ज़्यूरिख नगर के फुटबाल मैदान पर अपना गुब्बारा उतारा है। फिर हम उठकर खड़े हो जाते हैं। पुलिसवाला पायलट से हाथ मिलाता है। ''अच्छा-अच्छा'' वह कहता है, ''तो आप अंग्रेज़ हैं—अच्छा? क्या आप जानते हैं कि हम स्विस लोग आपकी साम्राज्ञी की कितनी इज़्ज़त करते हैं? उसके राज्याभिषेक की फिल्म हमारे सिनेमाघरों में हफ़्तों चलती रही थी।'' पायलट सिर हिलाता है। पुलिसवाला तब तक हाथ पकड़े रहता है, जब तक वह उसे छुड़ा नहीं लेता। पुलसिये की आँखों में आँसू हैं। फिर वह एक ख़ास अन्दाज़ में सिर हिलाता है और अभिवादन में अपने हाथ से अपनी टोपी का सिरा छूता है। हम खिलाड़ियों के लिए बने प्रवेश-द्वार से बाहर खुले में निकल जाते हैं, जहाँ मौसम प्रचण्ड हो चुका है। वीथि के वृक्षों पर बिजली कौंध रही है, बादलों की गरज की आवाज़ बम के धमाके जैसी है। एक घर की दीवार के साथ-साथ हम भागते जाते हैं।

''ऐसे स्विट्ज़रलैण्ड की कल्पना तो मैंने नहीं की थी!'' मोटी कहती है। ''लेकिन स्विट्ज़रलैण्ड वाले मानते हैं कि हमारे यहाँ बर्लिन में हवा बड़ी सेहतमन्द है और सभी टैक्सी ड्राइवर विनोदप्रिय हैं।''

अब हम गीले तो हो ही चुके थे, इसीलिए हम धीरे-धीरे एक ढलान

वाली सड़क पर झील की ओर बढ़ते जाते हैं। नीली-सफ़ेद ट्रामें करीब से गुजर जाती हैं, पानी के छींटे उड़ाती हुई। हम सब खाँसने लगते हैं। ठिठुरते हुए हम जाकर एक रेस्तराँ में बैठ जाते हैं और रम वाली चाय पीते हैं। थोड़ी देर में बिल आता है। हैरत से हम एक-दूसरे को देखने लगते हैं। अपना सौ मार्क का नोट हम दे देते हैं और फिर वेटरेस जो थोड़ा-सा चिल्लर हमें लौटाती है, उसे देखकर हम सोच में पड़ जाते हैं। आज स्विट्ज़रलैण्ड में अपनी पहली रात हम रैन-बसेरे में गुजारेंगे। कल सुबह शहर घूमेंगे। कुछ पैसा हमें कमाना पड़ेगा, क्योंकि हम वाल्लिस में पर्वतीय-भ्रमण, बर्न में खाना और जनीवा-झील पर स्टीमर की सैर करना चाहते हैं। ग्राऊब्युंडन, बाज़ल और यूरा में हमारे पुराने मित्र रहते हैं; वहाँ काम चल जायेगा।

बाद में रात को हम ख़ैराती रैन-बसेरे के सोने के हॉल में तख्तों पर पड़े हुए हैं। "ख़ैरियत है कि इस हॉल को उन्होंने बियर-रेस्तराँ या क्विक-लंच-रेस्तराँ में नहीं बदल दिया", मैं कहता हूँ। मैं इधर-उधर देखता हूँ। पतलूनों की जेबों में ब्राण्डी की बोतलें छुपाये हुए बूढ़े फौजियों वाले मटमैले ऊनी कम्बलों के नीचे लेटे हुए हैं। "सौ साल पहले भी सारी दुनिया से शरणार्थी यहाँ आते थे", मैं पायलट से कहता हूँ। "स्विट्ज़रलैण्ड दुनिया का सबसे खुला देश था। इतालवी क्रान्तिकारी स्विस विधायकों के घरों में रहते थे। लेकिन जब से दूसरी जंग के दौरान इतने सारे यहूदी यहाँ आ गये हैं, तब से लोग सोचते हैं कि अब फिर ऐसे कभी नहीं होना चाहिए। अब स्विस अपने आप में ही रहना चाहते हैं। स्विस लोग कहते हैं, कि हमने अपनी ढीली-ढाली विदेश-नीति का नतीजा देख लिया है। लेनिन पहले तो बर्न और ज़्यूरिख में गैंडे की तरह हमारा माल खाता रहा और फिर रूस जाकर सबको साम्यवाद का मन्त्र पढ़ा दिया।"

मैं अपने कपड़े उतारता हूँ और गीले कपड़ों को हॉल के मध्य टँगी तारों में एक पर टाँग देता हूँ। फिर मैं लेट जाता हूँ। एक पल के लिए मुझे मोटी का ध्यान आता है कि कैसे वह जनाने भाग में अपने बिस्तर पर लेटी होगी। फिर मुझे नींद आ जाती है। बेचैनी से इधर-उधर करवटें बदलते हुए मैं नीचे गिरते हुए गुब्बारों, धमकाते हुए फ़ुटबाल-खिलाड़ियों, पुलिसवालों और बिजलियों से पटे पहाड़ों के सपने लेता हूँ।

कारोला

●

हन्ना योहान्सन

झील पर उगे पौंगर के वृक्ष हर वर्ष मृत्यु के कुछ और निकट आ जाते हैं। उनमें से बहुतों की जीवन लीला तो समाप्त ही हो चुकी है। उनकी मृत्यु शनैःशनैः होती है। पोत पर जाने वाले मनुष्य शीघ्रता से निकट से गुज़र जाते हैं। जहाज़ की ऊपरी मंजिल पर खड़े होकर वे घूमते हैं और हाथ हिलाते हैं। फिर उन्नीसवीं सदी में निर्मित पोत वहाँ से प्रस्थान करते हैं, किसी का नाम राजहंस है, किसी का नाम समुद्रचिल्ली है। बूढ़ा होने में उन्हें कोई परेशानी नहीं हुई और अब वे फिर से शानदार हालत में हैं। लाभ प्राप्ति के प्रश्न पर त्यागने की बात उन पर लागू नहीं होती। हवासिल (पेलिकन) उनसे भी बूढ़ा है, परन्तु पोत नहीं है। तब, जब मैंने उसमें प्रथम बार प्रवेश किया था तो हवासिल में एक घूमने वाला दरवाज़ा होता था। दोपहर का समय था, निर्धारित समय से पाँच मिनट पहले, और दोपहर पूर्व की थकान के मारे मेरी आँखें जल रही थीं।

ओबलोमोव।

वह आदमी, जो मेरी ओर बढ़ा, चलते-चलते उसने दायाँ हाथ ज़रा-सा उठाया, जैसे मुझसे मिलाने लगा हो, लेकिन फिर उसने उसे अपने दिल पर रखा, और फिर अपनी चाल और भी धीमे करते हुए, बिना रुके, उसने मुझे झुककर अभिवादन किया और अन्त में मेरे सामने आकर खड़ा हो गया, सरलतापूर्वक उसने अपनी दृष्टि झुकायी, जो अभी तक मुझ पर टिकी हुई थी और धीमे स्वर में वह कुछ बोला। उसके स्वर में भर्राहट का एक अंश था, जिससे मैं ज़रा भयभीत हो गयी, क्योंकि जितने भी मर्द मेरे जीवन में एक व्यर्थ तड़प लेकर आये थे, उन सबके स्वर में भर्राहट थी, या वह इसका स्वांग करते थे,

क्योंकि वे पता चला लेते थे कि मुझे यह पसन्द है। आवाज़ में कुछ और भी था, जो मुझे बाद में पता चला, कुछ जो आत्मविश्वास का आभास देता था, हालाँकि यह चरम साहसहीनता की एक प्रच्छन्न अभिव्यक्ति थी, जो समय के साथ मनुष्य को मृत्यु के भँवर में खींचकर ले जाती है, और किसी अपवाद की स्थिति में ही उससे बाहर निकलने देती है। यह हताशा कई बार इतनी प्रच्छन्न होती है कि हमें जब तक उसके बारे में पता चलता है, तब तक हम उस पर नियन्त्रण पाने की स्थिति में नहीं रहते।

ओबलोमोव ऊँची आवाज़ में भी बात कर सकता था, परन्तु इस पल मैं यह बात नहीं जानती थी।

मैंने उसकी मुस्कराहट का प्रत्युत्तर दिया, यद्यपि मैं किसी और सज्जन की प्रतीक्षा कर रही थी। उसने पुनः एक बार झुककर मेरा अभिवादन किया और स्पष्टीकरण में कुछ कहते हुए, जिसे मैं ठीक से समझ नहीं पायी, उसने मेरे हाथ से ब्रीफकेस ले लिया और उसे लिए हुए मेरे साथ चलने लगा, जबकि हम मौन रूप से सन्ध्या के भारी यातायात में थके हुए पैरों वाले पैदल यात्रियों से बचते हुए ऐसे क्षेत्र से निकल रहे थे, जहाँ मोटर-कारों के प्रवेश पर प्रतिबन्ध था। पग-पग चलते हुए हमारी चाल धीमे होती जा रही थी, और फिर वह हमारे आसपास उमड़ रही भीड़ में मनुष्यों के चेहरे देखने के लिए एकदम ही खड़ा हो गया।

इन्हें इतनी जल्दी है, उसने धीमे स्वर में कहा, जैसे वे अभी किसी अन्य स्थान पर होना अधिक पसन्द करेंगे।

भीड़ के बीच हम खड़े रहे, मौन। ख़ामोशी फैलती जा रही थी। एक क्षण के लिए मुझे आश्चर्य हुआ कि किसी अन्जान व्यक्ति के साथ ख़ामोश रहना भी सम्भव था। फिर मैंने इस विचार को भुला दिया।

एक शान्त वातावरण वाला कैफ़े नजर आने पर हम उसमें जाकर बैठ गये और चाय मँगवायी। अब हम फिर से वार्तालाप कर सकते थे। मेरी सम्भ्रान्त अवस्था से वह प्रसन्न प्रतीत हुआ। उसके पर ही लग गये। उसका चेहरा लाल हो गया, वह मुस्कराया और फिर कुछ शर्माते हुए वह जहाज़ों की बातें करने लगा। यहाँ आने पर लोग सामान्यतः थियेटर, ट्राम की लाईन बनने के कारण होने वाली कठिनाइयों, दूसरे इनसानों के प्रति इनसानों का घटता हुआ सौहार्द या मौसम की बात करते हैं। आमतौर पर वे जहाज़ों की बात नहीं करते। जब मैंने उसे निस्संकोच बता दिया कि जहाज़ों के मामले में मैं अनाड़ी हूँ तो वह पुलकित हो उठा।

मुझे उससे दफ़्तर की कुर्सियों की सप्लाई के बारे में व्यापक वार्ता करनी

थी, हम कोने में पुराने ज़माने के फ़ैशन के नये गद्दीदार सोफ़ों पर बैठे थे और मुझे समझ नहीं आ रहा था कि ऐसे पुरुष से मैं क्या व्यापार-वार्ता करूँ, जो टकटकी लगाकर मेरी आँखों में देखता था और फिर सहसा नेत्र ऐसे झुका लेता था, जैसे कोई अत्यन्त अविश्वसनीय घटना घट गयी हो।

घुँघराले बालों वाले पुरुष, मैंने सोचा, प्यार करने में सौम्य होते हैं।

यह भ्रम है, ओबलोमोव ने कहा, उन्हें पता ही नहीं होता कि घुँघराले बाल क्या होते हैं।

मैं अचकचा गयी।

मेरा कार्य क्षेत्र था कि निर्धारित सप्लाई पर व्यापार-वार्ता के अतिरिक्त मैं अपनी कम्पनी के अन्य उत्पादों के बारे में भी उसकी रुचि जगाऊँ और जहाँ तक सम्भव हो, पहियेदार अलमारियों तथा तोशाख़ानों की ख़रीद के लिए उसे पटा ही लूँ। जो कार्य दूसरी कम्पनी द्वारा किसी अन्य पुरुष को भेजे जाने पर पूरे एक दिन में समाप्त होता, वह मैं इसके साथ बहुत ही कम समय में निपटाने में सफल हो गयी। हमने अपने कागजात समेटकर पेलिकन में रखे और शाम होने से पहले ही हम फिर से झील पर थे। ग्रीष्म-ऋतु की एक शाम थी यह, एक सुहावनी सन्ध्या। झड़े हुए पत्ते हमारे पाँवों के नीचे चरचरा रहे थे, भूरे और मसले हुए। आपके यहाँ तो पतझड़ आरम्भ हो चुकी होगी, उसने कहा। नहीं।

उसने कहा, पेड़ मनुष्यों की तरह हैं। उन्हें जल्दी रहती है।

मैंने कल्पना की कि अगर उसके बच्चे होंगे तो मेरे बच्चों जितने ही बड़े होंगे। मौन हम एक दूसरे के साथ चल रहे थे, अपने-अपने विचारों में खोये हुए, और तब हम एकदम सकपका गये, जब बिल्कुल हमारे पीछे एक जहाज का भोंपू बजा।

यह समुद्रचिल्ली होगा, उसने कहा।

ओबलोमोव हँसा। वह अपने देश की समुद्रचिल्लियों का वर्णन करना चाहता था, मगर कुछ कह नहीं पाया।

भोंपू की आवाज़ राजहंस की थी।

उसे कोई अन्तर नहीं पड़ा, राजहंसों की भी वह ऐसी-ऐसी कहानियाँ सुना सकता था, जो मैंने कभी न सुनी हों। झील की एक अधखड़ी दीवार के निकट से हम सफेद पोत को निहारते रहे, जिसने अभी-अभी लंगर डाला था और अब वह तट से निकलकर खुले पानी में जा रहा था।

आपका नाम ओबलोमोव क्यों है? मैंने कहा।

अपने सिर को तनिक तिरछा करके उसने मेरी ओर देखा। मैं प्रतीक्षा

कर रही थी। मैं जानती थी कि यह एक मूर्खतापूर्ण प्रश्न था। उस समय मैंने यह प्रश्न इसलिए पूछा, क्योंकि मैं उत्सुक थी। मैं सच्चाई जानने के लिए उत्सुक नहीं थी, क्योंकि सच्चाई को जानने के एहसास से मेरे लिए दुनियाँ को समझ पाना कठिन हो जाता था। मैं केवल उसका उत्तर सुनने के लिए उत्सुक थी। मुझे आभास हुआ, जैसे मैंने उसके ललाट पर विषाद की छाया को आते और जाते देखा हो।

उसने पानी से, उस दृश्य से, पानी की कलकल करती लहरों से अपनी दृष्टि हटा ली और वहाँ से हट गया।

मुझे नहीं पता, उसने कहा।

मुझे इस उत्तर की अपेक्षा नहीं थी।

मैंने उसका हाथ हाथ में ले लिया, जो उसने पीठ पर दूसरे हाथ में फँसा रखा था, परन्तु उसने मुझे अपना हाथ मेरे हाथ में लेने दिया।

तीन या चार कदम हम ऐसे ही चले, फिर वह खड़ा हो गया, मेरी ओर घूमा, अपना मुक्त हाथ उसने मेरे कन्धे पर रखा और मेरी ओर देखने लगा। उसकी आँखें नीली थीं, पानी की तरह गहरे मटमैले रंग का पुट लिए हुए और उसकी पुतलियाँ इतनी बड़ी थीं, जैसे हमने अपना बचपन एक-दूसरे के संग बिताया हो और आज हम एक बार फिर से मिल गये हों।

हमारी पृष्ठभूमि में था आता-जाता ट्रैफ़िक, जिसका शोर गुजरते हुए लोगों की आवाज़ों से कभी-कभी भंग हो जाता था। हमारे पगों पर जल की कलकल, जिसकी नन्ही-नन्ही लहरें तट से टकराकर लौट जाती थीं।

तट पर एक कालग्रस्त होते पाँगर के वृक्ष की ओट में हम खड़े थे और वहाँ की टहलने वाली सड़क पर बुधवार को सैर करने वालों, फोटो खींच रहे विदेशियों तथा ट्रांज़िस्टर-रेडियो से निकलते संगीत के कारण चहल-पहल मची हुई थी। पहियेदार पटरों पर चढ़े लोग भीड़ में से आड़े-तिरछे होकर निकल रहे थे। जब भी वे हमारे निकट पहुँचते थे तो हमें बचाने के लिए धनुषाकार अर्धचक्र बनाते हुए निकल जाते थे।

तुम्हारा नाम कारोला क्यों है? उसने कहा।

अब मैं हँस पड़ी। मैं धीमे से हँसी और काफ़ी देर तक हँसती रही और ख़ुद पर नियन्त्रण न पा सकी।

अच्छा प्रश्न है, मैंने कहा, क्योंकि मेरा नाम कारोला है ही नहीं। उसे यह मालूम था।

पहियों वाले पटरे पर चढ़े अगले व्यक्ति ने वॉकमैन के खोपे कानों पर लगा रखे थे और वह खुर्दबीन से चित्रित की गयी एक मक्खी की तरह लग

रहा था। उसने अन्य लोगों से कुछ छोटा अर्धचक्र बनाया और निकलते-निकलते ओबलोमोव की पीठ पर धक्का मार गया। मेरी श्वास वहीं की वहीं अटक गयी। जहाँ वह खड़ा था, वहीं उसे मैंने कसकर पकड़ लिया और कहा, तुम्हें दर्द तो नहीं हुआ?

उसने उत्तर नहीं दिया।

मैं नहीं जानती कब तक हम ऐसे ही खड़े रहे।

मध्यरात्रि में उसने मेरे नेत्रों में झाँका। उसकी पुतलियाँ अभी भी बड़ी-बड़ी थीं, अभी भी काली थीं, परन्तु वह मुस्करा नहीं रहा था।

होटल के गलियारों में धुँधला-सा प्रकाश था, जो नीचे हाल में कुछ नीला लगता था। सड़क पर भी प्रकाश धुँधला चुका था। प्रवेश-द्वार के ऊपर लिखित "पेलिकन" सफ़ेद झिलमिला रहा था। घूमने वाला दरवाज़ा शान्त खड़ा था। हॉल एकदम सुनसान था। ओबलोमोव ने मेरे लिए दरवाज़ा खोला, टेलीफ़ोन की ओर गया, रिसेप्शन का नम्बर डायल किया और उन्हें मुझे बाहर छोड़ आने का अनुरोध किया।

इस बार भी हॉल में कोई नहीं था। दस मिनट बाद एक व्यक्ति दृष्टिगोचर हुआ, जो कर्मचारियों के लिए निर्धारित चुस्त वर्दी में लैस था। ओबलोमोव ने मुझ पर दृष्टिपात तक नहीं किया। वह आगे-आगे गया, घूमने वाले दरवाज़े के पास से, अर्धप्रकाशित बार के भीतर से, जब तक हम एक बग़ली दरवाज़े तक नहीं पहुँच गये, जिसे उसने खोला और इसी बीच मेरे उससे बात करने के सभी प्रयासों का उत्तर उसने ख़ामोशी से दिया। उसने दरवाज़े की ज़रा-सी झिर्री खोली थी, जिससे मैं कठिनता से बाहर निकल पायी। बाहर जाकर मुझे ध्यान आया कि मैं अपना ब्रीफकेस तो भूल आयी थी।

जब मैंने दूसरे दिन दोपहर को फोन किया तो मुझे बताया गया कि मिस्टर ओबलोमोव तो जा चुके हैं। किसी ब्रीफ़केस केबारे में वे कुछ नहीं जानते। मुझसे मेरा टेलीफ़ोन नम्बर ले लिया गया। एक सप्ताह बाद मुझे फ़ोन आया। मेरा ब्रीफ़केस मिल गया था।

अब जबकि ग्रीष्म-ऋतु फिर से आ गयी है, मैं झील-तट पर खड़ी देख रही हूँ कि पोत कैसे प्रस्थान करता है। मेरे सामने ओबलोमोव की आँखें हैं, जो आधी रात को भी खुली थीं।

मेरे मस्तिष्क में एक प्रश्न चक्कर काट रहा था। कारोला कौन है? परन्तु मैंने प्रश्न पूछा नहीं, क्योंकि मैं उत्तर जानती थी। उत्तर था : कारोला कौन है? तुम फिर कब आओगे? यह मेरा वैकल्पिक प्रश्न था। आऊँगा, उसने कहा था।

एक शब्द। सत्य यह है कि वह नहीं आया।

ग़लत आदमी

●

वाल्टर मत्तिआस डिग्गलमन्न

वेर्नर ने तीसरे पहर फ़ोन करके पूछा कि क्या मैं जानता हूँ कि जनीवा-लुज़ान हाईवे पर एक फौजी जीप के नीचे आकर मरने वाला कौन था। मैं तो जानता ही नहीं था कि फौजी जीप के नीचे आकर कोई मरा था। मैंने मरीआन्ने से पूछा कि उसने तो कहीं स्थानीय समाचार-पत्र में इस बारे में नहीं पढ़ा, तो उसने उत्तर दिया कि हाँ, कल रात खाने के समय उसने मुझे बताया तो था कि सुबह ही लुजान से आते हुए एक आदमी एक दुर्घटना में अपनी जान से हाथ धो बैठा था। कहते हैं कि उसने आत्महत्या की है। पुलिस प्रवक्ता का कहना है कि उसने अपनी जान देने के लिए जानबूझकर फौजी जीप चुनी थी। सैनिक अदालत से दण्ड पाकर वह पाँच बार कारावास जा चुका था और अन्त में उसे पागल क़रार देकर फौज से बर्खास्त कर दिया गया था।

मरीआन्ने ठीक कह रही थी। उसने मुझे बताया था, लेकिन चूँकि अब मैं काफ़ी समय से "दुर्घटनाओं तथा अपराधों" का आदी हो चुका हूँ, इसलिए ऐसे समाचारों को मैं गम्भीरता से नहीं लेता।

मरने वाला अपना ज़ेप्पी था, वेर्नर ने कहा।

अपना ज़ेप्पी?

उसने क्या तुम्हें विदाई का पत्र नहीं लिखा?

नहीं। तुम्हें?

मैं उन्हें अपनी हत्या करने पर मजबूर करूँगा, जैसे उन्होंने मुझे तब हाईरी ज़ागर की हत्या करने पर बाध्य किया था, ज़ेप्पी ने मुझे लिखा है, वेर्नर ने कहा।

उसने सैनिक-विभाग के अधीक्षक को भी एक पत्र लिखा है और उसमें

भी यही कहा है। अब उसका देहान्त हो चुका है। सब कष्टों से मुक्ति पा ली है उसने।

क्या उसने पी रखी थी?

सम्भवतः नहीं, क्योंकि काफ़ी देर तक वह हाईवे के नुक्कड़ पर इस जीप का इन्तज़ार करता रहा था और पीने के बाद ज़ेप्पी कभी धीर नहीं रहता था। ज़्यादा पी लेने के बाद वह आक्रामक हो जाता था और वैसे अक़्सर वह ज़्यादा ही पी लेता था। पिछले वर्ष वह लुज़ान के निकट एक्यूब्लंस में रहा है। उसी घर में, जहाँ कभी लेनिन अपने एक्यूब्लंस-प्रवास के दौरान रहता था। मकान मालिक ने फ्लैटों को आर्ट-स्टूडियोज़ में परिवर्तित कर दिया था। ज़ेप्पी के मित्र कलाकार और बुद्धिजीवी थे। खुद वह सहायक मजदूर की हैसियत से काम करता था। वह कद में छोटा और दुबला-पतला था, अक्सर बीमार भी पड़ जाता था, इसलिए वह लुज़ान के आसपास बने सब्ज़ियों और फलों के बहुत बड़े बाग़ों में से किसी एक में सहायक माली के तौर पर काम कर लिया करता था। तीन-चार सप्ताह से अधिक वह कभी नौकरी नहीं करता था। जब भी उसकी कुछ कमायी हो जाती थी तो वह अपने स्टूडियो में अपनी मेज़ पर बैठकर विज्ञप्तियाँ लिखा करता था, पूरे स्विट्ज़रलैण्ड के अधिकारियों तथा पुलिस-प्रमुखों को पत्र लिखा करता था। उच्चाधिकारियों को भी उसने बहुत सारे पत्र लिखे थे। हम, उसके मित्र, विज्ञप्तियों को शब्दबद्ध करने तथा उनकी प्रतिलिपियाँ बनाने में उसकी सहायता किया करते थे। वह अपने पत्रों तथा विज्ञप्तियों के नीचे "काला अराजकतावादी ज़ेप्पी" लिखकर हस्ताक्षर किया करता था। वह विज्ञप्तियाँ लुज़ान की सड़कों पर तथा रेस्तराँज़ में वितरित किया करता था। इच्छापूर्वक कोई चन्दा दे तो वह उसे स्वीकार कर लेता था। एक गिलास शराब पीने का निमन्त्रण भी। लोग उसकी विज्ञप्तियाँ शौक से पढ़ते थे, लेकिन उसमें लिखे किसी भी शब्द को गम्भीरता से नहीं लेते थे। ज़ेप्पी "मज़दूर जनता" को हड़ताल का आह्वान देता था। वह नगर की पुलिस चौकियों में भी जाता था और कार्यरत पुलिस-अधिकारियों के समक्ष व्याख्यान दिया करता था। वह उन्हें कोसता था, लेकिन वह बहुधा मुस्कराते थे। वह कहता था, वे "पूँजीवादियों के कुछ टकों में खरीदे गये पिठ्ठू" थे और जितना कम वेतन उन्हें मिलता था, उसके लिए वह दूसरे दिन सुबह अपनी खाट से भी नहीं उठेगा। वे मूर्ख थे, अनपढ़ और गीदड़ की औलाद थे। एक बार ऐसा हुआ कि उकता चुके एक पुलिस अफसर ने उसे कुछ घण्टों के लिए हवालात में डाल दिया था। यदि कोई इस प्रकार नियम भंग करे तो ज़ेप्पी बहुत शुक्रगुज़ार महसूस करता था। हवालात में ही उसने हमारे

"पुलिस-राज" के विरुद्ध एक विज्ञप्ति का मसौदा तैयार कर लिया। अपने लेखों में वह सच्चाई से ज़रा नहीं हटता था, वह अपने पर लगाये गये अफ़सरों को बेइज्ज़त करने के इलज़ाम से इनकार नहीं करता था, मगर वह लिखता था कि यह बेइज़्ज़ती नहीं, बल्कि "नैतिक सहायता" और "मनुष्यों का शोषण करने वालों के विरुद्ध संघर्ष हेतु आह्वान" है।

ज़ेप्पी हमेशा अपने साथ एक बक्सा उठाये घूमता था। जब वह बागों में काम करने जाता था, तो भी वह बक्सा साथ ले जाता था। उसके कथनानुसार, उसके पास सबूत है कि गुप्तचर-संस्था के आदमी कई बार उसके कागजात हथियाने के लिए उसके घर में घुस चुके हैं, क्योंकि उसके कब्जे में कई मिसलें हैं, जिनमें बड़े-बड़े नेताओं, मजिस्ट्रेटों, पुलिस-प्रमुखों और उच्चाधिकारियों की करतूतों का कच्चा-चिट्ठा लिखा हुआ है। हम मित्रों को वह कभी-कभी ऐसे काग़ज़ात दिखाया भी करता था। उदाहरणतः कई वर्षों की मेहनत के बाद उसे ज्ञात हुआ कि हमारी सेना के उच्चतम पदाधिकारी कितनी आमदनी और जायदाद पर कर देते हैं। कोई भी यह पता कर सकता है, क्योंकि करों के रजिस्टर कोई भी नागरिक देख सकता है। ज़ेप्पी के लिहाज़ से उसने जो असाधारण तथ्य ढूँढ़ निकाला था, वह यह था कि सेना के सभी उच्चतम अफ़सर बहुत अधिक कमाते हैं और सभी के पास बड़ी-बड़ी जायदादें हैं। इसीलिए उन्हें यह लाभकर लगता है कि हमारे देश में सेना होनी चाहिए, यह और बात है कि साथ के साथ हमारी सेना से उन्हें तगड़ी कमायी होती है, जैसे कि एक तो उन्हें ऊँचे वेतन मिलते हैं, दूसरे वे उद्योग, अर्थव्यवस्था तथा बैंकिंग के अभिजात वर्ग का एक अंग हैं, जो प्रत्यक्ष या परोक्ष रूप में हमारी सेना के बलबूते पर धन कमाते हैं। ज़ेप्पी ने यह सूचना भी प्राप्त की थी कि हमारी संसद के अधिकांश जनप्रतिनिधि दर्ज़नों उद्योगों और आर्थिक प्रतिष्ठानों की पर्यवेक्षी समितियों के सदस्य थे और वे जनप्रतिनिधि कदापि नहीं थे, बल्कि घूसखोर दलाल थे। लेकिन जो भी "सूचनाएँ" ज़ेप्पी ने प्राप्त की थीं, उनसे हमारे देश में हर कोई वाकिफ़ है। परन्तु उनके लिए अत्यन्त महत्त्वपूर्ण एक सूची थी, जिसमें उन सब प्रभावशाली नेताओं, कम्पनियों के मालिकों और खासतौर पर उच्च अफ़सरों के नाम थे, जिन्होंने द्वितीय विश्व-युद्ध से पूर्व और उसके दौरान हिटलर-शासित जर्मनी के साथ व्यापार करके लाभ उठाया था, वहाँ प्रताड़ित यहूदियों के सामने रोटी के दो टुकड़े फेंककर उनके कारख़ाने और डिपार्टमेण्टल स्टोर हथिया लिए थे, जिनकी कीमत उन्हें स्विट्ज़रलैण्ड में देने का वादा किया गया था, और जिन्होंने स्विट्ज़रलैण्ड की सभी फाशिस्ट-विरोधी शक्तियों के विरुद्ध षड्यन्त्र रचे थे। अब ये नाम भी

यहाँ लगभग प्रत्येक व्यक्ति जानता है, कोई भी ये नाम सुनकर उत्तेजित नहीं होता। सिर्फ ज़ेप्पी होता है।

1941 में, जब ज़ेप्पी अभी 20 साल का भी नहीं हुआ था, उसे रंगरूट सैनिक प्रशिक्षणार्थी के रूप में भर्ती का आदेश मिला था। उसने पैदल सेना में बन्दूकची का प्रशिक्षण लिया था और प्रशिक्षण के पश्चात् उसे सीमा-रक्षा-बल में लगा दिया गया था। ज़ेप्पी ग़रीब घर का लड़का था, तुर्गाऊ प्रान्त के एक ग़रीब किसान की वह पाँचवीं औलाद था। इसलिए फौजी नौकरी में वह अपने ही ढंग से सुख अनुभव करता था। वहाँ खाने-पीने को पर्याप्त मिल जाता था, ग़र्म कपड़े भी थे, नियमित दिनचर्या थी, हालात हर तरह से सुव्यवस्थित थे और इस व्यवस्था पर सन्देह करने के बारे में वह कभी सोच भी नहीं सकता था। अवश्य वह एक अच्छा बन्दूकची रहा होगा, तत्पर आज्ञाकारी, सहयोगशील। तनिक वामपन्थी, समझने में सुस्त, फिर भी उपयोगी। प्रशिक्षण प्राप्त कर चुकने के पश्चात् पहले वर्ष उसने स्वेच्छापूर्वक सीमा सुरक्षा बल में काम किया, ताकि अन्य फौजियों को पर्याप्त अवकाश मिल सके।

बल-प्रमुख कैप्टन ब्यूलर से वह बहुत डरता था। दूसरे जवान उससे डरते नहीं थे, उससे घृणा करते थे। और ज़ेप्पी को ठीक से याद था कि उसके मित्र उससे कहा करते थे कि कल को अगर जर्मन वहाँ घुस आये तो ब्यूलर सबसे पहले उनसे जा मिलेगा। जर्मन सैनिकों से कुछ शिक्षा लो, कैप्टन ब्यूलर उन्हें अक़्सर कहा करता था। अबे जानते हो, सभी मोर्चों पर जर्मन जवान क्यों जीत रहे हैं? ब्यूलर तब भौंका करता था, जब वह किसी सैनिक के कोट का ऊपर का बटन खुला देखता था या जब वह किसी बन्दूकची को कूच करते समय आदेश पर "अमर जवान तराना" न गाते हुए देख लेता था। ऐसे बन्दूकचियों को पेट और कोहनियों के बल चलने का आदेश देकर वह एक लम्बी तलवार हाथ में लिए उस पर से घोड़ा दौड़ाकर उसे धूल फँकवाता था। सौभाग्यवश कभी किसी को कोई गम्भीर चोट नहीं आयी। ज़ेप्पी से उसके बारे में बहुत कुछ सुनकर हमने पता लगाया था कि ब्यूलर ऐसी कोई तोप चीज़ नहीं था, किसी बैंक में सिर्फ़ क्लर्क लगा हुआ था, हाँ, उसका बाप ज़रूर तुर्गाऊ प्रान्तीय बैंक की एक शाखा का प्रबन्धक था। उसका विवाह एक मशीन-निर्माता की बेटी से हुआ था। लेकिन वास्तव में वह मशीनों का नहीं, बल्कि सरकारी शस्त्र-कारख़ानों से ऑर्डर लेकर उनके लिए कल-पुर्ज़ों का निर्माण करता था। तो यह ब्यूलर द्वितीय विश्व-युद्ध की समाप्ति पर कर्नल था, फिर उसने सेवा छोड़ दी, बेरोज़गार हो गया, फिर से सेना की प्रशिक्षण-सेवा में आ गया और मातृभूमि की सेवा त्यागने के समय वह ब्रिगेडियर के पद तक पहुँच चुका था।

ज़ेप्पी अपने बक्से में अपने भूतपूर्व कमाण्डेण्ट से सम्बन्धित ढेर सारे कागजात लिए फिरता था। द्वितीय विश्व-युद्ध के कुछ समय पश्चात्, 1947 में ज़ेप्पी द्वारा सेना की नौकरी करने से इनकार करने के कारणों में से एक कारण यह ब्यूलर भी था। जब नाज़ी युद्ध हार गये और मित्र देशों की आधिपत्य-सेना ने जर्मनी में नाज़ियों पर मुकद्दमे चलाने शुरू किये तो स्विट्ज़रलैण्ड में भी छानबीन शुरू हो गयी। स्विस भी अमरीकियों और रूसियों से पीछे नहीं रहना चाहते थे, अतः उन्होंने भी सफ़ाई का जिम्मा हाथ में ले लिया। वामपन्थी इस काम में पुनः विशेष रूप से सक्रिय हो गये और अवसरवादियों तथा व्यक्तिगत सफलतावादियों की पोल खोलने लगे। ब्यूलर भी उन्हीं में से एक था। क़लई खुली तो सामने आया कि बच्चू युद्ध की पूरी अवधि के दौरान एक ऐसे गुप्त संगठन के सदस्य थे, जो हमारे देश के हिटलरवादी-जर्मनी में विलय के पक्ष में प्रचार किया करता था। बात को कुछ हद तक संसद में और समाचार-पत्रों में उछाला गया, परन्तु इस रहस्योद्घाटन के कोई ठोस परिणाम नहीं निकले। फाशिस्टवाद भद्र नागरिकों का प्रियतम उद्दण्ड बच्चा बना रहा, हालाँकि वह इस तथ्य को कबूलते नहीं थे। इस तरह कैप्टन ब्यूलर बर्न में हमारे सेनापति को चुपचाप एक वर्ष के अवकाश का प्रार्थना-पत्र देकर अपने ससुर की छत्र-छाया में यह अवधि अक्षुण्ण अपने घर पर काटकर सेना में पुनः अपना प्रगति-क्रम जारी रखने में सफल हो सका और जैसा कि हम जानते हैं, वह ब्रिग्रेडियर बनकर रिटायर हुआ।

हमारी सेना के अफ़सरों का मनोबल कुछ बैंकों और कम्पनियों के मालिकों का मनोबल है और इस मनोबल का हमारी जनता के मनोबल से कोई वास्ता नहीं है। यदि हमारे बैंक तथा कम्पनी मालिक अपराधियों के साथ काला धन्धा ठीक से चला लेते हैं तो हमारी सेना को (अथवा कभी-कभी सिर्फ़ पुलिस को) निर्देश दिया जाता है कि इन घोर-अपराधियों की नैतिक रूप से विक्षुब्ध नागरिकों से रक्षा की जाये, आवश्यकता पड़े तो शस्त्र-प्रयोग द्वारा भी। हमारी सेना का मनोबल इन कुछ गिने-चुने अरबपतियों का मनोबल है, क्योंकि बैंकों तथा कम्पनियों के ये मालिक हमारी सेना के मालिक भी हैं। वे तो, स्वाभाविक है, इस तथ्य से इनकार करते हैं, उन्हें पुरस्कृत किया जाता है और वे देशभक्त तथा सम्मानित व्यक्ति का ख़िताब लेकर सेवानिवृत्त होते हैं, ज़ेप्पी ने अपनी विज्ञप्तियों में लिखा था।

मैं ज़ेप्पी से कई बार पूछा करता था कि अन्य मध्य-यूरोपीय देशों तथा अमरीका की तुलना में छोटे से स्विट्ज़रलैण्ड में ही हालात क्यों भिन्न होने चाहिए। लेकिन ज़ेप्पी बुद्धू ही रहा, दीवाना, वह तो हर हालत में हमारे छोटे

से, प्यारे से देश में ही परिवर्तन लाना चाहता था। ब्यूलर ने एक बार उसे उत्तम स्कूली शिक्षा के अभाव के बावजूद अफ़सरों के लिए निर्धारित एक प्रशिक्षण-क्रम करने की सलाह दी थी, क्योंकि वह ख़ामोशीपूर्वक तथा निष्ठापूर्वक अपना काम किया करता था। यदि ज़ेप्पी उसकी सलाह पर अमल कर लेता तो शायद वह एक निहायत उपयोगी लेफ्टीनेण्ट या कैप्टन बन जाता। या फिर यह भी हो सकता है कि वह एक अत्युत्तम अफ़सर बन जाता। नागरिकों के लिए उत्तम, परन्तु सेवा के लिए बेकार। लेकिन ज़ेप्पी द्वारा ब्यूलर की सलाह न मानने का मुख्य कारण स्वयं ब्यूलर था। ज़ेप्पी ब्यूलर जैसा नहीं बनना चाहता था और तब उसे यकीन था कि हर अफसर के भीतर एक ब्यूलर छिपा होता है, कि ख़ूबसूरत वर्दी में मनुष्य की इच्छाशक्ति से ज़्यादा ताकत है। वर्दी इनसान को शैतान बना देती है, ज़ेप्पी हमेशा कहा करता था और अपनी धारणा की पुष्टि वह उन पुलिसवालों का उदाहरण देकर किया करता था, जो तब तक बिल्कुल सामान्य तथा मिलनसार ही नहीं, बल्कि परोपकारी भी रहते थे, जब तक वे वर्दी में नहीं होते थे, परन्तु वर्दी पहनते ही वे गुण्डों की तरह मार-पिटाई पर उतर आते थे।

लेकिन ज़ेप्पी से सेना की नौकरी छुड़वाने में अकेले ब्यूलर का ही हाथ नहीं था, उसका बचपन का मित्र हाईरी ज़ागर भी एक कारण था। हाईरी के पिता तुर्गाऊ के उस गाँव में स्कूल-मास्टर थे, जहाँ जेप्पी पला-बढ़ा था और जहाँ उसने स्कूली शिक्षा प्राप्त की थी। कुछ वर्षों तक ज़ेप्पी और हाईरी एक-दूसरे से नहीं मिले थे। हाईरी ने वाणिज्य विद्यालय में शिक्षा प्राप्त करके किसी व्यापारी के यहाँ नौकरी कर ली थी। सेना में वह अनायुक्त अफ़सर के तौर पर लिया गया था, ठीक से कहा जाये तो सम्भारक के पद पर। परन्तु इस कारण ज़ेप्पी के प्रति हाईरी के व्यवहार में कोई अन्तर नहीं आया। और फिर हाईरी एक बढ़िया सम्भारक था, अपनी कम्पनी के वित्तीय मामलों को वह सुलझे हुए ढंग से सँभालता था और फौजियों के लिए नित-नये व्यंजन बनवाने में भी वह कमाल की कल्पनाशक्ति से काम लेता था। हाईरी सीधा-साधा था, चुपचाप, अच्छा दोस्त था और सैनिक तथा अफ़सर दोनों ही उसे समान रूप से पसन्द करते थे। कम्पनी-प्रमुख ब्यूलर का वह ख़ास विश्वासपात्र था और अक्सर उससे राजनीति पर चर्चा भी किया करता था। ब्यूलर ने उसके दिमाग में यह बात ठूँस-ठूँसकर भर दी थी कि जर्मन सेना सब सेनाओं से बेहतर है और अगर कभी जर्मनों ने स्विट्ज़रलैण्ड पर हमला बोल दिया तो हथियारों से उनका मुकाबला करना बेवकूफ़ी होगी। पहले तो स्विस सैनिकों की लाशें बिछ जायेंगी और फिर पराजय होगी, हाईरी प्रतिवाद नहीं करता था, बल्कि

ब्यूलर को सही बताता था, लेकिन फिर भी वह ज़ेप्पी से कहा करता था कि वह जर्मनों से नफ़रत करता था। किस लिए? क्योंकि जर्मनों की मेहरबानी से उसे सैनिक बनना पड़ा था, सीमाएँ सील कर दी गयी थीं और अब वह अर्जेण टीना जाकर नहीं बस सकता था, जहाँ उसका एक मामा शान्तिपूर्वक सुखमय जीवन बीता रहा था। खाली समय में ज़ेप्पी और हाईरी अक्सर इकट्ठे रहते थे और ज़ेप्पी हमेशा अपने मित्र से बहुत कुछ सीखने की कोशिश में रहता था। वास्तव में ज़ेप्पी के मन में जर्मनों के प्रति कोई दुर्विचार नहीं थे, क्योंकि वह इससे कुछ हद तक जर्मनों की कृपा समझता था कि वह सेना में व्यवस्थित, सुरक्षित जीवन जी रहा था। फिर भी उसकी समझ में हाईरी की बात आती थी कि जितनी जल्दी जर्मनी विजयी होकर युद्ध को समाप्त कर दे, यूरोप के लिए उतना ही अच्छा होगा। तब स्विट्ज़रलैण्ड जर्मनी से परस्पर सहयोग का एक समझौता कर लेगा और इसके बावजूद स्विट्ज़रलैण्ड स्विट्ज़रलैण्ड रहेगा। सूदख़ोरी, जिसके जुए तले ज़ेप्पी का पिता पिस रहा था, समाप्त कर दी जायेगी और ज़ेप्पी इन बातों से प्रभावित तो होता था, परन्तु कई बार स्वयं को असुरक्षित भी महसूस करता था। परन्तु फिर भी उसने निश्चय किया कि वह अपने मित्र हाईरी का विश्वास करेगा, क्योंकि वह उससे अधिक जानता था, उसने स्कूली शिक्षा प्राप्त की थी, पूरी कम्पनी का हिसाब-किताब रखने की ज़िम्मेदारी उसे ऐसे ही तो नहीं दी गयी थी और फिर वह ब्यूलर जैसे एक ऊँचे अफ़सर का दोस्त था। उसकी बातों में कुछ तत्त्व अवश्य होगा, ज़ेप्पी सोचा करता था। परन्तु शंकाएँ फिर भी बनी रहीं।

और एक दिन अनहोनी हो गयी। 1942 का एक दिन था वह। दो माह पूर्व ज़ेप्पी की कम्पनी राईन नदी के निकट एक छोटे से गाँव में भेज दी गयी थी और कम्पनी को पूर्णरूपेण सचेत रहने का सैनिक आदेश था। राईन के दूसरी ओर कुछ खिचड़ी पकने का अन्देशा था। दिन के समय बन्दूकची खुले में नहीं निकलते थे, लेकिन यदि निकलना ही पड़े तो सतर्कतापूर्वक और छद्म-भेष में निकलते थे, पिंगलफल की झाड़ी के रूप में रेंगते थे। ब्यूलर ने एक पहाड़ी पर अपने लिए एक खाई खुदवा ली थी और वहाँ से वह दूरबीन से राईन के जर्मन तट का पर्यवीक्षण किया करता था और एक दिन सुबह-सवेरे सेना-पुलिस आयी और हाईरी ज़ागर को गिरफ़्तार करके ले गयी। जब वे उसे लेकर जा रहे थे तो हाथापाई की नौबत आ गयी। फौजी सेना-पुलिस की कार्यवाही से सहमत नहीं थे। ब्यूलर, जो अभी तक कहीं नज़र नहीं आ रहा था, आया और उसने सीटी मारकर अपने आदमियों को पीछे हटने का आदेश दिया। तुम एक देशद्रोही को बचाना चाहते हो? वह चीखा। सैनिक हक्के-बक्के

रह गये। देशद्रोही हाईरी ज़ागर के सेना-पुलिस के साथ जाते ही कैप्टन ब्यूलर ने कम्पनी को एक कदम आगे बढ़ने का आदेश दिया। बन्दूकचियों ने आज्ञा पालन किया, लेकिन ब्यूलर के अनुसार बड़ी सुस्ती से, जैसे चूतड़ों को लकवा मार गया हो, उसी की ज़बान में। वह चिल्लाया, बीस कदम पीछे, लेकिन कोई बन्दूकची हिला भी नहीं; दूर हो जाओ, ब्यूलर चीखा। बन्दूकची जहाँ के तहाँ खड़े रहे। मेरे पीछे-पीछे भाग के आओ, ब्यूलर ने आदेश दिया और वह बीस कदम अकेला भागा। वह विद्रोह है, वह चिल्लाया, मैं सेना-पुलिस को बुलाता हूँ। वह शीघ्रता से मुड़ा और कम्पनी के दफ़्तर की दिशा में जाकर लुप्त हो गया।

उसी दिन न्यायाधिकारी, जिन्हें फौजियों ने बैंगन का नाम दे रखा था, पधारे। उन्होंने कम्पनी के दफ्तर में अपना डेरा जमाया। हर बन्दूकची एक के बाद एक उनके सामने उपस्थित हुआ, ''सावधान'' मुद्रा में उसे अपना नाम तथा ओहदा बताना था, तब उसे ''आसानी से खड़ा होने'' का आदेश दिया गया और पूछा गया कि उनकी सम्भारक हाईरी से कितनी जान-पहचान थी। वे ऐसे बात कर रहे थे जैसे हाईरी ज़ागर मर चुका हो। वे हर एक से पूछ रहे थे कि ज़ागर राजनीति में कितनी रुचि रखता था, वगैरा-वगैरा। प्रारब्ध देखिये कि ज़ेप्पी ने उन्हें बताया कि ज़ागर जर्मनों द्वारा तुरन्त विजय पाने की इच्छा रखता था। वह कहा करता था कि फिर स्विट्ज़रलैण्ड हिटलर के साथ दोनों देशों की जनता के स्तर पर एक मैत्री-समझौता करेगा और फिर स्विट्ज़रलैण्ड में सामाजिक अन्याय नहीं रहेगा। ज़ेप्पी ने यह भी कह डाला कि उसके मित्र हाईरी के अनुसार कैप्टन ब्यूलर का भी यही दृष्टिकोण था। ज़ेप्पी ने हमें बाद में बताया था कि ''बैंगन'' उसका नाम नहीं सुनना चाहते थे, बल्कि उन्होंने उसे डाँटा और कहा कि वे ज़ागर के बारे में तहकीक़ात कर रहे थे और किसी के बारे में नहीं, आप सिर्फ हमारे सवालों का जवाब दीजिये।

हाईरी ज़ागर के बारे में केवल अफ़वाहें सुनी जा रही थीं कि उसने एक जर्मन जासूस को कम्पनी के सारे भेद बता दिये हैं, जैसे कि हर फौजी के पास कितना गोला-बारूद है, खाद्य-सामग्री की क्या स्थिति है, फौज की रसोई में कब क्या पकता है और हमारी सेना का मनोबल कितना ऊँचा है। वह खुसर-फुसर भी की जा रही थी कि हाईरी ज़ागर की पहचान इस जर्मन जासूस से रविवार की एक छुट्टी के दिन फ्राऊअन फ़ेल्ड नगर में हुई थी और वह भी कैप्टन ब्यूलर के सौजन्य से। बाद में बात खुली कि जासूस, जिसे इसी बीच गिरफ़्तार किया जा चुका था, वास्तव में ब्यूलर के ससुर का व्यापार में साझीदार था, लेकिन ब्यूलर विश्वासोत्पादक ढंग से यह प्रमाणित करने में सफल

हुआ कि उसे कभी मालूम नहीं था कि यह आदमी दोहरी भूमिका निभा रहा था। ज़ेप्पी के अनुसार, इस कथन में कोई सत्य नहीं था। उसके विचार से ब्यूलर ने जानबूझकर जासूस से हाईरी की कीमत वसूल की थी। परन्तु यह बयान उसने युद्ध समाप्त होने के बाद दिया, जब वह पूर्ण सत्य की तह तक पहुँचने का प्रयत्न कर रहा था और जहाँ तक वह अपनी सारी कोशिशों के बावजूद पहुँच नहीं सका, क्योंकि सम्बन्धित व्यक्ति मुँह नहीं खोलना चाहते थे या उन्हें मुँह खोलने की अनुमति नहीं थी। सिर्फ़ ब्यूलर ने कर्नल बनने के बाद मुँह खोला था। कम, लेकिन स्पष्ट शब्दों में उसने अपनी बात कही थी, यदि उसका अपना पुत्र भी देशद्रोह करेगा तो वह उसे सूली पर चढ़ा देगा।

ज़ागर की गिरफ़्तारी के चार सप्ताह बाद उसे मृत्युदण्ड सुनाया गया। सरकार ने उसकी क्षमा-याचना बिना कोई टिप्पणी दिये रद्द कर दी। ज़ेप्पी को युद्ध समाप्त होने के पश्चात् हाईरी के पिता से पता चला कि कैसे हाईरी ने अपनी सफ़ाई पेश की थी। उसके पिता एक बार उससे कारावास में मिलकर आये थे। हाईरी ने उन्हें बताया था कि उसने जर्मन सज्जन के साथ केवल व्यावहारिक अनुभवों का आदान-प्रदान किया था, उस सज्जन ने भी उसे कई सुझाव दिये थे कि कम्पनी के सम्भार-तन्त्र से सम्बन्धित समस्याओं का कैसे समाधान किया जा सकता है, उसे उन भयंकर भूलों के बारे में बताया था, जो जर्मन सेना से हो जाया करती थीं और आख़िर तो वह इन वार्तालापों के बारे में कैप्टन ब्यूलर से भी बातचीत किया करता था। परन्तु ब्यूलर ने इस सब को नकारते हुए कहा था कि अपने अफ़सरों को बदनाम करना इस देशद्रोही की नीचता का प्रमाण है। फिर भी वह सिद्ध नहीं कर पाया कि हाईरी ने पैसे लिए थे। फैसला दिया गया कि उसे गोली से उड़ा दिया जाये और सेना से बरख़ास्त कर दिया जाये। इस गधेपन पर ज़ेप्पी हंस-हंसकर पेट पकड़ लिया करता था। गोली से मर चुके आदमी की सेना से बरख़ास्तगी!

प्राणदण्ड के निष्पादन हेतु हाईरी ज़ागर को नियमानुसार अपनी ही कम्पनी को सौंपा गया। निर्णय को 48 घण्टों के भीतर कार्यान्वित किया जाना था। कैप्टन ब्यूलर ने इसे "प्राणदण्ड कमाण्डो" का नाम दिया। 40 आदमी निकट के भोज-वृक्षों वाले जंगल में प्राणदण्ड दिये जाने वाले स्थान की मोरचाबन्दी तथा रखवाली के लिए और 20 आदमी अपने सहयोगी हाईरी ज़ागर को गोलियों से भूनने के लिए। ब्यूलर ने कहा कि यहाँ स्वेच्छा का प्रश्न ही नहीं उठता। यह उसने प्राणदण्ड देने की पूर्व सन्ध्या पर एकत्र कम्पनी के कमाण्डोज़ को कहा था। शत्रु को पीठ दिखाना किसी स्विस जवान के लिए डूब मरने वाली बात होगी। प्राणदण्ड प्राप्त एक देशद्रोही मातृभूमि का शत्रु है

और उसका नाश तो करना ही होगा। गोली न कोई सख़्त होती है, न नर्म, बन्दूक़ न कोई भरी होती है, न खाली। दस आदमी दिल पर निशाना लगाएँगे। निशाना आसानी से लगने के लिए मुजरिम की पेटी को इतना ऊँचा बाँधा जायेगा कि गोली चलाने वाले को सिर्फ़ दस सेंटीमीटर ऊपर देखना होगा। दूसरी टोली सिर पर निशाना लगाएगी। निशानेबाज़ गोली खाने वाले को सिर्फ़ गोली चलाने के समय ही देखेंगे। मृत्युदण्ड का निष्पादन रात नौ बजे खेतिहर ''क'' के खलिहान में किया जायेगा। ब्यूलर ने खुद मुजरिम को चिह्नित किया। तब उसने निशानेबाज़ों को एक-एक करके बुलाया। ज़ेप्पी का नाम भी इसी तरह पुकारा गया। जैसे हृदय की गहराई से यह आवाज़ आयी हो, जोश से, ज़ोर से। ब्यूलर ने ज़ेप्पी को आगे बढ़ने का आदेश दिया। ज़ेप्पी आगे बढ़ा। दायें मुड़, ब्यूलर ने आदेश दिया। ज़ेप्पी ने कम्पनी की ओर चेहरा कर लिया। ब्यूलर कटु-स्वर में कहने लगा, जो भी इस आदेश का पालन करने से इनकार करेगा, उसे देशद्रोही माना जाएगा और वह भी इसी तरह मृत्युदण्ड का भागीदार होगा। पीछे हट! ज़ेप्पी पीछे हट गया। ब्यूलर ने रात्रिभोज के लिए भी केवल पीछे हटने और आगे बढ़ने के आदेश दिये। सारी कम्पनी ने ख़ामोशी से खाना खाया। खाने में मक्का-रोटी थी, सलाद था और पानी जैसा पतला टमाटर का शोरबा था। ज़ेप्पी की प्रतिक्रिया की निन्दा किसी ने नहीं की। वे हत्यारे तो नहीं थे। और वे सब जानते थे कि सैनिक अदालतों में अफ़सरों का बोलबाला होता है और होता रहेगा। कुछेक को छोड़कर वे शेष अब अफ़सरों से नफ़रत करते थे। रात नौ बजे वे सब खेतिहर ''क'' के खलिहान में रिहर्सल कर रहे थे। दो अनायुक्त अफसरों ने कैप्टन ब्यूलर को हथकड़ी लगायी थी, उसकी आँखों पर पट्टी बाँधी थी और एक वृक्ष का तना गाड़कर उसे उसके साथ बाँध दिया था। खलिहान के सामने 12 आदमी पहरा दे रहे थे। सभी गाँववासी आये थे। गोली चलने की प्रतीक्षा कर रहे थे। वे समझ रहे थे कि प्राणदण्ड आज से मिलेगा। ब्यूलर ने आदेश दिया, ''दायें मुड़, गोली, फ़ायर!'' ''क्लिक'' की आवाज़ हुई। सब ठीक-ठाक था। कल पाँच बजे भी अब ऐसे ही ठीक-ठाक होगा। गोलियाँ लौटा चुकने के बाद सामान्य औपचारिकता की बारी थी, बन्दूक की नली जाँचने की। ज़ेप्पी की नली में अभी भी एक गोली थी, उसने घोड़ा नहीं दबाया था, सुरक्षा-तालक नहीं खोला था। वह उन दस जवानों में से एक था, जिन्हें अगले दिन मुजरिम के मुँह पर गोली चलानी थी। यदि ज़ेप्पी गोली दाग देता तो शायद ब्यूलर खुली हुई खोपड़ी लिए खेतिहर ''क'' के खलिहान में पड़ा होता। जिस लेफ़्टीनेण्ट ने नलियों की जाँच की थी, उसने ब्यूलर को बताया। ब्यूलर ने सिर्फ़ कहा, किसी

ने तुम्हारी बन्दूक भरी थी। परन्तु घोड़ा न दबाने के लिए मैं तुम्हें कल से तीन दिन के कारावास की सज़ा सुनाता हूँ। फिर ब्यूलर ने सभी बन्दूकचियों को शराब पीने का आमन्त्रण दिया। हम अपनी मातृभूमि के एक शत्रु पर विजय पाने के उपलक्ष में यह खुशी मना रहे हैं, उसने कहा और फिर बाद में जोड़ा कि लाल शराब पीने से नींद अच्छी आती है और सभी को अच्छी नहीं आनी चाहिए, ताकि कल किसी का हाथ काँपे नहीं।

कमाण्डो टुकड़ी ने नहीं देखा कि कैसे वे हाईरी ज़ागर को वन के बीच के निवृक्ष स्थल पर लेकर गये, भोज-वृक्ष के साथ उसे बाँधा, उसकी आँखों पर पट्टी बाँधी। परन्तु ज़ेप्पी ने उसकी चीख़ें सुनी; वह चिल्ला-चिल्लाकर विनती कर रहा था, मुझे मत बाँधो, मैं भाग नहीं जाऊँगा। ज़ेप्पी ने सुना, कैसे लेफ़्टिनेण्ट हाऊरी, छोटा ब्यूलर था वह भी, पलटकर उस पर चिल्लाया, हम तेरे भाग जाने के डर से तुझे नहीं बाँध रहे हैं कि गोली तुम्हारे सीने के आर-पार होने से पहले ही कहीं तुम गिर न जाओ, साले सूअर के बच्चे...

20 गोलियाँ दागी गयीं। ज़ेप्पी की बन्दूक भी खाली थी। ब्यूलर ने उसका कन्धा थपथपाया और कहा, मैं तुम्हें क्षमादान देता हूँ, शाबाश, मैं जानता हूँ कि अपने किसी मित्र को गोली मारकर मौत के घाट उतारना कितना मुश्किल काम है। लेकिन तुम कमाल के बन्दे हो। कारावास की बजाय मैं तुम्हें पाँच दिन के विशेष अवकाश पर भेजता हूँ।

कुछ माह पश्चात् ब्यूलर मेज़र बन गया और हाऊरी कैप्टन के पद पर तरक्की पाकर कम्पनी प्रमुख बन गया। उसने ज़ेप्पी को उपनायक का पद देकर सम्मानित किया। ज़ेप्पी युद्ध समाप्त होने तक फौज में रहा। युद्ध समाप्त होने तक उसने अपने मित्र हाईरी ज़ागर की मृत्यु के बारे में कभी एक शब्द भी अपने मुँह से नहीं निकाला। युद्ध समाप्त होने के बाद उस पर अपने मित्र की मौत का असर होना शुरू हुआ। ज़ेप्पी बेरोजगार था और उसे क्या करना या नहीं करना है, हर समय यह बताने के लिए ब्यूलर या हाऊरी तो थे नहीं। उकताहट से तंग आकर उसने पुस्तकें पढ़ना शुरू कर दिया। वहीं कहीं काम करने लगा, ज़्यूरिख गया, बाज़ल आया, ग्राऊब्युन्डन में लकड़हारे का धन्धा करके निर्वाह करने का प्रयत्न किया, उसका बौद्धिक स्तर पहले से ऊँचा होता गया, अब उसके पास द्वितीय विश्व-युद्ध के दौरान स्विट्ज़रलैण्ड में हुई घटनाओं पर मनन-चिन्तन करने के लिए पर्याप्त से अधिक समय था। तब एक दिन उसे पता चला कि कर्नल ब्यूलर एक धूर्त नाज़ी रह चुका था, कि ब्यूलर ने 1941 में ही, जबकि वह कम्पनी प्रमुख होता था, घोषणा कर दी थी कि यदि हिटलर ने स्विट्ज़रलैण्ड पर हमला किया तो उसके आदमी एक भी

गोली नहीं चलाएँगे। ज़ेप्पी को पता चला कि प्रभावशाली उद्योगपति, बैंकों तथा कम्पनियों के मालिक, पार्टी के जाने-माने सदस्य, हिटलर से सहानुभूति रखते थे और उनका बाल भी बाँका नहीं हुआ और अन्त में वह हाईरी ज़ागर के पिता से मिला, जो अब बूढ़े हो चुके थे। उनके पास अदालत की कई फाईलें थीं, जो उनके पास नहीं होनी चाहिए थी, जिन्हें कानून के अनुसार आगामी 50 वर्ष तक केन्द्रीय संग्रहालय में ताले में बन्द रहना चाहिए था। इन फ़ाईलों से यह स्पष्ट होता था कि हाईरी ज़ागर ने ब्यूलर के ससुर के व्यापारी मित्र को ऐसा कुछ भी नहीं बताया था, जो 1939 में सभी समाचार-पत्रों में प्रकाशित न हो चुका हो। और ज़ेप्पी अपने पुराने सहयोगियों की तलाश करके उनसे मिला और पूछा कि हाईरी ज़ागर वाले मामले के बारे में उनका क्या विचार है, तो बिना किसी अपवाद के सभी का उत्तर था, जंग के दौरान हम गांडुओं ने ग़लत आदमियों को भून डाला। हमारे असली दुश्मन अभी भी ज़िन्दा हैं और हमें सता रहे हैं। हाईरी ज़ागर एक उम्दा इनसान था। अफ़सोस की बात यह है कि वह भी हम सब की तरह एक आज्ञाकारी सिपाही था। जब-जब ब्यूलर ने उसे अपने ससुर के दोस्त तक बन्द लिफाफे पहुँचाने का हुक्म दिया, उसने हुक्म माना, एक अच्छे अनायुक्त अफ़सर की तरह।

अब तो ज़ेप्पी भी नहीं रहा। बिग्रेडियर ब्यूलर भी हाल ही में आयु सीमा लाँघ कर सेवा निवृत्त हो चुका है। विदाई समारोह में थल सेना की सात कम्पनियों ने उर्स मार्च-पास्ट में सलामी दी। और हमारे देश की सरकार ने मातृभूमि के लिए की गयी उसकी सेवाओं को ध्यान में रखते हुए उसे धन्यवाद दिया और उसे विदा देते हुए खेद प्रकट किया।

कल ज़ेप्पी के लिए शोक-सभा का आयोजन किया गया था। उसमें केवल कलाकार, बुद्धिजीवी तथा लुज़ान के पुलिस वाले सामान्य पोशाक में उपस्थित थे। पादरी ने कहा, यह एक दुर्घटना थी, ईश्वर यही चाहता था।...

अतिथि

●

अडोल्फ़ मुश्ग

सबसे पहले उसे दरवाज़े के नीचे से गन्ध आती महसूस हुई, एक विचित्र-सी मीठी-सी गन्ध, जो पूरे घर में फैल चुकी थी, परन्तु इस कमरे में वह सबसे अधिक तीव्र थी। फिर उसने अपना फ़ोटो देखा। फोटो उसकी लिखने की मेज़ पर रखा हुआ था, ऐसी जगह पर, जहाँ किताबों से नज़र हटाने पर उसकी दृष्टि खुद-ब-खुद उस पर पड़ती थी, ज़रा-सी तिरछी, बायीं ओर, दो मोमबत्तियों के बीच। उसने उसे दो मोमबत्तियों के बारे में लिखा था, परन्तु यहाँ तो वह वास्तव में पड़ी थीं, दो बड़ी-बड़ी मोमबत्तियाँ। पूरी की पूरी थीं वे, दो सफ़ेद बत्तियाँ, जल चुकी मोमबत्तियों को उसके आने से पहले ही बदल दिया गया था। रंगीन फोटो में सफ़ेद का प्रभाव कुछ ज़्यादा था। फ्रांत्सिस्का ने इसमें ढीले-ढाले कपड़े पहन रखे थे। नितम्बों की गोलाइयाँ उसने एक भोज-वृक्ष के पेड़ तने पर टिका रखी थीं, जिसकी डालियों से निस्तेज आकाश का रंग झलक रहा था। ग्रीवा रेखा, जिसमें से घने बालों वाले एक बच्चे का सिर पत्तों के नीचे दृष्टिगोचर हो रहा था, हल्की-सी उन्नतोदर थी, जिससे वक्षों का उभार चोली से विद्रोह करने हेतु मचलता प्रतीत हो रहा था। ऐसा लगता था जैसे हवा ने ही उन्हें फुलाया भी हो, हल्के से दबाया भी हो। वह आँखें सिकोड़ कर स्वयं को निहारती रही। फिर उसकी दृष्टि हटकर प्रतिकर्मक पेटियों तथा पुस्तकों के रैक के ऊपर गयी, जहाँ चूना लगी एक खोपड़ी पड़ी थी, जिसकी हड्डियों पर नम्बर लगे हुए थे। हाईंत्स के बिस्तर के ऊपर किसी सन्त का चित्र टँगा हुआ था, गहरे श्याम वर्ण में रचित एक कृष मुखारविन्द, मुँह पर दाढ़ी थी तथा माथे पर आभूषण थे।

यात्रा के कारण उसकी त्वचा चमचमा-सी रही थी, टैक्सी का सफ़र उसे रास नहीं आया था। जिस हाथ से उसने अपना थैला पकड़ रखा था, उसकी

उँगलियों की गाँठें सफ़ेद हो रही थीं। परन्तु जब वह चौखट पर खड़ी थी तो कैसे लोगों ने उसे प्रशंसायुक्त दृष्टि से देखा था, इस स्मृति ने उसके मन में एक सुखद अनुभूति भर दी।

"अति सुन्दर" उसने कहा, "यह दृश्य"। वह महीन जालीदार पर्दे से ढकी खिड़की पर गयी और रन्ध्रों में से बाहर का दृश्य देखने लगी। उसकी ऊपर उठी स्कर्ट में से उसकी सुडौल एवं छरहरी जाँघें दिखायी दे रही थीं। फिर वह झटके से मुड़ी और हाथों से खिड़की के फ़लक को थामे रही। कन्धे ऊँचे करने पड़े उसे, क्योंकि फ़लक ऊँचा बना हुआ था।

"तो तुम यहाँ लिखने-पढ़ने का काम करते हो", उसने कहा था, "कितना अच्छा लग रहा है यहाँ! क्या हम बाद में कोई अच्छा-सा रिकॉर्ड सुन सकते हैं?"

दोनों आकृतियाँ प्रवेश किये बिना चौखट पर खड़ी थीं, आगे हाईंत्स था, लम्बा और कुछ पतला। उसके पीले और कुछ हद तक भूरे चेहरे से झाँकती उसकी चश्मा चढ़ी आँखें उलाहना-सा देती हुईं हर्षोन्मत उस पर टिकी हुई थीं; झुकी-झुकी दृष्टि उसने ऊपर उठायी थी, चार माह पूर्व बोखुम में हुए चिकित्सकों द्वारा आयोजित समारोह की ही तरह :

स्विस पुरुष। वह नाचा नहीं था, उसके साथ भी नहीं, हालाँकि मद्य के नशे में उत्साह जुटाकर उसने अपने साथ नाचने का निमन्त्रण भी दिया था, परन्तु वह कठिनतापूर्वक मुस्कराया था और बाद में जब वह नाच रही थी तो वह उसे प्रबल सद्भावपूर्ण दृष्टि से निहारता रहा था, जिस कारण वह शरमाती रही थी। इसलिए अगले दिन वह पुनः उसकी मेज़ पर जाकर बैठ गयी थी। निकट से उसकी दृष्टि स्नेहयुक्त लगती थी, सहनीय थी। उसका खँखारना, बोलने से पहले गालों को गोल करके शब्द निर्माण करना, हृदयग्राही था। बिछुड़ते समय उसने उसे कभी अपने यहाँ संगीत सुनने का निमन्त्रण दिया था। कुछ दिनों बाद अपनी उत्सुकता न दबा पाने के कारण वह उसके कमरे में गयी थी। एक कारण यह भी था कि कमरा उसके रास्ते पर पड़ता था। तभी इस गन्ध का एहसास हुआ था उसे। बहुत कम बात की थी उसने, उसे केवल यही याद है कि उसने एक बार उसकी आयु पूछी थी। परन्तु एक के बाद एक वह रिकॉर्ड लगाता गया था, बाख, देबुस्सी, शोस्टाकोविछ। पूरा ध्यान उसका इस ओर था कि रिकॉर्ड लगाते समय सुई न काँपे। इसलिए कई बार रिकार्ड कुछ सैकिंड के लिए खाली घूमता था। इस बीच वे एक-दूसरे पर दृष्टि नहीं डालते थे। उसने उसे कमरे में पड़ी एकमात्र आराम कुर्सी पर बैठने का अनुरोध किया था, जिस पर एक ढीली-सी भेड़ की खाल चढ़ी हुई थी। वह एक कोने में खड़ा था और जितनी देर संगीत चलता रहा था, उसने उसे

नज़र उठाकर भी नहीं देखा था। और कोई कुर्सी तो वहाँ नहीं थी, परन्तु वह सोफ़े पर बैठ सकता था। इस सम्भावना पर शायद उसका ध्यान नहीं गया। बीच-बीच में वह कष्ट कर रहा था, नींबूपानी ले आया, केक ले आया, क्षमा माँगी कि उसके पास बर्फ़ नहीं है। संगीत फिर से चलने पर उसमें चबाने का साहस नहीं रहा था। उसे एहसास हुआ कि खामोश चलता हुआ उसका मुँह विचित्र लगेगा, निगलना पीड़ादायक था, परन्तु वह उसे नहीं देख रहा था। जब वह गयी तो उसने उसका हाथ नहीं पकड़ा। वह अभी भी संगीत में डूबा हुआ था, पीला जर्द था वह। स्विट्ज़रलैण्ड से लौटने के पश्चात् उसने एक पत्र लिखा था। यह वर्णन करना कठिन है कि किस ढंग से लिखा था। परीक्षा की तैयारी करने के दिनों में दस टाईप किये हुए पृष्ठ जैसे अपराध-स्वीकारण का चिट्ठा हो। उसमें उस सबके लिए विवरणात्मक स्पष्टीकरण भी था, जिस कारण वह पूरा समय स्वयं को कोसता रहा था। कई बहाने, कई क्षमा-याचनाएँ। उसका शब्द-भण्डार, भावाभिव्यक्ति उत्कृष्ट थे। उसने उत्तर दिया था। शब्द चुन्निदा थे, उसे उम्मीद थी। जब वह अपने बॉस के मरीजों के कान से परीक्षण के लिए रक्त निकाल रही होती थी, या रक्तचाप ले रही होती थी तो कई बार उसका मस्तिष्क वाक्य-विन्यास में लगा होता था। उन वाक्यों को वह एक डायरी में चढ़ा लेती थी, ताकि छुट्टी वाले दिन वह उन्हें पत्र में लिख सके। छोटी लिपि में और नीली स्याही से लिखे उसके पत्र फिर भी उसके पत्रों से काफी छोटे होते थे। कई बार वह चौपाई के ढंग के गीत और प्रार्थनाएँ लिख भेजता था, जिनमें वह कुछ विशेष शब्द-प्रयोगों को रेखांकित कर देता था। वह ठीक से नहीं जानती थी कि गीतों की रचना उसने स्वयं की है या वे किसी चीनी या ईरानी फकीर द्वारा रचित हैं। उससे पूछने का उसे कभी साहस नहीं हुआ। ऐसे ही एक गीत के अन्त में, जिसमें कई साक्षात्कथन थे, उसने उसे "तुम" कहकर सम्बोधित करना आरम्भ कर दिया था। उसने क्षमा भी माँगी, परन्तु सम्बोधन पर अटल रहा। उसे "तुम" सम्बोधित करने में समय लगा, उसके अगले पत्र की लघुता से वह मोहित हुई थी, उसकी बीमारी का जिक्र भी था उसमें। उसने "तुम" लिखकर खेद प्रकट किया था। उसका अगला पत्र फिर से लम्बा था, डाक-टिकटें काफ़ी लगी हुई थीं उस पर, उसके छोटे भाई हेल्मुट को डाक-टिकट एकत्र करने का शौक़ था। हाईत्स के किसी परीक्षा में उत्तीर्ण होने के बाद, यदि उसने ठीक से समझा है तो, उसने सगाई के बारे में लिखा था। और अब वह यहाँ आ पहुँची है।

"अवश्य", उसने कहा। उसका अभिप्राय अच्छे संगीत से था।

"अवश्य!"

उसका मुस्कराने का अपना ढंग था, वह यह भूल चुकी थी। अब उसकी मुस्कराहट में आतिथ्य की गरिमा थी, तनावमुक्ति का एक उच्चतर स्तर, जिससे वह अभी तक अपरिचित थी। वह जाँचने लगी कि क्या उसे यह पसन्द है। परन्तु इससे पहले ही वह उस तक गयी और उसके दरवाज़ा खोलने के दौरान दो बार उसका कन्धा गुदगुदाया। ड्योढ़ी में उसकी माँ खड़ी थी। फ्रांत्सिस्का को एहसास हुआ कि हाईत्स की माद्द पूरा समय ड्योढ़ी के अन्धेरे में से उसे घूर रही थी। साथ ही उसे यह भी अनुभूति हुई कि उसे इस लावण्यमय झुकी-झुकी दृष्टि से घबराने की आवश्यकता नहीं है। यह तो एक सौम्य माँ की दृष्टि थी, जिसके तुरन्त द्रवीभूत हो जाने वाले नेत्रों में केवल अपने पुत्र का कल्याण देखने की इच्छा घनीभूत थी। फ्रांत्सिस्का के लिए कल्याण के प्रतीक की तरह व्यवहार करना कठिन नहीं था।

''आप हाथ-मुँह धोना चाहेंगी, फ्रांत्सिस्का?' हाईत्स की माँ ने गहरी स्विस में फैलाई हुई खड़ी जर्मन में पूछा, एक ऐसी बोली में, जिसमें से संकोच तथा विश्वस्तता झलकती थी।

''यह आपका कमरा है'', उस महिला ने कहा और अगला दरवाज़ा खोल दिया। कमरा प्रकाशयुक्त था, बिना पुस्तकों के, हाँ, कला पर कुछ पुस्तकें पड़ी थीं, एक नक्काशीयुक्त फ़लक पर। सिरहाने के पास पीले गुलाबों वाला एक गुलदस्ता और एक रेडियो भी पड़े हुए थे। मटमैले रंग का अतिनियमनिष्ठित ढंग से बनाये गये नकली पौधों वाला एक गुलदस्ता दीवार पर भी टँगा था। कढ़ाईयुक्त मेज़पोश पर एक बध किये गये वृक्षकुक्कुट के आसपास कुछ फल और तरकारी के गुच्छे बिखरे पड़े थे। अकड़ा कर फैलाये हुए पैरों की खाल पर सूखी पपड़ी जमी हुई थी।

''सुन्दर'', फ्रांत्सिस्का ने कहा, ''सुन्दर''।

हाईत्स उसका बक्सा ड्योढ़ी से ले आया था। उसने उसे कमरे में लगा दिया। फिर उसने अपना हाथ अपनी पीठ पर लगाये। ''आराम से रहो'', उसकी माँ ने कहा, ''किसी भी चीज की ज़रूरत हो तो हमें बता देना। आप अपनी चीज़ें वहाँ पेटी में रख सकते हो।''

उसका अभिप्राय अलमारी से था।

''यदि रात को ठण्ड महसूस हो तो पेटी में कम्बल भी है'', हाईत्स की माँ हार्दिकतापूर्ण भाव से बोली, ''और जब आप तैयार हो जाओ तो हमें आपके साथ चाय पीने में बड़ी खुशी होगी। आप बाहर आ जाना। लेकिन कोई जल्दी नहीं। इतनी लम्बी यात्रा की है आपने। हमें बड़ी खुशी है आपसे मिलकर। हाईत्स को तो यह उम्मीद ही नहीं थी।''

''बहुत-बहुत धन्यवाद'', फ्रांत्सिस्का ने कहा।

मटमैले प्रकाश में दो गहरे धब्बों के साथ वह अकेली थी–बिस्तर और फ़ोटो–और अपराह्न में चमकते सूर्य की उजली किरणों की एक पट्टी थी, जो खिड़की से छनकर आ रही थी, जालीदार पर्दे से उसमें धारियाँ बन रही थीं। यात्रा अब फ्रांत्सिस्का के अंगों में भिनभिना रही थी। उसने नक्काशीयुक्त फलक पर हाथ रखा, जब उस पर एक लीक-सी पड़ गयी तो उसने तुरन्त हाथ खींच लिया। एक क्षण वह हतप्रभ हाथ को देखती रही। फिर उसने रेडियो का बटन घुमाया। इन आवाजों से वह परिचित थी : डेव डी, डोज़ी, बीकी, मिक और टिष। उसने तभी रेडियो बन्द कर दिया। पुनः चलाया उसे, बहुत धीमी आवाज में। वह खिड़की के पास जाकर खड़ी हो गयी, शीशे का दरवाजा खोला, पीछे दृश्य सुन्दर था, कुछ हिमपर्वत भी नज़र आ रहे थे। जिस फ़सील के ऊपर से वह झाँक रही थी, वह एक तंग टाईलयुक्त बालकनी का हिस्सा थी, जो दूसरी ओर हाईंत्स के कमरे तक जा रही थी। दोनों ओर दीवार में अल्युमीनियम की एक कोणित खूँटी लगी हुई थी; उस पर एक गहरा नीला मर्दाना सूट टँगा हुआ था। उसके अपने कमरे की ओर लगी खूँटी खाली थी। उसे हवा चलती महसूस नहीं हो रही थी, फिर भी दूसरी ओर टँगा सूट हल्का-सा इधर-उधर झूल रहा था। फ्रांत्सिस्का ने खिड़की बन्द कर ली और वाश-बेसन में हाथ-मुँह धोये। डेव डी के सान्निध्य में उसने अपना बक्सा खाली किया, उसे संगीत का तालवाद्य पसन्द था। परन्तु उसने फिर से रेडियो बन्द कर दिया, बालों में कंघी की, होठों पर लिपस्टिक लगायी और बगलों में खुशबू लगायी। दरवाज़ा खोलने पर जब उसकी हवा से उसकी मनपसन्द गन्ध उसके नथुनों में घुसी तो उसने स्वयं को आश्वस्त महसूस किया।

जब उसने बैठक में प्रवेश किया तो हाईंत्स खड़ा हो गया। उसकी माँ ने अपना बच्चों जैसा नर्म हाथ आगे बढ़ाया और उसे खींचकर आरामकुर्सी पर बिठा लिया। फ्रांत्सिस्का ने सावधानीपूर्वक चारों ओर देखा। पियानों के वहाँ पड़े होने की उम्मीद उसे थी। गलीचा रेशमी था, हल्का नीला चमचमाता रेशम, जिस पर सपाट पीली लताएँ तथा पक्षी बने हुए थे गहरे रंग के।

''हाईंत्स स्वयं इनका जीर्णोद्धार करता है'', माँ ने कहा, ''बहुत प्रवीण है। ठीक है न हाईंत्स!''

हाईंत्स ने खँखारकर गला साफ़ किया। ''केवल रंग गहरा करने का काम'' उसने कहा, ''रंग गहरा करने की भी अपनी पेचीदगियाँ हैं।''

''और सुनहरा तल'', माँ ने कहा, ''सुनहरा तल, हाईंत्स, ठीक है न!'' हाईंत्स ने फिर गला साफ़ किया। डबल रोटी के सुरुचिपूर्ण ढंग से काटे तथा

लगाये गये कतले तथा केक मेज़ पर रखे थे। केक देखकर सही समय पर उसे ध्यान आ गया कि यह घर में बनाया गया है और इसकी प्रशंसा करनी होगी। वास्तव में ही वह उसे स्वादिष्ट भी लगा। "स्वादिष्ट है।" उसने कहा।

इस बार उसे हाईंत्स का गला खँखारना समझ में नहीं आया। परन्तु उसकी माँ उसकी ओर देखकर स्नेहपूर्वक मुस्करायी।

"आपका इस घर में स्वागत है; मेरी बच्ची", उसने कहा, "जब तक चाहें आप यहाँ रह सकती हैं।"

"जब तक मेरा अवकाश है।"

"आपकी छुट्टियाँ हैं!" हाईंत्स की माँ ने कहा, "कितनी अच्छी बात है, नहीं क्या! मनुष्य के लिए बहुत आवश्यक है यह, एकान्त के क्षण। डॉक्टर के यहाँ काफ़ी मेहनत का काम होगा। हाईंत्स जहाँ आजकल डॉक्टरी पढ़ रहा है, उसे देखकर मैं अन्दाज़ा लगा सकती हूँ।"

"क्या मैं सिगरेट पी सकती हूँ?" फ्रांत्सिस्का ने पूछा। "यहीं कहीं ऐश-ट्रे होगा हाईंत्स, तुम अपनी बन्नो के पास बैठो। मैं अभी ऐशे-ट्रे ढूंढ़कर लाती हूँ।"

राख एकदम झड़ने को हो रही थी; वह झुक ही चुकी थी, जब माँ एक गहरी तश्तरी लेकर लौटी।

फ्रांत्सिस्का ने बैठक में छायी चुप्पी तोड़ने के लिए बात शुरू की, "हम हाईंत्स के पत्रों की चर्चा करें! अच्छे दिलचस्प पत्र लिखता है वह।"

"अच्छी बात है", कोमल स्वर में उसकी माँ बोली, "मेरा दिल भी उसके पत्र पाकर बाग़-बाग़ हो जाता था। जब वह बोखुम में था तो पूरा सप्ताह मैं उसका पत्र पढ़-पढ़कर गुजारती थी। हर सप्ताह वह एक पत्र लिखता था। अच्छा बेटा है।"

फ्रांत्सिस्का अपने बोखुन के मित्रों के बारे में चर्चा करने लगी। युट्टा के बारे में जिसके साथ उसने पिछली गर्मियों में नोर्दरने की यात्रा की थी, जूँ के बारे में, जो बतख़ की तरह भद्दी है, मगर दोस्ती निभाने वाली है, उसका नाम जूँ इसलिए रखा हुआ है कि उसकी टाँगें कभी चैन से नहीं बैठतीं। और हाईन के बारे में, जिसकी चर्चा ज़रूरी है। हालाँकि वह चुपचाप रहता है, लेकिन मज़े की बात यह है कि हर बात उसी पर आकर खत्म होती है। कोई नहीं जानता कि वे क्यों हाईन के पीछे पड़े हुए हैं, परन्तु सच्चाई यही है। ऊवे बिल्कुल अलग स्वभाव का है, अपनी हल्की नीली पोर्शे कार लिए डींग मारने में सबसे आगे, परन्तु फिर भी उन्हें अच्छा लगता है। वह अपनी आदत से मजबूर है।

"मजबूर इनसानों को खासतौर पर अधिक प्यार की जरूरत होती है।"

हाईंत्स की माँ ने ज़ोर देकर कहा। ''हाँ, उसे ज़रूरत है'', फ्रांत्सिस्का ने उत्साहपूर्वक कहा, ''मेटा को भी, हालाँकि उस बेचारी ने भी बहुत दुःख भुगता है। उसको बच्चा होने वाला है। 23 अक्टूबर को।''

''ओह'', हाईंत्स की माँ ने कहा।

''गिनती शायद गलत है'' फ्रांत्सिस्का ने कहा, ''यदि लड़की होती है तो उसके भाग्य खुल गये। वह तुला होगी और लड़कियों के लिए तुला राशि शुभ होती है।''

''उसके पिता के बारे में मालूम है?'' हाईंत्स की माँ ने चिन्तित स्वर में पूछा।

''वह नाम नहीं बताती'', फ्रांत्सिस्का ने कहा, ''इस मामले में मेटा काफ़ी मज़बूत है। वह बेपरवाह होगा। मेरे विचार में इनसान को कुछ बचाकर रखना चाहिए। कम से कम मेरी व्यक्तिगत राय तो यही है।''

''अधिकतर जवान लड़कियाँ आजकल ऊपरी टीम-टाम पर ज्यादा ध्यान देती हैं, ठीक है न हाईंत्स'', माँ ने चाय पकड़ाते हुए कहा। ''और फिर बाद में वे पछताती हैं। अधिकतर लोगों के मनों में आजकल सच्चे नैतिक मूल्यों के प्रति सम्मान रह ही नहीं गया। और बाद में देखो तो पारिवारिक जीवन बरबाद हो जाता है।''

''मगर कार्ल हाईंत्स पर यह बात लागू नहीं होती'', फ्रांत्सिस्का ने कहा, ''उसके माता-पिता का दाम्पत्य-जीवन बहुत बढ़िया चल रहा है, और कार्ल हाईंत्स तो दुष्ट आदमी है। फूलों वाली पतलून पहनता है। अपने ही ढंग का आदमी है वह। बड़ी चीज़ है वह भी।'' वह हँसी और एक और सिगरेट सुलगा ली। कश खींचते-खींचते वह बोलती रही। फूँक मारकर उसने लौ बुझा दी। फिर वे रोम की बातें लेकर बैठ गये। हाईंत्स और उसकी माँ मार्च में वहाँ थे। वहाँ मार्च में ही जाना चाहिए, जब वहाँ भीड़-भाड़ नहीं होती।

''मैं भी एक बार जाऊँगी'', फ्रांत्सिस्का ने कहा, ''मगर बीस की उम्र से पहले नहीं। ये पापागाल्ली! ये रोमियो सड़क पर चलना दूभर कर देते हैं।''

''तब तक तो काफ़ी कुछ बदल सकता है, बच्ची!'' हाईंत्स की माँ ने कहा और सावधानीपूर्वक उसने अपने केक के एक कोने को काँटे से उठाया। उसे निगल चुकने के बाद उसने पूछा, ''क्या तुम पहले भी कभी आयी हो, फ्रांत्सिस्का?''

''रोम में'' फ्रांत्सिस्का ने पूछा।

''नहीं, यहाँ हमारे यहाँ।''

''ओ यहाँ'', फ्रांत्सिस्का ने कहा, ''ज़्यूरिख में। इस पल तक नहीं, खेद की बात है।''

''हाईंत्स तुम्हें बहुत कुछ दिखायेगा'' उसकी माँ ने मर्मस्पर्शी भाव से कहा।

सन्ध्या के भोजन के पश्चात्, जब वे कुछ देर बैठकर गप-शप मार बैठे थे और एक बार फिर रोम की चर्चा कर बैठे तो हाईंत्स की माँ ने फ्रांत्सिस्का को ''तुम'' से सम्बोधित करने का प्रस्ताव रखा। यहाँ अनौपचारिक होने में शायद समय नहीं लगता। हाईंत्स एक बोतल ज़ेक्ट लेकर आया, उसे वे शैम्पेन कहते थे; कार्क ठीक से नहीं खुला, डाट कुछ जल्दी ही उड़ गया। हाईंत्स बोतल को ऊपर रखना भूल गया और जब झाग निकल रही थी तो वह हड़बड़ी में उसे गिलासों में डालना भी भूल गया। उन दोनों ने झट से अपने-अपने गिलास आगे किये। हाईंत्स की माँ जल्दी से एक पोछा ले आयी और ''गलती को सुधार दिया'', शेष बची शैम्पेन जाम टकराने के लिए काफ़ी थी।

फ्रांत्सिस्का की पहले ही एक अम्माँ थी, अब उसे एक मामा मिल रही थी, जिसे वह प्रथम शब्दांश पर जोर देकर मा...मा बुला सकेगी।

उसने धारीदार पोशाक पहन रखी हैं, जैसे फ़ोटो में।

''वह हमेशा तो ऐसे अनाड़ी की तरह बोतल नहीं खोलता, नहीं क्या हाईंत्स'', उसकी माँ ने कहा, ''परन्तु तुम्हें आप्रेशन करते समय इसकी जरूरत नहीं पड़ेगी।''

''अभी हम बत्ती नहीं जलायेंगे'', मामा ने कहा, ''मुझे सन्ध्या का झुटपुटा भाता है। तुम दोनों को भी?''

पाजामा पहनने से पहले उसने अच्छी तरह से हाथ-मुँह धो लिए। वह यहाँ पहले ही दिन नहीं नहाना चाहती थी, हालाँकि मामा ने तो कह दिया था कि नहा लो। उसे मालूम नहीं था कि इस देश में लोग कितनी देर नहाते हैं। उसने क्रीम तो नहीं मली, परन्तु कुछ इत्र लगा लिया। शायद हाईंत्स उसे कल इत्र की एक शीशी खरीद दे; उसने निश्चय किया कि वह उसे इसके लिए कहेगी। यहाँ लोग एक-दूसरे को लाड़-प्यार से बिगाड़ते हैं : अच्छा लगता है, वह भी अब यहाँ का एक अंश है। यह विचार उसके मस्तिष्क में आते ही, न जाने क्यों, उसे भूख लग गयी। वह धीरे से उठी, अलमारी खोली और यात्रा आरम्भ करने से पूर्व जरा-सी खाई चाकलेट उसमें से निकाल ली। दो टुकड़े वह खा गयी; फिर खिड़की की ओर नज़र मारी, तीसरा टुकड़ा भी तोड़ लिया और जल्दी से अलमारी बन्द कर दी। उसे चबाते-चबाते ही उसने ब्रश पर टूथ-पेस्ट लगाया। वह अब इस शाम तीसरी बार दाँत साफ कर रही थी। उसने दर्पण में दाँत पूरी तरह से फाड़कर उनका मुआइना किया; फिर बाल खोलकर कन्धों पर लहरा दिये। बिस्तर पर बैठकर उसने माउथ-स्प्रे लिया। कुछ देर वह हाथ सिर के पीछे करके रोशनी में बिस्तर पर लेटी रही। फिर उसने

रैक से एक चित्रों वाली पुस्तक उठायी, ''आईकॉन्स ऑफ रशिया'' (''रूस की सन्त प्रतिमाएँ'') उसे अंग्रेजी में लेखबद्ध किया गया था, उसे समझने में तनिक कठिनाई हुई। पिचके हुए गालों वाली मूर्तियाँ, वैसे ही, जैसी यहाँ दीवारों परी टँगी थीं, उसे पसन्द नहीं आयीं; सुनहरा तल लगाने में भी पुनः प्रस्तुतीकरण की तकनीक सही नहीं थी, वह अवरक्तापीत-सा लग रहा था। उसने घड़ी देखी : 11 बजे थे, पूरे 15 मिनट उसने कलाकृतियों का अवलोकन किया था। उधर दूसरी ओर मौत की खामोशी छायी हुई थी, पत्ता हिलने तक की आवाज नहीं थी। बस यदा-कदा ज़रा-सी खुली खिड़की में से किसी निकलते हुए वाहन की गड़-गड़ सुनायी पड़ जाती थी। हवा में एक अपरिचित झाड़ की सुगन्ध थी। वह ऊवे की नीली पोर्शे के बारे में सोचने लगी; नयी रंगसंगति को ड्रैकुला नीला कहा जाता है, उसी रंग में थी उसकी कार। फिर वह दूसरी बार उठी और अपने पर्स से हाईंत्स के पत्र निकाल लिए। उन्हें एक ढेर में तकिये की बगल में रखकर उसने उस पुस्तक ''आईकॉन्स ऑफ रशिया'' को परे रख दिया। काफी देर वह ऐसे ही पड़ी रही, बाँह के ऊपरी भाग पर सिर रखे हुए। फिर उसने एक पत्र उठाकर खोल ही लिया, उसे पढ़ने की कोशिश की, बिल्कुल वैसे, जैसे किसी मशीन को चलाने के निर्देश पढ़ रही हो। उसका दिमाग कई बार जवाब दे गया। अगला पृष्ठ उलटने से पहले उसका सिर पड़ा का पड़ा रह गया। बत्ती जलती रही, पूरी रात।

''बहुत बढ़िया'', उसने कहा, और पैरों को टेककर कुर्सी को आगे पीछे हिलाने लगी। उसने उससे पूछा था कि उसे राष्ट्रीय संग्रहालय कैसा लगा है। प्रदर्शन तकनीक को दृष्टिगत रखते हुए वहाँ काफ़ी कुछ नया किया गया है, विशेषकर प्रागैतिहास-विभाग में। प्रदर्शित वस्तुएँ, जैसे संसाधित पत्थर, वक्राकार डण्डे, जो कभी सपाट होते थे, कड़े, कलश, ऐसे आभास देते थे, जैसे काँच के नीचे आवर्धित हों। इमारत की पाँगर के वृक्ष की लकड़ी की छत से उन पर स्पन्दित प्रकाश के बहुत कम कतरे पड़ते थे, दर्शक ऐसे प्रसन्न थे, जैसे वे कोई प्रकाशमण्डित जलजीवशाला देख रहे हों। किनारे बनी फूलों की क्यारियों के मनमोहक रंगों के ऊपर काँचघर की ऊष्ण भाप पैदा करने वाली छत थी।

''वैसे तो'', फ्रांत्सिस्का ने कहा, ''मैंने म्यूनिख में भी एक देखा है, सही वाला।''

कुछ क्षण वे ख़ामोश रहे। फिर उसने हाईंत्स के कन्धे पर गुदगुदी की। वह तनिक मुस्कराया।

''मज़े की बात है'', हाईंत्स ने कहा, ''कि तुम यदि ज़्यूरिख में किसी भी मनुष्य से न मिलना चाहो तो बस राष्ट्रीय संग्रहालय में चले जाओ।''

“तुम किसी से क्यों नहीं मिलना चाहते”, उसने पूछा, “तुमने मुझे अभी तक अपने किसी मित्र से नहीं मिलवाया।”

एक छोटी बच्ची ने उँगली से उसकी ओर इशारा किया और बकरे की तरह ‘बै, बै” की आवाज़ की। उसकी माँ ने उसे पकड़कर सीधा किया और उसे डाँटा। इस पर बच्ची हँसी। जब वह रुकी नहीं तो उसकी माँ उसे घसीटकर ले जाने लगी। “बै, बै” अब एक खेल बन गया था, जिससे वह उसकी बरदाश्त की परीक्षा ले रही थी। उसका अपरिचित चेहरा बार-बार उनकी ओर मुड़ता था और मुँह खोल लेता था। ट्राम-अड्डे तक वे आवाज़ सुनते रहे। हाईत्स उसे पीछे से देखता रहा।

“और फिर?”

“और फिर क्या?” उसने पूछा, “और मेरे कोई मित्र नहीं हैं।” “अच्छा”, उसने सिर हिलाया और आदरपूर्वक दृष्टि उस पर डाली। “परन्तु ये ख़ास अच्छे दोस्त हैं,” उसने पूछा, “रोल्फ बोलने के लिए और मार्सल चुप रहने के लिए।”

उसने फिर सिर हिलाया, एक के बाद कई बार फिर।

“तुम्हारी माँ तुम से बहुत प्यार करती है?” उसने पूछा।

“वह तो हर माँ करती है।” उसने कहा।

“सही है”, उसने कहा।

वे ऐसे ही बैठे रहे।

“चलें”, हाईत्स ने पूछा और उठने को हुआ।

“अभी?”

उसने फ्रांत्सिस्का की आँखों में देखा।

‘मैं पहले जानना चाहती हूँ कि तुम क्या सोच रहे हो।” उसने आँखें झपकायीं; पहले की तरह अब भी उसके मन में यही विचार आया कि वह उसके मुँह से ऊपर उसे देखने का साहस नहीं जुटा पाता था।

“तुम कुछ सोच रहे हो”, वह अड़ी रही।

“अब नहीं”, उसने कहा, ‘बिल्कुल नहीं।”

“फिर पहले।”

“जब बच्ची चिल्ला रही थी?”

“मसलन।”

अब वह सीधा होकर बैठ गया।

“देखो”, उसने कहा, “अभी तुमने कुछ सोचा है।”

“नहीं।”

“क्या मुझसे पहले भी तुम्हारी लड़कियों से दोस्ती रही है?” उसका चेहरा तो सचमुच लाल हो गया। इसे गुस्सा आ रहा है! कितना आसान है इसे परेशान करना।

"कुछ से", फिर रुककर कहा, "दो या तीन से। तीन से", उसने ग़लती सुधारी और फिर अपना होठ काट लिया। "मैं इस गिनती में विश्वास नहीं करता।"

"क्या वे ख़ूबसूरत थीं?"

"यह पहलू इससे ज़्यादा ज़रूरी नहीं है...मुझे वे लगती थीं।"

"किससे ज़्यादा?"

वह चुप रहा।

"क्या तुम किसी लड़की के साथ सोए हो?" उसने पूछा।

"नहीं", उसने अविचल भाव से उत्तर दिया।

"अच्छा", उसने फिर से कहा, एक छात्रा की तरह सम्मानपूर्वक विचारशील नपे-तुले शब्दों में।

"तुम्हें सामने वह बेंच नज़र आ रही है?" हाईंत्स ने पूछा।

"जहाँ दो बूढ़ी औरतें बैठीं हैं?"

"वहाँ एक आस्ट्रियाई ने एक लड़के की छुरा मारकर हत्या कर दी थी। पीछे से।' बेंच पर ही, जहाँ लड़का अपनी महिला मित्र के साथ बैठा हुआ था।

"ऐसे ही?" उसने दिलचस्पी दिखायी।

"वजह का पता नहीं चला।"

"विकृत सोच वाला मनुष्य।" उसने कहा, "मगर ऐसे लोग भी होते हैं। चलो चलते हैं।"

घर पहुँचते-पहुँचते देर हो गयी। वे थियेटर देखने भी गये थे। "तुम जागती रही मामा?" फ्रांत्सिस्का ने बरसाती पर इस्त्री फेरते हुए पूछा। उसने हाईंत्स से मदद माँगने की नहीं सोची। "नहीं, ताकि तुम्हारी बातें सुन सकूँ" मामा ने कहा। उसने एक बैंगनी रंग का सूती गाउन पहना हुआ था और उसमें वह युवा लग रही थी। "मैंने तुम्हारे खाने के लिए कुछ गर्म करने को भी रखा है।"

"हमने जंगल में सैर की है" फ्रांत्सिस्का ने चबाते-चबाते कहा, "कितना सुन्दर वन था।"

"हवा अच्छी तरह से फेफड़ों में ली न तुमने?" मामा ने पूछा और बाँह का नीचे का भाग आस्तीन में कर लिया। "परन्तु मुँह से नहीं, रात की हवा नुक़सान करती है।"

"अब जुलाई है", हाईंत्स ने उदासीन भाव से कहा, "तुम तो डॉक्टर हो", मामा ने कहा, "तुम्हें तो यह पता होना चाहिए।"

"तुम तो रोम में होना पसन्द करती न", फ्रांत्सिस्का ने कहा।

“क्या बात कर रही हो? इस गर्मी में?” मामा ने उत्तर दिया।

“जबकि मैं यहाँ हूँ” फ्रांत्सिस्का ने बात पूरी की।

“बिल्कुल”, मामा ने कहा और उस पर उड़ती नज़र डाली। फिर वह खड़ी हो गयी। “कुछ मज़ा लिया?” उसने फिर पूछा।

“क्या मतलब?” फ्रांत्सिस्का ने पूछा और हाईंत्स को देखने लगी।

“मामा का मतलब है कि क्या हमारा मन बहला?” हाईंत्स ने मज़ाक उड़ाते हुए कहा।

“वाह, बहुत बहला!” फ्रांत्सिस्का हँसी। ‘पाटेन्ट ऑपेरा।”

“वहाँ हमने देखा क्नापर्टस्बुश”, हाईंत्स ने कहा, “इस बार भी उसमें ज़ोलोमे ने अभियन किया था। परन्तु योखानन की भूमिका में ‘ओ’ हारा था।”

“ओ”, मामा ने प्रशंसा के स्वर में कहा, “मगर तुम थके होगे। पी जाओ, लेकिन धीरे-धीरे, और फिर सो जाओ एक-दूसरे के साथ चैन से।”

जब वह बाहर गयी तो फ्रांत्सिस्का ने कहा, “यह क्या था? सो जाओ एक-दूसरे के साथ चैन से?”

“हमारे यहाँ बस ऐसे ही कह देते हैं”, हाईंत्स ने कहा। इस बार वह लाल नहीं हुआ, “इसका मतलब कुछ नहीं होता।”

फ्रांत्सिस्का ने एहतियात के तौर पर फिर सिर हिलाया। “मेट्टा भी जब ऐसी बातें करती थी तो मतलब कुछ नहीं होता था”, उसने आहिस्ता से कहा, “मेट्टा ऐसी-ऐसी चीजें कह सकती है कि बन्दा सोचता है, बाप रे, मैंने क्या ठीक से सुना है! कोई लड़की ऐसे बातें करे तो...धत् परन्तु उसका मतलब कोई ग़लत नहीं होता था। मेट्टा वैसे गाय जैसी सीधी है, जानते हो, देवी जैसी है। और अच्छी दोस्त है। नहीं, नहीं, मेटा तो बहुत प्यारी है।”

“मेट्टा?” उसने कहा “अभी तक उसका नाम मेट्आ था।”

“यहाँ तुम्हें गलतफ़हमी हो रही है”, फ्रांत्सिस्का ने कहा, “यहाँ तुम ग़लत समझ रहे हो हाईंत्स! मेट्टा तो कोई और है। मेट्टा के चेहरे पर चित्ती है और उसमें कुछ हीन भाव भी है। और वह तो हाईन की मित्र है, यह दूसरी बात है कि दोनों की ठीक से निभती नहीं।”

“मेटा तुम्हारे में से एक है और मेट्टा नहीं है।” हाईंत्स ने कटुता से कहा। “नहीं ऐसा तो नहीं कहा जा सकता”, कुछ सोचते हुए उसने उत्तर दिया, “यह प्रश्न ज़रा जटिल है। मेट्टा भी हममें से एक है, पर किसी और ढंग से। वह कुछ-कुछ मामा जैसी है। कुछ-कुछ मरियम जैसी है।”

“मेरी माँ को बीच में मत लाओ” हाईंत्स आहिस्ता से बोला और बाहर चला गया।

अगले दिन वह मामा के साथ नाश्ता कर रही थी तो वह कुछ खोयी-खोयी-सी लग रही थी, हाईंत्स जा चुका था। मामा ने बताया, इंस्टीट्यूट गया है। लंच करने वह घर नहीं आया, रात के खाने के लिए भी उसने टेलीफ़ोन पर मना कर दिया। दिन सुहावना था। फ्रांत्सिस्का खुले दरवाज़े के सामने एक आरामकुर्सी पर बैठकर धूप सेंकती रही और अपनी टाँगों और बाँहों पर रंग गहरा करती रही, बीच में कभी-कभी चेहरे का भी। दोपहर बाद वह कुछ घण्टे सो गयी। देर शाम को उसे लगा कि बाहर दबे स्वर में कोई बातचीत कर रहा है। परन्तु धूप के कारण वह सुस्ती महसूस कर रही थी, अतः ध्यान से नहीं सुन पायी।

अगले दिन वह स्विट्ज़रलैण्ड में प्रकाशित होने वाली कुछ महिलाओं की पत्रिकाओं के छः महीनों के अंकों के पन्ने पलटती रही, टाँगें धूप में फैलाये। हाईंत्स आज भी ग़ायब रहा। लेकिन मामा एक बार बालकनी में जरूर आयी। "तुम लिखना नहीं चाहतीं, फ्रांत्सिस्का?" उसने पूछा। 'बहुत अच्छा ख़्याल है", फ्रांत्सिस्का ने कहा, "लेकिन किसे?" "वो..." मामा ने कहा, "मेरा ख़याल है, तुम्हारी माँ को। वह ज़रूर तुम्हारी फ़िक्र करती होगी।"

"कौन जाने", फ्रांत्सिस्का ने कहा और कठिनाईपूर्वक दृष्टि ऊपर करने की कोशिश की, क्योंकि धूप सीधी आँखों पर पड़ रही थी। "ओके, फिर भी मैं लिख सकती हूँ।"

"मैं काग़ज़ लेकर आती हूँ।"

"ज़रूरी नहीं है", फ्रांत्सिस्का ने कहा, "कार्ड काफी रहेगा।" "मैं हाईंत्स से कहूँगी कि वह तस्वीर कार्ड लेता आये" मामा गम्भीरतापूर्वक बोली।

फ्रांत्सिस्का पन्ने पलटती रही। शाम को उसे पाँच तस्वीर कार्ड अपनी मेज़ पर पड़े मिले। सांस्कृतिक स्मारक : बड़ा गिरजाघर : उसके मुख्य द्वार का चित्र, पिटवें लोहे का जंगलेदार दरवाज़ा, प्राचीनकाल का स्मरण कराने वाला दौड़ प्रतियोगिता पथ का एक द्वार, क्योंकि अब तो वह रहा नहीं। कुछ प्रकृति भी : आल्पस पर्वत के सामने हंस। परन्तु कोई भी चित्र रंगीन नहीं था।

जब क्रीम उसके चेहरे से पिघल रही थी तो उसने बड़े गिरजाघर के पार्श्वभाग पर लिखा : "प्यारी अम्मा, मैं कुशलतापूर्वक पहुँच गयी थी और मुझे यहाँ बहुत मज़ा आ रहा है। अभी तक यहाँ एक बार वर्षा हुई है। त्वचा का रंग गहरा करना कोई समस्या नहीं है। वैसे स्विट्रज़रलैण्ड में सब कुछ बेहतर है और ज़्यादा ख़ूबसूरत हैं। शुभकामनाएँ, प्यार, चुम्बन, हेल्मुट को भी, तुम्हारी फ्रांत्सिस्का।" हंसों वाले कार्ड पर उसने लिखा, "प्रिय युट्टा, यहाँ सब कुशलमंगल हैं। मैं हर रोज़ हाईंत्स के साथ घूमने जाती हूँ, उसकी सिमका

स्पोर्ट्स-कार में। वह अपने डॉक्टरी के काम में काफी व्यस्त है। आकाश पर बादलों का नाम-निशान नहीं। क्या तुम्हारे यहाँ भी इतनी गर्मी है? ज़्यूरिख बोखुम से छोटा है, परन्तु लोग मार्टिनी (एक तरह की शराब) सड़क पर पीते हैं। मैंने गहरे फूलों वाली पीले रंग की एक लहरदार पोशाक देखी है। कीमतें आसमान छूने वाली हैं। हाईंत्स फिर भी उसे मेरे लिए ख़रीदना चाहता है। मेटा, योख़न और पूरी मण्डली को मेरा सलाम, तुम्हारी फ्रांत्सिस्का।''

''क्या हाईंत्स कल तुम्हारे कार्ड ले जाये?'' मामा ने पूछा।

''मैं ख़ुद ही उन्हें लेटर बाक्स में डाल आऊँगी'', फ्रांत्सिस्का ने कहा, ''मैं खुद ही यह करना चाहती हूँ। मगर मेरे पास डाक-टिकट नहीं हैं।''

मामा उसके लिए डाक-टिकट भी ले आयी।

शाम को भी सन्नाटा छाया हुआ था। लगता था कि हाईंत्स घर छोड़कर किसी मित्र के यहाँ रहने चला गया है। शायद उसी के पास, जिसका फ्रेंच नाम है, जिसका ग्रीस में एक घर है। इससे काफ़ी कुछ आसान हो गया था। मामा के साथ खाना खाते ही फ्रांत्सिस्का झट अपने कमरे में घुस जाती थी। मामा के पास बर्तन साफ़ करने की मशीन थी। दोपहर बाद वह हमेशा घर से निकल जाती थी, शायद हाईंत्स को मिलने जाती थी; फिर पूरा खाली घर फ्रांत्सिस्का के पास होता था और समय भी होता था, फर्नीचर पर्दों, चित्रों और रेशमी गलीचे को निहारने का। हाईंत्स के परिवार में शायद कोई मूर्तिकार रह चुका था। जगह-जगह पियानों पर, रैकों पर, चिकनी मिट्टी से गढ़े सिर पड़े हुए थे। हर बार एक ही सिर था, एक बच्चे का सिर, शायद हाईंत्स का रहा होगा। गोल गर्दन पर पड़ा प्रसन्न मुद्रा में दूर कहीं ताकता हुआ एक ज़िन्दादिल नाविक का सिर, सिर की माँग बड़ी अच्छी बनी हुई थी, शायद किसी चाची, ताई, मौसी ने सर गढ़े थे, शायद मामा ने खुद ही बनाये हों। फ्रांत्सिस्का ने मामा से इस बारे में पूछने की ठानी। एक बार वह पियानों के पास पड़ी शीशों वाली अलमारी से फिर से डाक टिकट निकालना चाहती थी, परन्तु उसमें से चाबी निकाल ली गयी थी। फ्रांत्सिस्का को फर्क नहीं पड़ा। वह अपनी धूप सेंकने वाली खाट पर पड़ गयी, सिर्फ जाँघिये और अँगिया में। जब उसने स्वयं को शीशे में निहारा तो उसकी त्वचा का रंग इतना गहरा था, जैसे उसने सेण्ट ट्रोपेज़ में काफी समय गुजारा हो। उसने अंगिया नहीं उतारी, क्योंकि ऊपर दो अटारियाँ और थीं, और कई ऐसे कामविकृत लोग होते हैं जो झिरियों से घूरते रहते हैं।

आते-जाते कई बार मामा तश्तरी में उसके लिए केक रख ले आती थी। क्या वह उसके पास नहीं बैठ सकती थी? छोड़ो भी, उसकी अपनी बालकनी

इससे भी बड़ी है।

“तुम्हारी माँ को तुम्हारे बारे में डर नहीं लगता, फ्रांत्सिस्का?” फ्रांत्सिस्का ने शेष बचा सन्तरे का रस खत्म कर दिया। फिर वह बोली, “बकवास। जब मैं छुट्टियाँ मनाने जाती हूँ तो नहीं।”

मामा ने गिलास वहाँ से हटा लिया। फिर वह बालकनी में फिर से लौट आयी।

“वैसे तुम्हारी माँ जानती भी है कि तुम कहाँ हो?” अभी वह पूछ लेगी कि क्या तुम्हारी कोई माँ है भी सही, फ्रांत्सिस्का ने सोचा।

उसने सामने पर्वतों की ओर दृष्टि कर ली। “बिल्कुल”, उसने कहा, “मैंने उसे कार्ड भी तो डाला।”

एक और दिन मामा नर्म थी।

“तुम लोगों ने (उसका अभिप्राय जर्मनों से था) बहुत कष्ट झेले हैं”, उसने कहा, “नहीं क्या!”

फ्रांत्सिस्का ने आज समुद्र तट पर पहनने वाली अपनी हरी पोशाक पहन रखी थी, छोटी हॉफ़ पैंट्स के साथ, उसने स्कर्ट मोड़कर कूल्हों के ऊपर कर ली थी। उसके अनुमान से, अब वह दुःस्साहसपूर्ण हरा रंग पहन सकती थी, क्योंकि उसकी टाँगों की त्वचा ब्राउन हो चुकी थी। उसने पुनः अपना सिर सूर्य की ओर कर लिया। पलकों के पीछे उसे धधकता हुआ रक्तिमवर्ण दृष्टिगोचर हो रहा था, परन्तु उसे तो सहन करना था। आँखों पर काला चश्मा वह सहन नहीं कर पाती थी।

“मैंने नहीं”, आँखें बन्द रखे-रखे उसने कहा।

“मैं नहीं जानती” मामा ने कहा, “परन्तु तुम में कहीं गहरायी तक इसका असर हुआ है। कैसे कहूँ इसे : जिन्दा रह सकने के लिए कोई धृष्ट काम करने की भावना। चाहे लोग कुछ भी कहें। एक विशेष किस्म की युद्ध ोत्तर-मानसिकता। बहुत सताया गया है तुम लोगों को।”

“शायद”, फ्रांत्सिस्का ने कहा। वह इस तरह के अपने आपको अक्लमन्द समझने वाले लोगों की राय की परवाह नहीं करती थी। लेटे-लेटे उसने देखा कि उसका वजन बढ़ गया था। कपड़ों से ही उसे लग रहा था और अब इस खाट पर उसे लगा कि वह कुछ अधिक ही फैल रही है। क्या फ़र्क पड़ता है, उसने सोचा, यहाँ वैसे भी मुझे देखने वाला कौन है। घर जाकर मैं फिर से ठीक-ठाक कर लूँगी।

“हाईंत्स को अब खुद पर रहम करना चाहिए”, मामा ने कहा, “कड़े परीक्षा के दिनों के बाद। उसका स्वास्थ्य भी कुछ गिरता जा रहा है।”

“मेरा भी यही ख़याल था, फ्रांत्सिस्का ने कहा।

“हाईंत्स एक ऐसा व्यक्ति है, जिसे बहुत अधिक प्रेम की जरूरत है, बहुत अधिक प्यार और उसकी मनोदशा को समझ सकने की क्षमता। बेजोड़ प्यार।”

“वास्तव में तुम उसे मुझसे काफ़ी ज़्यादा समय से जानती हो”, फ्रांत्सिस्का ने कहा, “क्या वह यहीं है?”

“नहीं”, मामा धीमे से बोली, “उसे अब यह सम्भव नहीं लगता।” फिर तो फ्रांत्सिस्का अपनी अँगिया उतार सकी थी। उतार ली उसने, कामविकृत लोग हैं तो होने दो। उसे शरीर पर पड़ी इन बदसूरत लकीरों से नफरत थी।

“तुम्हें एतराज तो नहीं” उसने कहा।

“मैं तुम्हें झील-तट पर नहाने का स्थान दिखा सकती हूँ”, मामा ने कहा, “वहाँ तुम्हें अपनी उम्र के अपने जैसे लोग मिल जाएँगे।” “धन्यवाद”, फ्रांत्सिस्का ने कहा, “मैं यहीं अच्छी हूँ।” मामा अब भोजन की परवाह नहीं करती थी। खाते-खाते अख़बार पढ़ती रहती थी। अब तो पीने को पानी ही बचा था। खामोशी की वजह से फ्रांत्सिस्का को कोई परेशानी नहीं थी। “रोम के बारे में कोई बात करो”, एक दिन उसने कहा। लेकिन मामा ने कोई उत्तर नहीं दिया। अन्त में जाकर वह बोली, “कल हाईंत्स और मैं एक सप्ताह के लिए एन्गाडिन जा रहे हैं, ताकि उसकी पूरी छुट्टियों का सत्यानाश न हो।” “ठीक है” फ्रांत्सिस्का ने कहा, “मगर खेद है कि मैं नहीं चल सकूँगी। मुझे भी जाना है।”

“मैंने श्रीमती डा. फ्रयोलिष से पूछा है”, मामा ने कहा, “अगर तुम्हारा एक साल स्विट्ज़रलैण्ड में रहने का इरादा हो तो उसे एक सहायिका की ज़रूरत है।”

“क्यों, उसकी काम वाली लड़की भाग गयी है क्या ?”

बालकनी से श्रीमती डा. फ्रयोलिष की रसोई साफ़ नज़र आती थी। हर आवश्यक उपस्कर से सुसज्जित रसोई।

“तुम खाना पका सकती हो?” मामा ने पूछा।

“इस जमाने में जब बाज़ार में सब पका-पकाया, बना-बनाया मिलता है?” फ्रांत्सिस्का हँसी।

“तुम सिलाई करना जानती हो?” मामा ने पूछा।

फ्रांत्सिस्का सूरज को देखती रही। उसने ख़ुद को ज़रा-सा फैलाया। “इस्त्री करनी आती है? पैबन्द लगाना आता है?” मामा ने पूछा और अब उसका स्वर ऊँचा हो गया था।

“कल मुझे जाना है”, फ्रांत्सिस्का ने कहा। “नौ बजकर बीस मिनट पर मेरी गाड़ी है। बाज़ल तक बिना रुके।”

मामा फ़सील कर खड़ी होकर लम्बी-लम्बी साँसें लेने लगी। जब फ्रांत्सिस्का ने तिरछी आँखें करके उसे देखा तो उसका सिर काँप रहा था।

"मेरी एक और इच्छा है", फ्रांत्सिस्का ने कहा।

"एक आईकन?" फ्रांत्सिस्का ने कहा।

"एक क्या?" मामा ने रुखाई से कहा और अब वह उसकी ओर मुड़ गयी।

"एक आईकन?" फ्रांत्सिस्का ने अनिश्चित स्वर में दोहराया।

"यह शब्द तुमने कहाँ से सीखा है?" मामा ने कहा।

"पुस्तक से", फ्रांत्सिस्का ने कहा, "इंग्लिश की कलाकृतियों वाली पुस्तक से, जिसमें प्रतिकृतियाँ बनी हुई थीं।"

मामा पुनः दूसरी ओर मुड़ गयी। अब उसका सिर और भी ज़ोर से काँप रहा था और ऐसा प्रतीत होता था, जैसे साँस ही न ले रही हो। "इकोन", उसने कहा, "इकोन कलाकृतियाँ होती हैं और अत्यन्त दुर्लभ होती हैं।"

"मुझे पता है", फ्रांत्सिस्का ने कहा, "और मैं कल जा रही हूँ।"

"मुझे हाईत्स से इस बारे में बात करनी होगी", मामा ने कहा और बालकनी से चली गयी।

"क्या आपको किसी चीज़ पर सीमाशुल्क देना है? जर्मन अफ़सर ने पूछा।

फ्रांत्सिस्का ने ज़्यूरिख से खरीदी पुस्तक से दृष्टि हटायी। शीर्षक था : गैंग।

"नहीं, मैं बस कुछ दिनों के लिए स्विट्ज़रलैण्ड गयी थी।" सीमा शुल्क अधिकारी आगे चला गया। जब गाड़ी आधा घण्टा राईन के मैदान में खटर-पटर चल चुकी थी तो उसने अपना बक्सा नीचे उतारा, उसे खोला, कपड़ों के नीचे से एक पैकेट निकाला। फिर उसने उस पर से काग़ज़ उतारकर एक काठ की पट्टी निकाली, जिस पर एक दाढ़ी वाले आदमी के चेहरे के निशान देखे जा सकते थे; दायीं ओर चेहरे के सामने उसने दो उँगलियाँ उठायी हुई थीं। एक ख़ुदी हुई आँख पर खरोंचें लगी थीं। क़ोनों पर अभी भी सुनहरे मुल्लमे के निशान थे। उसने चित्र को निहारा। लगाने के लिए सुनहरा कांस्य वर्ण उसके घर पर पड़ा था, आधी हँडिया। और फ्रेम लगवाने पर कितना खर्च आ जायेगा! "वाह," उसने कहा और चित्र को साफ़ किया, लापरवाही से लपेटकर बक्से में फिर रख दिया। खिड़की के शीशें पर तेज़, लगातार बारिश की धार पड़ रही थी। हवा की वजह से वह और तेज होती जाती थी; समतल मैदान के उस पार पर्वत कोहरे के आवरण में छिप गये थे। स्विट्ज़रलैण्ड में फ्रांत्सिस्का के पड़ाव के दौरान केवल एक ही दिन बारिश हुई थी।

कर्नल

हूगो लोएटशार

द्वितीय विश्व-युद्ध समाप्त होने के पश्चात् अंग्रेज़ कर्नल यहीं रह गया था। उसे फ्रांस से बेहद प्यार था, क्योंकि दूसरी जंग के बाद भी फ्रांस अपने उपनिवेशों के किसी न किसी भाग में युद्ध छेड़े हुए था। सैन्य-सेवा से सेवा-निवृत्त होने के बाद वह ऐसे ही किसी देश में जीवन का शेष अंश बिताना चाहता था।

उसने एक क्लब की स्थापना की, जिसका नाम उसने 'तुरन्त' रखा। उसका सदस्य बनने से पूर्व प्रार्थियों को हर प्रश्न का उत्तर तुरन्त देने की शपथ लेनी पड़ती थी, उत्तर चाहे कुछ भी हो, शर्त यही थी कि वह शीघ्र, स्पष्ट तथा बेझिझक दिया जाये। उसकी लिखित नियमावली को 'मानुआर रेस्तराँ' के रेफ़्रीजरेटर से सँभालकर कर दिया गया था, ताकि क्लब तरोताज़ा रहे।

साल में कई बार वह अपने ड्राईवर से गाड़ी चलवाकर नीस जाया करता था। घड़ी हाथ में लिए वह उसका मार्गदर्शन किया करता था। इसी कारण उसे नीस जाने वाली छोटी सड़कों की भी जानकारी थी। वापसी के लिए वह रेल से पेरिस वाली रेलगाड़ी का शयनयान का टिकट खरीदता था। यह बात नहीं कि वह पेरिस जाता ही था। ज्यों ही शयनयान के यात्री अपने-अपने बिस्तरों में घुसने वाले होते थे, वह एक-एक डिब्बे का दरवाज़ा खटखटाता था और फ्रांसीसी लहज़े में बोली गयी अंग्रेज़ी में पूछता था, 'क्या किसी ने इत्तफ़ाक़न मेरा छोटा मगरमच्छ देखा है? मेरा छोटा मगरमच्छ खो गया है।'

उसकी समस्या थी, कम-से-कम शब्दों में अधिकाधिक अव्यवस्था को जन्म देना। उसकी माँ अभिनेत्री होती थी, वह स्वयं तोपख़ाने से लैस सैन्य दल में सेवारत था, जहाँ गणित के प्रश्न पूछकर उसे त्रस्त किया जाता था। यदि वह किसी चहल-पहल वाले स्थान पर अपने खो चुके मगरमच्छ के बारे में पूछता तो लोग अचम्भे में तो अवश्य पड़ जाते, परन्तु घर के दरवाज़ों, गलियों, ट्रामों

और कारों द्वारा वह भाग निकलने में सफल होते और अपने प्रश्न की प्रचण्ड प्रतिक्रिया का सुख भोगने से वह वंचित रह जाता। इसलिए कर्नल ने बन्द जगहों पर यह प्रश्न पूछने का निर्णय लिया। सबसे पहले उसने इस कार्य के लिए एक रेस्तराँ चुना। वहाँ उसके प्रश्न को ठीक से नहीं समझा गया और उससे कहा गया कि उसका अभिप्राय कछुए से होगा। परन्तु जब वह अपनी बात पर अड़ा रहा तो कुछ लोग तो रेस्तराँ से बाहर निकल गये और रेस्तराँ के मालिक तथा हेड वेटर ने उसे उठा कर दरवाज़े के बाहर फेंक दिया। परिण ामस्वरूप वह कोई ऐसा बन्द स्थान ढूँढने लगा, जहाँ से उसे उठाकर बाहर फेंकना असम्भव हो। काफ़ी समय तक वह लिफ्ट के बारे में सोचता रहा, परन्तु वहाँ उसके प्रश्न पर कोई विश्वास नहीं करता, यद्यपि पहली नज़र में ही कोई भी मान जाता कि यह मनुष्य बिना किसी संकोच के मगरमच्छ को टहलने के लिए लेकर जा सकता है। अन्त में जाकर उसने अपने कार्य के लिए रेलगाड़ी के शयनयान को चुना। यहाँ से बेहतर परिस्थितियाँ अन्यत्र हो ही नहीं सकती थीं। उसके प्रश्न में फँसने वालों की सीमित संख्या के कारण उनका कार्यवाही में शामिल होना सुनिश्चित था।

ज़ाहिर है कि पूछे जाने वाले व्यक्ति साथ वाले डिब्बे में जाकर भी अपना बचाव कर सकते थे, परन्तु क्या पता कि शयनयान में छोटे मगरमच्छ सामने पड़ जाएँ। कण्डक्टर ने ऐतराज़ किया कि शयनयान में छोटे मगरमच्छों को लेकर आना मना है, परन्तु फिर भी वह खतरे की जंजीर के पास खड़ा रहता था, क्योंकि कर्नल ने बताया था कि अचानक धक्का लगने से उसका मोटा मगरमच्छ आग-बबूला होकर धमाचौकड़ी मचा सकता है, इसलिए बेहतर होगा कि शान्त रहा जाए, उसे केवल अपना छोटा मगरमच्छ वापस मिलना चाहिए। कहीं वह संयोगवश सामान के पीछे तो नहीं घुसा बैठा और उसकी आँखें पूरे डिब्बे में उसे खोजने लगती थीं। हर यात्री अपनी चादर टटोलता, तकिये के नीचे देखता, पुरुष अपनी पत्नियों और बच्चों से पूछते, जो भी सो रहा होता, उसे जगाया जाता, बक्से यहाँ-वहाँ ढकेले जाते और छोटे कुत्तों को गोदी में उठा लिया जाता। महिलाएँ अपने पर्सों में दवा की गोलियाँ ढूँढने लगतीं। इस बीच कर्नल गलियारे में खिड़की पर खड़ा बक-झक करता रहता। तूलों में वह गाड़ी से उतर जाता था, शायद उसका नन्हाँ मगरमच्छ नीस में प्लेटफार्म पर ही रह गया है, परन्तु निश्चित तौर पर अभी भी नहीं कहा जा सकता। उसे कष्ट के लिए खेद है, लेकिन मगरमच्छ के बिना वह पेरिस नहीं जाएगा, शुभ-यात्रा और शुभ रात्रि!

अगले दिन उसने साँ मिलेयर तक वापसी की यात्रा बस में की और अपने खोये हुए मगरमच्छ की खोज के लिए निश्चित जीवन का एक अंश इस कार्य

को अर्पण किया। उसने कह रखा था कि साढ़े आठ बजे उसे जगाकर चाय और समाचार-पत्र दे दिये जाएँ। एक बार जब उसकी नौकरानी सुबह उसे उठाना भूल गयी तो दोपहर को भी उसने उसे अपने बिस्तर में पाया। तब भी कर्नल ने उसे उसका नाश्ता तथा समाचार-पत्र लाने को कहा। समाचार-पत्र हमेशा पुनः इस तथ्य की पुष्टि करता था कि विश्व की व्यवस्था वैसी ही है और उसमें कुछ परिवर्तन नहीं आया। परन्तु इसके विपरीत यह सत्य कि हर प्रातःकाल कोई उसके लिए चाय लेकर आता है, इस तथ्य की पुष्टि करता था कि कम-से-कम इस एक मुद्दे पर विश्व की व्यवस्था अभी भी क़ायम है। इस पुष्टि के बिना वह अपने बिस्तर से नहीं उठता था।

दरवाज़े पर अपना प्रतिदिन का आदेश लटका देने के पश्चात् (आदेश वही होता था, उस पर केवल तिथि बदली होती थी) वह 9.35 पर पढ़ना शुरू करता था। इंग्लैण्ड से उसके सम्पर्क का एकमात्र साधन था, उसके द्वारा ''टाईम्ज़'' को लिखे गये सम्पादक के नाम पत्र। पत्रों में वह उन देशों के मसलों के सम्बन्ध में लिखता था, जिनमें वह सैन्य-सेवा के दौरान रह चुका था। वह विषय-वस्तु से सम्बन्धित पुस्तकें भी पढ़ता था, ताकि वह अपने पत्रों में कोई भूल न करे। इन देशों में वह कभी नगरों के छावनी-क्षेत्र से बाहर नहीं निकला था और वह अपने स्थान से केवल उतना ही इधर-उधर होता था, जितने का उसे आदेश होता था। अतः रिटायर होने के बाद उसके मन में उन देशों के प्रति उत्कट जिज्ञासा उत्पन्न हुई, जिनमें उसने अपने जीवन के लगभग चालीस वर्ष काटे थे। उसने पर्यटन-सन्दर्शिकाएँ, दृश्य-चित्रण-पुस्तिकाएँ तथा लोकज्ञान-साहित्य एकत्र करना शुरू कर दिया और अपने सेवा-निवृत्ति के वर्षों में वह भारत, मिस्र तथा सोमालिया की संस्कृति, भूगोल आदि का विद्वान् बन चुका था। और जब भी ''टाईम्ज़'' में इनमें से किसी देश के बारे में कोई लेख प्रकाशित होता था, तो वह उसे ध्यानपूर्वक पढ़ता था, उसमें भूलें तथा लापरवाहियाँ खोजता था, खोज ही निकालता था और फिर सम्पादक के नाम पत्र लिखता था, जो सदा इन शब्दों से आरम्भ होता था, 'मैं, वो मैं, जिसे इन देशों के मौसम के बारे में जानकारी है।' उसने साम्राज्ञी के प्रति पूर्ण निष्ठा की शपथ ले रखी थी, क्योंकि साम्राज्ञी ने उसे रिटायरमेण्ट दिया था। वैसे वह फ्रांसीसी मद्य का पुजारी था। सवा पाँच बजे उसका पीने का दौर शुरू होता था, जिसका समय और स्थान एकदम नियत था। अपने होटल के कमरे में कर्नल ने साँ मिलेयर का मानचित्र टाँग रखा था, जिसमें हर बिस्त्रो (रेस्तराँ) की स्थिति पर उसने एक रंगीन आलपिन लगा रखा था। पीने के दौर को उसने ''निरीक्षण'' का नाम दे रखा था, और यह निरीक्षण उसे अपने होटल

से ''मानुआर'', ''मानुआर'' से ''शेतेओ'', ''शेतेओ'' से ''ताबा'', ''ताबा'' से ''शे एलीआन'', शे एलीआन'' से ''शे जिम्मी'', ''शे जिम्मी'' से ''शे सूज़ी'', ''शे सूज़ी'' से ''पेल्यूश'' ले जाता था और ''शे पेल्यूश'' से घर ले आता था।

यह रास्ता उसने ढलती शाम के साथ-साथ अपने चढ़ते नशे के लिहाज़ से तय किया था। वह अपना दौरा ऐसे बिस्त्रो से आरम्भ करता था, जो उसके होटल से निचाई पर स्थित थे, ताकि बाद में उसे ऊपर चढ़ने में परेशानी न हो और उसके दौरे का अन्त ऐसे रेस्तराँज़ तथा बारों में होता था, जो उसके होटल से ऊँचाई पर स्थित होते थे, ताकि टुन्न होने की हालत में उसे केवल नीचे उतरना पड़े। उसने हिसाब लगा रखा था कि किस पड़ाव पर उसे कितने गिलास पीने हैं, ताकि अन्त में उसे चढ़ी तो हो, परन्तु इतनी भी न चढ़ी हो कि उसे अपने होटल का दरवाज़ा ही न मिले। जब एक बार उसे स्वानुशासन का पालन करने में भूल हो गयी तो उसने स्वयं को चार दिन पानी पर बैठने का दण्ड दिया, परन्तु पहले ही दिन अपने अच्छे आचरण को दृष्टिगत रखते हुए उसने अपना आधा दण्ड माफ़ कर दिया।

इसके बावजूद भी यदि होटल के प्रवेश द्वार पर घुटनों पर झुककर बैठे हुए उसे कोई ठोकर लगा देता था, तो वह धरती टटोलकर बुदबुदाने लगता था कि वह अपना खोया हुआ मगरमच्छ ढूँढ रहा है।

जब वह चल बसा तो उसके मित्रों ने उसे दफ़नाने के लिए नियत तिथि से एक दिन बढ़कर प्रतीक्षा की, परन्तु उसका कोई सगा-सम्बन्धी शोक के लिए नहीं आया। मित्र लोग फिर उसके लिए ताबूत ले आये। कर्नल की अन्तिम इच्छा थी कि उसे एक बार फिर उसके सारे ठिकानों पर घुमाया जाये। अतः दोस्तों ने ताबूत कन्धों पर उठाया और उसे होटल से लेकर ''मानुआर'' गये, फिर ''मानुआर'' से 'शे तेओ'', ''शे तेओ'' से ''ताबा'', ''ताबा'' से ''शे एलीआन'', वहाँ से ''जिम्मी'' और फिर ''शे सूज़ी'' और ''पेल्यूश'' और वहाँ से वे उसे कब्रिस्तान ले गये। इस बार कर्नल निरीक्षण नहीं कर सकता था, क्योंकि वह तो बिस्त्रोज़ के बाहर अपने ताबूत में अकड़ा पड़ा था। ''तेओ'' तथा ''पेल्यूश'' के बाहर सड़क पर यातायात में बाधा न डालने के लिए उसके मित्रों को आधा ताबूत दहलीज़ पर चढ़ाना पड़ा था और दहलीज़ पर पड़ा ताबूता पहले तो सड़क तथा मधुशाला के मध्य डोलता रहा था, परन्तु फिर मधुशाला की ओर झुक गया था। शोक मनाने वाले अपने ग़म में पी रहे थे और उनका ग़म बढ़ता जा रहा था। जितना अधिक वह मृतक के अमर रहने के नारे लगाते थे, जितने अधिक जाम वह मृतक के नाम पर पीते जाते थे, उतना ही उत्साह उनका बढ़ता जा रहा था। वे सब कर्नल के निमन्त्रण पर पी रहे थे। अपनी अन्तिम इच्छा में उसने

हर ठिकाने पर प्रत्येक व्यक्ति द्वारा पिये जाने वाले गिलासों की संख्या दे रखी थी और कब्रिस्तान का रास्ता पूरा होने तक पूरे गिलासों की संख्या का विवरण दे रखा था। कर्नल ने यह संख्या अपनी खुद की दिनचर्या के हिसाब से तय की थी, परन्तु उसके अन्तिम निरीक्षण में उससे हिसाब लगाने में भूल हो गयी थी, क्योंकि हर ठिकाने पर कुछ शव-यात्री ग़ायब हो जाते थे। अन्त तक जाकर केवल वही शेष बचे, जिन्होंने कर्नल की आज्ञा के विपरीत, उसकी अन्तिम इच्छा के विरुद्ध, कुछ गिलास कम पिये थे। परन्तु उसकी आज्ञा की उपेक्षा होने के कारण एक लाभ यह हुआ कि उसने जो अन्तिम अनुमान लगाया था, वह सही निकला। वह लड़खड़ाता हुआ क़ब्रिस्तान पहुँचा।

मेरे माता-पिता

•

उर्जुला एग्गली

"जाको राखे साईयाँ मार सके न कोय।"

यदि यह कहावत सही है तो मेरे माँ-बाप की रक्षा साईं ने ही की है, इतना प्यार होगा ईश्वर को उनसे। मेरे विचार से तो आवश्यकता से कुछ अधिक ही प्यार दिया है ईश्वर ने उनको। यही लगता है मुझे तो।

ऐसी ही चालू-सी कुछ और भी कहावतें हैं : "भार दिया है तो भार उठाने की शक्ति भी देगा।"

कितना सरल है यह सब कहना। यदि भार उठाने और मर जाने में से कोई एक चीज़ चुननी हो तो रो-धोकर मनुष्य भार ही उठाना बेहतर समझेगा, बिना यह पूछे कि उसमें भार उठाने की शक्ति है भी या नहीं। उपदेश दिया जाता है कि भार उठाने से इनसान कड़क और मजबूत बनता है, लेकिन भार उठाने से झुर्रियाँ, दाग़, फोड़े तथा मवाद भरे ज़ख़्म भी पड़ते हैं।

मैंने तो यही पाया है कि मेरे माँ-बाप को वास्तव में हमेशा मुश्किलों का सामना करना पड़ा है। मेरी माँ का संक्षिप्त जीवन-वृत्तान्त इस कथन का साक्षी है।

— वह चार बहनों में सबसे बड़ी थी

— छोटी उम्र में पिता को खो बैठी

— दूसरों की सेवा करते-करते बड़ी हुई

— स्कूल जाने की अवस्था में पोलियोग्रस्त, जिसके परिणामस्वरूप वह एक टाँग से अभी भी अपाहिज है।

— आर्थिक संकट के दौर में युवावस्था गुज़ारी (वह हमें 60 फ्रैंक मासिक वेतन तथा तब के ज़माने में 150 फ्रैंक के कोट की क़ीमत का वर्णन करते नहीं थकती)

— बहनों के विवाह के समय उनकी पूर्णरूपेण आर्थिक सहायता की। बहनों ने तो कभी पैसे की शक्ल नहीं देखी थी

— एक बहन ने आत्महत्या कर ली और 5 नन्हे बच्चे पीछे छोड़ गयी

— .खुद एक कंगाल से शादी की

— तीन बच्चों को जन्म दिया, जिनमें से दो पेशी-अपक्षय के रोग से ग्रस्त थे

— 53 वर्ष की आयु में अन्धी हो गयी।

पिता के हालात भी कुछ बेहतर नहीं थे। वह भी बचपन में ही पिता को खो बैठे थे और उन्हें अकेले ही अपना और अपनी माँ का पेट पालना पड़ा था।

फिर भी मुझे कभी एहसास नहीं हुआ कि मैं किसी दीन-दुखी परिवार में पलकर बड़ी हुई हूँ। मेरी माँ एक साहसी औरत है। उसने कभी शिकायत नहीं की। सम्पूर्ण शक्ति से तथा प्रसन्नचित उसने हमारा पालन-पोषण किया था और अब गुजरी बातों को याद करके मुझे लगा है कि कैसे उन दोनों ने हमारे अपाहिजपन का हमें एहसास नहीं होने दिया। लुका-छुपी के खेल में अन्य बच्चों की तरह मैं भी भाग लिया करती थी, जैसे इसमें अचरज का कोई तत्त्व ही न हो। मेरी माँ मुझे स्लेज में खींचकर ऊपर ले जाया करती थी और फिर मुझे अन्य बच्चों के साथ नीचे फिसलने के लिए छोड़ देती थी।

पिता मुझे गिरजाघर प्रतिष्ठान के वार्षिक मेले पर ले जाया करते थे और मुझे चक्कर खाते लकड़ी के घोड़े पर बिठा दिया करते थे, ग्रामीण मेलों पर भी वह मुझे साथ ले जाया करते थे, हालाँकि कुछ लोग अजीब नज़रों से हमें घूरा करते थे।

यह भी स्वाभाविक समझा जाता था कि अन्य बच्चे भी हमारे माता-पिता का अनुसरण करें, हमें लुका-छिपी के खेल में साथ ले जायें, बर्फ पर फिसलने के लिए पहाड़ों पर खींचकर ले जायें।

माँ ने हमारे अपाहिजपन की वजह से कभी कोई झमेला खड़ा नहीं किया। मुझे याद है कि एक बार एक सामूहिक यात्रा के दौरान माँ ऐसी दो औरतों के साथ बैठी थी, जिनके बच्चे अपाहिज थे। एक का एक हाथ नहीं था, दूसरे का एक पैर लँगड़ा था।

''क्या तुमने उन्हें बताया कि तुम्हारे दो अपाहिज बच्चे हैं?'' मैंने माँ से पूछा था।

''नहीं-नहीं'', उसने कहा था, ''दोनों ही अपनी-अपनी क़िस्मत पर इतना रोना-धोना मचा रही थीं कि मेरे बोलने की कोई गुंजाइश ही नहीं थी।''

कभी कोई झमेला खड़ा नहीं किया उसने हमारे अपाहिजपन की वजह से, परन्तु इस कारण उसे कई बार परेशानी उठानी पड़ती थी। कुछ भले लोग उसे कहा करते थे, "यह तुम्हें कौन से पापों का फल भुगतना पड़ रहा है।" या फिर, "नज़र ही आ रहा है कि बच्चा सामान्य नहीं है। कितना बड़ा सिर है इसका!" बच्चे से उनका अभिप्राय मुझसे होता था। अब भी जब कई बार लोग मुझे जरा-सा पागल समझ लेते हैं तो मुझे अचरज नहीं होता। समझ-समझ की बात है। अनेकों शुभचिन्तक ऐसे भी होते थे, जो हमें ठीक करवाने के लिए कोई खास दवाई लेने या किसी खास चिकित्सक के पास ले जाने की सलाह दिया करते थे!

और तौबा कर ली हमने इलाज के लिए दुआ-प्रार्थना करने वालों से। ऐसे मौकों पर मेरी माँ मेरा साथ देती थी। बड़े-बड़े आयोजन किये जाते थे, जहाँ कुछ लोगों का झाड़-फूँक द्वारा इलाज करने का ढोंग रचाया जाता था। मैं उन अचम्भों में से एक नहीं होती थी, शायद मेरी माँ इन चमत्कारों पर ज़रा भी यकीन नहीं करती थी। यदि वह इन तमाशों में हिस्सा लेती तो फिर वापसी में दो किलोमीटर मुझे ढोकर भी तो घर लाती, थकान के मारे झींकते हुए।

माँ ने अपाहिजपन की कभी शिकायत नहीं की, लेकिन जहाँ तक मुझे याद है, इस सन्दर्भ में उसे हमेशा किसी-न-किसी चीज़ के लिए या किसी-न-किसी के विरुद्ध संघर्ष करना पड़ा था।

इस मामले में उसे मेरे पिता से कोई सहायता नहीं मिली थी (हाँ, परिचर्या में ज़रूर मिली)। ऐसे अवसरों पर वह सन्तप्त-मन एकान्त की खोज में चले जाते थे और गोभी, टमाटरों, प्याजों तथा फूलों के निकट बैठकर मनुष्य जाति की निष्ठुरता को कोसा करते थे। वहाँ जाने के लिए उन्होंने पहियेदार कुर्सी के लिए एक रास्ता भी बना दिया था। परन्तु अपने आप में वह खुले तथा भले स्वभाव के व्यक्ति थे, लोगों के साथ घुलमिल भी जल्दी जाते थे। किसी भी अन्जान व्यक्ति से वह बात करना शुरू कर देते थे, चाहे उसे पसन्द हो या नहीं।

माँ का अन्धा होना हम पर वज्रपात होने के समान था। यह अन्धापन इतना अर्थहीन था, क्योंकि इससे बचा जा सकता था। कम से कम इसकी प्रारम्भिक अवस्था में इसका उपचार सफलतापूर्वक किया जा सकता था। माँ को मधुमेह की बीमारी थी, जिस पर नियन्त्रण पाने की कोशिश बहुत कम की गयी थी। कौन डॉक्टर ऐसा है, जो किसी ग्रामीण महिला को अस्पताल भेजेगा! वैसे भी काफी मुश्किलें पेश आतीं। अपाहिज बच्चों का क्या किया जाये? भार उठाना, पहियों वाली कुर्सी पर बिठाना, कुर्सी से उठाकर बिस्तर पर

लिटाना, मुझे और क्रिस्टोफ़ को—क्रिस्टोफ़ तो मुझसे भी ज्यादा भारी है—इस सबका उसके स्वास्थ्य पर प्रतिकूल प्रभाव पड़ रहा था। आँखों से लहू आना शुरू हो गया था। अब तो हमारे फैमिली-डॉक्टर को कोई कदम उठाना चाहिए था। मेरी माँ अपनी परवाह नहीं करती थी। उसे भारी काम न करने देने के लिए डॉक्टरी-प्रमाण-पत्र की आवश्यकता होती। कुल मिलाकर उन्हें पूर्णरूपेण अन्धा बनाने के लिए कुछ अधिक परिश्रम नहीं करना पड़ा, कुछ सन्ताप और रोज़-रोज़ का काम-धन्धा, बस यही काफ़ी थे।

मेरे विचार में मेरा परिवार इस तथ्य का एक जीता-जागता उदाहरण है कि अपाहिजपन तथा गरीबी में कोई रिश्ता होता है। पहला है अपाहिजपन, मेरा अपना, टाला नहीं जा सकता था। कोई नहीं जानता था कि मेरे माता-पिता की बीमारी अगली पीढ़ी पर भी हमला कर सकती है।

परन्तु शेष सभी रोगों से, क्रिस्टोफ़ के अपाहिजपन से, मेरे पिता के लाइलाज़ सन्धिवात से, माँ के अन्धा होने से बचा जा सकता था। प्रबोधन (तीसरा बच्चा नहीं) के माध्यम से, धन (उत्तम डाक्टरी सेवा-परिचर्या) से, और बेहतर स्कूली-शिक्षा (कम शारीरिक परिश्रम वाला काम-काज) द्वारा।

मेरा अपाहिजपन भी, केवल बाह्यरूप से, कम दुखदाई होता, यदि मैं अमीर माँ-बाप की बेटी होती। मैं कम टेढ़ी होती, क्योंकि प्रारम्भिक अवस्था में ही मुझे चौड़ी कमरपेटी मिल जाती, मैं कम अकड़ी और सुन्न होती, क्योंकि थेरापी के जरिए मेरे शरीर में जान रहने दी जाती। अनुच्छे-IV लागू होने से पहले इन कामों के लिए पैसे कहाँ मिलते थे।

मेरे विचार में, मेरे माता-पिता औसत दर्ज़े के समझदार, सामान्य व्यक्ति हैं, बिना अधिक सोच-विचार किये उन्होंने कठिनाइयों पर विजय पाने की कोशिश की है। वे साथ-साथ झगड़ते हैं, साथ-साथ रहते हैं, एक-दूसरे की सहायता करते हैं, जहाँ तक हो सके।

नकसीर

●

निकोल म्युल्लर

कल मैंने एक बेंच पर बैठे एक लड़के को जैकेट की आस्तीन से अपनी नाक से बहते लहू को पोंछते देखा। इस दृश्य ने मुझे अपने छुटपन की याद दिला दी, जब मैं अपनी कुछ सहेलियों की नकसीर फूटती देखकर उनसे ईर्ष्या किया करती थी, और मेरी इससे बड़ी दिली तमन्ना और कोई नहीं थी कि मेरी भी नकसीर फूटे। अपने रुमाल पर जब भी मैं ज़रा-सा लाल धब्बा लगा देखती थी तो एक उम्मीद-सी जाग जाती थी मन में कि शायद मैं नकसीर फूटने वाली नाटकीय स्थिति में, आसपास खड़े लोगों का आकर्षण-केन्द्र बन जाऊँ। ऐसी सनसनी फैल जाती है ऐसे मौके पर कि धड़ाधड़ लोगों की पतलूनों की जेबों से रूमाल निकलने लगते हैं और उपस्थित बच्चों का टोला चिन्तामुग्ध दृष्टि लिए हुए रोगी को घेरा डाल कर खड़ा हो जाता है। सब सहायता करना चाहते हैं और अनुग्रह प्रकट करने में होड़ लगी होती है, "ठीक है?, लेटोगे? अच्छा, सिर ज़रा पीछे की ओर करके पड़ जाओ।" नकसीर गारण टी थी सम्पूर्ण दत्तचित्तता का केन्द्र बनने की और कक्षा में पढ़ाई किसी भी क्षण भंग कर सकने की। नाक से विकृत रूप से बहती नकसीर व्यक्ति को एक नायकाना अन्दाज प्रदान करती है, जैसे टेलीविज़न में गोलियों से छलनी अमिताभ बच्चन लहू-लुहान सीना लिए वीरतापूर्वक घोड़ा भगाये जा रहा हो और उसने सीने को हाथ से दबा रखा हो। वैसे ही जैसे किसी बच्चे ने लहू से टपकते रूमाल से अपनी नाक दबा रखी हो। ऐसी तकदीर तो नहीं थी मेरी कि मेरी नकसीर फूटती, पर एक बार मेरा चश्मा किसी ने जरूर तोड़ा, आंटोन श्नीडर ने। बस, मेरी नाक से चश्मा खींचा और पैरों के नीचे दबा दिया; किसी खुन्नस की वजह से नहीं, बस बौड़मबसन्ती में; लेकिन यदि यह भौंडा मज़ाक था तो मूर्खतापूर्ण था; शायद वह मज़ाक ही करना चाहता

था, चश्मा उसने खींचा और उस पर पैर शायद किसी और ने रख दिया। मैं उसी की बेंच पर बैठा करती थी। बदबू आती थी उससे। कोई भी उसके पास नहीं बैठना चाहता था, हमारी क्लास टीचर हमें डाँटती थी, कहती थी यह हमारे अपने सहपाठी के साथ बदमिजाजी है। बड़ा दुखद क्षण था वह, जब मैडम के बार-बार कहने के बावजूद कोई भी अपने स्थान से नहीं हिला, आंटोन अपनी बेंच पर अकेला बैठता रहा, सबसे पहली कतार में, जहाँ सभी नालायक बच्चे बैठते थे। एक बार कक्षा का ज़रूरत से ज़्यादा ग़रम किया गया कमरा बिल्कुल शान्त था और सिर्फ आंटोन अपनी किताब के पन्ने पलट रहा था। बहुत गन्दी थी उसकी किताब, जगह-जगह से पन्नों के कोने मुड़े हुए थे, क्योंकि वह लापरवाह था और पिछले साल भी इसी क्लास में था। वह हँसा, कपट से भरपूर व्याकुल हँसी, बड़ी भयानक दुर्गन्ध आ रही थी उससे। बाद में उसने मुझसे एक बार रूखे स्वर में पूछा, यह पिशामा क्या होता है। और मैंने जाकर गुस्से से बताया कि अरे, आंटोन को यह भी नहीं पता कि पायजामा क्या होता है, तो माँ ने गम्भीरता पूर्वक समझाया कि आंटोन के पिता काफी समय पहले ईश्वर को प्यारे हो चुके हैं और शनीडर परिवार सुबह स्कूल से पहले अस्तबल जाता है। सहानुभूति भरे स्वर में माँ बोली, बेचारे गरीब हैं, उन्हीं कपड़ों में सो जाते हैं। हाँ, तो मैं कहाँ थी; बहुत देर तक क्लास में शान्ति रही तो मैं उठी और टोनी की बगल में जाकर बैठ गयी। मैडम मुस्करायी, पर टोनी नहीं। मेरी माँ ने कहा, बहुत अच्छा किया मैंने, मुझे उससे मैत्रीपूर्ण व्यवहार करना चाहिए, उस बेचारे का कहीं कोई कसूर नहीं। मैंने हमेशा टोनी से दोस्ती दिखायी, पर उसने मेरा एहसान नहीं माना। नकल मरवाने के लिए तो मैं ठीक थी, पर आधी छुट्टी में औरों की तरह मुझे भी उसके घूँसे सहने पड़ते थे। और तो सब उसे गधा मानते थे और जब भी वह उनके नजदीक जाता था तो वे नाक बन्द कर लेते थे। वे चिल्लाते थे, टोनी बू मारता है, और जब वह उनके पीछे भागता था तो वे तीन-तेरह हो जाते थे। तब एक पूरा टोला होता था, जो झाड़ियों के पीछे से या स्कूल के छुपे हुए कोनों से टोनी को छेड़कर भाग लेता था। मैं औरों से कहा करती थी, छोड़ो यह ओछापन, उसका कोई कसूर नहीं है, पर फिर भी उसने मेरा चश्मा उतार लिया और हँसा भी। नकसीर तो मुझे आयी, पर चश्मा टूटने की वजह से मैं आधा दिन तक अन्धा होने की एक्टिंग कर सकती थी। जब मेरी बारी आयी तो मैंने ज़ोर से आँखें भींच के रखी। पूरी कक्षा को पता था कि अगर मुझे ब्लैक बोर्ड पर कुछ नज़र नहीं आता तो कसूर टोनी का है। बेंचों पर कानाफूसी शुरू हो गयी, टोनी ने इसका चश्मा तोड़ दिया है। क्लास-टीचर

का बरताव भी बहुत सौहार्दपूर्ण था। बोली, अच्छा, तुम बिना चश्मे के देख नहीं सकती! अपाहिज होने की यह एक बड़ी सुखद अनुभूति थी। मुझे टोनी पर तरस आ रहा था, मुझे पता था, उसका कोई दोष नहीं; नकसीर लाने में वह मेरी सहायता करता तो मुझे और भी सुख मिलता, पर मनुष्य को जो भी मिले, उसी में सन्तोष कर लेना चाहिए। पापा ने मेरा चश्मा ठीक कर दिया है, तहखाने में बनी अपनी कार्यशाला में सरेस लगा कर। इससे मेरे चश्मे पर भद्दा-सा, पीला-सा सरेस का कूबड़ बन गया और माँ मुझे डाँटने लगी। चिल्लायी, तीसरा चश्मा है यह तुम्हारा, ध्यान नहीं रख सकती तुम! मैंने टोनी का नाम नहीं लिया। मैंने कहा, डीटर लोवेग ने तोड़ा है।

लुगानो

●

जोवान्नी ऑरेल्ली

जब हम शहर पहुँचे तो शाम हो चुकी थी। यातायात जैसा हम चाहते थे, बिल्कुल वैसा ही चल रहा था : तेज़, व्यवस्थित, एकदम सही हरमन स्ब्रित्स की मर्सिडिस कार के लिए।

रोज़ सुबह सीमा पार कर शहर में प्रवेश करने वाले लोग अब करीब एक घण्टे से सीमा-चौकी के उस पार अपने-अपने घरों को लौट चुके हैं। अब शहर स्वयं को अपने सबसे अधिक मनमोहक आवरण में टूरिस्टों और अपने नागरिकों के समक्ष प्रस्तुत कर सकता है, एक भद्र, शालीन महिला के रूप में। बिल्कुल वैसे ही, जैसे पर्यटन-साहित्य में इसका वर्णन किया जाता है।

इस समय शहर का मेयर भी चाव से रिफॉर्मा-चौक पर आड़ा-तिरछा घूमता है, बैंकों की शो-विंडोज के सामने से निकलता है और सांस्कृतिक मामलों का मन्त्री चक्कर लगाता है तथाकथित इतिहास—केन्द्र का; यह चक्कर अब दिन-प्रतिदिन छोटा होता जाता है। भीनी-भीनी हवा चल रही थी, और स्ब्रिंत्स की अनुभूति से मैंने कार की खिड़की का शीशा नीचे किया और निर्देशक श्री गलाक का अभिवादन किया। श्री गलाक राष्ट्रवादी आन्दोलन ''स्विस हैं स्वतन्त्र हैं'' के धनदाता और उसकी आत्मा थे, झुण्ड से अलग रहकर दिखाने की प्रवृति, जो लुगानो जैसे शहर में आधुनिकता की निशानी है।

पुलिस की मोटर-साइकिलें अपने-अपने स्थान पर खड़ी थीं, पाल-नावें अपने छोटे-छोटे बन्दरगाहों में तट पर विश्राम कर रही थीं। पुराने माडल के प्रेमी युगलों को पूरा दिन लादने वाली मोटर-बोटें, मौसम के पहले बजरे और पैदल नौकाएँ भी सब विश्राम कर रहे थे। और स्की-रेस के शौकीन अपने ढीले-ढाले, बकसुए-खुले, बेडौल जूते पहने घर लौट रहे थे।

श्रद्धेय आथानासियुस (16वीं शताब्दी के एक ईसाई सन्त) तक अपने मठ

को लौट रहे थे। पैदल चलकर जा रहे थे। कौन कहता है कि लुगानो नरक के प्रांगणों में से एक है? 400 वर्षों का सांसारिक अनुभव रखने वाले श्रद्ध `य आथानासियुस ने भी इस कथन पर सन्देह करना उचित समझा है। श्रद्ध ालु टूरिस्ट, व्यवस्थित सार्वजनिक जीवन, सहृदय धर्माध्यक्ष, जो आज तक मठ में श्रद्धा रखते हैं। बस नेत्र रखने की जरूरत है। निस्सन्देह लोग सम्पन्नता का प्रदर्शन तो अवश्य करते हैं; परन्तु सदा शालीनता की सीमा के भीतर। मैं चिन्तन में मग्न हो गया और अपनी कच्ची उम्र के अनाड़ीपन के बारे में सोचने लगा। एक शाम जब आथानासियुस मिस्त्र के शहर अलेग्जान्द्रिया गया था तो उसे एक बदचलन औरत दिखायी दी थी, जिसे देखकर वह जोर-जोर से रोने लगा था। जब आते-जाते लोगों ने उससे पूछा कि वह क्यों रो रहा है तो उसका उत्तर था, दो चीज़ें हैं, जिनके कारण मुझे दुःख हुआ है : एक तो यह कि इस वेश्या का कोई भविष्य नहीं। दूसरी बात यह है कि मैं ईश्वर को प्रसन्न करने के लिए इतने प्रयत्न नहीं करता, जितने वह औरत बदचलन मर्दों को खुश करने के लिए करती है।

हमारे शहरों की सड़कों पर बदचलन औरतें नहीं पायी जातीं, कभी होती ही नहीं थी। ज़्यादा से ज़्यादा आथानासियुस से कम अनुभवी कोई नवागन्तुक ही श्रीमती गलाक को चरित्रहीन कह सकता है, क्योंकि वह कुछ सनकी मिजाज की है। वह बड़े चाव और बड़ी सादगी से अपनी छातियों की नुमाइश करती है।

आथानासियुस जिन्हें पापिनें कहता है, वैसी वेश्यावृत्ति करने वाली औरतें यहाँ नहीं होतीं, उनका अस्तित्व ही नहीं है। किसी अँधेरे नुक्कड़ में भी उनके लिए जगह नहीं है, भद्र लोगों के लिए निर्मित सड़कों की तो बात ही क्या, वे सड़कें, जो बैंकों से बैंकों तक को जाती हैं। सड़क पर कोई चादर नहीं बिछाता। श्रद्धेय मेयर साहब हर शाम नगर-केन्द्र में चहलकदमी करते हैं। लुगानो की प्रतिष्ठा के वह जामिन हैं। वैसे नगर के केन्द्रीय भाग में दुकानें बन्द होते ही कौए बोलने लगते हैं। ऊँचे लोग, बैंकों के उच्चतम अफ़सर, दलाल, अन्तरराष्ट्रीय तस्कर, गुटों के मुखिया, पराये देशों के राजकोषों से चुरायी गयी विदेशी मुद्रा के आयातक—इन सब महानुभावों के बँगले तो शहर के ऊपर पर्वतीय ढालों पर बने हैं।

सन्ध्या हो या रात्रि हो, नगर के केन्द्रीय भाग का एकमात्र निवासी है सोना, हर कोने पर बने बैंकों की तिजोरियों में पड़ा हुआ सोना, जिसका पहरा गलियों के नुक्कड़ों पर खड़े प्रहरी देते हैं।

बड़े लोगों के बँगले हरियाली के आवरण में लुप्त हैं। वे मूर्तियों की

तरह हैं; एक मूर्ति दूसरी मूर्ति जैसी, जैसे किसी प्रदर्शनी में। बहरहाल, आम आदमी तो वहाँ पंख भी नहीं मार सकता।

रोटरी क्लब का बिल्ला और सबसे शक्तिशाली पार्टी का कार्ड मेरे पास होने के कारण प्रवेश-द्वार मेरे लिए बन्द नहीं रहता। एक नौकर स्पीकर पर नाम पूछता है, बटन दबाता है और गेट खुल जाता है। आम गेटों की तरह जंग लगे कोनों की आवाज़ नहीं होती।

वह नीचे उतरता है और प्रहरी कुत्तों को शान्त करता है, जो शंकाकुल और संयत व्यग्रता से मुझे सूँघ रहे थे। चतुर कुत्ते हैं; खासे सयाने।

पार्क में बजरी बिछे रास्ते। संगमरमर की नौ सीढ़ियाँ। सामने वाले हाल से रास्ता विशाल ड्राईंग रूम को जाता है। गर्मियों की शामों में बँगले के पीछे बने पार्क में उतरकर नीचे जाया जाता है, जहाँ स्विमिंग-पुल के आस-पास सफ़ेद आराम कुर्सियाँ बिछी होती हैं। नोऐ त्स्युर्षर समाचार-पत्र के संवाददाता ने गृह-प्रवेश के अवसर पर कहा था कि यहाँ का दृश्य देखकर उसे मातीसे की याद आ गयी थी, सां-पाल-दें-वेंस में; नीले और श्वेत का संगम। यहाँ और केवल यहीं नहीं, वे लोग अपना मनोरंजन करते हैं, जिनकी कोई भूमिका होती है और यहाँ औरतें भी होती हैं। हाँ, वे भी हैं।

घर का मालिक दूर-दूर के इलाकों तक एक जानी-मानी हस्ती है। वह गर्म और ठण्डा खाना बनवाने में व्यक्तिगत रूप से रुचि लेता है और उपयुक्त शराबों का चुनाव भी खुद करता है। भोजन के बाद शरबत और ब्राण्डी या शैम्पेन।

हम बात शहर की कर रहे थे, न कि वेश्याओं की। बँगले के वातावरण के विपरीत शहर में लोग टहलते नहीं; चहलकदमी नहीं करते। वे सड़क पर ऐसे भाग रहे होते हैं, जैसे नीचे से उनके जूतों का तला जल रहा हो।

हमारे जैसा शहर (मुझे क्षमा माँगनी पड़ेगी कि घूम-फिरकर मैं फिर शहर की बात पर आ जाता हूँ।), जो कुलीन पूँजी के संग एक सुखी दाम्पत्य-जीवन गुजार रहा है, उन वेश्याओं के बारे में अच्छी राय नहीं रखता, जो कुँजड़े-कसाईयों के समक्ष वक्ष प्रदर्शनी करती हैं। परन्तु मानना पड़ेगा कि यहाँ भी उनका अस्तित्व है तो सही। चिन्तित स्वर में मेरा टैक्सी-ड्राईवर मुझे बताता है कि उसे यकीन है कि वह प्रति सप्ताह एक से अधिक, बल्कि शायद दस चालू औरतें कुछ खास बँगलों, कुछ ख़ास मकानों में लेकर जाता है। लेकिन इससे अधिक वह कुछ नहीं जानता, वह गम्भीरतापूर्वक अपने धन्धे के प्रति निष्ठा पर बल देते हुए कहता है। वेश्यावृत्ति से सम्बन्धित रहस्य कुछ हद तक बैंकों से सम्बन्धित रहस्यों के समान हैं।

फिर भी, आज के युग में सब इस तथ्य से परिचित हैं कि आधुनिक मर्द का जीवन—और हम इस समय एक आधुनिक नगर में हैं—काम-काज, उपभोग तथा सेवा करने अथवा करवाने के मध्य, आज्ञा-परायणता तथा व्यवस्था के तले झूल रहा है, अतः उसे उचित सन्तुलन की आवश्यकता है, ताकि वह कुछ ख़ास सांघातिक मानसिक रोगों से अपनी रक्षा कर सके। अतः सप्ताहान्त में आदमी कुछ स्वच्छन्द हो जाता है, लेकिन वह स्वच्छन्दता सीमा के भीतर ही रहती है। यह जरूरी नहीं है कि हर चीज का आम प्रदर्शन किया जाये, ये बातें, अगर कहने की अनुमति हो तो, बस आपस में ही रहती है।

हर चीज की अनुमति है; सम्पर्क स्थापित करना, भाव-तोल, वीर्य-स्खलन—बहुत बढ़िया, लेकिन कहीं और, मिलन में, ट्यूरिन में, वारेज़े में, बल्कि अपने बँगले में हो तो उससे बेहतर कोई बात नहीं है, परन्तु "नगर के भीतर" नहीं। नगर को तो स्वच्छ रखना है।

टूरिस्ट नगर के इस कोने से उस कोने तक मटरमस्ती करते हैं। वे सब साठ की उम्र पार कर चुके हैं। नब्बे साल वाले भी कोई अपवाद नहीं हैं। वे सर्वोत्तम होटलों में ठहरते हैं, जिन्हें कलापूर्ण दृष्टि से पुनः एक आकर्षक युवा-शैली में निर्मित किया गया है। बूढ़ी औरतें अपना दोपहर का समय बालकनी पर गुजारती हैं; अपने बुढ्डे पर नज़र रखती हैं, जो अभी भी स्विमिंग पुल में अपने फिटनेस-कार्यक्रम में व्यस्त है, और साथ ही साथ उस बैंक को भी दृष्टि से ओझल नहीं होने देती, जहाँ उनके शेयरों और हुण्डियों की कीमत बढ़ रही है। बहुत लोगों को इस शहर से इश्क हो जाता है, वे यहाँ पूर्ण स्वामित्व वाला फ्लैट, घर या परिवार के लिए कब्र ख़रीद लेते हैं। कोई हड़ताल नहीं, कोई जन आन्दोलन नहीं, कोई युद्ध नहीं, कोई हिंसा नहीं, कोई अपहरण नहीं, कोई ग़र्म दिमाग के आदमी नहीं, किसी तरह की अव्यवस्था नहीं।

शानदार शहर।

ऊपर से देखें तो यह दो शानदार पर्वतों के बीच में स्थित है, दो विशाल टीलों, चोटियों, घाटियों के मध्य स्थापित, झील के तट पर। बिल्कुल एक सामान्य नगर जैसा लगता है। एक साधारण-सा कब्रिस्तान है वहाँ। डाकघर के हरे गुम्बद को पहचाना जा सकता है, स्टेडियम, बैंकों की गगनचुम्बी इमारतों को।

बिल्कुल सामने, सड़क के उस ओर बैंक की छत वाली मंजिल पर रसोइये लंच का खाना तैयार करने में लगे हैं। एक पूरी की पूरी टीम काम पर लगी है और विशाल देगचियों के इर्द-गिर्द घूम रही है। सारी अच्छी-अच्छी चीजें आखिर हैं कहाँ? बैंक के अफसरों और क्लर्कों के पेट में! और तब? वे मल-निकास के मार्गों से बह जाती हैं, जिन्हें देखा नहीं जा सकता—या शायद

झील में, जिसे देखा जा सकता है—जो आकाश की तरह नीली और पवित्र है—परन्तु फिर भी लोग कहते हैं, यह कूड़े और विषैले पदार्थों से भरी पड़ी है और मछलियाँ सब कुछ हज़म कर जाती हैं और हम मछलियों को हज़म कर जाते हैं, नीली चमड़ी वाली मछलियों को, उन्हें हम सफ़ेद शराब में नहलाते हैं, जिसे हम क्रिस्टल के गिलासों से पीते हैं, क्योंकि यदि हम उन्हें जहाँ तक सम्भव हो सके, उतनी जल्दी से नहीं खा सकते तो वे मर जायेंगी, क्योंकि पानी स्वास्थ्य के लिए अच्छा नहीं है और फफूँदी ग्रस्त है। उत्तरी यूरोप से आने वाली टूरिस्ट—औरतों पर तो प्रतिबन्ध लग ही चुका है; पेशाब करने पर, छाती या पीठ के बल तैरने के दौरान या मुर्दों की तरह पानी की सतह पर लेटे रहने के दौरान। निस्सन्देह इस बात की कल्पना भी नहीं की जा सकती कि कोई बैंक अपना मल, अपनी टट्टी छोड़ देता है, जला हुआ पेट्रोल, पहले मछलियों के लिए और अन्त में जाकर हमारे लिए।

समुद्रचिल्लियों के लिए, जो मेघाच्छादित नवम्बर के दिनों में गन्दे पानी को छूते हुए उड़ती हैं और सड़क के मसाले के रंग की धारियाँ, बैंगनी रंग के निशान और इन्द्रधनुष के रंगों वाले चिपचिपे तेल के अंश पीछे छोड़ जाती हैं और फिर उठकर झील तट पर कतार से बने हुए होटलों के गलियारों के सामने क्रोधपूर्वक उछल-कूदकर के दिखाती हैं, दो बार, तीन बार वे क्रुद्ध, कर्णकटु आवाज करती हुई होटल के सामने से निकलती हैं। क्या कहना चाहती हैं वे? कौन भेजता है उन्हें? किसे मिलना चाहती हैं वे?

काख़नुस की बूढ़ी माँ साल का बड़ा हिस्सा हमारे शहर में गुजारती है, विश्राम करती है और ''मृत्यु'' नाम के शब्द को सुनना नहीं चाहती। एक बार वह कान बन्द करके और हथेलियों से कनपटियाँ ऐसे दबाकर खड़ी थी, जैसे असहनीय सरदर्द हो। ''साले घिनौने पक्षी''। वह खिड़की से समुद्रचिल्ली को देखकर चिल्ला रही थी, ''बदसूरत जानवर।'' और फिर एक खास ही ढीठ पक्षी पर उसने थूक फेंकी। लेकिन उसकी थूक उड़कर बराण्डे की बन्द खिड़की की ओर गयी और वह देखती रही कि कैसे वह धीरे-धीरे नीचे बहकर जा रही है—हरी और कैसे वह शीशे पर कुछ सेण्टीमीटर लम्बा लिबलिबा-सा निशान छोड़ गयी है।

जब थूक खिड़की से नीचे बह गयी तो बूढ़ी काख़नुस ने घण्टी बजायी। चुपके से एक नौकरानी आकर सामने खड़ी हो गयी।

''इसे साफ कर दो।''

नौकरानी एक पोचा ले आयी और खिड़की की ओर जाने लगी।

''रुक।''

जल्दी से वह आगे बढ़ी, पोचे को परे किया और खिड़की को सावधानीपूर्वक एक सफ़ेद कपड़े की नोंक से रगड़ने लगी।

"मेरे बेटे का टेलीफोन नम्बर। वहाँ डायरी में।"

नौकरानी ने टेलीफोन लिया, नम्बर घुमाया और चोगा बुढ़िया के हाथ में पकड़ा दिया। फिर वह एक तरफ हटकर, सावधान खड़ी होकर अगले आदेश की प्रतीक्षा करने लगी। नर्सें मुख्य डॉक्टर के आने पर ऐसे खड़ी होती हैं।

"नहीं। यह ज़रूरी है।"

ये चतुराई से धोखा देना भी कभी नहीं सीखेंगे। हमेशा मीटिंग का बहाना। किसी रण्डी ने उससे मिलना हो तो कोई समस्या नहीं, कभी मीटिंग नहीं होती। लेकिन अपनी माँ के लिए...

"मुझे मेरा बिल तुरन्त भिजवा दो। और एक जिन भी ऊपर भेज दो। फिर मेरा बक्सा पैक कर दो। ज़रा यह सिगरेट का पैकेट मुझे दो, सुलगा दो!" वह आनन्द से सिगरेट पीने लगी, धुआँ अन्दर लिया और फिर अपने तंग नथुनों से उसे धीरे-धीरे बाहर निकाला। रक्तहीन होठों से उसे बाहर निकाला।

आखिर चोगे में से आवाज़ आयी।

"हैलो, तुम हो वाल्टर?"

"हाँ मामा, क्या बात है?"

"मैं आज ही जा रही हूँ। जांक्ट मोरित्स गेश्टाट, मैं नहीं जानती क्यों, मगर मैं जाना चाहती हूँ।"

"नहीं मम्मी नहीं, जांक्ट मोरित्स या गेश्टाट में तो नवम्बर में सब कुछ बन्द होता है। आजकल सीजन नहीं है। तुम किसी दड़बे सरीखे होटल में तो नहीं रहना चाहती न?"

"तुम्हारा मतलब क्या है? और मुझे मम्मी कहकर बात मत करो।"

"तुम इण्टरलाकन जा सकती हो। या शायद मोन्ट्रयू?"

"मुझे झीलें देखने की कोई इच्छा नहीं है। समझने की कोशिश करो।"

"हे भगवान्! आखिर क्यों नहीं?"

"इसलिए कि मेरी इच्छा नहीं।"

खड़ा हुआ, सड़ा हुआ पानी यदा-कदा किसी गन्दी मोरी की तरह बदबू मार रहा था।

"तुम स्वास्थ्य-लाभ के लिए किसी स्थान-विशेष में रहना चाहोगी?"

"तुम तो मजाक कर रहे हो। मैं क्या टूटी-फूटी हूँ? मैं खुद को बीमार के रूप में नहीं देखना चाहती। ऐसे तुम मुझसे पिण्ड नहीं छुड़ा सकते।"

"तुम्हारे हाथ जोड़ता हूँ, मामा!"

"जाना ही है तो ज़्यूरिख जाऊँगी, डोल्डर में।"

“ठीक है। मैं डोल्डर में तुम्हारे लिए एक कमरे का एक फ्लैट बुक करवा देता हूँ। ठीक है न?”

“मेरे बेटे, माँ से बात करते हुए तुम अपना लहजा बदल नहीं सकते?”

“मैं गाड़ी भेज रहा हूँ।”

“ठीक है। बाई-बाई”

“बाई-बाई।”

तो वह अपने प्रिय, पुराने डोल्डर होटल लौट जायेगी। अलविदा हसीन लुगानो।

अलविदा इटली के शिखर, हमारे इटली के शिखर, स्वच्छ और व्यवस्थित। चलती हुई मर्सिडिस से बूढ़ी सिन्योरा काख़नुस ने एक बार फिर उस शहर को अभिवादन किया, जिसे वह अपना दूसरा घर समझती थी।

पाँच बजे काम खत्म कर चुकने के बाद सीमा पार रहने वाले लोग अपनी छोटी कारों या जेलखाने की कोठरी जैसी बन्द कम्पनी की बसों में चढ़कर घर को कूच करते हैं; शुल्क सीमा पर लगे सड़क रोकने के लठ्ठे के परली ओर। जब दक्षिण से आओ तो लुगानो बड़ा लम्बा-चौड़ा शहर लगता है, लाखों लोगों को आश्रय देने वाला एक शहर। सच्चाई में यहाँ रहने वाले लोगों की संख्या काफी कम है। फिर भी, बची-खुची हरियाली की कुरबानी चढ़ायी जा रही है, बचे-खुचे पाँगर के जंगलों को सपाट किया जा रहा है। बड़े ऊँचे भाव पर उन्हें खरीदा जाता है, ताकि एक नयी इमारत, एक नये ब्लाक, एक नये बैंक के लिए स्थान बनाया जा सके, क्योंकि इस शहर का असली निवासी तो धन है।

किराये की फ्लैटों वाली बहुमंजिली इमारत का एक मालिक यहाँ कभी नहीं रहता। सामान्यतः वह महीने में एक बार यहाँ आता है, अधिकतर शुक्रवार शाम को। शाम छः बजे वह मिलन से चलता है, झील-तट पर किसी सुन्दर से रेस्तराँ में दोस्तों के साथ डिनर करता है, शायद जुए की मेज़ पर एक दाँव खेलता है, फिर पीता है, डांस करता है और देर रात तक निजी मित्रों की मण्डली में गपशप करता है।

सड़क पर सावधानी से पहरा दे रहा पुलिस वाला सिर्फ यह देख पाता है कि कैसे एक पूरी मंजिल पर बत्तियाँ जल रही हैं, शायद छत वाली मंजिल पर, पेण्टहाउस में। आवाज़ें सड़क के शोर में डूब जाती हैं।

वैसे यह तो निजी मामला है। टैक्स, फीसें, लाइसेंस फीस, इन सबके पैसे चुकाये जा चुके हैं।

इतालवी या तो अमीर होते हैं या फटीचर, कुली-कबाड़ी होते हैं। अमीर इतालवी अधिक धन खर्च करते हैं, पैसे की परवाह नहीं करते और बख़्शीश देते हैं। हमारे शहर के वे सबसे मनपसन्द मेहमान हैं। मेजों और गलीचों

पर बिखरी हुई राख, सिगरेट के टोटे, लिपस्टिक और लार से सने गिलास, इधर-उधर पड़ी खाली या आधी खाली या टूटी हुई बोतलें, अस्त-व्यस्त, धब्बों से भरे, रणभूमि में जैसे उलट-पलट हुए बिस्तर, गुसलखाने में बन्द हुई नालियाँ, इन सबको कल ओएरालिओ की माँ ठीक कर देगी।

ओएरालियो अबरूज्जन का निवासी है और उसने अपने लिए मलजल की सफ़ाई के गढ़ों में काम खोज निकाला है। कई वर्षों से एक के बाद एक सड़कें खोदी जा रही हैं, ताकि मछलियों तक गन्दा पानी कुछ कम पहुँचे।

माँ भी ओएरालियो के पीछे-पीछे सीमा पार करके आ गयी है। वह उसी के पास रहती है, उसके लिए नूडल बनाती है, उसका स्वेटर बुनती है और घण्टों के हिसाब से घरों में सफाई करने जाती है, मकान-मालिक और उसकी पूरी मण्डली के दक्षिण लौट जाने के तुरन्त पश्चात्। काश! वे अपनी रगड़ा-रगड़ी में कम-से-कम नरम सूती रूमाल इस्तेमाल किया करें। अलविदा प्यारे पार्टनर!

यह रमणीय नगर पूरी कोशिश करता है अपने मेहमानों का पड़ाव जहाँ तक हो सके सुखद बनाने की। सब जगह क्षमा-याचना की जाती है मलजल की सफाई के लिए चल रही तोड़-फोड़ की। और नागरिकों को अविरल बताया जाता है, "हमें हमारे शहर से प्यार है"।

"हम अपने शहर का ध्यान रखते हैं!" "अपने शहर को सुन्दर बनाये रखने के लिए हम सब सहायता करते हैं," "शहर तुम्हारा घर," "हम अपने शहर को ख़ूबसूरत रखें"।

सिन्योरा क्राख़नुस ने अपनी मर्सिडिस की खिड़की से बाहर दृष्टि फेंकी और चलती हुई कार में से कुछ श्रमिकों को कांग्रेस पैलेस की चकाचक दीवार से कुछ गिचपिच लेखों को मिटाते हुए देखा। एक शब्द अभी भी पढ़ा जा सकता था, बन्दूक।

"मुझे समझ नहीं आती कि ये लोग ऐसा क्यों करते हैं। देख ज़रा, रूथ, कैसे कमीने हैं ये लोग।"

रूथ होटल की नौकरानी का नाम था। उसने कुछ नहीं कहा। काश! यदि वह पुरुष होती तो वह भी शायद ऐसी ही किसी मण्डली में शामिल हो जाती और रातों को लाल रंग से भरी स्प्रे की डिब्बी लेकर सबके साथ निकलती। यदि वह पुरुष होती तो बैंकों की दीवारों पर खड़े-खड़े मूत की धार मारती।

मगर क्या पागलपन है! बिजली से चार्ज हुई विराट बैटरीनुमा दीवार में से करण्ट की एक लपट उठती है और जननेन्द्रियों पर धक्का लगता है, बिजली कौंधने की तरह और दुःसाहसी अपराधी की पूरी मूत्रदानी जलकर राख हो जाती है।

परीकथा

•

रुडोल्फ़ पाइयर

बहुत समय पहले एक बच्चा होता था। यह बच्चा बहुत उदास रहता था, क्योंकि वह एक प्राणहर रोग से पीड़ित था और उसे सदा बिस्तर पर पड़ा रहना पड़ता था। तीन वर्ष से वह बिस्तर पर था। परन्तु वह रोता नहीं था, कुड़कुड़ाता नहीं था। वह पुकारता था, ''माँ,'' और पुकारता था, ''पिता'' और माँ उसकी बिल्ली का बच्चा उसके बिस्तर पर ले आती थी और पिता उसके कमरे में उसके साथ विद्युत रेलगाड़ी से खेलते थे। डॉक्टर-वैद्य अचरज करते थे और इस बच्चे पर पुस्तकें लिखते थे, क्योंकि अभी तक इस रोग का कोई भी मरीज एक वर्ष से अधिक नहीं जी सका था।

उनके लिए तो बर्नहार्ट दो वर्ष से मर चुका था। परन्तु क्योंकि बर्नहार्ट अभी भी जीवित था, वे लिखते थे कि बर्नहार्ट चिकित्सा-संसार की दृष्टि से एक आश्चर्य है।

परन्तु माँ-बाप का व्यवहार ऐसे था, ऐसे बर्नहार्ट को लम्बे समय से सख्त फ्लू हो। वे उसकी सेवा ऐसे करते थे, जैसे वह अगले दिन उठकर खड़ा हो जायेगा। ''तुम कल स्वस्थ हो जाओगे,'' वे उसे कहते थे। दो साल से वे यही वाक्य दोहरा रहे थे और चूँकि वे उसे प्रतिदिन कहते थे, ''तुम कल स्वस्थ हो जाओगे,'' बर्नहार्ट बड़ा होकर अपने पिता की तरह इंजीनियर बनना चाहता था, और उसकी तरह कल-पुर्जों का निर्माण करना चाहता था।

वह एक रॉकेट का निर्माण कर, उसमें बैठकर चाँद पर जाना चाहता था। ''यदि मैं नहीं मरा'' वह कहा करता था, ''तो मैं उड़कर चाँद पर जाऊँगा।'' या 'मैं बैल्गन पर पर्वतीय रेलमार्ग का निर्माण करूँगा, यदि मैं नहीं मरा तो।'' या ''यदि मैं मरा नहीं तो मैं ऐसे जूते बनाऊँगा, जिन्हें पहनकर लोग बिना डूबे आरे नदी पार कर लिया करेंगे।''

बर्नहार्ट जब भी कुछ कहता था, ''यदि मैं नहीं मरा'' उसमें अवश्य जोड़ता था। इससे उसके माता-पिता उदास हो जाते थे।

एक बार उसके पिता ने उससे पूछा, वह हर बार ''यदि मैं नहीं मरा'' क्यों कहता था। बर्नहार्ट का उत्तर था, ''क्योंकि मुझे मरना होगा।'' उसके पिता हँसकर कहना चाहते थे, ''मरना तो सबको होगा।'' वह हँस नहीं सके। कहने लगे, ''मुझे भी एक बार मरना होगा, तुम्हारी माँ को भी, बिल्ली के बच्चे को भी, बल्कि रेलगाड़ी को भी।'' ''वो सब ठीक है'', बर्नहार्ट ने कहा, ''परन्तु आपकी बात और है। आप लोग जीते हैं, खड़े हो सकते हैं, चलते फिरते हैं। मेरी बात और है। मैं सदा बिस्तर पर रहता हूँ, मैं कभी खड़ा नहीं होऊँगा। मैं स्वयं कभी भी रेलगाड़ी से नहीं खेल सकूँगा। तुम्हारी तरह मैं कभी भी मशीनें नहीं बना सकूँगा। इसलिए मैं हर बार कहता हूँ, ''यदि मैं नहीं मरा।''

उसके पिता अधिक उदास हो गये। कहने लगे, ''तुम नहीं मरोगे।''

''मैं क्यों नहीं मरूँगा?''

''क्योंकि तुम नहीं मरोगे,'' पिता ने कहा और अपने बर्नहार्ट पर उन्होंने करुणा-भरी दृष्टि डाली।

''तुम यह नहीं कह सकते,'' बर्नहार्ट ने कहा, ''क्या तुमने स्वयं नहीं कहा कि हम सबको मरना होगा। तुम्हें? माँ को? बिल्ली को? रेलगाड़ी को भी?'' ''हाँ हाँ,'' पिता बोले, ''परन्तु तुम्हारी बात और है। तुम कभी नहीं मरोगे, क्योंकि... क्योंकि... तुम मेरे बेटे हो। आज भी नहीं और कभी भी नहीं। कभी नहीं। मैं कुछ ऐसा आविष्कार करूँगा कि तुम मरो ही नहीं। मैं इंजीनियर हूँ। मैं कुछ ऐसी खोज करूँगा कि तुम सदा जीवित रहो, ताकि तुम्हें सदा यह न कहना पड़े, ''यदि मैं नहीं मरा''।

बर्नहार्ट भयभीत हो गया, ''तुम ऐसा नहीं कर सकते। कोई नहीं कर सकता यह। केवल मेरा भगवान् ही ऐसा कुछ कर सकता है।'' यह कहकर वह अपने पतले सफेद हाथों को देखने लगा।

पिता भी भयभीत हुए उसकी बात सुनकर। कहने लगे, ''हाँ, मैं आविष्कार करूँगा, ताकि तुम्हें मरना न पड़े। ताकि तुम सदा जीवित रहो... दिनों-दिन... वर्षों-वर्ष...'' पिता का स्वर मध्यम होता गया और बर्नहार्ट ने अपने पिता को गहरे सोच में डूबे देखा। ''...ताकि तुम्हारी आयु इतनी ही रहे...एक दिन भी बड़े न हो तुम... ताकि तुम सदा ऐसे ही रहो।'' तभी पिता के मस्तिष्क में कुछ कौंधा। वह खड़े हो गये और बर्नहार्ट अपने पिता की इस आकस्मिक दृढ़ता से घबरा गया। अचानक उसे डर-सा लगा कि जो उसके पिता कह रहे हैं, वह सत्य हो सकता है।

"सुनो बर्नहार्ट" पिता बोले, दायें हाथ की उन्होंने मुट्ठी भींच ली और मुट्ठी को एक वृत की तरह घुमाने लगे। "यह पृथ्वी है," उन्होंने कहा, "और पृथ्वी घूमती है। एक बार प्रतिदिन। उस कोने में पड़ा लैम्प सूर्य है। और चूँकि पृथ्वी घूमती है, इसलिए पृथ्वी पर एक बार दिन होता है, एक बार रात्रि।" पिता ने मुट्ठी खोल ली और बेटे की ओर देखा। बर्नहार्ट ने सिर हिलाया। पिता दायें हाथ की मुट्ठी बनाकर पुनः वृत्ताकार घुमाने लगे और बायाँ सपाट हाथ मुट्ठी के सामने ले आये। "और यह सपाट हाथ हवाई जहाज़ है," पिता बोले, "और यह जहाज सूर्य की दिशा की ओर उड़ता है, उड़ता जाता है, बिना रुके, और चूँकि यह बिना रुके, सूर्य की दिशा की ओर उड़ता जाता है, इस जहाज में कभी सूर्यास्त नहीं होता। और चूँकि इस जहाज़ में कभी सूर्यास्त नहीं होता, इसमें कभी रात नहीं होती और चूँकि इस जहाज में कभी रात नहीं पड़ती, इसलिए एक भी दिन नहीं गुजरता, इस जहाज में समय ठहर जाता है। और चूँकि इस जहाज में समय ठहर जाता है, इसकी आयु नहीं बढ़ती और चूँकि इसकी उम्र नहीं बढ़ती, मैं अपने बर्नहार्ट को इसमें बिठाऊँगा। और चूँकि बर्नहार्ट की आयु उतनी ही रहेगी, वह कभी मरेगा भी नहीं। और क्योंकि वह कभी नहीं मरेगा, मुझे अब उसके लिए एक ऐसे विमान का निर्माण करना होगा, क्योंकि मैं इंजीनियर हूँ।"

यहाँ पिता चुप हो गये।

बर्नहार्ट ने खिड़की से बाहर झाँका, शून्य में।

पिता अभी भी चुप थे। बर्नहार्ट भी चुप रहा। पिता बर्नहार्ट को देख रहे थे, बर्नहार्ट खिड़की से बाहर देख रहा था।

अचानक बर्नहार्ट बोला, "और बिल्ली?"

परन्तु पिता अभी भी मौन थे।

"और रेलगाड़ी?" धीमे स्वर में बर्नहार्ट ने पूछा, क्योंकि वह पिता की ध्यानावस्था भंग नहीं करना चाहता था।

पिता हँसकर बोले, "बहुत सरल है। रेलगाड़ी के लिए मैं हवाई जहाज की दीवार पर एक प्लग लगा दूँगा और बिल्ली को तुम साथ ही ले जाना।"

"क्या बिल्ली भी कभी नहीं मरेगी?"

"तुम्हारे विमान में कभी कोई नहीं मरेगा, तुम्हारी तरह। तुम्हारे विमान में बिल्ली सदा जीवित रहेगी, और रेलगाड़ी सदा चलती रहेगी।"

"परन्तु रेलगाड़ी के लिए बिजली का करेण्ट?"

"करेण्ट वहीं दीवार में होगा।"

"और बिल्ली के लिए दूध?" बर्नहार्ट का अगला प्रश्न था।

''बिल्ली के लिए दूध साथ ले जाना।''

''और जब बिल्ली दूध पी जायेगी तो?''

''तब उसे और दूध दे देना।''

''और दूध भी जब वह पी ले तो?''

''फिर उसे और दे देना।''

''नहीं मेरा मतलब है कि जब बिल्ली सारा दूध पी चुके तो? पहले वाला भी, बाद वाला भी, उसके बाद वाला भी!''

''अच्छा, अच्छा,'' पिता ने कहा, ''यह तो बहुत आसान है।'' लेकिन यह नहीं बताया कि कितना आसान है। चुप रहे। जब कुछ देर वह चुप रहे तो बर्नहार्ट ने धीमे से पूछा, क्योंकि वह पिता की ध्यानावस्था भंग नहीं करना चाहता था, ''पापा, मेरी बिल्ली के दूध का क्या होगा?''

पिता हँसे और बोले, ''बहुत आसान है।'' लेकिन फिर भी नहीं बताया कि कितना आसान है। पहले से अधिक समय तक चुप रहे वह। अभी उनका मौन पूरा नहीं हुआ था, बर्नहार्ट इस डर से फिर बोला कि उसकी बिल्ली के लिए दूध मिलना तो कठिन लगता है, ''पापा, मेरी बिल्ली के लिए दूध!''

''अच्छा, अच्छा!'' पिता ने कहा, ''यह तो बहुत आसान है! तुम्हारी बिल्ली को कभी दूध की कमी न पड़े, इसलिए तुम एक गाय साथ ले जाना।''

''कितना आसान है!'' बर्नहार्ट ने कहा। वह प्रसन्न था कि वह अब बिल्ली साथ ले जा सकेगा। अब बर्नहार्ट और उसके पिता दोनों चुप थे, दोनों प्रसन्नचित्त कि अब बर्नहार्ट जहाज में बिल्ली साथ ले जा सकेगा, और बिल्ली को उसका दूध भी मिल सकेगा।

किन्तु पिता को लगा कि बर्नहार्ट को कुछ और कचोट रहा है।

''बर्नहार्ट, क्या बात है?'' उन्होंने पूछा।

''मुझे पता नहीं! लेकिन गाय मेरी बिल्ली के लिए हमेशा दूध कैसे देगी?''

''जैसे और गायें देती हैं।''

''नहीं मेरा मतलब है, गाय को दूध देने के लिए कुछ खाना भी तो होगा।''

''हाँ, हाँ,'' पिता ने कहा, ''गायें घास खाती हैं।''

''लेकिन गाय घास कहाँ से लेगी?'' बर्नहार्ट ने प्रश्न किया।

''गाय के लिए घास अपने साथ ले जाना!''

''और जब गाय घास खा जाये तो?''

''उसे और दे देना!''

''जब और भी खा जाये तो?''

''उसे फिर और दे देना!''

''नहीं मेरा मतलब है कि जब वह सारी घास खा चुके तो? पहले वाली भी, बाद वाली भी, उसके बाद वाली भी!''

''अच्छा अच्छा'' पिता ने कहा, ''यह तो बहुत आसान है।''

लेकिन यह नहीं कहा कि कितना आसान है। चुप रहे। जब वह कुछ देर चुप रहे तो बर्नहार्ट ने धीमे से पूछा, क्योंकि वह पिता की ध्यानावस्था भंग नहीं करना चाहता था, ''गाय के लिए घास का क्या होगा पापा?''

पिता हँसे और बोले, ''बहुत आसान है।'' किन्तु इस बार भी नहीं बताया कि कितना आसान है। पहले से भी अधिक देर वह चुप रहे। और उनका मौन पूरा होने से पहले बर्नहार्ट इस भय से बोल पड़ा कि गाय के लिए घास तो नहीं मिल सकेगी, ''पापा, गाय के लिए घास?''

''अच्छा अच्छा,'' पिता ने कहा, ''बहुत सरल है यह तो। गाय को हमेशा घास मिलती रहे, इसलिए तुम घास का मैदान साथ लेते जाना!''

''कितना सरल है,'' बर्नहार्ट खुश था, क्योंकि वह अपनी बिल्ली के लिए गाय भी ले जा सकता था।

घास के मैदान के बारे में सोचकर उसका मन उल्लास से भर गया।

लेकिन थोड़ी देर बाद उसने पूछा, ''घास को फिर से उगने के लिए पानी कहाँ से मिलेगा।'' और पिता का उत्तर था, ''झरने से''। अब चूँकि बर्नहार्ट घास के मैदान के लिए झरना भी साथ ले जा सकता था, हर्ष से वह फूल उठा।

परन्तु पिता अब अशान्त थे, क्योंकि उन्हें पता था कि अभी अगला प्रश्न आयेगा। चूँकि झरना तो पर्वत से बहता है, इसलिए एक पर्वत भी जहाज में ले जाना होगा। और चूँकि वर्षा न होने से झरना भी सूख जाता है, इसलिए एक बड़ा, काला बादल भी बर्नहार्ट के जहाज में होना चाहिए।

अब बर्नहार्ट के साथ उसकी बिल्ली थी, बिल्ली के लिए दूध था, दूध के लिए गाय थी, गाय के लिए घास थी, घास के लिए मैदान था, घास के मैदान के लिए झरना था, झरने के लिए पर्वत था और पर्वत के लिए बादल था।

अब जबकि जहाज में बर्नहार्ट की आवश्यकता की सभी वस्तुएँ उपलब्ध थीं, उसके पिता को लगा कि बर्नहार्ट फिर से चिन्ताग्रस्त था, पहले से भी अधिक चिन्ताग्रस्त।

इसलिए पिता ने पूछा, ''बर्नहार्ट, क्या बात है?''

''मुझे मालूम नहीं,'' बर्नहार्ट ने कहा।

''तुम्हें क्या मालूम नहीं?''

''मुझे मालूम नहीं,'' बर्नहार्ट ने उत्तर दिया, ''कि क्या ये सब कुछ जहाज के लिए बहुत ज्यादा नहीं होगा!''

''क्यों?''

“बिल्ली, दूध, गाय और घास। ये सब तो ठीक है, इसके लिए विमान में स्थान हो जायेगा।”

“फिर?” पिता ने पूछा।

“मेरा मतलब है, घास का मैदान ले जाने में कठिनाई नहीं होगी?”

“क्यों?”

“विमान में घास के मैदान के लिए स्थान नहीं होता, झरने के लिए उससे भी कम, और पर्वत के लिए तो बिल्कुल नहीं, और बादल...”

“लेकिन मैं इंजीनियर भी तो इसलिए हूँ कि ऐसा विमान बना सकूँ।”

“क्या सचमुच ऐसा हो सकता है? क्या ऐसा विमान बन सकता है, जिसमें घास के मैदान, झरने, पर्वत और बादल के लिए जगह हो?”

पिता मौन रहे।

अचानक बर्नहार्ट ने पूछा, “इतना सब कुछ जहाज़ में ले जाने की बजाय क्या यह अधिक आसान नहीं होगा कि मैं नीचे रहूँ?”

यह कहने पर उसके पिता उदास हो गये।

“तुम भूल गये बर्नहार्ट?” उन्होंने पूछा।

“क्या?”

“कि तुम मर जाओगे, यदि मैं ऐसे विमान का निर्माण नहीं करूँगा तो?”

“मैंने सोचा कि यह सब कुछ करना तुम्हारे लिए कठिन होगा।” बर्नहार्ट ने कहा।

“यदि मैं अभी काम शुरू कर दूँ” पिता ने उठते हुए कहा, “तो मैं समयपूर्वक इसे तैयार कर लूँगा।” और अभी वह दरवाजे पर ही थे कि बर्नहार्ट ने पुकारा, “पापा” और पिता पलटे, “अब क्या है?” “पापा,” बर्नहार्ट ने इतने विषादपूर्ण स्वर में कहा, कि पिता फिर से उसके बिस्तर के पास आ गये। “पापा”, बर्नहार्ट ने कहा, “तुम भी तो जहाज़ में मेरे साथ चलोगे न?” अब क्योंकि इन शब्दों के साथ बर्नहार्ट की आँखें आँसुओं से भर आयी थीं, वह देख नहीं पाया कि कैसे उसके पिता काँप गये।

“तुम, और माँ भी?” बर्नहार्ट ने याचना के स्वर में कहा।

“मेरे विचार से,” अब पिता ने कहा, “तब तुम्हारा विमान बहुत बड़ा बनाना पड़ेगा।”

“प्लीज़ पापा!” अपने पिता को हिचकते देख बर्नहार्ट ने कहा।

“ठीक है,” पिता बोले, “लेकिन इतना बड़ा विमान बनाने के लिए मुझे तुरन्त काम पर लगना होगा।”

शीघ्रता से वह कमरे से बाहर निकले, क्योंकि उन्हें भय था कि बर्नहार्ट अभी पूछ लेगा कि इतनी लम्बी यात्रा के लिए विमान पेट्रोल कहाँ से लेगा।

बँधुआ

●

यां त्सीगलर

(अनुवाद : जगजीत सिंह)

नवम्बर की एक अपराह्न थी। महल की मीनारों पर सर्द, सीला कोहरा छाया हुआ था। पशुओं, मनुष्यों तथा सड़क की तारकोल पर बर्फीली बारिश की हल्की-हल्की बौछार पड़ रही थी। पशुपालक ज़ेज़ल पर बने विशाल रेस्तराँ में जा घुसे थे। मैं उन्हें चौड़ी खिड़की पर खड़ा देख रहा था : वे लम्बी लकड़ी के मेजों पर सटे हुए बैठे थे, मोटे-मोटे लँगोचों, सूअर की चर्बी तथा सूअर के मांस के कटलेट से युक्त बन्दगोभी के लच्छे खा रहे थे, श्पीत्स की सफ़ेद शराब पी रहे थे, गा रहे थे, बहस कर रहे थे अथवा सोच में डूबे अपने बिना नोंक के देसी सिगारों से कश खींच रहे थे। ये सिगार ओर्बे घाटी में उगायी गयी तम्बाकू से बने थे। रेस्तराँ में बत्तियाँ जल रहीं थीं। पशुपालक बाहर चौक पर आने का साहस जुटा पा रहे थे, उन्होंने मोटे-मोटे ऊनी कोट, चौड़े हैट और पर्वतारोहियों वाले भारी जूते पहने हुए थे। ठण्ड और अधिक चुभने लगी थी। मैं कूदकर अपनी साइकिल पर चढ़ गया। मैं नगरभित्ती के कोने पर बने बुर्ज से होकर बेर्नटोर स्ट्रीट से मुड़कर घर जाना चाहता था। तभी मैंने एक-दूसरे से सटे कुछ लड़कों को देखा, जो ठण्ड और भूख से काँपते हुए सिकुड़ कर बैठे थे या जँगले की रेलिंग से पीठ टिकाये खड़े थे। उनमें से कुछ मेरी उम्र के थे, कुछ छः, सात या आठ साल के होंगे। सबने काठ के जूते, मोटे, छेदों भरे घुटनों तक जाने वाले मौजे, अपने साइज से बहुत बड़ी जैकेटें और पैबन्द लगी पतलूनें पहनी हुई थीं। उनमें से अधिकांश के चेहरे का रंग पीला और निस्तेज था और नेत्रों में विषाद की छाया थी। उनकी मुखमुद्रा में परिवर्तन नग्नय और संकोचपूर्ण था। कुछ ने ऊनी टोपियाँ पहनी हुई थीं। पतलून की जेबों में गहराई से हाथ घुसाये वे यथासम्भव, सभी मिलकर, शीत

से बचने का प्रयास कर रहे थे।

मैं उन्हें काफी समय तक जिज्ञासापूर्वक ताकता रहा, जैसे वे किसी पराये ग्रह के वासी हों। वे मुझे देखने का साहस नहीं जुटा पा रहे थे। खदेड़े गये पशुओं की तरह वे धरती की ओर दृष्टि गड़ाये रहे। कभी-कभी कोई, विशेषकर उम्र में सबसे छोटों में से कोई, चोरी-चोरी मुझे ताक लेता था। उनमें से कोई एक भी शब्द नहीं बोला।

मैं नहीं जानता, मैं कितनी देर हल्की बारिश में बर्फ की काँच जैसी तह से ढकी सड़क पर उनके समक्ष निश्चल खड़ा रहा। अनायास मुझे अपनी जलसह जैकेट, चमड़े के जूतों, इस्तरी की हुई पतलून, जिसमें छेद नहीं थे, पर लज्जा आने लगी। जीवन में पहली बार मैं बँधुआ बच्चों के सामने खड़ा था।

मैं जानता था किस तरह का जीवन वे जी रहे हैं। "ओबरलैण्ड" दैनिक, हमारे स्थानीय समाचार-पत्र में कुछ-न-कुछ समय के अन्तराल से ऐसे पशुपालकों या बच्चों की परवाह न करने वाली माँओं के बारे छपता रहता था, जिन्हें ऐसे किसी बच्चे के साथ अत्यधिक दुर्व्यवहार के कारण पुलिस द्वारा हिरासत में लिया जाता था और तत्पश्चात् उन पर मुकद्दमा चलाया जाता था।

लेकिन मैंने कभी भी किसी बँधुआ बच्चे को इतने निकट से नहीं देखा था।

प्रथा काफी पुरानी है। सदियों से बर्न के ऊपरी इलाकों में यह प्रथा प्रचलित है कि सबसे निर्धन ऐसे परिवार, जिनमें से अधिकांश पर्वतवासी किसान हैं, जिनकी कुल सम्पत्ति है कुछ दुरारोही भूमि के टुकड़े और कुछ बकरियाँ, जिनसे वे अपने अनेक बच्चों का भरण-पोषण करते हैं, अपने सबसे पुष्ट पुत्रों को पारिश्रमिक के एवज़ में खाते-पीते पशुपालकों और धनी किसानों के संरक्षण में भेज देते हैं। सिर ढँकने की जगह, भोजन तथा कुछ वस्त्रों के बदले में ये लड़के गुलामों की तरह सूरज चढ़ने के समय से लेकर सूरज डूबने तक काम करते हैं। गर्मियों में वे पशुओं को चरागाहों पर ले जाते हैं, सर्दियों में वे जंगल में काम करते हैं, खेतों में हल चलाते हैं, गायें दुहते हैं, बछड़ों को चारा खिलाते हैं। वे अस्तबल में भूसे के ढेरों पर सोते हैं। उनके लिए न कोई रविवार है, न अवकाश का दिन, और वे अपने परिवार वालों से तो न के बराबर ही मिल पाते हैं। उनमें अधिकांश निरक्षर हैं। उनमें से कुछ ही को अपने मालिकों से धन्यवाद के दो शब्द सुनने को मिलते हैं, एक मुस्कान, थोड़ी-सी सहृदयता। ऊपरी इलाकों के किसान और पशुपालक, जो भारी कठिनाइयों से गुज़रते हुए सर्द मौसम में अपर्याप्त भूमि को जोतते हैं, असभ्य ढंग के मनुष्य बन चुके हैं। उनमें से अधिकांश बँधुआ बच्चों को बोझ ढोने वाले पशुओं से अधिक महत्त्व नहीं देते।

दशकों बाद, जब मैं सांसद होता था और जनीवा में रहता था तो इस

प्रान्त के अभिरक्षण-न्यायाधिकरण ने एक दिन अपने एक निर्णय के अन्तर्गत एक खेतिहर मजदूर की देखरेख का कार्य मुझे सौंपा। यह एक बूढ़ा, ठिगना, गंजा, जीवन से थका हारा आदमी था, जिसकी आँखें मस्त थीं। यह एक बड़े दिल वाला, बातूनी पियक्कड़ था, जो एक अस्थिर खानाबदोशी की ज़िन्दगी जी रहा था, फ्रित्स ऐम्मर बर्न के ऊपरी इलाके से एक भूतपूर्व बँधुआ था। वह कभी स्कूल नहीं गया था, कभी विवाह नहीं कर पाया और पूरा जीवन एक फार्म से दूसरे फार्म में टक्करें खाता रहा, जब तक कि वेर्सोवा के निकट बर्न से आये एक दयालु किसान के यहाँ उसे शरण नहीं मिली। मैं फ्रित्स ऐम्मर को बहुत चाहने लगा। हम मित्र बन गये।

1972 में एक दिन केन्द्रीय सरकार और जनीवा की प्रान्तीय सरकार ने स्विस संविधान के नियमों के अनुसार एक ऐसे समय पर उसे जनीवा से अपने जन्मस्थान बर्न चले जाने का आदेश दिया, जब वह चल फिर भी नहीं सकता था और उसे हस्पताल में सेवा सुश्रूषा की आवश्यकता थी। फ्रित्स को इससे बहुत कष्ट पहुँचा। उसे बर्न प्रान्त से घृणा थी, वहाँ के अफ़सरों तथा युवावस्था में उसे पहुँचाये गये कष्टों से वह नफ़रत करता था। किसी भी क़ीमत पर वह उस ‘‘सूअरबाड़े’’ में, ये उसके अपने शब्द थे, लौटना नहीं चाहता था। पुलिस ने उसे बलपूर्वक वहाँ से निकाल दिया और मैं कुछ भी नहीं कर सका। फ्रित्स को इत्सिगन के एक दरिद्रालय में रखा गया।

1982 के आरम्भ में एक दिन मैं स्विट्ज़रलैण्ड में क्यूबा की राजदूत मार्ता जिमेनेत्स और उसके पति लूइज़ गार्सिया के साथ उत्सिगन गया। वहाँ के संचालक ने विधिवत् बूढ़ों के रहने वाला वार्ड हमारे लिए खोला। मार्ता अपने साथ क्यूबाई रम और सिगार लेकर आयी थी। फ्रित्स उन्हें लेना नहीं चाहता था। ‘‘यहाँ तो वैसे भी सब कुछ चोरी हो जाता है।’’ हमारे बहुत कहने पर फ्रित्स हमारे साथ ‘‘दुर्स्तिगन ब्रूडर’’ रेस्तराँ में जाने को तैयार हुआ, जहाँ हमने एक अविस्मरणीय अपराह्न इकट्ठे बैठकर गुज़ारी। बूढ़ा फ्रित्स, जो अब 85 वर्ष का हो चुका था, एक बार फिर पहले जैसा मस्त और क्रोधित भी हो सकता था, उसने हमें बर्न प्रान्त में अपने बँधुआ जीवन तथा खानाबदोश नौकर के रूप में बिताये गये दिनों का वर्णन किया। उसकी मर्मस्पर्शी कथा को ध्यानपूर्वक सुनने के बाद मार्ता जिमेनेत्स के मुँह से अनायास ये शब्द निकले, ‘‘यहाँ बर्न में तो क्रान्ति लाने की ज़रूरत है।’’ फ्रित्स ने हृदय की गहराई से उसके कथन का समर्थन किया। दो सप्ताह बाद उसकी मृत्यु हो गयी।

पहली बार किसी बँधुआ बच्चे से मिलने से पहले ही मेरे मस्तिष्क में यह बात घर कर चुकी थी कि हमारे समाज में कुछ कुव्यवस्था थी।

ठून के फुटबाल क्लब के स्टेडियम में मंगलवार तथा बृहस्पतिवार के

तीसरे पहर जूनियर टीम को प्रशिक्षण दिया जाता था। यह स्टेडियम शहर के उत्तरी छोर पर आरे नदी के पूर्वी तट पर स्थित था। स्टेडियम के निकट ज़ेल्वे मेटल फैक्ट्री की मशीने फिट करने आदि के हॉल, निर्माण-इकाइयाँ, गोदाम तथा गैराज़ थे। यह फैक्ट्री बर्न ओबरलैंड के बड़े से बड़े औद्योगिक संस्थानों से भी बड़ी थी। इस फैक्ट्री की मालिक थीं श्रीमती ज़ेल्वे जो किसी कुलीन घराने से थीं और एक सुसभ्य तथा सौम्य वृद्ध महिला थीं। वह ठून झील के किनारे एक विशाल बाग के बीचोंबीच बने विलास-वस्तुओं से युक्त एक बँगले में रहती थीं।

श्रीमती ज़ेल्वे ने विश्वयुद्ध के दौरान नाज़ियों को तोप के गोलों के लिए उच्च कोटि के कारतूस सप्लाई करके बहुत धन कमाया था। वह अपना पूरा दिन फैक्ट्री में बिताती थी, जिसमें से वह अँधेरा होने के बाद ही निकलती थीं।

जूनियर टीम की ट्रेनिंग अक्सर देर शाम को ख़त्म होती थी, विशेषकर जनवरी और फरवरी में, जब हम वर्षारम्भ में प्रान्तीय प्रतियोगिताओं की तैयारी कर रहे होते थे। स्टेडियम से निकलते समय कई बार हमें श्रीमती ज़ेल्वे की काली पैक्र्ड कार नज़र आती थी। प्रकाश में उसका क्रोमियम का ढाँचा दमकता था और वह रात में सड़क पर ऐसे फिसलती थी, जैसे खुले समुद्र में जहाज़ तैरता हुआ जा रहा हो। कार की पिछली सीट की खिड़की पर नीले पर्दे होते थे। मुझे केवल ड्राइवर की निश्चल आकृति, उसकी टोपी और सफ़ेद दस्ताने नज़र आते थे। धीरे-धीरे मस्ती से फिसलती हुई लम्बी लिमूज़ीन प्रभावशाली लगती थी। कई बार मुझे एहसास होता था कि इस गाड़ी में संसार की पूरी सम्पत्ति तथा सामर्थ्य बन्द है–ऐसी शक्ति तथा सामर्थ्य, जिसके बल पर फैक्ट्री की मशीनें चलती हैं।...

... लिमूज़ीन का सामना रात को काम करने वाले मजदूरों की खामोश कतारों से होता था, जो फैक्ट्री के विशाल लोहे के गेट की ओर बढ़ रही होती थी। मजदूर या तो पैदल जा रहे होते थे या साइकिल पर होते थे। अधिकांश के हाथों में टिफन होता था, जिसमें शोरबा तथा रोटी होते थे, जो वे आधी रात को खाते थे। सिर झुकाये, एक-दूसरे से मद्धम स्वर में बोलते वे बर्फ़ की मोटी पर्त पर मन्थरगति से चल रहे होते थे। उनके कपड़े तार-तार होते थे। निर्धनता तथा परेशानी उनके चेहरों में पढ़ी जा सकती थी।

वे ख़ामोशी से मेरे पास से निकल जाते थे। मैं समझता था कि उनके जीवन तथा पैकर्ड की पीछे की सीट पर बैठी महिला के जीवन में प्रकाश-वर्षों का अन्तर था (उस समय मैंने स्वयं से यह प्रश्न कभी नहीं पूछा कि क्यों ठून के पुरुष एवं महिला श्रमिक अपने शोषण को अपना भाग्य समझकर स्वीकार कर लेते हैं।)।

योडोक का सलाम

●

पीटर बिक्सल

योडोक अंकल के बारे में मैं इससे ज्यादा कुछ नहीं जानता कि वह मेरे दादा के अंकल थे। मुझे नहीं पता कि वह दिखने में कैसे थे, मुझे नहीं पता कि वह कहाँ रहते थे और क्या काम करते थे।

मुझे सिर्फ उनका नाम पता है : योडोक। और मैं और किसी ऐसे आदमी को नहीं जानता, जिसका यह नाम हो।

दादा हमेशा अपनी कहानियाँ यों शुरू करते थे, "जब योडोक अंकल अभी जिन्दा थे" या "जब मैं योडोक अंकल को मिलने गया" या "जब योडोक अंकल ने मुझे एक बाजा भेंट में दिया था।"

लेकिन वह कभी भी योडोक अंकल का कोई किस्सा नहीं सुनाते थे, बल्कि उस वक़्त की बात करते थे, जब योडोक अभी जिन्दा थे, योडोक के यहाँ जाने की, या योडोक के बाजे की।

और जब कभी कोई उन्हें पूछता था, "कौन थे योडोक अंकल?" तो वह कहते थे, "एक सयाने आदमी।"

लेकिन मेरी दादी ऐसे किसी योडोक अंकल को नहीं जानती थी, और मेरे पिता को यह नाम सुनकर हँसी आ जाती थी। और जब पिता हँसते थे तो दादा को गुस्सा आ जाता था, और तब दादी कहती थी, "हाँ हाँ, वही योडोक," और तब दादा को तसल्ली हो जाती थी।

काफ़ी समय तक मेरा यह ख़याल था कि योडोक अंकल वन-रक्षक थे, क्योंकि जब मैंने एक बार दादा को बताया कि मैं वन-रक्षक बनना चाहता हूँ तो उन्होंने कहा, "इससे योडोक अंकल को बड़ी खुशी होगी।"

लेकिन जब मैं रेल-इंजन का ड्राइवर बनना चाहता था तो भी दादा ने यही कहा, और जब मैं कुछ नहीं बनना चाहता था तब भी। दादा हमेशा कहा

करते थे, "इससे योडोक अंकल को बड़ी खुशी होगी।"

लेकिन दादा झूठे थे। मुझे वह अच्छे लगते थे, लेकिन ज़िन्दगी के लम्बे सफ़र में वह झूठ बोलना सीख चुके थे।

अक्सर टेलीफ़ोन के पास जाकर वह चोगा उठाते थे, एक नम्बर मिलाते थे और फ़ोन में कहते थे, "नमस्ते योडोक अंकल, क्या हाल है, योडोक अंकल नहीं, योडोक अंकल हाँ, बिल्कुल, ज़रूर योडोक अंकल," और हम सब जानते थे कि फ़ोन करते समय उन्होंने चोगे के आधार को नीचे दबा रखा होता था और यूँ ही बोल रहे होते थे। और दादी भी यह जानती थी, लेकिन फिर भी आवाज लगाती थी, "छोड़ अब टेलीफ़ोन को, बहुत ख़र्चा आता है।" और दादा कहते थे, "अब बात बन्द करनी होगी, योडोक अंकल" और वापस आकर कहते थे, "योडोक ने नमस्ते कही है।"

पहले वह हमेशा कहा करते थे, "जब योडोक अंकल अभी ज़िन्दा थे," और अब हमेशा कहना शुरू कर दिया, "हमें अपने योडोक अंकल को मिलने जाना चाहिए।"

या वह कहते थे, "योडोक अंकल जरूर हमें मिलने आएँगे," और यह कहते हुए वह घुटने पर हाथ मारते थे, लेकिन उनकी बात में दम दिखायी नहीं देता था, और उन्हें यह पता चल जाता था, और फिर वह खामोश हो जाते थे, और कुछ देर के लिए योडोक अंकल को अकेला छोड़ देते थे।

और हम चैन की साँस लेते थे।

लेकिन फिर वही दुबारा शुरू हो गया :

योडोक ने फ़ोन किया है।

योडोक हमेशा कहते है।

योडोक का भी यही ख़याल है।

वह योडोक अंकल जैसा हैट पहनता है।

योडोक अंकल को सैर पर जाना पसन्द है।

योडोक अंकल सर्दी-जुकाम को सहन कर लेते हैं।

योडोक अंकल को जानवर अच्छे लगते हैं, पसन्द योडोक अंकल उनके साथ सैर पर जाते हैं, हर बार सर्दी-जुकाम होने पर जाते हैं, योडोक अंकल जानवरों के साथ जाते हैं, सहन करते हैं सर्दी-जुकाम सहन करते हैं, योडोक अंकल अं-क-ल यो-डो-क।

और जब हम, उनके पोते, उनके पास जाते थे तो वह यह नहीं पूछते थे कि "दो गुणा सात कितने होते हैं?" या "आइसलैण्ड की राजधानी का क्या नाम है?" बल्कि "योडोक कैसे लिखते हैं?"

योडोक को लम्बे 'या' के साथ और बीच में बिना 'सी' लगाये लिखते हैं और योडोक में बड़ी मुसीबत दो बार 'ओ' का स्वर था। उनको सुनने की हिम्मत नहीं रही थी, दादा के कमरे में पूरा दिन यो...डो...क... का 'ओ'।

और दादा को यो...डो...क के 'ओ' के स्वर से प्रेम था। और वह बोला करते थे :

योडोक ओंकल लोबिया बोनोते हैं।

योडोक ओंकल नोर्थ पोल की घोर प्रशोंसा कोरते हैं।

योडोक ओंकल कोल्लोलते हैं, शोर मचोते हैं।

फिर हालत इतनी खराब हो गयी कि वह हर लफ़्ज़ में 'ओ' लगाने लगे : योडोक ओंकल होमें मिलोनें ओयेंगे, या वो सोयाने आदोमी होते, या होम कोल ओंकल को मिलोने जोयेंगे।

या फिर :

ओंकल योडोक होंगे
होमें मिलोने ओते
ओएक सोयाना आदोमी
होम कोल जोते
ओंकोल को जोते

और लोग दादा से बात करने से घबराने लगे, और फिर उन्होंने यहाँ तक कहना शुरू कर दिया कि वह किसी योडोक को नहीं जानते, कभी भी नहीं जानते थे। हमीं ने सब शुरू किया था। हमने पूछा था, ''योडोक अंकल कौन थे?''

उनसे झगड़ा करने का कोई फायदा नहीं था।

उनके लिए योडोक के अलावा दुनिया में और कोई था ही नहीं।

उन्होंने डाकिये को कहना शुरू कर दिया, ''नमस्ते योडोक साहब,'' फिर उन्होंने मुझे योडोक बुलाना शुरू कर दिया, और फिर सभी लोगों को।

योडोक, उनका लाड़ का नाम था, ''प्यारे योडोक'', उनकी गाली थी, ''मनहूस योडोक'' और उनका कोसने का तरीका, ''जाओ योडोक में।''

अब वह, ''मुझे भूख लगी है'' की बजाय ''मुझे योडोक लगा है'' कहते थे। फिर उन्होंने 'मुझे' का इस्तेमाल भी बन्द कर दिया, तब वह कहते थे, ''योडोक को योडोक लगा है।''

वह अख़बार उठाते थे और ''योडोक और योडोक'' वाला पृष्ठ खोलते थे—अर्थात् ''दुर्घटनाएँ और अपराध''—और पढ़ना शुरू करते थे, ''योडोक वाले दिन योडोक में योडोक के पास योडोक हुआ, जिसकी बलि दो योडोक चढ़

गये। एक योडोक ने योडोक की योडोक को योडोक से टक्कर मार दी। कुछ योडोक बाद योडोक के योडोक पर एक योडोक, योडोक से भिड़ी। योडोक में सवार योडोक, योडोक योडोक, उसके योडोक, योडोक, योडोक की योडोक पर ही मृत्यु हो गयी।''

दादी कानों में उँगलियाँ डाल लेती थी और चिल्लाती थी, ''अब मैं और नहीं सुन सकती, मुझसे सहन नहीं होता।'' लेकिन मेरे दादा बाज़ नहीं आये। वह पूरी उम्र बाज़ नहीं आये और मेरे दादा बूढ़े हो गये थे और मुझे वह बहुत अच्छे लगते थे। और जब अन्त में वह योडोक के अलावा और कुछ नहीं बोलते थे तो हम एक-दूसरे को अच्छी तरह समझते थे। मैं बहुत छोटा था और दादा बहुत बूढ़े, वह मुझे घुटने पर बिठाकर योडोक को योडोक योडोक की योडोक योडोकाया करते थे–अर्थात् ''वह मुझे योडोक अंकल की कहानी सुनाया करते थे,'' और मैं कहानी सुनकर बहुत खुश हुआ करता था और वो लोग जो मुझसे बड़े होते थे, मगर मेरे दादा से छोटे होते थे, कुछ नहीं समझते थे और वे नहीं चाहते थे कि वह मुझे घुटने पर बिठायें और जब उनका देहान्त हुआ तो मैं बहुत रोया था।

मैंने सब सम्बन्धियों से कहा था कि उनके कब्र के पत्थर पर फ्रीडरिष ग्लाउज़र न लिखा जाए, बल्कि योडोक योडोक लिखा जाए, मेरे दादा की यही इच्छा थी। लेकिन मेरे बहुत रोने के बावजूद किसी ने मेरी नहीं सुनी।

लेकिन अफ़सोस यह है कि यह कहानी सच्ची नहीं है, और यह भी कि मेरे दादा झूठे नहीं थे और यह भी कि वे बूढ़े होकर नहीं मरे थे।

जब उनकी मृत्यु हुई तो मैं अभी बहुत छोटा था, और मुझे अभी तक याद है जब उन्होंने एक बार कहा था, ''जब योडोक अंकल अभी जिन्दा थे,'' और मेरी दादी, जो मुझे पसन्द नहीं थी, उन पर बुरी तरह चिल्लायी थी, ''बन्द कर बकवास अपने योडोक की,'' और दादा बिल्कुल खामोश और उदास हो गये थे और उन्होंने माफ़ी माँग ली थी।

तब मुझे बहुत गुस्सा आया था–मेरी याद्दाश्त के मुताबिक़ यह मेरा पहला गुस्सा था–और मैं चिल्लाया था, ''अगर मेरा कोई अंकल योडोक होता तो मैं उसे किसी भी और चीज़ के बारे में बात न करता।

और यदि मेरे दादा ने यह किया होता तो वह शायद बूढ़े होने तक जीते, और मेरे अभी भी एक दादा होते, और हमारी आपस में अच्छी पटती।

मूल शीर्षक : योडोक लैस्ट ग्रयुस्सन

इनसान और आदमी

●

दांते आन्द्रेया फ्रांत्सेत्ती

जब इनसानों को पता चल गया कि दुनिया गूँगी थी और उसे उनकी कोई फ़िक्र नहीं थी तो वे ख़ौफ़ के समुद्र में डूबने-उतराने लगे। इस गूँगी, बेपरवाह दुनिया के डर से वे परस्पर नज़दीक आ गये, इकट्ठे हो गये और उन्होंने हार और कण्डीलें टाँगनी शुरू कर दीं, शराब पी और इकट्ठे होकर गाने लगे : ज़मीन गोल है। चन्द्रमा का उजाला चमचमाता है! आसमान एक लालटेन है! ताज्जुब की बात है कि पहाड़ों से भी आवाज़ गूँजी : गोल है! चमचमाता है! लालटेन है!

बरसों की जीतोड़ मेहनत और हिसाब लगाने के बाद एक इनसान ने साबित किया कि आसमान लालटेन नहीं, बल्कि एक काली छलनी है, जिसके छेदों से एक विराट सुनहरे ग्रह की सतह नज़र आती है। उसे फ़ौरन जला दिया गया। एक दूसरा आदमी भी इससे कुछ मिलते-जुलते नतीजे पर पहुँचा—उसके सिद्धान्त के अनुसार यह ग्रह चाँदी का बना हुआ था—और उसे फ़ौरन डुबो दिया गया। अभी भी लोग कण्डीलें टाँगते थे, शराब पीते थे और समूहगान गाते थे : लेकिन अब आवाज़ ज़रा कम ऊँची होती थी। कुछ लोग झाड़ियों के पीछे छुपकर परकार और इंचीटेप की मदद से दुनिया का रेखाचित्र बनाया करते थे। फिर वे उसे छुपा देते थे।

बाद में पैदा हुए कुछ इनसानों ने सभी नक़्शे इकट्ठे किये और उन्हें एक हज़ार पन्नों वाली एक बड़ी क़िताब में बन्द कर दिया और कुछ लोगों ने चोरी-छिपे उस क़िताब की नक़ल बनायी और उसे दिलचस्पी रखने वाले इनसानों में बाँट दिया। उस वक्त चाँद की रोशनी कुछ हद तक कमजोर पड़ गयी थी। लालटेन के तेल की आखिरी बूँदें ख़त्म हो रही थीं। धरती अपने दुर्बल परिक्रमा-पथ पर हिचकोले खा रही थी। गुप्त सभाओं में गिने-चुने हिस्सा लेने

वाले लोग दबी आवाज़ में दोहराने लगे : उत्तरी ध्रुव की हवा शून्य से बारह डिग्री कम है! अकालिप्स एक मछली है, जिसका मांस आसानी से पचाया जा सकता है! नारियल का पेड़ एक पेड़ है, जो नारियल देता है और छाँह देता है! हर सभा पर ज़्यादा से ज़्यादा मनुष्य आने लगे। वे अँगूर का रस पीते थे और नये-नये वाक्य कहते थे, जिन्हें किरानी फ़ौरन क़िताब में लिख लेता था।

इसी बीच कुछ राजाओं ने भी यह क़िताब पढ़ ली। उन्हें खास तौर पर यह जानने में दिलचस्पी थी कि दुर्गम ऊँचाईयों की जानलेवा सर्दी में चार टाँगों वाला आठ सौ पौंड वजन का एक घोड़ा किस रफ़्तार से दुश्मन पर हमला करेगा। पुराने ज़माने के सयाने बेकार ही अपना राग अलापते रहे और ख़ुदा की मार की दुहाई देते रहे : ज़मीन सिसकारती हुई आसमान के तेल में डूब जायेगी! चाँद आग का गोला बनकर कोयले के एक बहुत बड़े टुकड़े की तरह बादशाही महलों पर गिर पड़ेगा! बादशाह लोग धैर्य से सुनते थे, क़िताब खोलते थे और सयानों को अन्धविश्वासों पर लिखे गये अध्यायों को पढ़कर सुनाते थे : "अन्धविश्वास कुदरती सोच के खिलाफ़ है। यह इनसानियत के लिए एक अति-भयानक महामारी है। बादशाहों का हाथ अन्धविश्वास के राक्षस को पूरी तरह काबू में रखने में नाकामयाब रहा है।" पुराने जमाने के सयानों को जंजीरों में डालकर उन्हीं की दाढ़ियों से लपेट कर दीवारों से बाँध दिया गया।

अब इनसानों में होड़ लग गयी। वह पूरे ग्रह पर भागदौड़ में लग गये, तिलचट्टों, पेड़-पौधों, नदियों, पत्थरों और सागरों की पैमाइश करने लगे, नतीजे लिखकर राजधानी को भेजने लगे, जहाँ उन्हें छापा और लोगों में बाँटा जाता था। स्कूलों में बच्चों को पानी और बर्फ़ के कुदरती गुण सिखाये जाने लगे। वे भिन्न-भिन्न द्रव्यों का मिश्रण करने लगे, अलग-अलग तरल पदार्थों की भाप बनाने लगे और कई बार खुद ही टुकड़े-टुकड़े होकर हवा में उड़ गये। उन्होंने सीखा कि मिस्टर हेगल सिर के बल, मिस्टर मार्क्स हाथों के बल और मिस्टर विट्टगनश्टाईन पैरों के बल चलते थे, हवा में भी। उन्हें अक्ल आयी कि वे अपनी माँ की स्कर्ट के नीचे से झाँकना और अपने बाप को छत से उठाकर नीचे फेंकना चाहते थे, लेकिन सिर्फ़ अपनी कल्पना में। लड़कियाँ जलती थीं, इसलिए कि ऐसी कोई एक चीज़ लड़कों के पास थी, जो उनके पास नहीं थी; और लड़के तम्बाकू पीते थे, क्योंकि उन्हें लड़कियों की छातियाँ मसलने की इजाज़त नहीं थी। शायरों ने शायरी लिखी, वे कुछ ख़ास बात कहना चाहते थे। हाँ, उनकी बात समझने के लिए काफ़ी दिमाग़ लगाना पड़ता था।

उस ज़माने में लोग लम्बी-लम्बी डिब्बियों में बन्द होकर चन्द्रमा पर जाते थे और ज़मीन की ओर हाथ हिलाते थे। कई बार हवा में कुकुरमुत्ते

भी उगाये गये। दो या तीन बीमारियों को छोड़कर बाकी सब बीमारियों का इलाज भी ढूँढ़ लिया गया। समुद्र में कुछ गिनी-चुनी मछलियाँ ऊपरी सतह पर गाहे-बगाहे नज़र आ जाती थीं। हवा कुछ ज़्यादा गर्म थी, पता ही नहीं लगता था कि है भी या नहीं। कुछ इलाकों में बम-गोले चलने लगे, जिनसे बचना ही बेहतर था। कहीं एक शहर की पूरी आबादी ही अन्धी हो गयी, किसी नाल में एक छोटे से सुराख की वजह से। कुछ भी कहने की आज़ादी थी। सिर्फ़ नौकरी से हाथ धोना पड़ता था। बाद में कुछ भी कहने की आज़ादी थी और कहने पर नौकरी में तरक़्क़ी मिलने लगी। सिर्फ पसन्द अपनी-अपनी, ख़याल अपना-अपना का सवाल था। बेकार की चीख़-पुकार थी। मशीनों के जरिये इनसानों ने अपने लिए शोर-शराबा पैदा किया, जिनकी सतह पर कभी-कभी तस्वीरें मचल रही होती थीं। कई बार इनसानों को मालूम नहीं होता था कि भाई सही है या चाची सही है। सब जगह उलझन, घपले का बोलबाला था। मशीनों में बैठे गोल थोबड़े सलाहें बाँटते थे। अगले दिन अण्डाकार चेहरे स्पष्ट करते थे कि नहीं, मतलब कुछ और था। इनसान बेवजह सड़कों पर दौड़-धूप करने लगे। कुछ लोग पर्चे बाँट रहे थे, जिन पर लिखा थाः शायद आसमान लालटेन ही है! जरा संजीदगी से गौर कीजिए!

मैं नहीं अपंग

●

क्रिस्टीने फ़िशर

ट्रेन-नियन्त्रक के डिब्बे में टेलीफ़ोन का काला तार इधर से उधर हिल रहा है। वह खुद कहीं नहीं नजर आ रहा, इंजन से उठती धुएँ की लकीर भी नहीं है। सुनने को कुछ नहीं। जो लोग आगे के डिब्बों में बैठे हैं, उनके यहाँ अख़बार की सरसराहट है। यहाँ पीछे गाड़ी के पहियों के शोर में सब कुछ डूबा हुआ है।

पेट में हल्का-सा बल, पहिये धीरे घूम रहे हैं। किसी गाँव से गुज़र रही है गाड़ी। एक ख़ाली टेनिस-कोर्ट, गेरुए लाल रंग के ऊपर खिंची सफ़ेद लकीरें, भवन-निर्माण में प्रयुक्त की जाने वाली मशीनों के ऊपर एक आड़ी छत। मालगाड़ी के डिब्बे, जिनके ऊपर बिजली के मोटे-मोटे तारों के बेलनाकार बण्डल पड़े हुए हैं। एक रेलवे-स्टेशन, नीली पट्टी के ऊपर सफ़ेद इबारत, ज़िगनाऊ, ब्रेस्टानिका। स्टेशन-मास्टर अपने काँच के कैबिन में खोया-खोया खड़ा है, गाड़ी उसके सामने से सर्राटे से निकल जाती है, आँखें फाड़े वह देख रहा है। मेल-ट्रेन पूरी तरह निकल जाने से पहले ही वह अपना चेहरा दूसरी ओर घुमा लेता है। बिना यह सोचे कि और पीछे भी कोई बैठी हुई है। कोई ऐसी, जो बेवकूफ़ों की तरह एक क्षण के लिए सोच बैठी थी कि वह उसे देखकर हाथ हिलाएगा। स्टेशन-मास्टर हाथ नहीं हिलाते। ज्यादा से ज्यादा वे हाथ से संकेत देते हैं। वे कभी विदा नहीं लेते, कभी नहीं बिछुड़ते। वे हमेशा पीछे रह जाते हैं, बिना जाने, कि कौन उन्हें छोड़ गया है। वे अविचल ताकते रहते हैं कि कैसे दूसरे लोग दूर जाते हैं, वे दूसरे लोगों को नहीं रोक सकते, वे चाहें तो भी। उनके नेत्र किसी पर भी टिक नहीं सकते।

एक बन्द रोक-फाटक, जहाँ कोई प्रतीक्षा नहीं करता। निर्जन सड़कें। लोग कहाँ हैं? वे अब क्या कर रहे हैं? अब, इस पल? क्या वे बिस्तर में लिपटे पड़े हैं और कराह रहे हैं? एक दूसरे की हत्या कर रहे हैं, आत्महत्या

कर रहे हैं या टी.वी. देख रहे हैं? पटरी के साथ-साथ सड़क पर एक कार दौड़ रही है, एक नन्ही-सी लड़की शीशे से चिपकी हुई है, हाथ ऐसे फैलाये हुए जैसे क़बूतर के दो पंख। हाथ हिलाओ, उड़ो! एक आरे के सामने पटरों का ढेर; पेड़, जिनकी कभी जड़ें थीं, जो जीवित थे, सीधे खड़े थे, सरसराते थे, अब निश्चल, मूक, एक के ऊपर एक सजाकर रखे हुए थे, आड़ी कटाई के बाद, यहाँ पड़े हुए थे। मस्त पवन में झूमने के दिन गये। वर्षा से सुरक्षित! वृक्षों के शिखरों का क्या होता है? और फिर ये टीले? ये आड़े-तिरछे टीले, धरती के कूबड़ जैसे, यह छाँह करने वाला टीला, यह नालीदार, चादर जैसा टीला, किनारों से कटा हुआ। इस प्राकृतिक दृश्य की रचना का उद्देश्य अवश्य मानव-मन को आनन्द की अनुभूति प्रदान करना रहा होगा, परन्तु मिली ऊब।

× × ×

उस स्त्री की अनुपस्थिति अब सहन नहीं होती। मैंने स्वयं को आदत डाल ली है। उसकी नहीं, पेट में बल पड़ने की, अपने जीवन में उसके प्रवेश के पश्चात् भीनी-भीनी सुगन्ध की, जो वह पीछे छोड़ जाती थी। जिन शब्दों के माध्यम से वह मुझे सान्त्वना देती थी, वे शब्द उन डाक्टरों, वकीलों और अफसरों द्वारा कहे गये शब्दों से भिन्न नहीं थे, जिन से मेरा वास्ता इस देश में पड़ा है। वे सब एक स्पष्ट भाषा बोलते थे। रूथ क्रामर भी किसी वजह से आयी थी। जैसे डॉक्टर मेरे फेफड़ों का आले से परीक्षण करने आया था। अपंग-सहायता-आयोग के विशेषज्ञ अतिरिक्त आर्थिक सहायता की सम्भावना परखने आये थे, एक लण्डूरा आया था तो उसे सेक्स की भूख थी, जाँच-पड़ताल करने एक मजिस्ट्रेट आयी तो गवाही लेने, वह आयी छुटकी की वजह से। तत्पश्चात् सब कुछ व्यवस्थित ढंग से और मेरा जीवन अविच्छिन्न अपनी डगर पर चलता रहना चाहिए था। वह समाज-तन्त्र की अन्तिम एजेण्ट थी, जिसका लक्ष्य था, मेरे टूटे-फूटे जीवन की मरम्मत करना; एक सम्मानित और सभ्य जीवन जीना था मुझे।

इस भाषा को मैं पहचानती थी। फिर भी। कुछ और भी था, कुछ भिन्न। मैं एक दिन शब्दों के आवरण में छिपे शब्दों को सुनना चाहती थी, रूथ क्रामर की वास्तविक भाषा से पहचान बढ़ाना चाहती थी। उसे समाज-कल्याण-विभाग की भाषा से अलग, एक भाषा का प्रयोग करना पड़ता था, एक सुगन्धित भाषा, नयनों की भाषा, एक स्वप्नसदृश परिधान के मानिन्द भाषा, सर्वसुन्दरी की त्वचा जैसी।

प्रतीक्षा और सहन नहीं हुई। दो माह, कम से कम साठ दिन हैं ये, और घण्टे तो कितने अधिक हैं। बहुत अधिक। मैं बिस्तर पर पड़ी थी, छुटकी गयी

हुई थी, क्रीड़ा-मण्डली में खेलने, इसका प्रबन्ध भी उस स्त्री ने किया था। मैं बिल्ली को स्नेहपूर्वक खुजला रही थी। आरटीएल प्लस चैनल में "बोल्ड एण्ड ब्यूटीफुल" दिखायी जा रही थी। छुटकी को शान्त रखने के लिए पूरी अपराह्न भी टी.वी. देखूँगी। इस मौसम में पार्क में भी तो नहीं टहला जा सकता। सप्ताह की कार्यक्रम-सूची में उसे सही जगहों पर निशान लगा देने चाहिए थे। बृहस्पतिवार : कूड़े के थैले को सुतली से बन्द करके लिफ्ट द्वारा नीचे ले जाना है, बाथ-टब को लम्बे किये गये विशेष झाड़ू से रगड़ना है, टायलेट की चिलमची को साफ़ करना है, वाश-बेसिन को चमकाना है, उपकरणों को सिरके के पानी से धोना है, छुटकी को बुलाना है, आईने को रगड़कर चमकाना है, अपने और उसके लिए नहीं, उन मेहमानों के लिए, जो लम्बी टाँगों पर खड़े होकर आईने के सामने स्वयं को घूम-घूमकर देख सकते हैं। अपराह्न में : कपड़ों की तह लगानी है और उन्हें दराजों में रखना है, फट गये कपड़ों की सिलाई करनी है, यह कार्यक्रम का सबसे घटिया अंश है। किसी भी कार्य में मैं इतनी विषण्ण नहीं होती, जितनी सिलाई से, समय बीतना और दिल धड़कना बन्द हो जाता है सिलाई करते हुए।

और भी बहुत कुछ करना था। मूत्र-निष्कासन-नलिका भरी पड़ी थी, पाखाना तीन दिन नहीं आया। धैर्यपूर्वक थपथपाया गया, आँतों की मालिश की गयी। कार्यक्रम में यह सब नहीं लिखा था। उस स्त्री ने शल्य-चिकित्सक, चर्मरोग-विशेषज्ञ, नाई तथा स्थानीय अदालत का चक्कर लगाने के बारे में भी कार्यक्रम-सूची में नहीं लिखा था। सिरदर्द, कानदर्द, निगलने में परेशानी, साँस की तकलीफ़, पेट में मरोड़, बिस्तर में पड़े-पड़े खाल छिल जाने, अनिद्रा और दृष्टि-दोष का कहीं कोई जिक्र नहीं था। दिल में दर्द, भय, उकताहट के बारे में कहीं कुछ नहीं लिखा था। और न ही उस उत्कण्ठा के विषय में, जिसके कारण शरीर बिस्तर पर पड़ा पसीने से तर हो जाता है और हाथ फ़ोन के चोगे की ओर बढ़ता है। अब सिर्फ़ बोला जाता है, कम से कम होठ तो हिलते हैं, जीभ भी, एक आवाज़ सुनने को मिलती है, जो वायुमण्डल से निकलकर अन्तर में समाती है।

क्लाउडिया के यहाँ किसी ने फोन नहीं उठाया। मैंने उस स्त्री के दफ़्तर का नम्बर घुमाया। बिज़ी था। मैंने भी छोड़ा नहीं, दस मिनट घुमाती रही, फिर मिल गया। ओ, आप हैं। हाँ। स्वर को लाद दिया है, मीठा बना लिया है, सर्वोत्तम दाना। छुटकी के बारे में डरती हूँ, अचानक आतंकित हो गयी हूँ। पिछली बार वह क्रीड़ा-मण्डली से लगभग साढ़े ग्यारह बजे लौटी थी। एक बड़ा लड़का उसे साइकिल रखने के तहखाने में खींचकर ले गया था

और जब उसने उसे अपनी मोरी में पम्प नहीं लगाने दिया तो उसने उसे पीट दिया था। साथ रहने वाले निरीक्षक वहाँ बेकार में होते हैं। फिर भी छुटकी आज पुनः वहाँ जाना चाहती थी। इसी कारण यह भय। काश! क्रीड़ा-मण्डली से पहियेदार कुर्सी के जरिये पहुँचा जा सकता, परन्तु ये सीढ़ियाँ भी तो हैं। वह स्त्री बातों में फँस गयी, घबरा गयी, सान्त्वना देने लगी, वचन दिया। 11 बजकर 20 मिनट पर वह मेरे सामने खड़ी थी, छुटकी का हाथ हाथ में लिए हुए। सब ठीक-ठाक कर दिया है। भविष्य में क्रीड़ा-मण्डली की अध्यक्ष स्वयं घर के दरवाजे तक छोड़कर जाएगी, लेकिन वह कुछ विलम्ब से आया करेगी।

त्रासदी में आकर जो झूठ मैंने बोला था, वह पकड़ा नहीं गया। मेरा कोई दोष नहीं था इसमें। जहाँ विपदा पर विश्वास नहीं होता, वहाँ झूठ बोला जाता है। सदा इसी नियम पर विश्वास रखा है मैंने। आज कुछ नहीं किया, केवल समय और स्थान को तनिक सरका दिया, ज़ग़रेब की इस नगर से अदला-बदली कर ली, ईंटों के भट्ठे के गोदाम को साइकिल रखने के तहखाने में बदल लिया, रक्तरंजित गुलाब की कली, जिस का नाम रूज़ीका था, छुटकी में बदल गयी, लेकिन तीस साल से उफनते क्रोध को मैंने छाती में समा लिया, प्रचण्ड ज्वाला, कण्ठ में पीड़ा, गहरी लज्जा को फिर से फूँक मारकर उड़ा दिया, भय को पुनः भगा दिया, गन्दा खून पोंछ दिया और सब कुछ पवित्र कर दिया, सफ़ेद और गुलाबी। परिपक्व लोगों में निपट जाते हैं ऐसे मामले। केवल व्यवस्था का प्रश्न है।

× × ×

विचार-तारतम्य का रुख़ बदलना होगा। हाँ, जल्दी ही। बाहर छलाँग लगा दूँ और सब समाप्त। परन्तु कब? कब निर्णय लूँ कि अब बहुत हो चुका, हमेशा के लिए, कि शेष बचा जीवन निरर्थक है, किसी काम का नहीं है। बस दो बार झटके से हैण्डल घुमाना है और फिर पहियों की गिरफ़्त में आना है; और फिर विचार कहाँ और स्मृति कहाँ! चीख़ने की आवश्यकता नहीं, क्योंकि पूरा जीवन एक चीख़ था। परिवर्तन और फिर अन्त।

स्वयं को महसूस करूँ। किसी तरह। थकी हूँ। थकी हूँ कहना पर्याप्त नहीं होगा। निचुड़ गयी हूँ। रक्तहीन, शक्तिहीन, चरमराती हड्डियाँ! इससे भी अधिक! एक शोषित कब्र, राह का पत्थर, धूल! माद लद चुका है। जगह-जगह से खुर्चा हुआ एक गहरा गड्ढा हूँ मैं, जिसे वसन्त में, गर्मी में, खोदा गया था, खुर्ची हुई कुछ जगहों पर खर-पतवार, झाड़-झंखाड़ की भरमार है, शेष ख़ाली जगहों पर मशीनों की दी हुई खरोंचें हैं, तलकर्षकों की, लारियों की। पहियों से बनी निरन्तर पट्टियों में पानी भरी तलैया बन गयी है, जिसमें काले सरटक हैं, एक कछुआ है,

जिसके लिबलिबे बच्चे सूर्य निकलते ही मर जाते हैं। कई लोगों का किया-धरा काम है। आँगल था, एक मासूम बच्चे जैसा, वाल्टी था, और कौन-कौन था? रेंत्सो अपने उम्दा फावड़े के साथ, जानवर, जो विशाल मूर्तियाँ साथ लेकर आया था। बाद में लंडूरा आया। वह काफ़ी देर रहा, मेरे निकट रहा। दो वर्ष से भी अधिक समय से वह अपने विद्युत-चालित यन्त्रों से डुबो रहा है और चुस्कियाँ लेकर पी रहा है। अभी उसे समझ में नहीं आया कि अब कुछ नहीं बचा। जो कुछ उसे लेना था, वह ले चुका है।

यदि उस स्त्री में नफ़रत करने का माद्दा होता तो वह करती। "जाने दे उसे", वह कहा करती है, "वह तेरे योग्य नहीं है।" लेकिन लण्डूरा गोंद की तरह मुझसे चिपक गया है। मैं झाड़ूँ तो भी नहीं उतरता। वह कहती है, ऐसे आदमी की तुझे ज़रूरत नहीं है। उसे मेरी मजबूरियों का एहसास नहीं है, मेरे नकारेपन का, कभी न खत्म होने वाली सूनी शामों का, सूने सप्ताहान्तों का, जब मुर्दा फ़ोन मेरा इकलौता दोस्त होता है। "वह खेल रहा है तुमसे, तुम्हारा फ़ायदा उठा रहा है, वह दोहरा जीवन जी रहा है। जब उसके पास और कुछ करने को नहीं होता तो उसे तुम्हारी याद आती है। तुम उसकी दया पर जी रही हो।" वह यह सब कहती है, बिना पलक झपके। कितना जवान था वह तब, वह लण्डूरा बिल्कुल मेरे जितना, और कैसे उसका एक प्यारा-सा नाम भी था। मार्टिन नाम था उसका। वह बछड़े जैसा भोला था। उड़कर उस तक प्रशंसा भरी दृष्टि पहुँचती थी, कोई चुटकुला पहुँचता था। महाविद्यालय से वह हमारे वस्त्र-विभाग के कार्मिक अनुभाग में व्यावहारिक प्रशिक्षण हेतु आया था। उस शाम मुझे यह बात मालूम नहीं थी।

डिज़ाइन-विभाग की प्रधान होने के नाते क्लाउडिया फैक्ट्री के मध्यम दर्ज़े के कार्मिकों की बैठकों में भाग लेती थी और वही उस युवा प्रशिक्षार्थी को हमारी शुक्रवार को रेस्तराँ में इकट्ठी होने वाली मंडली में ले आयी थी। क़रीब दस बजे वह सिगरेट के धुएँ में लिपटा हुआ प्रकट हुआ था, देखने में लम्बा और पतला। बायाँ हाथ-पैर अधिक सक्रिय था उसका। हमारी मण्डली में वह जँच नहीं रहा था और यह उसे भी नहीं भाया। फिर भी क्लाउडिया फुर्ती से एक कुर्सी उठा लायी और उसे अपने और बुनाई-मास्टर के बीच बिठा लिया। मार्टिन के हाथ लम्बे और तंग थे। बाल उन पर बिल्कुल नहीं थे। मुझे अच्छा नहीं लगा। चिकनी चमड़ी वाले पुरुष मुझे नहीं भाते थे। क्लाउडिया बताने लगी कि कैसे उसकी नयी कलाई-घड़ी का ढक्कन ख़रीदने के दो दिन बाद धड़ाके से उड़ गया था और कैसे अब दुकानदार गारण्टी होने के बावजूद उसकी मरम्मत करने से मुकर रहा है। सबको गुस्सा आया। "मुझे वहाँ ले

चल, क्लाउडिया'', मैं बोली, ''मैं उसे मज़ा चखाऊँगी।''

पहली बार मार्टिन को मेरी उपस्थिति का एहसास हुआ। हैरत से उसने पलक नहीं झपकायी, जैसे फ़िल्म देख रहा हो, झटके से पलकें ऊपर नीचे कीं फिर उसने, बेचैन होकर। मैंने नजरें हटाकर अपने बियर-गिलास में झुका लीं। मैं जोश में आ गयी। मज़े लेकर बताने लगी कि मैं उस दुकान में क्या कहूँगी या करूँगी। मुझसे ऐसा बरताव करने की कोशिश मत करना! तुम्हारी तो मैं खाट खड़ी कर दूँगी! तुम बहुत शरीफ़ हो, क्लाउडिया! शराफ़त को कोई नहीं पूछता आजकल। लड़के की आँखें पुनः आश्चर्य से फैल गयीं। मैंने सबके लिए बियर का आर्डर दिया। पुरुषों ने विरोध किया, मैं डटी रही।

हर शुक्रवार की तरह देर रात तक महफ़िल जमी रही। नवीनतम फ़ैशनों पर गपशप चलती रही, मिनी-स्कर्ट का उन दिनों जोर था। मर्द एक बात पर सहमत थे, मिनी-स्कर्ट वही पहनें, जिनकी टाँगें सुन्दर और सुडौल हों। टाँगें अगर अच्छी हों तो औरतों की उम्र ज़रा ज़्यादा होने से भी कोई ख़ास फ़र्क नहीं पड़ता, परन्तु तब अगर जुराबें पहनीं हों तो ज्यादा ठीक रहेगा। सूखे-सड़े और झुर्रीदार घुटने तो बिल्कुल नहीं नज़र आने चाहिए। त्वचा के रंग की जुराबें पहननी चाहिएं। मैंने समर्थन किया। मैंने कहा कि मुझे तो बन्द गले वाले स्लीवलेस पुलोवर अच्छे लगते हैं, जिन्हें जवान लड़कियाँ बिना अँगिया के पहनती हैं। उसकी बाल-सुलभ दृष्टि मेरे मुँह पर जा टिकी, वहाँ से फिसलकर आँखों पर, माथे पर, घुँघराले बालों पर और फिर फिसलकर मेरी चोली के ऊपर की गहराई पर जाकर अटक गयी। वह कुछ देर अपने नेत्रों से मेरे स्तनों की गोलाई टटोलता रहा, फिर मेरे कुहनी के नीचे टिके तकिये से होती हुई उसकी दृष्टि कहीं और जा टिकी। अपने नुकीले, लाल नाखूनों से नमकीन से भरी प्लेट उसकी ओर खिसकाने के लिए मैं आगे को झुकी। उसके होठों पर हल्की, उलझन भरी मुस्कान थी।

मैंने अपनी सबसे पहली डांस की पोशाक 14 साल की उम्र में स्वयं सी थी, कूड़े के डोल से उठाये चिथड़ों से। ख़ुली आस्तीनों और चौड़ी स्कर्ट वाली यह पोशाक बंजारों का पहनावा लगती थी। ऊपर और नीचे के हिस्से के मध्य एक ख़ाली जगह छूटी हुई थी, और चलते हुए जब पोशाक हिलती थी तो मांस भी नज़र आता था। तब के उबाऊ रसहीन फैशन के ज़माने में इस ड्रेस ने हलचल मचा दी थी। जगह जो मैंने खाली रखी थी, सोच-समझकर रखी थी, यह नहीं कि मेरे पास कपड़ा कम था... ताकि तुम लोग मेरी बात ठीक से समझ सको। सभी लड़के मुझे पटाना चाहते थे। लेकिन मैं किसी से नहीं पटी। किसी एक से भी नहीं? किसी से भी नहीं।

उस शाम के बाद मार्टिन अक़्सर हमारे अनुभाग में महिलाओं से गपशप के लिए आने लगा। अधिकतर लंच के समय। वह कहता था, ऊपर की मंजिलों से यहाँ का वातावरण अधिक ख़ुशगवार है। पहले तो वह क्लाउडिया और इतालवी लड़कियों के साथ चिपका रहता था और मेरी सीट के परे से ही निकल जाता था। लेकिन धीरे-धीरे उसने मेरी मेज़ के सिरे पर बैठना शुरू कर दिया, मार्टिन, भावी बॉस, साफ़-सुथरा, सजा-सँवरा मार्टिन। सदा नहाकर और शेव करके आता था। मुझे वह डिज़ाइन के नवीनतम कार्ड दिखाने को कहता था, पूछता था कि यदि मैं डिज़ाइनर होती तो कौन-सा माल लगाती, कौन-सा जालीदार कपड़ा इस्तेमाल करती। जो डिज़ाइन मेरे दिमाग़ में होते थे, उन्हें मैं पेंसिल से काग़ज़ पर घिस देती थी। फँस जाती थी। वह हँसता था और मुझे ऐसे ताकता था, जैसे कोई हास्य-कार्यक्रम देख रहा हो। तुममें प्रतिभा और सुरुचि की कमी नहीं, वह कहा करता था, यद्यपि हमारे सम्बन्धों को दृष्टिगत रखते हुए वह दुस्साहस ही कर रहा था। तुम्हें चिपकाना ठीक से नहीं आता, तुम गोंद के निशान छोड़ देती हो। यहाँ और यहाँ और वहाँ। "तुम्हें क्या क्लाउडिया ने बताया है?" मैंने कटुता से पूछा था। नहीं, यह तो कोई अन्धा भी देख सकता है, लेकिन वैसे सब कुछ ठीक-ठाक है। पेरिस में महिलाओं के जाँघियों और चोलियों के डिज़ाइनर के रूप में काम करना कैसा रहेगा?

वह कुछ हद तक मेरा और क्लाउडिया का लाडला बन गया। हम दोनों तब इकट्ठे ही रहते थे और वह कभी-कभी हमें मिलने आता था, या हम उसे किसी बार में पीने का निमन्त्रण देते थे। पैसा कम ही होता था उसके पास, लेकिन आकर्षण बहुत था उसमें, विशेषकर उसकी बाल-सुलभ दृष्टि में। हम उसे बहुत लाड़-प्यार देते थे और वह हमसे केवल अच्छी बातचीत करके ही प्रसन्न हो जाता था। उसे उस सौहार्द की तलाश थी, जिसकी उसे उस अजनबी शहर में कमी खलती थी। तीन महीनों बाद वह महाविद्यालय वापस चला गया और हमारा सम्पर्क न के बराबर रह गया। गाहे-बगाहे वह चित्रकार्ड भेज देता था और बाद में जब मैं अकेली रहने लगी तो कभी-कभी उसका फोन भी आ जाता था। कुछ वर्षों बाद उसने मुझे विवाह का एक कार्ड भेजा। इसी बीच वह डॉक्टर की उपाधि अर्जित कर चुका था। मैं ठीक से नहीं जानती थी कि इसका क्या अर्थ है, परन्तु मुझे संकोच-सा लगा और मैंने उसे बधाई-सन्देश नहीं भेजा। मैंने तब तक फर्राटे से जर्मन बोलना सीख लिया था, लेकिन लिखना मेरे बस की बात नहीं थी, कम से कम किसी डॉक्टर को लिखने की हिम्मत तो नहीं थी मुझ में। उसके बाद शान्ति रही, जब तक तीन साल पहले लण्डूरे का फोन नहीं आया।

× × ×

अब वह साइकिल के हैण्डल पर लटके हुए पतली-पतली टाँगें मारती रहती है। तब तक टाँगें मारती रहती है, जब तक उसका एक जूता खो नहीं जाता। मामी-ई, मामी-ई, मामी-ई इधर देख! मामी-ई, सुन! शर्त लगायेगी, मामी-ई? बता, मामी-ई! क्या बिना गिरे हाथ इधर से उधर रख सकती हूँ? गिन, मामी-ई, मैं कब तक एक हाथ से लटकी रह सकती हूँ? पन्द्रह। वाओ, बहुत ज़्यादा है। नहीं क्या, ज्यादा नहीं है क्या, मामी-ई? तुम यह कर सकती हो पन्द्रह तक? नहीं। और पहले? हाँ पहले तो कर सकती थी। बिल्कुल मेरी तरह? बिल्कुल तेरी तरह। उसे विश्वास नहीं होता, छुटकी को। गुस्सा आ जाता है उसे। तुम झूठ बोलती हो, मामी-ई! तुम यह कभी नहीं कर सकी होगी, पन्द्रह तक एक हाथ से, तीसरी कक्षा में। मान जाओ! कभी नहीं!

अब चुप करे और मुझे चैन लेने दे। उस स्त्री के पास जाए, ख़ुद को उससे मिलाये, मेरी तुलना उससे करे। उसे देने के लिए मेरे पास कुछ भी तो नहीं है, अपने बचपन की सुहानी यादें भी नहीं। उस स्त्री को अपनी चपल ज़बान पर हर रोज़ लग़ाम लगानी होगी।

जब से छुटकी का जन्म हुआ है, जीवन उसी के इर्द-गिर्द घूमा है। हर दफ़्तर में, हर डॉक्टर के यहाँ। छुटकी का क्या हाल है, आपको उससे कोई परेशानी तो नहीं? आपको छुटकी के लिए कोई मदद चाहिए? आप दूध पिला लेती हैं? आपको मिल्क-पाउडर चाहिए, लँगोट चाहिए? बच्चा पैदा करने की मशीन में नुक्स होने के बावजूद उसने माल तैयार कर दिया था। अब उत्पाद का महत्त्व अधिक था। वह छोटी और कमजोर थी और उसे सुरक्षा की आवश्यकता थी। स्विस-क्वालिटी से आधी। निगरानी करनी पड़ेगी। बच्चे तो भाग्य से मिलते हैं, माँ-बाप को कौन पूछता है, वे तो पहले से ही हैं। ख़ासतौर से माँ को, जो आधी मनुष्य है। आधी मुर्दा आधी जिन्दा, आधी पालतू, आधी जंगली, आधी युगोस्लाव, जिसकी आधी भाषा है, आधी तलाक़शुदा, आधी उत्तेजक। मिलाने के लिए बढ़ाये गये हर हाथ में, सामने सरकाये गये हर फॉर्म में, अविश्वास की गन्ध। स्वयं को इस सब की आदत डाल ली, सब कुछ स्वीकार कर लिया था, बिना धन्यवाद के। उन्हें चाहिए कि वे नाचें। सिर्फ़ छुटकी मेरे लिए छोड़ दें। कोई भी सरकारी उद्धारक मेरी हमराज़ नहीं बनी। फिर वह स्त्री भी कुछ ज़्यादा नहीं। मैं उसके निकट आना चाहती थी।

क्रीड़ा-मण्डली से कोई न कोई आकर छुटकी को घर से ले जाता था, दो सप्ताह में एक बार सफाई वाली भी आ जाती थी। दिन पर दिन बीतते गये, बिना फ़ोन आये। उस स्त्री से कोई अपेक्षा रखने की कोई वजह नहीं थी। कोई कारण नहीं था कि मैं उसे कहूँ, मुझे आपकी ज़रूरत है या कृपया मुझसे कोई दो

शब्द कहिए। नहीं नहीं, यह नहीं होगा। दिनों के सप्ताह हो गये, दो सप्ताह, तीन सप्ताह। कभी-कभी क्लाउडिया मुझे वस्त्र-नगरी से फ़ोन करती थी और अपनी शादी की कहानियाँ सुना-सुनाकर मुझे बोर करती थी। अब काफ़ी समय से वह विवाहित थी तथा अन्य बच्चों के अलावा उसके तीन अपने भी थे। उसके मर्द का तब तक खड़ा नहीं होता था, जब तक कि उनकी सबसे छोटी लड़की उन्हें प्रेम-क्रीड़ा करते हुए न देखे। यदि वह उसकी बात नहीं मानेगी तो वह इधर-उधर मुँह मारने को धमकी देता है। मैं क्लाउडिया को कोई परामर्श नहीं दे सकती थी। जुगुप्सा ने, वर्षों से मेरे भीतर पनपते विष ने, मेरी ज़बान को भी लकवे से जकड़ना शुरू कर दिया था। किसी दिन यह विष मेरे दिल तक पहुँच जाएगा और फिर घिन से मेरा दम घुट जाएगा।

उस स्त्री के साप्ताहिक कार्यक्रम की सूची कब की रसोई के दरवाज़े से गिर कर छुटकी के गुड्डे-गुड़ियों का कलेवा बन चुकी थी। शनैः शनैः मैं अपनी पुरानी दिनचर्या पर लौट आयी, जिसमें सफ़ाई तथा योजनाबद्ध ढंग से जीवन चलाने का अभाव था। जब थोड़ी शक्ति होती थी तो काम कर लेती थी, तब तक, जब तक शक्ति रहे। दिन पर दिन यह शक्ति कम हो रही थी। किसलिए? छुटकी चैन से थी। मिठाइयों तथा बच्चों के कार्यक्रमों में व्यस्त रहती थी।

तब अकस्मात् सही दिन भी आ गया, सही समय, बिना बुलाये। कुछ सोचा भी नहीं था, किया भी नहीं था। सुबह जरा-सी लापरवाही हो गयी। मैं बिस्तर से अपनी पहिया-कुर्सी पर चढ़ना चाहती थी। तकिन-सी हिचकिचाहट, शक्ति ज़रा-सी कम लगायी, कलाई में कमज़ोरी का एक क्षण। एक चीख, फिर धड़ाम, सब एकदम असली। एक दुर्घटना, छुटकी को विश्वास हो गया। वह नीचे को भागी, रेंत्सो को ले आयी। रेंत्सो हाँफ रहा था। उई माँ! मुझे उठाकर बिस्तर पर लिटाया, चिन्तायुक्त थी उसकी दृष्टि। अभी भी मैं उसे भली लगती थी, हालाँकि कई महीनों से मेरे पास देने को कुछ भी नहीं बचा था, सीधा-साधा चाटने का खेल भी बन्द हो चुका था। डॉक्टर? एक सैकिंड! मैंने कम्बल के भीतर अपनी टाँगों तथा नितम्बों को सहला कर देखा, फिर बाँहें, कुहनियाँ और कन्धे। सिर हिलाया, हँसी। नहीं, डॉक्टर की ज़रूरत नहीं। खर-पतवार नाश नहीं होती, ठीक है न रेंत्सो? सिर्फ दायीं आँख के ऊपर पड़े गूमड़ पर एक गीला कपड़ा लगा दो! दोपहर को रेंत्सो छुटकी को अपने घर ले जाता है। उसकी बीवी .ख़ुश होगी, उसे छुटकी बहुत अच्छी लगती है। शाम तक जाँघ की त्वचा नीली पड़ जाती है और वह हिस्सा सामान्य से अधिक मोटा भी लगता है। लगता है कि उँगलियों के नीचे कुछ सख़्त-सा महसूस हो

रहा है। मुस्कराती हूँ। पूरी रात इन्तज़ार करती हूँ। प्रार्थना करती हूँ।

अगली सुबह जाँघ का नीलापन और भी बढ़ जाता है। सूजन भी बढ़ जाती है। हड्डियों का पता नहीं चल रहा। एम्बुलेंस बुलाती हूँ। अगले दिन काटकर अन्दर एक धातु की प्लेट पेंचों से कस दी जाती है, फिर जाँघ को सी दिया जाता है। उसके पुट्ठों के जोड़ से लेकर घुटनों तक लगे हुए हैं। एक आधी स्त्री की हड्डियाँ तो टूटने के काबिल हैं, न कि जुड़ने के। ऑपरेशन में सामान्य से अधिक समय लगता है। मुझे बाद में बताया जाता है कि हृदय साथ नहीं दे रहा था। होश में आना एक भयावह स्वप्न था। मेरे सिर के ऊपर गहरे लाल रंग के दो बैग़, ख़ून से लबालब भरे। मैं ज़िन्दा थी। अनाम, जुगुप्सा, पीड़ा की हर सीमा को लाँघती हुई। मैं स्वयं एक स्वच्छ सफ़ेद बोतल, अत्यन्त पतली एक तह, मतली के कारण निचुड़कर चपटी हो चुकी थी। सुर्ख़ लहू, तीन भरे हुए थैले, कहाँ जगह मिलेगी उन्हें! मैं सफ़ेद रहना चाहती हूँ, लाल नहीं। सफ़ेद ही रहना है मुझे। काली नक़ाब पहननी है मुझे। काले रस्से, जो मुझे बाँधें, जो मुझे दो टुकड़ों में फाड़ डालें, मेरे धड़ से मेरे अंग अलग कर दें, धड़ को सिर से अलग कर दें; जब केवल सिर ही रह जाए, मेरी खोपड़ी, गंजी, उसके नीचे एक चेहरा, मेरा चेहरा, एक मुँह, जो पुकारता है, ''मुझे मेरे केश दे दो!'' मुझे मेरे नर्म मुलायम बाल वापस चाहिए। बाद में कुछ होश-सा आया, ख़यालों के कोहरे में गुम थी मैं, जिनका केन्द्र छुटकी थी। छुटकी ही छाई थी मेरे दिलो-दिमाग़ पर, एक बार वह भी आया, नाकारा जानवर पुनः छुटकी, फिर रेंत्सो और स्पाघेट्टी। अगले दिन फ़ोन आया। वह फूल लेकर आती है, वहाँ बैठती है, ताकती है, मेरा हाथ अपने हाथ में लेने के बजाय। उसके जाने के बाद मेरे दबे हुए आँसू उफनकर बाहर आ जाते हैं। अब वह दुबारा आयेगी और फिर आती रहेगी।

× × ×

मैं झट से डिब्बे के तंग वाले हिस्से में लगी सीखचों वाली खिड़की की ओर दृष्टिपात करती हूँ। हवा में ताज़गी है, मेरे लाइटर की आग चमकती है। मेरी उँगलियों पर कुछ ग़र्माहट। ज़रा-सी राख से मेरा राज़ नहीं खुलेगा। पटरों की दरारों की अँधेरी गहराईयों में वह धूल की तरह लुप्त हो जाएगी।

खिड़की के शीशों पर बर्फ़ गिर रही है, बढ़ती जा रही है। पहाड़ियों का हरापन, घरों का मटमैलापन लुप्त होता जा रहा है। खेतों पर एक चादर बिछ रही है, उनकी छुपी हुई मिट्टी जम रही है, तबेलों में बन्द अदृश्य गायों का श्वाँस भी जम रहा है। रबड़ के ऊँचे जूतों में एक लड़का कूड़े के ढेर पर अपना फावड़ा घुमा रहा है। शायद वह तब तक फावड़ा घुमाता रहेगा, जब

तक गाड़ी निकल नहीं जाती। जब गाड़ी का अन्तिम डिब्बा निकल जाएगा तो वह घुमाना बन्द करके कूड़े को रेड़ी में डालकर ले जाएगा। डिब्बों में बैठे यात्रियों को इस बात की ख़बर ही नहीं होगी। या शायद वह तब तक घुमाता रहेगा, जब तक उसका अपना सिर नहीं घूमने लगता और वह अन्ततः तिनकों और गोबर के बदबूदार ढेर पर नहीं गिर पड़ता। और डिब्बे में बैठे यात्रियों को इसकी ख़बर ही नहीं होगी, क्योंकि तब तक उनके नेत्र कुछ और निहारने में व्यस्त होंगे।

तिनके और गोबर, काठ और सुखद ग़र्म हवा की साँय-साँय। नेत्र मूँद लूँ, नथुने खोल लूँ, त्वचा के सूक्ष्म छिद्र भी। चित्रों को धुन्ध से निकालूँ, उन्हें पहियों पर लुढ़कने दूँ, तंग सड़क पर, जो ज़ग़रेब से शुरू होती है, मेदवेदनिका को जाती है, मन्द गति से, ल्यूबा से मुझे पृथक करती है, मुझ सर्ब औरत को, दुष्टात्मा की थुलथुल ठुड्डी से परे, भूरी से दूर, पापा से दूर, सफ़ेद शराब की खट्टी गन्ध से, लांडरी से, भूख से, मर्दों के उतावले हाथों से, इन सबसे दूर, ज़ग़रेब को पीछे छोड़ूँ, भोर के सफ़ेद कोहरे में, उपनगरों, म्ताकानी, सेस्टीने से होती हुई निकल जाऊँ, हरे-भरे जंगल से गुजरती इस सड़क के साथ, ऊँचाइयों पर, इतनी ऊँचाई तक कि मैं भूल जाऊँ और मेरी दृष्टि क्षितिज तक पहुँच सके और फिर मैं पहुँचूँ ज़ागोरी की पहाड़ियों में, जो अपनी नन्ही, गोल-मटोल बाँहें उठाकर मेरा स्वागत करें, मुझे आगे ले जायें, नीचे तराई में रहने वाले उन मनुष्यों की दृष्टि से परे, जो मुझे प्यार करने की बजाय मुझे सहन करते हैं, जहाँ मेरा घर नहीं है, मैं अस्थाई हूँ, रोटी, कपड़े और एक बिस्तर की भीख माँगती हूँ, इन्सान होने के मात्र अपने अधिकार के लिए हाथ फैलाती हूँ, क्योंकि वहाँ अपनी इच्छा के बिना जन्म लिया है मैंने। मेरा मन अब हल्का हो रहा है, श्वांस मुक्त रूप से चल रही है, हर फन्दे के साथ, हर उस दाखबारी के साथ, जो मुझे बुला रही है, हर गुज़रते हुए मकान के साथ, सड़क के मोड़ पर खड़ी हर मुर्गी के साथ, प्रकाश में वृद्धि के साथ, जैसे मैं सफ़र पर नहीं निकली, बल्कि घर लौट रही हूँ, जब तक पहिये रुक नहीं जाते, बस खड़ी नहीं हो जाती, मैं अपना पर्स उठाकर पायदान से कूद नहीं पड़ती। दोविदयेन्या... फिर मिलेंगे।

निराशा

●

आडलहाईड डूफ़ानेल

मैं नहीं जानती कि कुछ ऐसे संवेदनशील या बहुत कम संवेदनशील प्रकृति के व्यक्ति भी होते हैं, जो कभी धूप का चश्मा नहीं लगाते, सिलाई करते समय उँगली पर अंगुश्ताना नहीं चढ़ाते, बरतन धोते समय रबड़ के दस्ताने नहीं पहनते; ऐसी वस्तुएँ जिन्हें अन्य लोग आँखों, उँगलियों के सिरों या हाथों के बचाव के लिए अपरिहार्य समझते हैं, परन्तु आगनेस को इन चीज़ों से चिढ़ थी, इन्हें वह वास्तविकता के मध्य, अपने जीवन और अपने अस्तित्व के मध्य, इस जीवन की अनुभूति के मध्य, एक अवांछनीय दीवार की तरह मानती थी। वह मेरी धर्म माँ थी, मेरे नाम के पीछे उसका नाम लगा हुआ है। जब मेरी दुश्चरित्र अविवाहित माँ से मुझे पृथक किया गया था तो छः महीने मैंने उसके यहाँ काटे थे, परन्तु जब उसे किसी प्राणलेवा रोग ने आ जकड़ा तो मुझे गेंद की तरह पहले, फिर दूसरे, फिर तीसरे अनाथालय में लुढ़काया गया। प्रत्येक अनाथालय में मुझे एहसास होता था, जैसे में झाग के सौ-पचास बुलबुलों में से एक थी, जिसे वहाँ की मैडम जब चाहे, जहाँ चाहे उड़ा दे, चाहे सदा के लिए। मुझे इस सत्य का आभास था कि इस संसार में और गहराइयों का भी अस्तित्व है, जलपोत भी हैं इस संसार में, जो उन गहराइयों को रौंदते हुए और खलबली मचाते हुए निकल जाते हैं। यह मैं तब से जानती थी, जब से आगनेस मौसी की मृत्यु के पश्चात् मेरे मौसा मुझे अनाथालय से अपने साथ ले गये थे; तब तक मैं 13 वर्ष की हो चुकी थी। मेरे कद की तुलना में वह भीमकाय थे, मेज़ पर बैठे हुए मैं उनके समक्ष बौनी लगती थी, जहाँ बैठे वह ऊँचे स्वर में प्रार्थना करते थे, ऐसे जैसे अपने पीछे झिलमिली बन्द कर ली हो, ताकि धूप सदैव मुझ से परे रहे। झिलमिली के पीछे, जैसे बहुत सारे पेड़ सनसना रहे हों; जैसे घर के चारों ओर जूते से खटाक हो रही हो। मेरी कोई

सहेली नहीं थी, कोई गुड़िया भी नहीं थी; मुझ अकेली को एक अनाथालय से दूसरे अनाथालय में लुढ़का दिया जाता था, तुच्छ समझकर सामान के किसी एक नग के समान, मेरे अजीब से, तार-तार हुए कपड़ों में। पिछले अनाथालय की मैडम ने इसे मेरा सौभाग्य बताया कि रेमण्ड मौसा, जो मेरी स्वर्गीय मौसी आगनेस के पति, उस अल्पभाषी, नित्यरोगी स्त्री के पति थे, जिसके नेत्रों की मैं ज्योति थी और जिसका स्वर एक धीमी आँच की तरह चटखता था, मुझे अपने साथ ले जा रहे थे। इस मौसा ने जैसे मुझे कारागार में डाल दिया था। उनकी दृष्टि में मैं जिद्दी, स्वप्निल तथा आलसी थी। मुझे अनाथालय से लाकर जब मेरी मौसी ने मुझसे बात की थी तो पहली बार ऐसा हुआ था कि किसी ने मुझसे अकेले में बात की हो; इस समय मैंने अपने आपको बच्चों के झुण्ड का भाग नहीं समझा था, कारख़ाने में तैयार किये गये खिलौनों में से किसी एक की तरह, जो बाकी सब खिलौनों की तरह नीरस लगता हो, जो प्रतीक्षा करता हो, और जैसे सपने में आदेश सुनता हो, जो सबके लिए समान थे; हाथ धो लो, दाँत साफ़ करो, स्कूल का काम करो, प्रार्थना करो, सो जाओ। नहीं, अब मैं एक विशिष्ट नग थी, किसी एक व्यक्ति द्वारा हाथ से तैयार किया गया। तथाकथित विशेष खिलौना, किसी फ़ैशनेबल दुकान से; मुझे याद आता है कि कैसे मेरे हृदय में एक प्रबल इच्छा प्रज्चलित थी कि अनाथालय की निर्देशिका भाँप ले कि मेरी एक आँख का रंग दूसरी आँख से हल्का था कि मेरे होठों के कोने सहज ऊपर की ओर उठ जाते थे, यद्यपि मेरा चेहरा लम्बा और उदासीन था। मैं कल्पना करती थी कि वह मुझे वो बतायेगी, जिसे जानने की जिज्ञासा चिरकाल से मेरे मन में थी : लहरें क्यों होती हैं, और धूम्रवर्ण गहराइयों के भीतर कैसा लगता होगा, जिनकी निश्चलता को दृष्टिगत रखते हुए उन्हें मृत मानने को जी चाहता है, और क्या मैं स्वयं को इन गहराइयों का अंश मान सकती हूँ या मेरा अस्तित्व धुँधले प्रकाश की अदृश्य किरण है, प्रकाश धुँधला था और कष्टकर था, परन्तु उस अन्धकार के गोल और नर्म होने की आकांक्षा कर मैंने जीवन की दिशा बदली, जिसमें रेमण्ड मौसा मुझे धकेलना चाहते थे। मौसा ने दूसरा विवाह कर लिया, इस औरत में और आगनेस मौसी में जमीन-आसमान का अन्तर था; मैंने तुरन्त भाँप लिया कि जिस दिन धूप खिली हो, उस दिन वह काला चश्मा लगाती थी, काम करते समय वह रबड़ के दस्ताने पहनकर हाथों की रक्षा करती थी और सिलाई करते समय अंगुश्ताना पहनती थी, ''जैसे कि होना चाहिए'', वह ज़ोर देकर कहती थी। मैं नहीं जानती कि क्यों मैं भयभीत थी; मेरा साहस जवाब दे रहा था, कुछ पूछने की हिम्मत नहीं रही थी, प्रतीक्षा त्याग दी मैंने; लहरें

और गहराइयाँ पहले से भी अधिक दूरस्थ थीं, बुलबुले और प्रकाश भी लुप्त हो चुके थे और रेमण्ड मौसा रूपी विशाल पोत तब तक लघु से लघुतर होता गया, जब तक कि वह क्षितिज में विलीन नहीं हो गया। वह वहाँ पृष्ठभूमि में किसी छोटे से बिल में जीवन के दिन गिन रहा था, और नयी मौसी, मोनिका अग्रभूमि में पनप रही थी, वह भी किसी हवा के घोड़े पर। किसी बादल पर शायद उसने अपना गद्देदार फ़र्नीचर लगा रखा था; अपनी चमचमाती मेज़ और कमोड, अपने धूलरहित असली कालीन, नेल पॉलिश और लिपस्टिक और चाय की प्यालियाँ और सुनहरी तथा काली विग भी वहीं ले गयी थी वह।

मैं कौन थी? पिता के बारे में मैं कुछ नहीं जानती थी, माँ का एक धुँधला-सा चित्र था मस्तिष्क में (एक बार उसने मुझे कलछी से पीटा था और जब कलछी उसके हाथ से छूटकर चूल्हे के पीछे जा गिरी थी तो उसने एक दूसरी कलछी उठाकर मेरी तब तक मरम्मत की थी, जब तक मैं लहू-लुहान नहीं हो गयी थी) और आगनेस मौसी मेरे स्वप्निल नेत्रों में एक प्रकार के विशाल हृदय कंकाल की तरह उदित होती थी, जिसके वार्तालाप में फ्रेंच के शब्द छितरे होते थे। मेरी स्मृति में अभी तक "ओ लाला" बसा हुआ है और मैं कई बार इन दो शब्दों का छुपाकर धीरे से उच्चारण करती हूँ, ताकि मैं किसी से अपने अस्तित्व को जोड़ सकूँ। उसके पास एक बिना भौंकने वाला कुत्ता था, जिसे रेमण्ड मौसा ने मरवा दिया था। वह तनकर चलती थी और लम्बी आरामकुर्सियों पर सीधी होकर बैठती थी। पता नहीं उसे बचपन में क्या निगलना पड़ा था कि वह इतनी दुर्नम्य हो गयी थी। मैं कल्पना करती थी कि उसने कभी किसी को प्यार नहीं किया होगा, मुझे भी नहीं। अचरज की बात है कि मुझे यह सोचकर एक अद्भुत सुख की प्राप्ति होती थी, यद्यपि यह सोचना भी पीड़ादायक था।

मैं गाँव में स्कूल जाती थी और मेरी बेंच पर मेरे साथ बैठने वाली लड़की का नाम ग्रेटे था। इससे पहले वाले अनाथालय में भी एक ग्रेटे मेरे साथ बैठती थी। अन्तर इतना था कि इसके बाल लाल थे, उसके भूरे। स्कूल में पढ़ाई के समय मैं सपने लिया करती थी, कैसे मैं अग्रसर होऊँगी, "अग्रसर" की परिभाषा मेरे लिए क्या थी, मैं स्वयं को भी शब्दों में यह स्पष्ट करने में असमर्थ थी। मैं इस निश्चलता के चंगुल से मुक्त होकर अग्रसर होना चाहती थी, क्षितिज के उस छेद में तैरकर या उड़कर पहुँच जाना चाहती थी, जिसमें वह विशाल पोत लुप्त हो गया था, जहाँ वह एक निरीह कीड़े की तरह रेंग रहा था, बेहद निर्बल या अस्तित्वहीन। अथवा मैं गहराई में उतरकर उसकी थाह लेना चाहती थी, गहराते और गहराते हुए: सम्भव है मेरा साक्षात्कार वहाँ

किसी और पोत से हो, जो मछलियों के रूपहले जिस्मों के बीच लंगर डाले झाँक रहा होगा और उसकी हँसी में गर्जना होगी, जब वह मुझे देखेगा। स्पष्ट है कि तब तक मुझमें परिवर्तन आ चुका होगा, मैं तब हूँगी स्वर्ण-सुन्दरी, किसी फ़िल्म की नायिका की तरह, पवन जैसे शीतल स्वर वाली एक गायिका।

रेमण्ड मौसा केवल सप्ताहान्त में घर पर होते थे और वह भी हमेशा नहीं। वह एक छोटे से म्यूज़ियम के संग्रहपाल थे और मेरा विचार था कि वह बहुत बुद्धिमान होंगे, बल्कि मेधावी होंगे; यहाँ तक कि उनके दाँत भी मुझे विषादप्रवण बना देते थे, क्योंकि वे चौड़े, पीले और बड़े-बड़े थे। उन्हें चमड़े के दस्ताने पहने देखकर मैं मुग्ध हो जाती थी, दिल करता था कि काट लूँ, भीतर मांस तक दाँत गड़ा दूँ और फिर उनकी चीत्कार सुनूँ, जंगली खूँखार पक्षी की चीत्कार। मैं इस स्थिति से सामंजस्य न बिठा पायी थी, न बिठाना चाहती थी कि सब कुछ मृतप्राय हो चुका है। मेरी अभिलाषा थी हलचल, बिजली, कोलाहल, ज़िन्दगी और हत्या की अनुभूति में डूब जाने की। मैं दूरियाँ नज़दीक़ लाना चाहती थी, उन्हें स्पर्श करना चाहती थी, उन्हें हाथों से सहलाना चाहती थी, उन्हें आत्मसात् करना चाहती थी, स्वयं उनमें विलीन हो जाना चाहती थी—क्या आगनेस मौसी भी यही करती? और मोनिका मौसी? मुझे पता था कि मोनिका मौसी नगर में प्रायः एक ऊँट जैसी गर्दन वाले मूर्ख-से नाई से मिलने जाती है, उसका नाम मुझे याद नहीं आ रहा। वह उसे रोज़ाना फ़ोन करती थी और हर सोमवार दोपहर बाद वह अपनी छोटी गुलाबी रंग की खटारा गाड़ी में शहर को जाती थी, जहाँ मैंने उन्हें एक बार एक-दूसरे की बाँहों में बाँहें डाले पकड़ा था। वे हैटों की एक दुकान का अवलोकन कर रहे थे। मैं उनसे घृणा करती थी—परन्तु यही नहीं; मेरी इच्छा के विपरीत मैंने पाया कि अन्तर्मन में मुझे इस बात से प्रसन्नता होती थी कि वह रेमण्ड मौसा से धोखा कर रही है।

शनिवार की एक अपराह्न, जब आकाश तो बादलों से ढँका था, परन्तु वर्षा होने का नाम नहीं ले रही थी, मैं रेमण्ड मौसा के साथ घर में अकेली रह गयी थी। उनकी पत्नी किसी मीटिंग में गयी थी, जिसका प्रमाण उसने मौसा को एक निमन्त्रण-पत्र दिखाकर दिया था, परन्तु जिसके बावजूद मेरा सन्देह उस पर कायम रहा। (एक दिन पहले मैं अनिच्छापूर्वक एक दर्दनाक घटना की साक्षी बनी थी; मैंने मोनिका मौसी को गला फाड़कर चिल्लाते हुए सुना था, "तूँ तो मर्द ही नहीं है, मैं अब तंग आ चुकी हूँ; मैं कहीं और जाकर अपनी आग बुझा लिया करूँगी; पोंगा पण्डित कहीं का!" और रोते हुए दरवाज़े को फटाक से बन्द करके वह अपने कमरे में घुस गयी थी।) रेमण्ड मौसा अपने

अध्ययन-कक्ष में बैठे रहे और मैं स्कूल का काम करती रही। फिर मैं इधर-उधर मटकती रही, शिकंजी पी, बिस्कुट खाये और पुराने एलबम उठाकर उनमें ऐसे लोगों के फोटो देखती रही, जो मेरे लिए अजनबी थी और लगते थे जैसे किसी मठ के सदस्य हों, जो रंगों की छाया को भी घोर पाप समझते थे। कपड़ों के नाम पर उन्होंने मटमैले और काले रंग की पोशाकें और पगड़ियाँ पहनी हुई थीं। उनके नेत्र, नाक और गाल भी एक काली छाया के समरूप थे। उनके आस-पास संजीदा-सी दीवारें, प्रकाशहीन आकाश और उदास पेड़ों के झुण्ड थे। परन्तु यह सत्य मुझे दुर्भाग्यपूर्ण लगा कि रेमण्ड मौसा, जो कभी मेरी कल्पना में एक विकराल युद्धपोत के प्रतीक थे, जो कभी शत्रु के बेड़ों को तहस-नहस करता, उसके मन में भय जगाता, विजय की ओर प्रस्थान करता था, अब मुझसे मुँह छिपाये बैठे थे, इस आशा में कि मैं उन्हें ढूँढ निकालूँगी—उसे, जो एक मुँह फाड़े हुए विशालकाय सांड के निकट एक छोटे से रक्तहीन बच्चे की तरह खड़ा थर-थर काँप रहा था। अच्छा, एकदम से मेरे मस्तिष्क में आगनेस मौसी द्वारा एक बार बतायी गयी बात गूँजी कि मौसा एक निम्न मध्यवर्गीय परिवार से थे और उनका एक भाई कहीं पट्टेदार था। तो मैंने स्वयं को भ्रम में रखा थाः वह तो वह था ही नहीं, क्षितिज पर उसे खोजना व्यर्थ होता, निश्चित रूप से वह अभी भी दया करने योग्य नन्हा-सा बच्चा था, जो उसके चमड़े के दस्ताने के भीतर एक दाँत गड़ाने पर ज़ोर से "उई" का कातर स्वर निकालता, चाहे वह वर्षों पूर्व जन्मा होने के कारण देह से स्थूलकाय था। मैं क्रोधित थी, ऐसे आभास हुआ, जैसे मेरे साथ छल किया गया हो, अब यह मुझे स्पष्टतर होता गया कि ऐसी लहरों का अस्तित्व था, जिन पर मैं झूलती थी, ऐसी हवाएँ थीं, जो मुझे यहाँ से वहाँ और वहाँ से यहाँ उड़ाती थीं, चाहे बुझी हुई, परन्तु फिर भी झिलमिलाती गहराइयाँ, और क्षितिज पर छिपने का स्थान, सुई के छेद जितना छोटा...

फौरन मैं मौसा के अध्ययन-कक्ष में भाग के गयी, बिना खटखटाये, बिना स्वयं पर दर्पण में दृष्टि डाले। (यह तो मैं जानती थी कि मेरी चोली के बटन ढंग से बन्द नहीं थे। मुझे रेमण्ड मौसा के घर में कुछ इस ढंग से घूमने की आदत पड़ गयी थी, जिसे मैं "सेक्सी" समझती थी; इस मामले में मेरा आदर्श थी मोनिका। कई बार मैं उस समय डर जाने का अभिनय करती थी, जब मैं सुबह-सुबह छोटी-सी नाइट शर्ट पहने गलियारे में घूम रही होती थी और मौसा मुझे मिल जाते थे। उनकी उलझन भरी दृष्टि से मेरे मन को तुष्टि मिलती थी। कारण था कि यद्यपि मुझे इसमें कोई सन्देह नहीं था कि मैं बदसूरत थी, फिर भी अब मुझे एहसास हो चला था कि मेरे छोटे-छोटे पर

उग रहे हैं, जो मुझे उड़ाकर वहाँ ले जायेंगे, जहाँ दुर्दम्य पोत विचरण करते हैं, अपने कैप्टन अथवा शत्रु की प्रतीक्षा में...) उनके मुरझाये हुए, भारी चेहरे पर दृष्टि गड़ाये हुए मैंने बक डाला कि कैसे मोनिका कई महीनों से एक नाई के साथ मुँह काला कर रही हैं। वह मुझे घूरते रहे; उनकी आँखें बर्फ़ में जमे हुए फूलों की तरह थीं, होठ मटमैले पड़ चुके थे। उन्होंने दरवाज़े की ओर संकेत करते हुए मुझे बाहर निकल जाने का आदेश दिया, अपनी कोहनियों को ज़रा-सा ऊपर उठाते हुए और कहा : ''आगनेस, तुमने मुझे निराशा दी है—यदि तुम केवल जानती, कितनी निराशा दी है तुमने मुझे!''

मुझे उस घर को छोड़ देने का आदेश हुआ। कुछ दिन बाद मैंने सामान बाँधा और अपने जीवन का चौदहवाँ वर्ष भी किसी अनाथालय में बिताने को मैं निकल पड़ी। अब मुझे केवल ज़िद्दी होने का ही विशेषण नहीं प्राप्त हुआ, बल्कि झूठी और बिगड़ी हुई होने का भी। मोनिका मौसी अभी भी अपने नाई को मिलने जाती है या नहीं, मैं नहीं जानती। रेमण्ड मौसा के बारे में काफ़ी लम्बी अवधि से मुझे एक ही सपना आ रहा है कि वह द्वार खोलते हैं और मुझे अन्दर आने को कहते हैं; बौने जैसे हैं वह, दो बैसाखियों पर टिके हुए, पैरों में बड़े-बड़े जूते पहने हैं और मुझे वह मोहपूर्ण दृष्टि से देखते हैं, परन्तु जिस कमरे में वह खड़े हैं, वह काँटेदार झाड़ियों से भरा हुआ है, जो आड़ी-टेढ़ी कमरे में फैली हुई है; कुछ पर ख़ून और बाल चिपके हुए हैं। मैंने हाथ में एक भारी बोरा उठाया हुआ है और मैं ठिठुर रही हूँ; तब भी मैं निश्चय नहीं कर पाती कि प्रवेश करूँ या नहीं, बल्कि बहुत देर तक खड़ी रहती हूँ, जैसे अपेक्षा और भयपूर्ण विक्षोभ के मारे वहीं जम गयी हूँ, चौखट पर—जब तक मौसा का चेहरा क्रोध से रक्तिम और फिर विकृत नहीं हो जाता। घृणायुक्त मुद्रा में वह मुझे चले जाने का संकेत करते हैं। मैं मुड़ती हूँ और सीढ़ियाँ उतर जाती हूँ। परन्तु तब मुझे लगता है कि मैं जाग गयी हूँ, मेरे कपोल आँसुओं से भीग गये हैं और मुझे विश्वास हो जाता है कि मैं इतनी बीमार हूँ कि मरने वाली हूँ और फिर मुझे याद आता है कि मैंने अपने साथ सोने वाली दूसरी लड़की को डॉक्टर को लाने भेजा है। परन्तु डॉक्टर तो रेमण्ड मौसा हैं। अब वह लड़की तेजी से दौड़ने के कारण हाँफती हुई मेरे सामने खड़ी है और कहती है, ''डॉक्टर नहीं आ रहा; वह कहता है तुमने उसे निराशा दी है।'' नैराश्य के मारे कराहते हुए मैं जाग उठती हूँ और मुझे लगता है जैसे मैं हजारों जानवरों के साँस लेने और खर्राटों की आवाज़ सुन रही हूँ। वे जानवर छोटी-छोटी डिब्बियों में बन्द हैं। या मैं उस हवा की आवाज़ सुनती हूँ, जिसने अनाथालय की इमारत को वर्षा की कई परतों के पीछे ढँक लिया है।

विदेशी हाथ

●

ऑट्टो एफ़ वाल्टर

मिस्टर आडलबर्ट गम्मा ने होटल में हमारा स्वागत किया। उर्न के मूल निवासी मिस्टर गम्मा का चेहरा उनसे बात कर रहे मनुष्य के मन में उनके प्रति विश्वास जगाता है। जिस माडेर्न घाटी में हम स्वास्थ्य लाभ हेतु गये थे, वहाँ बना यह होटल इतना असामान्य नहीं है, क्योंकि आजकल 19वीं सदी के बने पुराने ख़स्ता होटल भी शानदार होते हैं। प्रवेश-हाल अत्यन्त सुन्दर दीवारों पर संगमरमर के चूने के काम तथा कामुकता भरे दृश्यों से युक्त असली कलाकृतियों, वेनिस से मँगाये गये फर्नीचर, ज़ाऊमर से मँगाये गये दीवार लगाने वाले गलीचों पर आखेट के दृश्यों से सुसज्जित है। यहाँ चट्टानों तथा वृक्ष-शिखरों के ऊपर इस कृत्रिम भव्यता तथा उच्च पर्वत-शृंखलाओं के अटल संसार को देखकर अवास्तविकता का आभास मिलता है। गम्मा ने बताया कि लगभग चार सौ वर्ष पूर्व मुख्य इमारत का निर्माण किया गया था। तत्पश्चात् 1892 में उद्यान में इंग्लिश मण्डप सहित अन्य भवनों का निर्माण हुआ।

दस वर्ष और, या सम्भवतः पाँच ही, जब यहाँ केवल चूहों का साम्राज्य होगा। 50 के दशक में ही अत्यावश्यक संरक्षण एवं पुनरुद्धार कार्यों के लिए धन नहीं बचा था। उसी दशक में यहाँ दन्तुर-पहिया-गाड़ी की एक परियोजना कार्यान्वित नहीं हो पायी थी। तभी से फफूँदी और कीड़े तत्परतापूर्ण अपने कार्य में लगे हुए हैं। असम्भव नहीं, उसने कहा कि आप दोनों इस होटल के अन्तिम अतिथि हो। अगले सप्ताह वह खिड़कियाँ-दरवाज़े बन्द कर देगा। यदि पूरी इमारत की नींव आगामी शरद ऋतु भी यूँ ही काट जाये तो ग्रीष्म ऋतु का एक सीज़न और निकालने की बात बर्फ़ पिघलने के बाद सोची जा सकती है। हमसे वार्त्तालाप के दौरान उसने तीन ऊँचे गिलासों में बड़े-बड़े जाम बना दिये : बर्फ के साथ या बिना बर्फ़? आपके स्वागत का जाम है

यह, उसने कहा, होटल-प्रशासन की ओर से, हमारे इस समय के एकमात्र अतिथि-युगल के लिए। हमारी सेहत का जाम उसने ऊपर उठाया। शायद शराब, जड़ी-बूटी युक्त ब्राण्डी और सोडा का तगड़ा सम्मिश्रण था।

हम चबूतरे के द्वार के नीचे से निकले। मेघरहित नीले आकाश से सूर्य चट्टानी दीवारों के पीछे अस्त हो रहा था। स्वास्थ्य-गृह के तनिक नीचे से हमारे सामने कोहरे का एक समुद्र सम्पूर्ण घाटी में उमड़ रहा था। उसके ऊपर दाहिनी ओर तीन झरने चट्टानों से प्रकृतस्थ नीचे गिर रहे थे; उन से ऊपर इस ऊष्ण प्रकाश में श्वेत शिखर इतने स्पष्ट दृष्टिगोचर हो रहे थे, जैसे हम उन्हें दूरबीन से देख रहे हों। होटल के पार्श्व भाग में दक्षिण दिशा में घाटी में यदि दो घण्टे ऊपर की ओर चढ़ा जाये तो हिमनदी की चढ़ाई आरम्भ हो जाती है।

नाश्ते और दोपहर के भोजन सहित दो पलँगों वाले कमरे का किराया था 50 फ्रैंक प्रतिदिन। चौंतीस कमरों में से हम किसी भी कमरे का चयन कर सकते थे। हम सबसे ऊपर रहना चाहते थे, चौथी मंजिल पर, कमरा नम्बर 419, कोने वाला कमरा, जिसकी एक खिड़की पूर्व दिशा में खुलती थी, जो कल प्रातः के सूर्य की पहली सम्भावित किरणें हम तक पहुँचायेगी; अन्य दो खिड़कियों का रुख घाटी की ओर था।

रूथ प्रफुल्लचित पीठ के बल बिस्तर पर पड़ गयी। भ्रमण तथा सीढ़ियाँ चढ़ने की थकान के कारण मैं भी आरामकुर्सी पर बैठ गया। चारों ओर दृष्टिपात करते हुए यहाँ भी मैंने पाया कि छत तथा दीवारों पर संगमरमर के चूने से महीन काम किया हुआ था, झाड़-फानूस थे; यहाँ भी दीवार के पलस्तर में चौड़ी दरारें, दीवार से सटी एक मूर्ति के आधार पर चूने की धूल, बहुमूल्य अलमारी तथा विशाल पलँगों के मध्य मकड़ी के जाले देखे जा सकते थे। तो हम वहाँ पहुंच गये थे, उस क्षेत्र के केन्द्रस्थल में, जहाँ हम अन्ततोगत्वा और इन्हीं दिनों आना चाहते थे! ऐसा क्या है, जो पतनोन्मुख वैभव की ओर मनुष्य को आकर्षित करता है? इस प्रश्न का उत्तर क्या इस शाश्वत सत्य में निहित नहीं है कि विनाश के लक्षण मिट्टी की उस विजय के सूचक हैं, जो अन्ततोगत्वा सृष्टि के प्रत्येक अंग को जनसाधारण के स्तर पर लाकर समरूप बना देगी? हम एक-दूसरे की ओर देखकर मुस्कराये, थकान तथा सन्तुष्टि से परिपूर्ण मुस्कान, नहीं : हम हँसे, ज़ोर से हँसे, स्वयं पर। एक क्षण के लिए इच्छा हुई कि रूथ के साथ उस कम्बल में सिमट जाऊँ, जिस पर शायद असली ज़री का काम नहीं था, और उसे अपनी बाँहों में भर लूँ। क्या था मुझमें, या उसमें कि मैंने ऐसा नहीं किया? क्या मैं निढाल हो चुका था? रूथ ने निर्दयता दिखायी। वह आरम्भ हुई, "अरे, यह मीडियम सीमित समवाय।" और पुनः

हम उस विषय पर आ पहुँचे, जिसके बारे में पीटर ने हमें फोन पर सूचना दी थी, स्विस समाचार-पत्र के विक्रय की। ''रूथ'', मैंने कहा, ''प्रिय रूथ, स्वतन्त्रता, यहाँ तक कि प्रेस की स्वतन्त्रता इस देश में बिकाऊ बन चुकी है। इसी विषय पर क्या हमें फिर से उत्तेजित होना चाहिए, वह भी यहाँ ऊपर?''

वह केवल अधिक जानकारी चाहती थी। जानकारी, कि कैसे शक्तिशाली धनी उद्योगपति-संघ हमारे सिरों के ऊपर कार्य-निष्पन्न कर रहे थे। वास्तविकता यह थी कि उसका प्रभाव प्रचण्ड था : उनमें से कोई पूँजी का 75 प्रतिशत भाग ख़रीद लेता था, और यही ''कोई'' मुख्य सम्पादक की नियुक्ति तथा उसके कार्यकलाप की दिशा निर्धारित करता था, समाचार-पत्र की समाचार-नीति निश्चित करता था, यह निर्णय भी अन्ततोगत्वा वही लेता था कि समाचार-पत्र में कौन लिखे, क्या लिखे और कैसे लिखे। क्या कहने? नहीं क्या? इस ''कोई'' की प्रतिक्रिया बाहर से पड़ने वाले दबावों पर क्या होगी? अभी रूथ ने पूर्णतयः इस विषय पर विचार नहीं किया। सत्ता के मंच पर जो क्रीड़ा हो रही है, उसमें वह एक हत्था होगा, नहीं क्या? लाखों लोग, पाठक, पाठिकाएँ, अनैच्छिक रूप से सही, अपने ज्ञान, अपनी मनोवृत्ति, अपने स्वप्नों में इन निर्णयों से प्रभावित होंगे, बिना जाने, बिना सोचे। कितनी शक्ति है इन लोगों के हाथों में। और इस शक्ति को प्राप्त करने हेतु केवल एक प्राथमिक शर्त है, करोड़ों की पूँजी का मालिक होना। जब वह कल्पना करती है : किसी सूचना को ज़ोर-शोर से प्रचारित करना है अथवा उसे थोड़ी-सी पंक्तियों में 17वें पृष्ठ पर प्रकाशित करना है, किस ढंग से, भाषा के कौन से आवरण में, अथवा हमें उस सूचना को प्राप्त करने का अधिकार है भी या नहीं—सब कुछ पूर्व-निधारित है, पूर्णतयः निजी, निहित स्वार्थों पर आधारित!

''रूथ, हो तो तुम बहुत प्यारी! परन्तु मेरे विचार से इस समय इस देश में तुम एकमात्र ऐसी व्यक्ति हो, जो इन तथ्यों का विश्लेषण करके क्रुद्ध हो सकती है।''

''तुम गम्भीरता से कह रहे हो, ठोमास, इस तरह तो लोकतन्त्र का विनाश हो जायेगा!'' वह उठकर बैठ गयी। ''और तुम तो ऐसे बात कर रहे हो जैसे कुछ हुआ ही नहीं।''

परन्तु यह मीडियम सीमित समवाय, एक अनाम वस्तु के अतिरिक्त यह कौन है या क्या है? पूर्णरूपेण अबोधगम्य। एक निरपेक्ष, दुर्बोध विषय-वस्तु! आख़िर यह सीमित समवाय है कौन? ठीक से मुझे भी नहीं पता था! मुझे कुछ-कुछ याद आया कि सूचना प्रसार माध्यम से सम्बन्धित दो विशालतम संस्थाएँ हैं—फ्रयोलिष सीमित समवाय तथा रिंग सीमित समवाय, परन्तु दोनों

का अंश 75 प्रतिशत से कम है, फिर एक पब्लिक सीमित समवाय है, जो विज्ञापनों के क्षेत्र में राष्ट्र में प्रमुख स्थान रखती है, इनके अतिरिक्त एक रेडियोफ़्यूज़न सीमित समवाय है और उन्होंने अपना बहुतर भाग कुछ समय पहले आई.टी.टी. कम्पनी को बेच दिया था।

"तुम निश्चित रूप से बता रहे हो! आई.टी.टी. भी?" रूथ ने मुझे ताकते हुए पूछा।

"इण्टरनेशनल टेलीफोन एण्ड टेलीग्राफ़ इनकार्पोरेशन", मैंने कहा। कुछ सप्ताह पहले एक छोटी-सी घोषणा थी। बहुतर भाग। यह तो उन अमरीकन बहुराष्ट्रीय कम्पनियों में से केवल एक है, जो यहाँ हमारे देश में 75 प्रतिशत से अधिक अंश खरीद रहे हैं। हमारे देश पर कब्ज़ा किया जा चुका है। रूथ को क्या मालूम नहीं है? हमें भी जानकारी मिली है; शनैः-शनैः, चुपके-चुपके।

रूथ ने एक सिगरेट सुलगा ली। "तुम जिस ढंग से बात कर रहे हो, उससे लगता है कि तुम निर्लज्ज हो चुके हो। जैसे तुम्हें इससे कुछ नहीं लेना-देना।"

चिली में सल्वाडोर एलेंडे को सत्ता से हटाने और उसकी हत्या में इस कम्पनी ने एक महत्त्वपूर्ण भूमिका निभायी थी। एक उदाहरण है। और फिर यही लोग, हाँ यही लोग, इस देश में कम्पनियों के बहुतर अंश ख़रीद रहे हैं, और ऐसी कम्पनियों के, जिनका कर्तव्य जनता के समक्ष सच्चाई प्रस्तुत करना है। नहीं, यह ज्ञान उसे नहीं था। नहीं नहीं, बिना बात के उत्तेजित नहीं होना चाहिए। "अरे, क्या हम सब निद्राचारी बन चुक हैं?"

मैंने समझ लिया कि वह उत्तर की अपेक्षा नहीं कर रही। मैं एक खिड़की पर जाकर खड़ा हो गया। आकाश गहरे नीले रंग का हो रहा था। चट्टानों और पर्वतीय ढालों में भी अब नीले रंग की, गहरे रंग की एक स्पष्ट झलक थी। कोहरा छँट रहा था और सन्ध्या का झुटपुटा अपना रंग बिखेर रहा था।

आधे घण्टे पश्चात् मैं छोटे वाले बार के काउण्टर पर शराब की एक बोतल लिए बैठा था। वहाँ से नवीकृत रेस्तराँ सामने नज़र आता था। मिस्टर गम्मा ने मुझसे पूछा कि क्या सब ठीक-ठाक था। रात्रि भोज रात सात बजे परोसा जायेगा। अपने पाइप में तम्बाकू भरा उन्होंने। "खेद की बात है", उन्होंने कहा, "कि भोजन-कक्ष तथा पुस्तकालय को ताला लगाना पड़ा है।" वह अवश्य मुझे ये कमरे दिखाते। परन्तु कठिनाई वही है : ढह जाने की आशंका। फिर वह रेस्तराँ में कुछ अन्य अतिथियों की सेवा में लग गये, जिन्हें मैं नहीं देख पा रहा था। रुक-रुक कर मन्द आवाज़ें कानों में पड़ जाती थीं। पुरुषों की आवाज़ें।

फिर मैंने देखा, शायद एक घण्टे पश्चात्, कैसे रूथ भीतरी द्वार से

अतिथि-कक्ष में आयी, कैसे वह कुछ दूरी पर खड़ी रही। उसने चारों ओर देखा। उसके पीछे बँधे केश, उसका मुक्त चेहरा, मैंने देखा, वह कितनी हसीन थी। खिड़की के सामने बिछी एक मेज पर वह बैठ गयी। जब मैं उसकी मेज़ पर उसके पास पहुँचा तो मुझे एकाएक अनुभूति हुई, जैसे मेरे हृदय में रूथ के प्रति अनुरक्ति उमड़ आयी हो, मैं जैसे प्रेम-विह्वल हो उठा। निस्सन्देह, अपनी ढलती उम्र में मैं पुनः प्रेमपाश में जकड़ा गया था।

निरस्त्रीकरण

●

हर्मन बुर्गर

अपने टैंकों पर तीन दिन के युद्धाभ्यास के पश्चात् हमें एक रात एक छोटे से गाँव में जाने का आदेश मिला। हमने वो सभी दिशाएँ सील कर दीं, जिनसे शत्रु के आने का अन्देशा था। रात्रि के समय वाहनों को छिपाकर रखने की आवश्यकता नहीं थी। स्वभावतः स्थान-परिवर्तन के समय हम .खुली जगहों तथा गली में लगे बिजली के खम्भों से दूर-दूर रहे। तोपों की नालें खतरनाक ढंग से अन्धकार का सीना चीरते हुए आगे बढ़ रही थीं। जिज्ञासु ग्रामवासियों ने कच्चे रास्तों पर धड़धड़ाते हमारे टैंकों के आसपास भीड़ लगा ली थी। वे हमें ब्राण्डी तथा कॉफी पिलाकर तकनीकी विवरण जानना चाहते थे। जल्दी ही वे भी अपने घरों में घुस गये। हमारी टीम के एक तिहाई सदस्यों को पहरा देना था और दो तिहाई नींद ले सकते थे। रयोस्ली के ज़रूरत से अधिक गर्म हॉल में चारख़ानेदार वर्दी पहने बन्दूकची आड़े-तिरछे हुए नींद में पसरे पड़े थे। गहरी नींद में उनके लाल चेहरे सूजे हुए प्रतीत होते थे। मेजों के नीचे, कुर्सियों और बेंचों के मध्य, थियेटर के विचित्र परदों से अधढके, शराब पीने की लम्बी मेज़ों पर झुके हुए और मंच पर उकड़ूँ बैठे, सब ओर निद्रामग्न जिस्म थे। एक कोने में हल्की रोशनी में ताश खेली जा रही थी। सिगरेट के नीले धुएँ की लकीर बिजली के बल्ब के नीचे साँप की तरह बल खा रही थी, नींद पूरी न हो सकने के कारण बैठी तथा भर्रायी हुई आवाज़ें तथा पत्तों के फेंटने की आवाज़, बन्दूक पर चुपड़ी चिकनाई, बासी बियर तथा प्रदूषित हवा की गन्ध थी। शारीरिक तौर पर नींद वहीं थी, उस फटीचर, बदनाम शराबघर में, जो अनेक सिरों तथा अनेक बाँहों वाले एक राक्षस के समान था, जो सारे फ़र्नीचर के आसपास गुँथा था, मंच से लेकर वन तक फैला हुआ था, जो कभी यहाँ से कभी वहाँ से डकार लेता था, खर्राटे मारता था, ठण्डी साँसें

भरता; एक भीमकाय जानवर, जो कभी शान्त नहीं हो सकता था, बल्कि कहीं न कहीं एक टाँग या एक पेट हिलाता ही रहता था। हम ड्यूटी से विलम्ब से लौटे थे और अब लेटे हुए फौजियों के ऊपर से पाँव बचा-बचाकर निकल रहे थे, ताकि कोई जाग न जाये। एक-एक शरीर की लम्बाई समाने के लिए सबको जगह मिल गयी। जब हम लेटे तो थकान के मारे हमारा बुरा हाल था।

मेरे बगल में हमारे दस्ते का लेफ़्टिनेण्ट लेटा हुआ था। उसने जंगल से आयी कच्ची लकड़ी के छोटे-छोटे टुकड़े किये थे। अपना हरा, ओलों जैसी बर्फ़ से भरा ओवरकोट उसने अभी उतारा नहीं था। उसमें से पानी की बूँदें मोती बनकर टप-टप करती धरती पर गिर रही थीं। मुझे विचार आया कि उसके बाल फुटबाल-खिलाड़ी ओएज़ेबिओ जैसे हैं और सोने से पहले मैं ओएज़ेबिओ की ड्रिब्बलिंग का चित्र मस्तिष्क में उतारने का प्रयास करने लगा। परन्तु मैं इसमें सफल नहीं हुआ। हालाँकि मेरा शरीर थकान के मारे पत्थर हो रहा था और अंग-अंग अकड़ा पड़ा था, फिर भी मेरे मस्तिष्क में जान थी और वह जाग रहा था। मैंने अब देखा कि एक ग्रामीण औरत मेज़ों के बीच इधर से उधर घूम रही थी। उसने बियर की बोतलें, गर्म कॉफी के गिलास, जिनमें से ब्राण्डी की गन्ध आ रही थी, लँगोचे और डबलरोटी उठाये हुए थे। वह कुछ बोली नहीं, जो कुछ भी लायी थी, उसे मेज़ पर रखकर गिरती-पड़ती बाहर निकल गयी। मेरे पीछे पत्रिकाओं की सरसराहट की आवाज़ हुई। ताश खेलने वाली मेज़ के नीचे से कोई बड़ी मुश्किल से कुहनियों के बल चलकर फिर खड़ा हुआ। एक गिलास नीचे गिरकर चकनाचूर हो गयी। किसी ने ध्यान नहीं दिया। उठ खड़ा व्यक्ति गिरते-फिसलते भारी कदमों से दरवाज़े की ओर बढ़ा; एक बेडौल आदमी, दीवार के साथ टिकी एक बन्दूक से टकराकर वह लड़खड़ाया, दरवाज़े की मूठ ढूँढ़ने लगा और फिर डकार मारते हुए सफ़ेद क़लई हुए गलियारे में गायब हो गया। बाहर से किसी दूसरे दरवाज़े की खटाक की आवाज़ हुई, कुछ समय बाद पानी चलने की, कल-कल, गट-गट, सर-सर। शायद मैंने उसे वापस आते भी देखा, शायद वह पहरे से लौटे एक दल में सम्मिलित हो गया। मेरे विचारों की तारतम्य का अन्तिम सिरा था वह आदमी, जो शराब पीने के एक पूरे कमरे में टेलीफोन के नीचे सोया हुआ है, बिना यह जाने कि कब उसे बुला लेंगे। शायद यह एक सपना था, क्योंकि अचानक ही मैं कहीं और था, मेरे गीले कपड़ों से मेरे शरीर में घुस चुकी ठिठुरन ख़त्म हो चुकी थी, सिर का भारीपन, हड्डियों का दर्द, गर्म कान और आँखें, कुछ महसूस नहीं हो रहा था, मैं पिघलकर कहीं और पहुँच चुका था, डूबता जा रहा था, गहरा, और गहरा।

नींद खुलने का पहला एहसास मुझे अपने हिलते हुए पैर से हुआ, जिस पर कोई अपना पैर मारता जा रहा था, फिर एक आकृति उभरी, जो अन्धकार में मेरे ऊपर झुकी, क्योंकि बत्ती उसके पीछे लगी हुई थी, फिर आवाज़ आयी, "जागो पहरा देना है, जल्दी करो।" मेरे अंगों में जैसे फिर से किसी ने थकान का सीसा उड़ेल दिया हो, अब वे मुझे नींद आने से पहले से भी ज़्यादा भारी थे। पसलियाँ फिर चुभ रही थीं, नेत्र जलते हुए राख हो चुके गड्ढे थे, जीभ तालू से चिपक रही थी। हिलने से भी तकलीफ़ होती थी। मैंने उन तत्त्वों को याद करके होश में आने का प्रयत्न किया, जिन्हें मैं नींद में खो बैठा था, नवम्बर, युद्धभ्यास, रात का पहरा। चारों ओर से उभरती आवाज़ों ने सन्देह की कोई गुंजाइश नहीं छोड़ी, क्योंकि पूरा हॉल कराहने तथा खर्राटों की आवाज़ों से गूँज रहा था। गीले कपड़ों की बदबू अभी भी आ रही थी, जूतों के तलों की चरमराहट, बर्तनों की खड़खड़ाहट सुनायी दे रही थी। मैं भी खड़-खड़ करता उठ खड़ा हुआ, एक यन्त्र-मानव की तरह, जिसे आदेश देकर चालू किया गया हो। दायें-बायें दो और फौजी भी लुढ़कते-पड़ते नींद से उठ रहे थे। उनकी हालत मुझसे बेहतर नहीं थी। ताश खेलने वाले अभी भी मेज़ पर अपने पत्ते उलट-पलट रहे थे, अपने कॉफी के गिलासों में चम्मच हिला रहे थे। हमने टटोलकर अपनी टोपियाँ और पेटियाँ उठायीं, चुपचाप कपड़े पहने, जूतों के फ़ीते बाँधे, बन्दूकें उठायीं तथा फटाफट बाहर निकल गये।

बाहर कड़ाके की ठण्ड पड़ रही थी; हल्की, सूखी बर्फ़ीली आँधी चल रही थी। रयोस्ली हॉल में बितायी रात जैसे चर्च में बितायी रात थी। मेरा मुँह पूरी तरह सूख चुका था, चेहरा नींद से भरा था, सिर पत्थर हो रहा था। कान बहरे से लग रहे थे। सिर्फ़ दो घण्टों की नींद की वजह से मेरा तालू चिपक रहा था, आँखें जल रही थीं, बाहर बर्फ़ीली हवा में भी। मेरे पैर जैसे अन्धकार में स्वयं ही चलते जा रहे थे, परन्तु जमीन पर पैर पड़ने की प्रतीति कुछ विलम्ब से हो रही थी। तीसरे टैंक पर हम दो आदमियों की ड्यूटी लगी थी, ठोमास की और मेरी। जब हम टैंक से कुछ दूर रह गये तो पुराने सन्तरी हमारी ओर आये। "कहीं सो मत जाना, वायरलेस वाली दराज़ में अभी चॉकलेट हैं," और दोनों चल दिये। अन्धकार में निगले गये। हम उछलकर टैंक की पिछाड़ी से चढ़े, छोटी-सी खिड़की से इसके युद्ध-कक्ष में घुसे और अकड़ा देने वाली ठण्ड के लिए खुद को तैयार करने लगे। दिन के सफ़र के कारण गियर-बाक्स अभी हल्का ग़र्म था, उस पर ऊनी दस्ताने सूखने के लिए पड़े थे और उनमें से मीठी-मीठी भाप उठ रही थी। मैंने चालक की सीट पर बैठकर आकर्णक अपने कानों पर चढ़ा लिया, ताकि कोई आदेश दे तो सुन

लें। ठोमास छोटी खिड़की के नीचे घूमने वाली कुर्सी पर यथासम्भव आराम से बैठ गया। हम छोटी-सी जगह पर आड़े होकर बैठे थे। उसके पैर छिलकों वाले बोरे के नीचे थे और मेरे गियर-बाक्स के ऊपर। और हम ऊँघने लगे, गीले, कब के पहने हुए कपड़ों में ठिठुरते हुए। सुनने को एकरस वायरलेस की आवाज़ थी या फिर कभी-कभी मोटर-रूम से आती दबी हुई हँसी की। परिवीक्षण-यन्त्र से एक तिराहा नज़र आ रहा था। सड़क पर लगी बत्ती के नीचे हिमकण सफ़ेद-पीले प्रकाश में चक्कर खाते हुए हवा में घूम रहे थे, जैसे किसी काले परदे से छितराकर वह गिर गये हों। और वे पुनः अन्धकार में विलीन हो जाते थे। फ़ार्म में लोग निद्रा में थे। उसी तिराहे पर गाँव था, कुछ गिने-चुने फार्मों की रेखाकृति के रूप में। कोई सूचना नहीं आ रही थी, केवल वायरलेस का शोर था। हम रात्रि के सन्नाटे के बन्दी थे और धीरे-धीरे बर्फ़ भी हमें अपने घेरे में ले रही थी। परिवीक्षण-यन्त्र के काँच के सामने बर्फ के कतरे हल्के-हल्के गिर रहे थे। सन्नाटा हमारे गीले कपड़ों में और त्वचा के भीतर तक प्रवेश कर चुका था, बचपन की क्रिसमिस की अविस्मरणीय यादों तक पहुँच चुका था, जिनका सिलसिला मस्तिष्क में घूमने लगा। क्रिसमिस से पूर्व के चार सप्ताह जैसी झिलमिलाहट नज़रों के सामने घूम रही थी, केक तथा तालीशपत्र की सुगन्ध आ रही थी, परन्तु शीघ्र ही मोमबत्तियों का प्रकाश तथा सुगन्ध विलुप्त हो गये, क्योंकि बन्दूक की नली मेरी पीठ में चुभ रही थी। बड़ी मुश्किल से मैंने सीट में जगह बदली और बन्दूक को एक दूसरी जगह पर रखा, उस बेकार की, बिना भरी बन्दूक को, जो एक अरक्षित टैंक में, नवम्बर की एक शान्तिपूर्ण शत्रुहीन रात में रखी हुई थी।

''यह साला वायरलेस का शोर। यह हुक़्म, जो कभी नहीं आता। यह न ख़त्म होने वाला सन्नाटा, हमारा असली दुश्मन तो यही है।''

मैंने सोचा था कि ठोमास सो रहा होगा, क्योंकि यह पागलपन होता कि दो आदमी बेकार में अपनी सेहत खराब करें और सोने की बजाय शोर पर कान लगाये रहें। शायद बन्दूक के खटके की वजह से ठोमास जाग गया था।

''मैंने सोचा तुम सो रहे हो,'' मैं ड्राइवर की सीट से बोला। मेरे सामने अन्धकार में यन्त्रफलक था, न तो मैं सुई और न ही अंक देख पा रहा था।

''जब तक ये साले कमीने सो रहे हैं, तब तक कोई कैसे नींद ले सकता है।'' ठोमास ने अपनी कुर्सी मेरी ओर घुमाते हुए प्रत्युत्तर में कहा।

मैंने ज़ोर से साँस ली, ''अब ज़रा सेना और युद्ध के दार्शनिक वार्तालाप से मुझे बख्शो प्लीज़, तीन दिन के युद्धाभ्यास के बाद पसलियों का खुरमा बन चुका है। तीन रातें हम किश्तों में लकड़ी के फ़र्श पर सोये हैं। हमें अब

शान्ति, और सिर्फ शान्ति की जरूरत है। मुझे पता है कि यह पहरा देने का चक्कर सिर्फ एक चूतियापा है, एक बेकार का नाटक है, क्योंकि हम इसे गम्भीरतापूर्वक नहीं खेल रहे; यह जानते हुए कि यह एक नाटक है, ज़बरदस्ती हम यह नाटक खेल रहे हैं। यह एक ऐसा खेल है, जिसे कुछ आदिवासी कबीलों के अदम्य सरदार अपने मनोरंजन के लिए खेल रहे हैं। ऊपर से हमें उपदेश दिया जा रहा है कि हम इसे स्वाधीनता के नाम पर खेल रहे हैं। मैं जानता हूँ, ठोमास तुम सही हो। यदि तुम किसी खड़ी चट्टान पर छेनी से काटकर लिख दो; हम पागल हैं क्योंकि इनसान बनने की बजाय हमने जंग छेड़ रखी है! तो किसी और ग्रह के वासी, यदि किसी और ग्रह पर जीवन है और वहाँ के वासी पढ़ सकते हैं, तुम्हें सही बताएँगे। लेकिन इस अनुमोदन का हमें कोई फ़ायदा नहीं है, इस टैंक में तो नहीं। हमें ज़रूरत है यहाँ शान्ति की, मरने या सोने की कलाकारी की। मुझे अपनी एक गोलवाज़ दो और भगवान् के लिए मुझे ऊँघ लेने दो। संवेदनशील व्यक्ति गोलवाज़ सिगरेट पीते हैं। कहने वाला विज्ञापन में कह गया है, मैं नहीं कह रहा।''

ठोमास ने अपना पैकेट मेरी ओर बढ़ाया। मैंने एक सिगरेट निकालकर सुलगायी और तोप की मशीनरी पर धुआँ निकाला। ठोमास ने भी एक सिगरेट सुलगा ली। मैंने लौ की लाल रोशनी में उसके चेहरे पर नज़र फेंकी, सींग के फ्रेम का चश्मा पहने एक पत्रकार का कृश चेहरा। यदि वह रंगरूट स्कूल में भर्ती होने से पहले से ही चश्मा पहनता होता तो उसे टैंक डिवीज़न में नहीं भेजा जाता।

ठोमास चुप नहीं रहना चाहता था। वह ठोमास, जो ख़ामोश रहता है, कम शब्दों का इस्तेमाल करता है, जो हमेशा एक अच्छा सिपाही रहा है। वह उन सिपाहियों में एक है, जो नियमों को तथ्यरूप में मानते हैं, जिन पर अफ़सर ताश खेलते समय भरोसा करते हैं। ठोमास, भावी उपनायक, जिसे निशानेबाज़ी में दो तमगों से सम्मानित किया जा चुका है, एक विशेष टुकड़ी का विशिष्ट सैनिक, बुद्धिजीवी, जिसे सभी अफ़सर उसकी विश्वसनीयता तथा शब्दों के मर्यादित प्रयोग के कारण पसन्द करते हैं, एक सच्चा दोस्त जो परेड के अन्तिम कुछ मील तीन बन्दूकें उठाकर चला था, वह अब चुप नहीं रहना चाहता था। मैंने उसे शान्त करने की बजाय उत्तेजित ही कर दिया था, क्योंकि सिगरेट सुलगाने के बाद, कुछ गहरे कश खींचने के बाद वह जोर-शोर से चालू हो गया, ''इस अनुमोदन का क्या फ़ायदा है? क्या फ़ायदा है इस अनुमोदन का? हम मनुष्यों की तरह रहने की जिम्मेदारी अपने ऊपर कहाँ लेंगे, यदि यहाँ नीचे नहीं तो, इस टैंक में? यह खिलौनों वाली जंग मुझ से

सहन नहीं होती। कुछ गिने-चुने जल्लादों के हाथों में खिलौना बनना, यही है हमारा वजूद? हमारा अधिकार इससे बेहतर अस्तित्व का है। तुम क्या समझते हो कि उन्हें युद्धाभ्यास में मज़ा आ रहा है? वे तो छुट्टियाँ मना रहे हैं। यह हरामीपन कैडटों के स्तर पर शुरू किया जाता है। इस प्रवृत्ति पर यहीं रोक लगा दी जानी चाहिए। यदि हम इस बचकानी हत्यारी प्रवृत्ति का गला नहीं घोंट देते तो तब तक युद्ध होते रहेंगे, जब तक धरती सूरज के चारों ओर चक्कर लगाती रहेगी। निशानेबाज़ी के अभ्यास से यह वहशीपन शुरू होता है, अपने झण्डे को शान से लहराते हुए देखने के शौक से। जो भी राष्ट्रध्वज को देखकर खुश होता है, वह देशद्रोही है।''

''फिर तो तुम निशानेबाज़ी में दोहरा तमगा पाने के कारण दोहरे देशद्रोही हो,'' मैंने शान्तिभंग होने के कारण अनिच्छा से कहा, परन्तु अब तो उसे रोकना मुश्किल था। मुझमें यह सिद्ध करने का जोश नहीं रह गया था कि जिस तन्त्र को वह गालियाँ बक रहा है, उसी तन्त्र ने उसे यह सब कुछ बकने की आज़ादी दी है। मैं इतना थका हुआ था कि बहसबाज़ी में पड़ने की मुझमें शक्ति नहीं थी। जब भी कोई ठोमास की तरह उग्र दृष्टिकोण अपनाता था तो मैं प्रतिवाद करने पर मजबूर हो जाता था, हालाँकि मेरे मन में सेना के लिए कोई विशेष प्रेम भावना नहीं है। मैं मानता था कि हर युद्ध पागलपन की निशानी होता है, परन्तु यह भी जानता था कि सेना न होने से भी भावी इतिहास बदला नहीं जा सकता। यदि कोई ''तुम्हें हत्या नहीं करनी चाहिए'' जैसे वाक्य को उचित सिद्ध करना चाहता है तो उसे इसके अलावा और कोई रास्ता नहीं बचता कि वह जहाँ तक हो सके दक्षतापूर्वक हत्या करने का प्रशिक्षण ले। इस विडम्बना से बचा नहीं जा सकता।

''हाँ मैं देशद्रोही हूँ,'' ठोमास बोला, ''मैं सो गया था। यही बात है। मैं घटिया हूँ, कमीना हूँ, क्योंकि मैं सो जाता हूँ। हाँ कभी-कभी मैं चौंककर ऐसे उठता हूँ, जैसे किसी बुरे सपने से जाग गया हूँ; एक बिजली-सी कौंधती है, जैसे कोई तत्त्वज्ञान दे रहा हो, फिर सब कुछ अन्धकार में लुप्त हो जाता है। कितना आसान है अपने बुजुर्गों को खुश करना, उनके जीवन के लिए एक उद्देश्य उपलब्ध करवाना, जिसे वे तोड़-तोड़कर पेंशन के पैसों की तरह खाते रहते हैं। रंगरूट-स्कूल, अनायुक्त-अफ़सर, पूरा हो गया, अफ़सर तैयार करने वाला स्कूल पूरा हो गया, मेलजोल के लिए पुनश्चर्या, कम्पनी की समारोह-सन्ध्याओं पर मौज-मस्ती, फिर केन्द्रीय स्कूल, पूरा हो गया, बार-बार पूरा हो गया, जब तक ज़िन्दगी खत्म नहीं हो जाती, जब तक हम बाकी निकम्मे लोगों की तरह अपनी मूर्खता के कारण अपने प्राणों से हाथ नहीं धो बैठते, जब तक हमारे

पास युवा पीढ़ी को प्रताड़ित करने के अधिकार के अलावा कुछ शेष नहीं बचता। तुम सब भी यही कुछ करोगे, अगर ज़िन्दा रहे तो। हम सब पर यह एक अभिशाप है, हमने स्वयं घर बैठे-बैठे शैतान को निमन्त्रण दिया है।''

''ठोमास, तुम्हें समझाने की ज़रूरत नहीं है,'' मैंने प्रतिवाद किया, ''कि हम, तथाकथित स्वतन्त्र जगत् के वासी, निरस्त्रीकरण क्यों नहीं अपना सकते। मेरी तरह तुम भी अच्छी तरह जानते हो कि हम उस गुट के हमसफ़र हैं, जो मज़ाक सहन नहीं करता। हमें उनके द्वारा बनाये गये नियमों के आगे झुकना पड़ता है। इन परिस्थितियों में हमें, जहाँ तक सम्भव हो सके, अपनी खाल बचानी है।''

''क्योंकि कोई नहीं कहता रुको।'' ठोमास चिल्लाया, ''रुको! हम कहते हैं अपने तोपचियों को, जब कुछ गड़बड़ होती है तो। क्यों कोई आगे नहीं आता और कहता, ''मैं यह बेवकूफ़ी करने से इनकार करता हूँ। मुझसे तुम यह खिलौनों वाली जंग नहीं लड़ोगे और न ही असली जंग लड़ोगे। क्यों नहीं कोई शुरुआत करता? अभी तक इन शस्त्र-संग्रहकर्ताओं, युद्ध के कट्टर उपासकों का अस्तित्व क्यों बना हुआ है? यदि निशाना दागने से इनकार कर दिया जाता तो वियतनाम में इतना रक्त क्यों बहता? ये लोग कैडेटों से शुरुआत करते हैं, चूहे-बिल्ली के खेल से। रेड इण्डियनों के खेल से। ऐसे सभी बच्चों को सदा के लिए सुला देना चाहिए, जिन्हें जीत हासिल करने और दबे पाँव कहीं घुसने में मज़ा आता है। ऐसे बच्चों को पनपने ही नहीं देना चाहिए। किसी ऐसे पिता को पैदा ही नहीं होने देना चाहिए, जो आँखों में चमक भरकर अपने बेटों को बन्दूक चलाने की प्रक्रिया समझाएगा। युद्ध से सम्बन्धित सभी पुस्तकों को जलाकर राख कर देना चाहिए। हथियार समुद्र में फेंक देने चाहिए। मैं पूर्ण निरस्त्रीकरण की माँग करता हूँ, नहीं तो मैं इस समाज से बाहर हो जाऊँगा। और वे माताएँ, जो अपने बेटों को उत्साह देती हैं : यह तो होता ही है बेटे, हर एक को जीवन की इस परीक्षा से गुजरना पड़ता है। परन्तु मेरी प्रिय महिलाओं, यह सच नहीं है, यह ज़रूरी नहीं है। वह सब कुछ, जो है, ज़रूरी नहीं कि होना चाहिए। सब तुम्हारे हाथ में है। तुम थल-सैनिक पैदा करने से इनकार कर सकती थीं। परन्तु तुम अपने संकुचित विचारों के वशीभूत होकर अपने पुत्रों को सूखे हुए फलों की तरह सेना में रौंदे जाने के लिए भेजना पसन्द करती हो। कहाँ होती है तुम्हारी ममता, तुम्हारी स्वच्छता की भावना, जब तुम्हारे बच्चों को दो साल रगड़ा जा रहा होता है। पाशविकता के विरुद्ध तुम्हारे बारे में किये जा रहे गन्दे मज़ाकों के ख़िलाफ़ तुम विरोध प्रकट नहीं करतीं। तुम डरपोक हो, निकम्मी हो। मैं कहता हूँ : निकम्मी हो तुम। मैं पूर्ण निरस्त्रीकरण की माँग करता हूँ। अभी। यहाँ, इस

शान्तिमय स्विट्ज़रलैण्ड में। मैं घोषणा करता हूँ कि सारी उम्र के लिए हमें युद्ध ाभ्यास तथा निशानेबाज़ी के अभ्यास की ओर ढकेलने वाली स्वतन्त्रता की रक्षा करना परले दर्जे की बेवकूफ़ी है।"

ठोमास द्वारा फिर से जलायी गयी दियासलाई की लौ में मैंने देखा कि उसके होठ गीले थे, जैसे झाग-सी निकल रही हो उसके मुँह से। वह इतना अजीब लग रहा था कि मेरे लिए अपनी हँसी दबानी मुश्किल हो गयी, मैंने उसे छन-छनकर बाहर आने दिया। कितना हास्यास्पद होगा, यदि कोई टैंक के बाहर सुन रहा हो और अन्दर एक कार्पोरल दुनिया को कोस रहा हो। टैंक के युद्ध-कक्ष में गूँजती उसकी अशक्त, बारीक, परन्तु लोहे जैसी ढली आवाज़ उत्तेजक थी, परन्तु अगले वृक्ष तक वह आवाज़ नहीं पहुँच सकती थी। यह अच्छा था कि नवम्बर की इस शान्त रात्रि में, तिराहे के सामने बिजली के प्रकाश में बर्फ़ के कतरे गिर रहे थे, हमें कोई सुन नहीं रहा था।

"ठोमास," मैंने मैत्रीपूर्ण स्वर में कहा, "मैं मानता हूँ कि हम सभी पागल हैं। मानवजाति एक पागलखाने के बीचोंबीच रह रही है, परन्तु इस सत्य से अनभिज्ञ है। यह उसका सौभाग्य है। परन्तु यदि तुम यहाँ से निकल भागे तो विडम्बना यह होगी कि लोग तुम्हें पागलखाने में बन्द कर देंगे। इसलिए तुम्हें परिवार का एक अंग बनकर रहना होगा। भाग निकलने का प्रश्न नहीं उठता, अपने आपको मृत मान लो, कुम्भकर्ण की तरह तब तक सोते रहो, जब तक सब ठीक-ठाक नहीं हो जाता। तुमने सार्त्र का वह एकांकी नाटक तो पढ़ा होगा, जिसमें तीन व्यक्ति नरक में यातनाएँ सह रहे थे, परन्तु एक-दूसरे को जान से नहीं मार सकते थे, क्योंकि वह पहले ही मर चुके थे। वही है यह : एक बन्द समाज।"

ठोमास ने ज़रूर आँखें मिचकाई होंगी। घुप्प अँधेरे में मैंने यह देखा तो नहीं, लेकिन मैं जानता हूँ; जब वह किसी के नज़दीक से गुज़रता था तो आँखें मिचकाता था। "पागल" शब्द उसे पसन्द आया :

"हाँ हाँ पागल। प्यारे, अगर हम चाहें तो आपात-ब्रेक लगा सकते हैं, यह सर्कस रोक सकते हैं। थूकता हूँ मैं पागलखानों पर। मैं और सहयोग नहीं करूँगा। तंग आ चुका हूँ मैं फौज से, ऐसी ज़िन्दगी से, जिसने अपनी आस्तीन में काला साँप पाला हुआ है। ख़त्म, समाप्त, बस हो गया और तथास्तु! मैं शस्त्र-त्याग करता हूँ।"

अन्तिम शब्द बोलते हुए ठोमास ने ऊपर लगी खिड़की का ढक्कन हटाया और फुर्ती से टैंक से बाहर निकल गया। ठण्ड भीतर घुस आयी, हिमलव भी, कुछ अधिक प्रकाश, जिसमें मैं तोप की मशीनरी की रेखाकृति, तोप पर

लगी दूरबीन तथा छिलकों वाली बोरी को स्पष्टतर पहचान सकता था। अपनी बन्दूक लिए ठोमास ऊपर चढ़ा था और फिर गायब हो गया था। मुझे उसके कदमों की धड़-धड़ आवाज़ टैंक के पृष्ठभाग से सुनायी दी और फिर वह बर्फ़ पर कूद गया। खिड़की के ढक्कन खड़खड़ा रहे थे और डरावनी आवाज़ कर रहे थे। जब मैंने ठोमास को बाहर औजारों की पेटी को झकझोरते सुना तो मैं भी पीछे से ऊपर चढ़ गया और रात की ठण्डी हवा में अपना सिर बाहर निकाल लिया। ठोमास ने बर्फ़ में अपनी बन्दूक तथा अन्य वस्तुओं को बर्फ़ में कतार से रख दिया था। जहाँ फ़ौजी रह रहे थे, उस दिशा में वह सावधान अवस्था में खड़ा होकर अन्धकार का सीना चीरते हुए चिल्लाया: "मैं घोषणा करता हूँ : निरस्त्रीकरण दस्ता निरस्त्रीकरण के लिए तैयार हो! मैं आज्ञा देता हूँ : सम्पूर्ण युद्ध-सामग्री हाथ में ले! बाहर ले के आ!" फिर उसने टैंक के चारों ओर एक चक्कर लगाया, औज़ार इकट्ठे किये और उन्हें धड़ाम से ज़मीन पर गिरा दिया। "ठोमास, तुम पागल हो गये हो। हम पहरा दे रहे हैं। पहरे पर सोया नहीं जाता, सिगरेट नहीं पी जाती, और निरस्त्रीकरण तो बिल्कुल नहीं किया जाता। ठोमास, मुझे लेफ़्टिनेण्ट को बुलाना पड़ेगा, तुम मुझे मजबूर कर रहे हो।"

"बुला लो, बुला लो," ठोमास गुस्से से बोला, "अगर वह जाग रहा है तो। हुक़्म-हुक़्म है।"

"किसने हुक़्म दिया है तुम्हें?"

"मैंने! सोचो ज़रा, मैंने," और उसने अपना सीना ठोंका। फिर वह सीटी पर एक फ़ौज़ी-तराने की धुन बजाने लगा। धुन थी, "टैंक का पीछा करने वाले, बस तुम्हीं मेरे दोस्त हो।"

शक की गुंजाइश नहीं थी। ठोमास पागल हो चुका था। तीन दिन का युद्धाभ्यास, तीन रातें लकड़ी के फर्श पर सोना, बेचैनी ने उसका दिमाग खराब कर दिया था। मैं देखता रहा कि वह किस हद तक पहुँचता है। बातों से फुसलाने का उस पर कोई असर नहीं पड़ा, मैं उनसे गद्दारी भी नहीं करना चाहता था, अतः मैं उसे देखता रहा। मैं अपनी आँखों पर विश्वास नहीं कर पा रहा था।

ठोमास ने टैंक के ऊपरी आवरण के पुर्जे खोलकर रख दिये। दक्षतापूर्वक रिंच चला रहा था वह। नज़र आ रहा था कि वह एक अच्छा सिपाही है। हर कल-पेंच को कैसे खोलना है, वह अच्छी तरह जानता था। सीटी बजाते हुए वह नीचे बैठ गया, टार्च से पेंच पर रोशनी फेंकी, उसे खोला और फेंक दिया।

"ठोमास, कल-पुर्जे! जब टैंक लौटाया जायेगा तो जाँच-पड़ताल होगी। क्या जवाब दोगे?"

ठोमास ने मेरी बात पर कोई ध्यान नहीं दिया। पेंच के बाद पेंच उड़कर बर्फ़ पर गिर रहे थे। बड़े पुर्ज़े गिरने पर शोर भी होता था। मैंने सोचा, जब तक अगले सन्तरी आएँगे, तब तक वह पूरा टैंक नहीं खोल पाएगा। उनमें से शायद कोई रोक दे। लेकिन ठोमास तो ऐसे लगा हुआ था जैसे निरन्तर पट्टी बदलने के मैच पर आया हो। उसने सामने, अगले और पिछले पहियों के मध्य लगी निरन्तर पट्टी का बघनखा तोड़कर अलग कर दिया था और वह रिवेटों पर हथौड़ा चला रहा था। लोहे के ठनठनाने की आवाज़ रात में ऐसे गूँज रही थी, जैसे निहाई पर हथौड़े पड़ रहे हों। निरन्तर पट्टी को आगे-पीछे किये बिना ही उसने कीली बाहर निकाल ली। एक अन्तिम प्रहार, और टैंक घड़घड़ाने लगा। बायीं ओर की निरन्तर पट्टी टुकड़ों में बँट गयी थी। ऊपर वाला हिस्सा ढीला होकर सामने वाले पहिये पर लटक रहा था, नीचे वाली चेन खनखनाते हुए बर्फ़ में धँस गयी थी।

"जरा साँस ले लो," मैंने कहा, "एक सिगरेट?"

ठोमास ऐसे जुटा रहा, जैसे उसके सिर पर भूत सवार हो। तिराहे पर बत्ती के नीचे बर्फ़ के कतरे लगातार गिर रहे थे, जैसे बड़े दिन के आने की खुशी में नाच रहे हों। हमारे आस-पास बर्फ़ बढ़ती जा रही थी। ठोमास द्वारा किया जा रहा शोर बर्फ़ में दब जाता था। किसी के जागने की उम्मीद भी न के बराबर थी। अब दायीं ओर की निरन्तर पट्टी की बारी थी। दुबारा हथौड़े की आवाज़, युद्ध-कक्ष के भीतर से लौटती उसकी प्रतिध्वनि, चेन के गिरते हुए टुकड़ों की झनझनाहट। और ठोमास सीटी पर वही धुन बजा रहा था।

निस्सन्देह उसका दिमाग़ खराब हो गया था। वह उस नकली जंग से थक चुका था, थक चुका था वह ऐसे शत्रु की अविरत प्रतीक्षा से, जो कभी आया ही नहीं, तंग आ चुका था वह बिना कोई आदेश लिए वायरलेस के निरन्तर शोर से। ऊपर से अफसरों की अकड़-फों, जो इस सारे चूतियापे को इतनी गम्भीरता से लेते थे, बिना यह जाने कि वह अपने बचपन में खिलौनानुमा फ़ौजियों पर हुक्म चलाने के जो सपने देखा करते थे, वे सपने अब वे इन ज़िन्दा सिपाहियों के माध्यम से पूरा कर रहे थे। ठोमास ने आगे तरक्की क्यों नहीं की; एक विशिष्ट सैनिक है वह आख़िर, जिसे निशानेबाज़ी के लिए दो बार सम्मानित किया जा चुका है। एक बार मैंने उसे मज़ाक में कहा था कि तुम्हें तो कर्नल बन जाना चाहिए था, पर तुम बने नहीं। ठोमास गुस्से से आगबबूला हो गया था, "कर्नल नहीं तो इनसान तो हूँ न! देखो ज़रा उन

लोगों की हालत, जिन्हें बारहवीं कक्षा के बाद दो साल के लिए क्या-क्या नहीं सहन करना पड़ता। जब वे बाहर आते हैं तो उनकी आत्मा आहत होती है।'' फिर उसने मुझे तब का एक किस्सा सुनाया था, जब वह अनायुक्त अफ़सरों के लिए स्कूल में प्रशिक्षण प्राप्त कर रहा था।

''सबकी तरह मैंने भी स्वभावतः इस स्कूल में प्रवेश लिया; विचारशून्य और अपनी महत्त्वाकांक्षा साथ लिए हुए। बीस साल की उम्र एक ऐसी उम्र होती है, जब धाँय-धाँय की आवाज़ अच्छी लगती है। पहले सप्ताह में ही मैं जान गया कि मैं ग़लत जगह पर हूँ। मैं वहाँ सदा डाँटने-फटकारने वाले प्रशिक्षकों तथा बड़े लोगों के महत्त्वाकांक्षी मूर्ख पुत्रों से घिरा हुआ था। मेरे पिता ने कहा था, तुम अपना दायरा अपनी मर्जी से नहीं बना सकते। नहीं, मैं अपना दायरा अपनी मर्जी से बना सकता था। यह मेरा पहला फ़ैसला था। यदि मैं वहीं इसी दायरे में रहता तो मेरा सत्यानाश हो जाता। अन्य कैडेट वहाँ के वातावरण को यदि सह पाते थे तो यह मेरा दोष नहीं था। मैं ज़िम्मेदार नहीं था उनके आत्मिक बल के लिए। मैं औरों की तरह नहीं था। मैं और मेरा संसार नष्ट हो सकते थे। सरकार भी मेरे जैसे लोगों को इस प्रकार के तन्त्र में डालकर अपना समय तथा धन व्यर्थ करने की स्थिति में नहीं थी। दूसरी ओर, दर्जनों ऐसे लोग थे, जो मेरा स्थान लेने के लिए क़तार लगाये खड़े थे। मेरे स्कूल छोड़ने पर वे अपनी सामरिक-प्रतिभा को मातृभूमि के चरणों में अर्पण करने हेतु तैयार बैठे थे। तो मैंने स्कूल छोड़ दिया।''

''तुमने स्कूल छोड़ दिया?'' मैं विश्वास नहीं कर पा रहा था, ''वो कैसे?''

''बहुत आसान था,'' ठोमास आगे सुनाने लगा। ''स्कूल के कमांडेण्ट का प्रतिनिधि एक कर्नल था, जो मुझसे जलता था, क्योंकि वह तो प्राथमिक स्कूल का अध्यापक ही बन सका था, जबकि मैं यूनिवर्सिटी का छात्र था। अबे, किताबी कीड़ों, दूसरे दिन ही उसने कहा था, अपनी सयानी खोपड़ी घर भेज दो। यहाँ कोई अर्धवार्षिक परीक्षा नहीं होती, यहाँ काम किया जाता है। जिस शब्द पर उसने सख़्ती से ज़ोर दिया था, वह था ''अबे''। वह कम शिक्षित होने की हीन भावना से ग्रस्त था। मेरे ख़याल से उसका नाम कर्नल ब्राईटनश्टाईन था। एक निचुड़ा हुआ प्राइमरी स्कूल-मास्टर था वह, जिसका काम था शिक्षा के नाम पर कई घण्टों की चाकरी में अपनी बची-खुची आत्मा को मिटा देना। मेरे कुछ कहे या बोले बिना ही हम दोनों में युद्ध का डंका बज चुका था। काफ़ी आसान था मेरा काम। उसे मैदानी युद्धाभ्यास का बहुत शौक था और ऐसे ही एक अभ्यास पर मुझे मेरा मौका मिला। निर्देश इस प्रकार थे : जंगल में छुपना, ग्रुप-लीडर के आदेश पर कुछ सौ मीटर पहाड़ी

पर रेंगकर चढ़ना, ऊपर जाकर बिजली की तेज़ी से तितर-बितर हो जाना, बन्दूक को ज़मीन में गाड़ना, सड़क के उस पार जंगल के कोने से शत्रु के आने की अपेक्षा रखना, जो गोल टीले से नज़र आयेगा। तो हम रेंगकर पहाड़ी पर चढ़ गये। मेरे आगे तो कैडेट चढ़ रहा था, उसने सफ़ेद लोबिया ठूँसकर पेट में भर रखा था और पाद रहा था। मैं एक बिना पाँव की छिपकली की तरह एक तंग नाले के साथ-साथ ऊपर की ओर रेंगता गया। ऊपर कर्नल ब्राईटनश्टाईन काले रंग का लहराता हुआ चमड़े का कोट पहने खड़ा था और हमें खा जाने वाली नज़रों से घूर रहा था। हम रेंगे भी तो बहुत धीरे-धीरे थे। मैं अपने से आगे जाने वाले कैडेट से कोई-न-कोई पंगा ले रहा था, जवाब में वह मेरे मुँह पर पाद रहा था। अन्त में जब हम गोल टीले पर पहुँचे तो हममें भागने की ताकत नहीं रही थी। मेरा चश्मा भाप से धुँधला गया था। मुझे कुछ नजर नहीं आ रहा था। इसलिए पहले मैंने अपना चश्मा पोंछने के लिए उतारा और बाद में बन्दूक के दुपाए अवलम्ब को ज़मीन में गाड़ा। 'अब नीचे भी हो जाओ,' कर्नल मुझ पर चिल्लाया, 'अब तक तो वह तुम्हें कब का गोली से उड़ा चुके हैं।' ठीक है, मैं नीचे सटक गया, बिना जाने कि कहाँ। पहली गोली चलाने के लिए हमारे पास पाँच सैकिंड का समय था। मैं घबराये हुए चश्मा पोंछने के कपड़े को ढूँढ़ रहा था, परन्तु मेरी आँखों के आगे तो सब कुछ धुँधला-धुँधला-सा था। साथ वाले कैडेट ने गोली चला दी। 'गोली चला रहे हो', कर्नल फिर से चिल्लाया, 'या तुम्हारे कारतूस सत्र पूरा होने की छुट्टियों पर गये हुए हैं?' अब मेरा पारा बहुत चढ़ चुका था। बन्दूक मैंने गिरा दी, अपना चश्मा लिया, उसे साफ़ किया, सावधानीपूर्वक उसे नाक पर रखा, खड़ा हुआ, कर्नल के सामने गया और उसकी तरफ़ उँगली से इशारा करता हुआ ऐसे बोला, जैसे उँगली माथे में घुसेड़ दूँगा, 'तुम पागल हो चुके हो, एक-एकम-एक गंजे, कुएँ के मेंढक, घटिया निशानेबाज़, बुड्ढे। जानते हो, अगर मैं चश्मा पहने बिना गोली चला देता तो गोली तुम्हारी गाँड में घुस जाती! 'कर्नल हक्का-बक्का रह गया और इससे पहले कि वह कोई बकवास करता, मैंने हुक़्म दिया, चुप, बहस नहीं! यहीं पर बस हो जाओ! मैंने तुम्हें कहा था कि मैं चश्मा पहनता हूँ और यह चूतियापा मुझसे नहीं होगा। तुम्हीं ने कहा था, सींग वाले फ्रेम का चश्मा पहनने वाले भद्र छात्र भी औरों की तरह रेंगते हैं। तुम कोई अपवाद नहीं हो, तुम्हीं ने कहा था न! अब यही बकवास मैं तुम्हारे मुँह पर मारता हूँ। अपवाद के तौर पर कोई तुम्हें बता रहा है कि तुम्हारी ज़ात क्या है। तुमसे मैं बहस नहीं करना चाहता; जोकर, घटिया इनसान कहींके!"

"और फिर?" मैंने ठोमास से पूछा।

"फिर मुझे गिरफ़्तार कर लिया गया। मैंने एक बढ़िया डॉक्टर ढूँढ़ा और फिर मैं निकाल दिया गया।"

यह सेना में उसकी तब की नौकरी का अन्त था। और अब वह उस टैंक के पुर्जे-पुर्जे कर रहा था, जिसमें मैं खड़ा था एक कमाडेण्ट की तरह, घूमने वाली कुर्सी पर, ठिठुरता हुआ, रात का जागा हुआ, फिर भी पूरे होश में। ठोमास ने निकाल कर वह सब अलग कर दिया, जो कीलों और रिवेटों से पक्का नहीं ठुका हुआ था। अनुकल्प निरन्तर पट्टी, अनुकल्प पहिये, बोझा उठाने की चरखी, रम्भा, वायरलेस का एण्टीना, घन और खींचकर ले जाने वाला रस्सा, टेलीफ़ोन, कारतूसों की पेटी रखने का बक्सा, मशीनगन, ये सब कुछ बर्फ में खड़े टैंक के आसपास छितरे पड़े थे।

"ठोमास, तुम पागल हो," मैंने एक बार फिर कोशिश की। अब वह सीटी नहीं बजा रहा था, बल्कि हाँफ रहा था और घोड़े की तरह पसीने-पसीने हो रहा था।

"तुम पागल हो," यह उसका उत्तर था, "तुम सब पागल हो। मैं निरस्त्रीकरण की शुरुआत कर रहा हूँ। किसी को तो शुरुआत करनी है न, किसी एक को, किसी महत्त्वहीन व्यक्ति को, जैसे मुझे।"

उसने बन्दूक से मेरी ओर निशाना लगाया, परन्तु उसके घोड़ा दबाने से खाली "क्लिक" की आवाज़ हुई।

"तुम फिर बकवास कर रहे हो," मैंने कहा, "और तुम्हारे निरस्त्रीकरण के पागलपन के दौर को कोई भी गम्भीरता से नहीं लेगा। लोग चाहेंगे, युद्ध भ्यास की तीसरी रात को एक बहुत ज़्यादा थक चुके सिपाही की क़रतूत थी यह, और इससे ज़्यादा कुछ नहीं। और ज़िन्दगी चलती रहेगी, सब कुछ वैसे का वैसा रहेगा।"

इस पर उसने नाचना शुरू कर दिया। बन्दूक हाथ में लिए वह बेकार हो चुके टैंक तथा बिखरे पड़े कल-पुर्जों के इर्द-गिर्द फुदकने लगा। फुदकते हुए उसने बन्दूक के कुन्दे के पेंच खोल दिये। चल साले और रात के अँधेरे में उसे परे दे मारा। पिस्तौल का हत्था बाहर निकाल दिया। चल साले, बर्फ ढँके घूरे के ढेर पर। मैगज़ीन को पैरों के नीचे मसल दिया। दुपाई को सड़क पर पटक दिया, चल... चल... चल! बन्दूक के काले रंग के पुर्ज़े इस तरह बर्फ़ पर जा गिरे, धँस गये, खो गये। अन्त में बन्दूक की नाल हवा में लहरायी, जाकर किसी खलिहान के दरवाज़े से इतनी ज़ोर से टकरायी कि भीतर से किसी के बोलने की आवाज़ आयी।

लोहे का टोप, कमरपेटी, संगीन, सब हवा में उड़ते नज़र आये। ठोमास ने अपनी वर्दी फाड़ दी, बिल्कुल नंगा हो गया, वर्दी के चिथड़ों को उसने एक कमन्द की तरह अपने सिर पर लहरा दिया। अलफ़ नंगा वह तोप के मुँह के सामने जाकर खड़ा हो गया, जिसका रुख तिराहे से होते हुए सामने के खुले मैदान की ओर था। और रात के सन्नाटे को चीरते हुए उसकी आवाज़ गूँजी,

"अब आ भी जाओ सालों, दुश्मनो!"

मूल जर्मन शीर्षक : नाख़्टवाख़े इम पांत्सर

अन्तिम कथा

●

वाल्टर फ़ोग्ट

अस्पताल के जच्चा-बच्चा वार्डों पर सबसे पहले असर पड़ा। पहले तो सबने चैन की साँस ली, काम की रेल-पेल कुछ कम हुई और फ़ुरसत से काम होने लगा, कर्मचारी छुट्टियों पर जाने लगे, मैट्रनों को भी टुन्न होने का अवसर मिला और वे भी पर्वतीय स्थलों इत्यादि पर सैर-सपाटे के लिए निकलने लगीं, मुख्य चिकित्सकों को अनुसन्धान करने के लिए समय मिलने लगा। गाँवों में दाईयाँ काम न होने की शिकायत करने लगीं। गिरजाघर के परिवारों को बपतिस्मे पर मिलने वाली बख़्शीश की कमी खलने लगी और बुढ़ाते हुए पादरियों को परेशानी होने लगी कि वे अपने धन्धे के नौसिखियों का परिचय शिशु-जन्म के समय के मनोहारी रीति-रिवाजों से कैसे करवायें! पहले तो बुर्जुआ और फिर समाजवादी प्रेस में ऐसी पीढ़ी की अनैतिकता के ख़िलाफ़ ऊँची आवाज़ें उभरने लगीं, जो स्वयं पर ज़िम्मेदारी लेने को तैयार नहीं थी। पहले तो दबे स्वर में, फिर खुले आम गर्भ-निरोध की मशहूर गोली पर लानतें भेजी गयीं। प्रशासनिक समिति के प्रधान के हस्तक्षेप से कहीं जाकर उसकी बिक्री पर रोक लगी।

अंकशास्त्रियों का अनुमान था कि 40 सालों में देश की जनसंख्या का ख़ात्मा हो चुका होगा। इसका मज़ाक उड़ाया गया। अंकशास्त्री पहले इससे उलट भविष्यवाणी भी तो कर चुके थे।

इसी बीच इसी तरह की ख़बरें पूरी दुनिया से आने लगीं। कहीं-कहीं किसी का गर्भपात हो जाता था। पेरिस के विण्टर-स्पोर्टस-पैलेस में डॉक्टरी पढ़ रहे एक लाख तेईस हजार छात्र इकट्ठे हुए, ताकि सिर्फ़ अस्पताल में दिखाये जा रहे टेलीविज़न के पर्दे पर उसी समय पैदा हो रहे उस एक बच्चे का जन्म अपनी आँखों से देख सकें, जिसके बारे में एक दिन पहले उन्हें

सूचना दे दी गयी थी। वहाँ दंगे हो गये, क्योंकि विण्टर-स्पोर्ट्स-पैलेस में इतने लोग नहीं समा सकते थे; पुलिस की सहायता से हालात पर काबू पाया गया, और राष्ट्रपति ने अन्तिम क्षण में जाकर आदेश दिया कि बच्चे के जन्म का यूरोविज़न पर अर्थात् पूरे यूरोप में टेलीविज़न पर प्रसारण किया जाये। संयुक्त राज्य अमरीका ने यह कार्यक्रम उपग्रह ''फ़ोगल श्त्राऊस'' द्वारा रिले किया।

''भाइयों और बहनो–आप सब एक मनुष्य का जन्म होते हुए देख रहे हैं; यह फ्रांस के इतिहास में एक अत्यन्त महत्त्वपूर्ण घटना है।''

दर्द, जन्म-प्रक्रिया सामान्य होने के पूरे आसार थे। हॉल में प्रसूति-विज्ञान के एक हजार आठ सौ तिहत्तर प्रोफेसर बैठे हुए थे, टेलीविज़न में उनके चेहरों के क्लोज़-अप दिखाये गये। प्रोफ़ेसर या तो मुस्करा रहे थे या गम्भीर नज़र आ रहे थे। अजन्मे शिशु की दिल की धड़कनों को रजिस्टर किया जा रहा था। बड़ा हृदयग्राही दृश्य था। अन्त में जाकर जन्म हुआ एक मेंढक जैसे सिर वाले, मस्तिष्कहीन अमानुष का। पैदा होने के तीन मिनट और सत्ताईस सैकिंड पश्चात् उसकी मृत्यु हो गयी। एक जीवन टेलीविज़न के लिए।

स्वीडन में बच्चों के लँगोट बनाने वाली एक कम्पनी ने जन्मदर की कमी पर सर्वोत्तम अनुसंधान करने के लिए 10 करोड़ अमरीकी डॉलर पुरस्कार देने की घोषणा की। नेस्ले तथा दूध के पाउडर का उत्पादन करने वाली अन्य कम्पनियों ने इतने बड़े पुरस्कारों की घोषणा नहीं की, क्योंकि उनके उत्पाद का इस्तेमाल तो स्कूल के बच्चे, खिलाड़ी और फौज़ी करते थे। उन्हें बचत की ज़रूरत थी।

बच्चों के अस्पतालों में नर्सों की बहुतायत हो गयी। ज़ाहिर है कि लोगों को एटम बम पर दोष मढ़ना था। एटमी ताकतों के युद्ध-मन्त्रालयों में लगातार आत्महत्याओं का एक सिलसिला शुरू हो गया। लोग एक्स-रे करवाने से कतराने लगे, यहाँ तक कि जूतों की दुकानों पर लगी अहानिकारक छोटी एक्स-रे मशीनों के नजदीक भी कोई नहीं जाता था; आम आदमी को भी अचानक समझ आ गयी कि इन मशीनों से निकली किरण सीधी प्रजनन अंगों पर जाकर पड़ती है। महँगे से महँगे अखबारों में बच्चे सँभालने वाली आयाओं के आधे-आधे पृष्ठ के विज्ञापन निकलने लगे, शादी करवाने वाले दलालों के दिवाले पिट गये, बाल-रोगों के प्रोफ़ेसरों को भरी जवानी में रिटायर कर दिया गया।

एक जन्तु विज्ञानी अपने विषय का जाना माना धुरन्धर वैज्ञानिक था। उसने खोज की कि अन्य स्तनधारी जीवों का वंश तो पूरी तरह सामान्य ढंग से बढ़ रहा था; तो कारण ऐटमी-परीक्षण तो हो नहीं सकते, क्योंकि वे तो अच्छों-बुरों में और सभी प्राणियों में कोई भेदभाव नहीं करते। सम्भावित

किरणों पर विद्वानों में निरन्तर बहस छिड़ गयी। खाने-पीने की चीज़ें? परन्तु कौन-सी? खाने पीने की चीज़ों में मिलावट? दवाइयाँ? कोई नहीं जानता था।

वैज्ञानिकों की एक पूरी टीम ने कोशिश की कि कम से कम यही पता चल जाये कि दोष नारी में है या पुरुष में है। जितनी बार भी उन्हें लगा कि सामान्य से हटकर कुछ उनकी नज़र में आया है तो उन्हें निराश होकर इस तथ्य को स्वीकार करना पड़ता था कि तुलना करने योग्य सामान्य सामग्री अब बची ही नहीं थी।

जनता को लगातार प्रश्नावलियाँ भेजी गयीं और सभी वापस आयीं एक ही नतीजे पर पहुँचाती हुई : हाँ, लोग हमेशा की तरह मैथुन में आनन्द ले रहे थे; नहीं; मैथुन के तौर-तरीकों में कोई बदलाव नहीं आया था।

पशुओं पर परीक्षणों से भी कोई लाभ नहीं हुआ।

इसी बीच लोगों को जन्मों वाले अन्तिम वर्ष को ''ज़ीरो वर्ष'' कहने की आदत पड़ चुकी थी। ''पेरिस मैच'' में जावा के एक बच्चे का चित्र प्रकाशित हुआ, जिसे एकदम सही विश्व-समय को दृष्टिगत रखते हुए अन्तिम मनुष्य माना जा सकता था, ''लाईफ़'' ने एक सुन्दर एस्कीमों कन्या का चित्र इसी सन्दर्भ में प्रकाशित किया, ''दोमेनिका देल कोरिएरा'' अख़बार ने तो बल्कि कई चित्र प्रकाशित किये। लोगों को इस अन्तिम वर्ष में पैदा हुए बच्चों को ''सबसे छोटे'' कहने की भी आदत पड़ गयी। इन ''सब से छोटों'' को लाड़-प्यार से बिगाड़ा भी जाने लगा।

एक मशहूर यूनिवर्सिटी के एक प्रोफेसर ने इन बच्चों पर एक विस्तृत अध्ययन प्रकाशित किया, लेकिन एक भारी ग़लती वह यह कर बैठा कि उसने पुस्तक में अनेक एक्स-रे फोटो भी दे दिये, जिस पर जनता इतनी क्रोधित हुई कि उसने उस योग्य प्रोफेसर की उसके तीन मुख्य डॉक्टरों सहित पीट-पीटकर जान ले ली। बाद में लोगों को अपनी करनी पर पछतावा भी हुआ और उसको दफ़नाने के लिए ले जाते समय लोगों की भारी भीड़ उसकी अर्थी के साथ थी। दफ़नाते समय पादरी का प्रवचन था कि सम्भवतः यह दैवी प्रकोप है कि मनुष्य प्रजनन-शक्ति खो बैठा है।

सभी उपस्थित व्यक्तियों ने श्रद्धापूर्वक उसका प्रवचन सुना। मुझे उन उपायों का वर्णन करने की ज़रूरत नहीं है, जो मनुष्य के वंश को आगे बढ़ाने के लिए विकसित देशों, चिकित्सा संकायों और मन्त्रालयों ने किये। एस्कीमों स्त्रियों के झुण्ड के झुण्ड जूलू जाति के अफ्रीकियों के साथ हमबिस्तर हुए, पेरिस में हजारों पापुओं का हार्दिक स्वागत किया गया, अमरीकी धड़ाधड़ चीनी औरतों से मैथुन में जुट गये—परन्तु नतीजा कुछ नहीं निकला। अन्त

में जाकर स्वर उभरे कि इसी निर्बाध निर्लज्जता ने ही मनुष्यों की प्रजनन शक्ति के अन्त को जन्म दिया है। एक सुझाव आया कि स्त्रियों का पशुओं से मैथुन करवाया जाये, ऐसा नहीं था कि इस समागम से किसी को कोई उम्मीद थी; कुछ न कुछ चालू रखने का आकर्षण था इसमें। दूसरी ओर विश्व-पशु-संरक्षण-संस्थान के सदस्य पशुओं पर इस अत्याचार की योजना के विरुद्ध उठ खड़े हुए, और चूँकि उस समय सम्बन्धित कानून भी लागू थे, इसलिए सदस्यों की बात मानी गयी।

सातवें साल में प्रथम कक्षा के विद्यार्थियों का अन्तिम बार स्कूल में प्रवेश हुआ। विश्व में पूरी कोशिशें की गयीं कि उनमें से अधिकांश को एक साल पीछे रहने दिया जाये। परन्तु एक वर्ष बाद तो सब कुछ ख़त्म होना ही था। तब पहली बार सार्वजनिक जीवन में गम्भीर रूप से व्यवधान पड़ा। शिक्षिकाओं को रिटायर कर दिया गया, नर्सरी क्लासें पढ़ाने वालीं तो पहले ही सेवानिवृत्त हो चुकी थीं। बच्चों का सामान बेचने वाली दुकानों का दिवाला निकल गया। समस्या हो गयी कि बच्चों के लिए प्रसारणों, जैसे बच्चों की दुनिया, रात्रि-कथा, बच्चे और पशु इत्यादि को जारी कैसे रखा जाये—उनके स्थान पर क्या प्रसारित किया जाये?

सुगम संगीत!

बारहवें वर्ष में एक मिथ्या विश्वास जागृत हुआ कि बड़े हो रहे बच्चे एक नयी, बेहतर पीढ़ी को जन्म दे सकेंगे। मानवजाति की आकांक्षाएँ उन्हीं पर आकर केन्द्रित हो गयीं। इसके विपरीत मैक्सिको तथा गुआटेमाला जैसे देशों में इस भावना ने जोर पकड़ लिया कि इन्हीं बच्चों की बलि देवताओं को चढ़ा दी जाये; कौन से देवताओं को, बस यही नहीं पता था; फिर भी : बलियाँ चढ़ीं...

दोनों ढंग अनर्गल तथा मूर्खतापूर्ण साबित हुए। जब बच्चे वयस्क हुए तो जिस सरकारी तन्त्र द्वारा उनका पालन-पोषण किया जाना चाहिए था, वही तन्त्र उनके जीवन पर तानाशाही डण्डा चलाने लगा। स्कूलों में मैथुन के अनिवार्य घण्टे रखे गये; लड़के थरथराते थे, लड़कियाँ रोती थीं, परन्तु नियमों के पालन पर कड़ाई से दृष्टि रखी गयी। जब बच्चे सोलह, सत्रह, अट्ठारह के हो गये और जगह-जगह बिखरे लहू के कतरों के अलावा और कोई परिण ाम नहीं निकला तो सबकी बुद्धि में आ गया कि अब कुछ नहीं होने वाला। सबको समझ आ गयी कि अब भविष्य में कोई पुष्प नहीं खिलेंगे—अपने दोष के कारण, पागलपन की हद तक की गयी अपनी जबरदस्ती के कारण। आंदेस पर्वत श्रृंखला, मातो ग्रोस्सो और मध्य एशिया में अभी तक अपरिचित

जनजातियों में अनुसन्धान किया जाने लगा। आख़िर मातो ग्रोस्सो में जाकर बौनों की एक ऐसी जनजाति को ढूँढ़ा गया, जिसके सदस्य न पढ़ना, न लिखना और न ही बोलना जानते थे। परन्तु वे एक अत्यन्त विकसित सांख्य प्रणाली से परिचित थे; और वे गिनकर यह बता सके कि ''ज़ीरो वर्ष'' में उनके यहाँ अन्तिम बार बच्चों का जन्म हुआ था, और तब से देवता उनसे क्षुब्ध थे।

युवा-फ़ैशन समाप्त हो चले थे। फ़ैक्ट्रियाँ धड़ाधड़ बूढ़ों के कपड़े बनाने लगीं, परन्तु यह अदूरदर्शिता थी, क्योंकि देखा जाये तो क्या बूढ़ों की कुल संख्या में वृद्धि हो रही थी? प्रारम्भ की सट्टेबाजी से जुड़ी तेज़ी के बाद ज़मीन-जायदाद की कीमतों में भारी मन्दी आ गयी। लोग गगनचुम्बी इमारतें भेंट में देने को तैयार थे, पर लेने वाला कोई नहीं था। विश्व में भुखमरी की समस्या नहीं रही। तेईसवें-चौबीसवें वर्ष में निम्नतर पदों पर कार्यरत सेना के प्रशिक्षक बेरोजगार हो गये। इस ओर किसी का ध्यान नहीं गया।

मूर्तिकार युवा लड़कों और लड़कियों की प्रतिमाएँ बनाने लगे—अपनी याददाश्त से। और दीवानी जनता दिनभर इन मूर्तियों की पूजा-प्रार्थना में लगी रहती थी।

पेंशन-योग्य जनरलों सहित सेनाएँ लुप्त हो गयीं। इस ओर किसी का ध्यान नहीं गया।

चालीसवें साल में अमरीका में एक लहर चली, जिसका उद्देश्य था, इस प्रलयकारी स्थिति को यत्नपूर्वक व्यवस्थित रखना, ताकि आशा की अन्तिम किरण तो बची रहे। सब कुछ स्वचालित बना दिया गया : समाचार, मौसम की जानकारी, अनुसन्धान, अस्पताल, बड़े शहरों में स्वचालित यातायात का प्रबन्ध हो गया, राजनीति और कूटनीति भी स्वचालित हो गयीं...

पूर्व-पश्चिम सम्बन्धों को कायम रखने वाली एक मशीन, जिसका बटन ''हॉट'' तथा ''कोल्ड'' पर किया जा सकता था, अब एक प्रदर्शन की वस्तु की तरह पड़ी थी और जनता का साधुवाद अर्जित कर रही थी। सुप्रसिद्ध विमान-कम्पनियों के विमान स्वयं उड़ान भरने लगे; रास्ते में जहाँ उनके रुकने की आवश्यकता होती थी, वहाँ वे उतर भी जाते थे, कानून बना दिये गये कि जहाँ तक सम्भव हो, लोग दूर-दूर न रहें, क्योंकि अलग-अलग रहने का अर्थ था समाप्ति। परन्तु जब ऐसे ही एक केन्द्र से; जहाँ लोग इकट्ठे रहते थे, चेचक ने तीस प्रतिशत आबादी की जान ले ली तो केन्द्रीयकरण के सिद्धान्त पर पुनर्विचार किया गया।

चौंसठवें वर्ष में सैन फ्रांसिस्को और न्यूयार्क के नगर-प्रशासनों के बीच अन्तिम बार झगड़ा हो गया, इस मुद्दे पर कि मानवजाति किस नगर में वास

करेगी। सैन फ्रांसिस्को ने अपने सुहावने मौसम की दुहाई दी तो न्यूयार्क ने अपनी महान् अन्तरराष्ट्रीयता की डींग मारी। न्यूयार्क की विजय हुई। बाद में कहा गया कि इसी निर्णय ने मनुष्यों की जीवन-लीला की समाप्ति पर मुहर लगा दी है। एक ज़ोरदार "सैन-फ्रांसिस्को चलो" आन्दोलन शुरू हो गया। परन्तु हालाँकि दोनों शहरों के मध्य उड़ानें स्वयं निर्बाध चालू थीं और सैन-फ्रांसिस्को में स्वचालित यातायात अविराम और तालबद्ध रूप से जारी था, रात्रि को शहर जगमगाते प्रकाश में नहा रहा था, घरों से रेडियो की आवाज़ आ रही थी, टेलीविज़न के पर्दों पर हरा रंग झिलमिला रहा था, इन सबके बाजवूद, और जबकि मौसम अभी भी खुशगवार था, किसी तरह लगता था कि नगर में कोई नहीं रहता।

"सैन-फ्रांसिस्को चलो" समिति के तीन सदस्य बिना दफ़नाये हवाई-पट्टी पर मृत पड़े थे, बाकी जो बचे थे, वे थरथराते हुए न्यूयार्क लौट गये।

सत्तरवें वर्ष में न्यूयार्क में लोगों को एक ही इलाके में एक-दूसरे के निकट रखना कठिन हो गया। उनमें से अधिकांश कभी के काफ़ी कमजोर और डरपोक बन चुके थे। उनके लिए सम्भव नहीं था कि स्वचालित यातायात के साधनों का उपयोग करके यहाँ-वहाँ जा सकें; और कोई भी अन्तिम बचे टैक्सी-ड्राइवरों पर भरोसा करके राज़ी नहीं था, उन ड्राइवरों पर, जिनमें सबसे कम उम्र वाले सत्तर साल के थे। दिन पर दिन विरले होते जा रहे मनुष्य मायूस हालत में महानगर के केन्द्र स्थित इलाक़े में यहाँ-वहाँ छितरे हुए थे। वे मशीनों द्वारा बाँटे गये दुग्ध-पदार्थ और कुछ डिब्बाबन्द खाद्य-पदार्थ उदर में डालकर जी रहे थे। उन अन्तिम घण्टों में, जब मेहनत कर पाने योग्य कुछ आदमी अभी जीवित थे, डिब्बाबन्द खाद्य पदार्थों के एक पूरी तरह से स्वचालित कारखाने को वे शिकागो से न्यूयार्क ले आये थे। मवेशियों को चरागाहों में बिजली के करण्ट से मारकर उन्हें निरन्तर चलने वाली पट्टियों द्वारा मनुष्यों तक पहुँचाया जाता था।

बन्दरगाहों में उन जहाज़ों के सायरन अपने आप बजने लगे, जो अटलाण्टिक के सीने पर राज करते थे। हवाई-अड्डों पर विमानों के आपस में टकराने की संख्या में वृद्धि होने लगी। किसी ने इस ओर ध्यान नहीं दिया कि कुछ समय से प्रति घण्टे एक रॉकेट पृथ्वी से उड़कर अन्तरिक्ष में जाता था। और एक दिन एक छोटा-सा वनमानुष रॉकेट पर चढ़कर शुक्र ग्रह के पृष्ठ भाग पर जा उतरा और अति महत्त्वपूर्ण सूचनाएँ पृथ्वी पर भेजने लगा। इस पर किसी को हँसी भी नहीं आयी...

नवासीवें वर्ष के दिसम्बर में सबसे कम उम्र के मनुष्यों में से एक किसी

गगनचुम्बी इमारत की बत्तीसवीं मंज़िल पर बैठा ऐसे ही टेलीफ़ोन नम्बर मिलाये जा रहा था। नब्बे के आरम्भ में अचानक किसी ने टेलीफ़ोन पर उत्तर दिया :

"मौसम अच्छा है..."

"फ़ाईन, मगर ज़रा ठण्डा है।"

"कुछ ठण्डा तो है, इनडीड।"

"मगर ख़ुश्क।"

"सुहावना ख़ुश्क इनडीड।"

"आपको न्यूयार्क पसन्द है?"

"न्यूयार्क मुझे पसन्द है।"

"कुछ शोर-शराबा ज़्यादा है यहाँ, नहीं क्या..."

"कुछ ज़्यादा शोर-शराबा, इनडीड।"

अगले दिन जब वह अपने दोस्त को दोबारा फ़ोन करना चाहता था तो उसे नम्बर ही भूल चुका था।

मूल जर्मन शीर्षक दी लेत्स्ते गेशिष्ट

■■■

लेखक परिचय

पीटर बिक्सलः 1935 में लुज़र्न में एक मजदूर के घर में जन्म। लोकप्रिय, स्विस जर्मन आधुनिक लेखन के प्रतिनिधि लेखक। जन्म के एकदम बाद से ओल्टेन में निवास। 1968 तक प्राइमरी शिक्षक। 1974 से 1981 तक स्विस संघीय परिषद के सदस्य विल्ली रिचर्ड के निजी परामर्शदाता। 1989 से कई अमेरिकी यूनिवर्सिटियों में 'राइटर इन रेसीडेंस' के रूप में ख्याति पायी। आज विदेश में जर्मन साहित्य के प्रतीक माने जाते हैं। अनेकों पुरस्कारों से सम्मानित। कथा-साहित्य, निबन्ध। वर्तमान निवास स्थानः बेल्लाख।

हरमन बुर्गरः 1942 में बुर्ग में जन्म। पिता बीमा-कम्पनी में नौकर थे। जर्मन साहित्य एवं कला-इतिहास की उच्चशिक्षा। 1967 में कविता लिखना शुरू किया। ज़्यूरिख, बेर्न तथा फ्रीबू यूनिवर्सिटियों में प्रोफेसर रहे। 'आर्गुएरटागेस्ब्लाट' में सम्पादक रहे। कविता, कथा-साहित्य। 1989 में मृत्यु।

वाल्टर मात्थिअस डिग्गेलमनः 1927 में ज्यूरिख में जन्म, 1979 में वहीं देहान्त। उपन्यास, कहानियाँ, सत्य-कथाएँ, युवासाहित्य, नाटक। पूरा जीवन आम आदमी के अधिकारों के लिए लड़ते रहे।

आडेलहाइड डूफ़ानेलः 1936 में बाज़ल में जन्म। वर्तमान निवास-स्थान भी वहीं है। कथा-साहित्य।

उर्जुला एग्गलीः 1944 में शाफ्फ़हाउज़न में जाके निकट डाक्सन में जन्म, वर्तमान निवास-स्थान बेर्न। उपन्यास, कहानियाँ, डायरियाँ।

युर्ग फेडेरश्पीलः 1931 में केम्पटाल में जन्म। उपन्यास, कहानियाँ, कविता, निबन्ध, नाटक।

फ्रिस्तीने फिशरः 1952 में विंटरठुअर में जन्म; वर्तमान निवास-स्थान जांक्ट गाल्लेन। 'मैं नहीं अपंग' इनके 1994 में प्रकाशित उपन्यास 'लांगे त्साट' से एक अंश है।

दांते आंद्रेया फ्रांत्सेतीः 1959 में ज़्यूरिख में जन्म; वर्तमान निवास-स्थान भी वहीं है।

रफ़्फ़ाएल गंत्सः 1923 में जाँक्ट मार्गरिटन में जन्म, वर्तमान निवास-स्थान आस्तानो में। उपन्यास, कहानियाँ, निबन्ध, नाटक।

फ्रांत्स होलरः 1943 में बील में जन्म, वर्तमान निवास-स्थान ज़्यूरिख में। उपन्यास, कहानियाँ, हास्य-कथाएँ, व्यंग्य, बाल-साहित्य।

माईनराड इंगलिनः 1893 में श्व्युत्स में जन्म, 1971 में वहीं देहान्त। उपन्यास, कहानियाँ, नाटक।

हन्ना योहान्सेनः 1939 में ब्रेमेन (जर्मनी) में जन्म; वर्तमान निवास-स्थान ज़्यूरिख के निकट केल्शबेर्ग में। उपन्यास, कहानियाँ, बाल-साहित्य।

मार्सल कोनराटः 1954 में लुत्सेर्न में जन्म। वर्तमान निवास-स्थान वहीं। कथा-साहित्य।

हूगोलोएटशरः 1929 में ज़्यूरिख में जन्म; 2009 में वहीं मृत्यु। उपन्यास, सत्य-घटनाएँ, निबन्ध, नाटक, अनुवाद। रेडियो तथा टीवी के लिए भी लिखते थे।

कार्ल अल्बर्ट लोज लीः 1877 नेब श्युफ्फन में जन्म। 1959 में बेर्न में देहान्त। उपन्यास, कविता, कहानियाँ, निंदा-लेख, समीक्षाएँ।

मिलेना मोज़रः 1963 में ज़्यूरिख में जन्म। उपन्यास, कहानियाँ, नाटक।

नीकोल म्युलरः 1962 में बाज़ल में जन्म, वर्तमान निवास-स्थान ज़्यूरिख में। उपन्यास, कहानियाँ, नाटक।

अडोल्फ़ मुश्गः 1934 में त्सोलिकोन में जन्म, वर्तमान निवास-स्थान वहीं। उपन्यास, सत्य-कथाएँ, निबन्ध, नाटक तथा अनुवाद।

जोवान्नी ओरेल्लीः 1928 में स्विट्ज़रलैंड के इतालवी क्षेत्र बोद्रेत्तो में जन्म। जीवन का अधिकांश भाग लुगानो में रहे हैं। इतालवी में लिखने वाले एक महान गद्य-लेखक।

रूडोल्फ पाईयरः 1931 में ओल्टेन में जन्म; वर्तमान निवास-स्थान बाज़ल। गम्भीर रूप से रोगग्रस्त। उपन्यास, सत्य-कथाएँ, निबन्ध, नाटक, कविता। जीवन का बहुत सा हिस्सा लाटिन अमरीका में बिताया है। जर्मन तथा स्पेनी, दोनों भाषाओं में मूल लेखन करते हैं।

वेर्नर श्मिडलीः 1939 में बाज़ल में जन्म, वर्तमान निवास-स्थान वहीं। उपन्यास, कहानियाँ, कविता, निबन्ध।

वाल्टर फोग्टः 1927 में ज़्यूरिख में जन्म। 1988 में बेर्न के निकट मूरी में देहान्त। उपन्यास, कहानियाँ, नाटक।

ओट्टो एफ . वाल्टरः 1928 में रिक्कंबाख में जन्म, 1994 में जोलोतुर्न में देहान्त। उपन्यास, कहानियाँ, नाटक।

उर्ज़ विडमरः 1938 में बाज़ल में जन्म, वर्तमान निवास-स्थान ज़्यूरिख। उपन्यास, कहानियाँ, कविता, नाटक।

यां सीगलरः 1948 में बेर्न में जन्म। वर्तमान निवास जिनेवा के निकट। निबन्ध, वैज्ञानिक शोध। मानवाधिकारों के लिए संघर्ष करते हैं। जिनेवा में समाजशास्त्र के प्रोफेसर रहे। 1981 से 1999 तक समाजवादी सांसद रहे। संयुक्त राष्ट्र संघ में कई महत्त्वपूर्ण पदों पर काम किया।